圖說 Classic 經典 16

水滸傳

四 煞星縱橫

原著
施耐庵
編撰
張鵬高

好讀出版

水滸傳 四

煞星縱橫

目錄

如何閱讀本書

閱讀性高的原典：

將一百二十回原典分爲六大分冊，版面美觀流暢、閱讀性強

詳細注釋：

解釋艱難字詞，隨文直書於奇數頁最左側，並於文中以※記號標號，以供對照

列出各回回目
便於索引翻閱

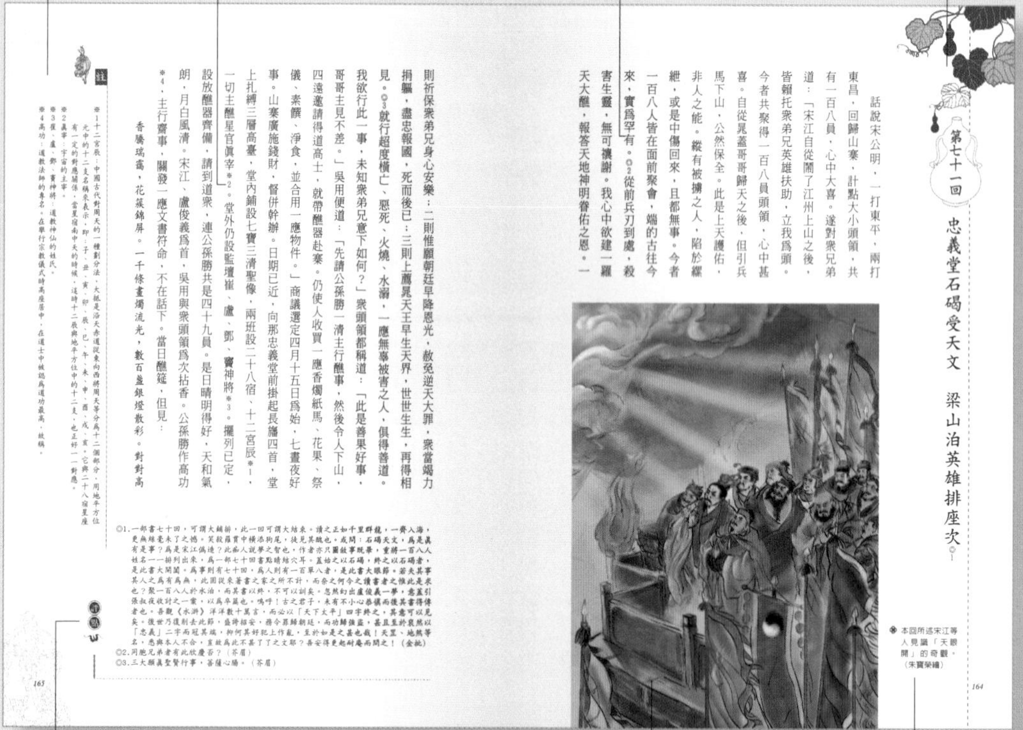

第七十一回
忠義堂石碣受天文　梁山泊英雄排座次

名家評點：

選收不同名家之評點，隨文橫書於頁面的下方欄位，並於文中以◎記號標號，以供對照

詳細圖說：

說明性和評點性的圖說，提供讓讀者理解

精緻彩圖：

名家繪圖、相關照片等精緻彩圖，使讀者融入小說情境

導讀

俗至絢爛成大雅

主編 張鵬高

常話說少不讀《水滸》，怕草莽氣熏壞了少年郎。少時偶然得到金聖歎批評《水滸傳》一套，正逢書渴，便顧不得那麼多了。沒想到一看就剎不住車，不但文字純樸質感，金聖歎的評語更令人叫絕。記得第一回「張天師祈禳瘟疫洪太尉誤走妖魔」中，洪太尉爬龍虎山一段，太尉大人爬山辛苦，不免心內產生想法。原文如此寫道：

「這洪太尉獨自一個行了一回，盤坡轉徑，攬葛攀藤。約莫走過了數個山頭，三、二里多路，看看腳酸腿軟，正走不動，口裏不說，肚裏躊躇，心中想道：『我是朝廷貴官，』……

金聖歎在此突然評了一句「醜話」。如果沒有這句評語，這段文字可能就會輕輕放過，但這兩字評語卻會讓人從此開始思考判斷。更重要處，金聖歎的評語嬉笑怒罵生冷不忌，讓習慣了應試教育的少年一下感受到語言的活潑與可愛。其時正值暑假，暑熱中麻辣的文字似乎有種解暑的作用。時過多年，想起

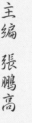

《水滸傳》，總有種暑熱中涼爽的感覺。

因受金聖歎影響過大，一度覺得金的批語比原文更出色。然而後來多看幾遍原文之後，慢慢體味到，金文過於淋漓的文字，終難免灑狗血的嫌疑。一回文字中，有兩三處「好貨」之類的唾罵，確實讓人盪氣迴腸，如果有十幾處「絕妙」、「奇絕」之類的誇獎，自然有些過火。

金聖歎過高評價《水滸》，有當時具體的考量。明代小說是沒有地位的俗文字，金聖歎將之評價爲天下才子必讀書之一，與《孟子》並列，矯枉過正自然無可厚非。隱去華麗的批評詞藻，《水滸》正文自有一種獨特的韻味：寫實處細緻周詳，絲毫不惜筆墨，作者對各種民俗掌故、九流三教乃至居家裝飾都了然於心，往往會不厭其詳地一一介紹。因此，《水滸傳》雖然距離眞實歷史很遙遠，卻經常予人一種極度寫實的印象。

第二回高俅進身一段，描畫了「一對兒羊脂玉碾成的鎮紙獅子」，作爲高俅進身的小道具，作者都在色彩、質感方面盡量塡充。這裏要是換成「一對鎮紙獅子」，感染力便會下降不少。此外，第三十二回「武行者醉打孔亮」一節，描寫孔亮喝酒，爲了渲染酒肉對武松的吸引力，不惜四次點出「青花甕酒」來刺激武松和讀者。這種用重複來強調的技巧，到了二十世紀，米蘭・昆德拉（捷克作家《生命中不能承受之輕》作者）才提了出來，猶然以爲新創不久。《水滸傳》的技巧往往掩藏在自然的筆墨之下，不詳細品味，雖然能感覺到其甘甜，卻難以發覺其原因。

就《水滸》而言，這些還不是最重要的，《水滸》最出色的地方，在於其入俗脱俗之處：《水滸》入俗深，沒讀過的人都知道一百單八將；同時又能超脱世俗，在歷史的長河中刻下難以磨滅的烙印。優秀作品與經典作品的差別就在這裏。

《水滸傳》描寫一百單八將，是迎合世俗、方便傳播的寫法，這種技巧在當時歷史演義的大潮中十分普遍，《水滸》進步的地方在於用了天罡地煞的外衣來包裝。這些只能算作優秀，眞正讓《水滸》進身百年經典的地方，則在於維繫作品中對仁、義等傳統美德的思考、描寫以及宣揚。如果說一百單八將是作品的框架，那麽仁義則是經脈，此外，才有各種細節作爲骨肉而存在，以上均具備，才有作品的靈性和血脈的流轉。

小說不同於哲學，小說的偉大不需要說明，只能用情節、故事來感染。因此閱讀小說與學習哲學、科技知識完全不同。經典的小說未必適合每一個人，一本好的小說，也未必需要完全通讀。興趣永遠是第一位。《水滸傳》這樣的經典也同樣，只要內心某處被突然打動，必然會主動細細閱讀全文。現代的讀者全然可以漫不經心地翻看經典，無論原文、評論或者插圖，先從自己感興趣、吸引自己的地方入手。所以一部收集所有經典評論、適當注釋並且總攬所有插圖、繁衍作品的典藏版本，自然是最佳的選擇。

基於這樣的原因，本套《水滸傳》並沒有選擇影響力最大的金聖歎的七十回版本，儘管金聖歎的刪改十分高明，完全可以自圓其說，但畢竟是不完整

的。《水滸傳》在傳播的過程中，大家早已經認可了更完整的版本。而且選擇其他版本，依然可以完全容納金聖歎版的精華。

同樣的原因，儘管一百回版是公認的最早的完整版，後加的征田虎的二十回故事很明顯是添筆之作，小說內的時間也表明了這一點。但是考慮到征討田虎在流傳過程中的影響力，一套經典的版本自然應該是最完整的版本，因此底本選擇了一百二十回版。

當然，後二十回與前百回相比，確實有比較明顯的差距。前百回中的戰爭描寫，固然也有兒戲部分，比如收服關勝、凌振等人的時候，作爲朝廷命官的關勝，輕易投降山賊，無論從情理還是邏輯上都難以說通，而且大型戰爭場面猶如兒戲，確實暴露了《水滸傳》作者民間立場對軍事知識的不足。但小說的本質是虛構的，《水滸傳》中「仁義」大於朝廷命令、大於邏輯關係，因此這些都不算大的缺點，況且作者在寫戰爭的時候，往往側重於計策、心理等活動，因此顯得靈氣十足。

而後二十回對戰陣等的發揮，確實有點暴露短處。難怪李卓吾評價說：「水滸傳文字不好處只在說夢、說怪、說陣處；其妙處都在人情物理上，人亦知之否？」甚至進一步指出「文字至此，都是強弩之末了，妙處還在前半截」。

儘管如此，後二十回作爲整體的一部分，也有許多優點，只從田虎事蹟對比梁山泊的發展過程這一點來看，就很有意義，至於招安，則與小說「仁義」

的內在邏輯有關。

最後，姜玉女士幫助查找了不少資料，在此一併表示感謝。

本書彙輯的《水滸傳》評語，輯自以下評本：

（一）《第五才子施耐庵水滸傳》，七十回，金聖歎評，簡稱《金本》。有回前總評、雙行夾批和眉批。

（二）《李卓吾先生批評忠義水滸傳》，一百回，明萬曆容與堂刻本，簡稱《容本》。有眉批、行間夾批和回末總評。

（三）《出像評點忠義水滸全傳》，一百二十回，題李卓吾評，明萬曆袁無涯刻本，簡稱《袁本》。有眉批、行間夾批和回末總評，內容與容本不盡相同。

（四）《忠義水滸傳》，一百回，亦題李卓吾評，清芥子園刻本，簡稱《芥本》。有眉批、行間夾批，基本與袁本相同，本書僅輯錄較袁本多出之評語。

（五）《京本增補校正全像水滸志傳評林》，余象斗評，明萬曆雙峰堂刻本，簡稱《余本》。

本書收錄以上各本眉批、行間夾批和評點，而以「金批」、「容眉」、「容夾」、「袁眉」、「袁夾」、「芥眉」、「芥夾」和「余評」表示。

第六十一回

吳用智賺玉麒麟　張順夜鬧金沙渡◎1

話說這龍華寺僧人，說出三絕玉麒麟盧俊義名字與宋江，吳用道：「小生憑三寸不爛之舌，直往北京說盧俊義上山，◎2如探囊取物，手到拈來。只是少一個粗心大膽的伴當，和我同去。」◎3說猶未了，只見黑旋風李逵高聲叫道：「軍師哥哥，小弟與你走一遭。」宋江喝道：「兄弟，你且住著！若是上風放火，下風殺人，打家劫舍，衝州撞府，合用著你。這是做細作的勾當，你性子又不好，去不得。」李逵道：「你們都道我生得醜，嫌我，不要我去！」宋江道：「不是嫌你，如今大名府做公的極多，倘或被人看破，枉送了你的性命。」李逵叫道：「不妨。我定要去走一遭。」吳用道：「你若依得我三件事，便帶你去。若依不得，只在寨中坐地。」李逵道：「莫說三件，便是三十件也依你！」吳用道：「第一件，你的酒性如烈火，自今日去，便斷

❀ 吳用、李逵喬裝打扮進了北京城。（日版畫，出自《新編水滸畫傳》，葛飾戴斗繪）

了酒，回來你卻開；第二件，於路上做道童打扮，隨著我，我但叫你，不要違拗；第三件最難，你從明日爲始，並不要說話，只做啞子一般。依得這三件，便帶你去。」李逵道：「不吃酒、做道童，卻依得。閉著這個嘴不說話，卻是憋殺我！」吳用道：「你若開口，便惹出事來。」李逵道：「也容易，我只口裏銜著一文銅錢便了！」◎4宋江道：「兄弟，你堅執要去，若有疏失，休要怨我。」李逵道：「不妨，不妨！我這兩把板斧拿了去，少也砍他娘千百個鳥頭纔罷。」衆頭領都笑，那裏勸得住。當日忠義堂上做筵席送路。至晚，各自去歇息。次日清早，吳用收拾了一包行李，教李逵打扮做道童，挑擔下山。宋江與衆頭領都在金沙灘送行，再三分付吳用小心在意，休教李逵有失。吳用、李逵別了衆人下山，宋江等回寨。

評點

◎1.吳用賣卦用李逵同去，是偶借李逵之醜，而不必盡李逵之材也。偶借其醜，則不得不爲之描畫一二；不必盡其材，則得省即省。蓋不過以旁筆相及，而未嘗以正筆專寫也。是故，入城以後是正筆也。正筆則方寫盧員外不暇矣，奚暇再寫李逵？若未入城以前，是旁筆也。旁筆即不惜爲之描畫一二者，一則以存鐵牛本色，一又以作明日喧動之地也。中間寫小兒自哄李逵，員外自驚「天口」，世人小大相去之際，令我浩然發嘆。嗚呼！同讀聖人之書，而或以之弋富貴，或以之崇德業；同遊聖人之門，而或以之矜名譽，或以之致精微者，比比矣！於小兒何怪之有？盧員外本傳中，忽然插出李固、燕青兩篇小傳。李傳極敘恩數，燕傳極敘風流。乃卒之受恩者不惟不報，又反噬焉；風流者篤其忠貞，之死靡貳，而後知古人所嘆：狼子野心，養之成害，實惟恩不易施；而以貌取人，失之子羽，實惟人不可忽也。稗官有戒有勸，於斯篇爲極矣。夫李固之所以爲李固，燕青之所以爲燕青，娘子之所以爲娘子，悉在後篇，此殊未及也。乃讀者之心頭眼底，已早有以猜測之三人之性情行徑者，蓋其敍事雖甚微，而其用筆乃甚著。敍事微，故其首尾未可得而指也；用筆著，故其好惡早可得而辨也。《春秋》於定、哀之間，蓋屢用此法也。寫盧員外別吳用後，作書空咄咄之狀，此正白絹旗、熟麻索之一片雄心，渾身絕藝，無可出脫，而忽然受算命先生之所感觸，因擬一試之於梁山；而又自以鴻鵠之志未可謀之燕雀，不得已望空咄咄，以自決其心也。寫英雄員外，正應作如此筆墨，方有氣勢。俗本乃改作誤聽吳用，「寸心如割」等語，一何醜恶至此！前寫吳用，既有卦歌四句，後寫員外，便有絹旗四句以配之，已是奇絕之事。不謂讀至最後，卻另自有配此卦歌四句者，又且不止於一首而已也。論章法，則如演連珠；論一一四句，各各入妙，則眞不減於旗亭畫壁賭記絕句矣。俗本處處改作唐突之語，一何醜恶至此！寫許多誘兵忽然而出，忽然而入，番番不同，人人善謔，奇矣。然尤奇者，如李逵、魯智深、武松、劉唐、穆弘、李應入去後，忽然一斷，便接入車仗人夫，讀者至此孰不以爲已作收煞，而殊不知乃正在半幅也。徐徐又是朱仝、雷橫引出宋江、吳用、公孫勝一行二百餘人，眞所謂愈出愈奇，越轉越妙。此時忽然接入花榮神箭，又作一斷，讀者於是始自驚嘆，以爲夫而後方作收煞耳，而殊不知猶在半幅。徐徐又是秦明、林沖、呼延灼、徐寧四將夾攻，夫而後引入卦歌影中。嗚呼！章法之奇，乃令讀者欲迷；安得陣法之奇，不令員外中計也！（金批）

◎2.定要麒麟入虎豹蛇蠍隊，是忠義聯屬心腸，亦是強盜牽引勾當。（芥眉）

◎3.奇語猜不出。（金批）

◎4.豈知世間有錢的便會說話。（袁眉）

且說吳用、李逵二人往北京去，行了四、五日路程，每日天晚投店安歇，平明打火上路，於路上，吳用被李逵慪得苦。行了幾日，趕到北京城外店肆裏歇下。當晚，李逵去廚下做飯，一拳打得店小二吐血。小二哥來房裏告訴吳用道：「你家啞道童忒狠，小人燒火遲了些，就打得小人吐血。」◎5吳用慌忙與他陪話，把十數貫錢與他將息，自埋怨李逵，不在話下。過了一夜，次日天明，起來安排些飯食吃了。吳用喚李逵入房中分付道：「你這廝苦死要來，一路上慪死我也！今日入城，不是耍處，你休送了我的性命！」李逵道：「不敢，不敢！」吳用道：「我再和你打個暗號，若是我把頭來搖時，你便不可動彈。」◎6李逵應承了。兩個就店裏打扮入城。吳用戴一頂烏縐紗抹眉頭巾，穿一領皂沿邊白絹道服，繫一條雜彩呂公絛，著一雙方頭青布履，手裏拿一副賽黃金熟銅鈴杵。李逵戧幾根蓬鬆黃髮，綰兩枚渾骨丫髻※1，黑虎軀穿一領粗布短褐袍，飛熊腰勒一條雜色短鬚絛，穿一雙蹬山透土靴，擔一

北京德勝門箭樓。是古代北京內城九座城門之一。拍攝時間1998年。（羅哲文／fotoe提供）

條過頭木拐棒，挑著個紙招兒，上寫著：「講命談天，卦金一兩。」吳用、李逵兩個打扮了，鎖上房門，離了店肆，望北京城南門來。行無一里，卻早望見城門，端的好個北京！但見：

城高地險，塹闊濠深。一週迴鹿角交加，四下裏排叉密布。鼓樓雄壯，繽紛雜彩旗幡；堞道※2坦平，簇擺刀槍劍戟。錢糧浩大，人物繁華。東西院鼓樂喧天，南北店貨財滿地。千員猛將統層城※3，百萬黎民居上國。

此時天下各處盜賊生發，各州府縣俱有軍馬守把。惟此北京，是河北第一個去處，更兼又是梁中書統領大軍鎮守，如何不擺得整齊？且說吳用、李逵兩個，搖搖擺擺，卻好來到城門下，守門的約有四、五十軍士，簇捧著一個把門的官人在那裏坐定。吳用向前施禮，軍士問道：「秀才那裏來？」吳用答道：「小生姓張，名用。這個道童姓李。江湖上賣卦營生，今來大郡，與人講命。」身邊取出假文引※4，教軍士看了。眾人道：「這個道童的鳥眼，恰像賊一般看人！」李逵聽得，正待要發作，吳用慌忙把頭來搖，李逵便低了頭。◎7吳用向前與把門軍士陪話道：「小生一言難盡！這個道童又聾又啞，只有一分蠻氣力，卻是家生的孩兒※5，沒奈何帶他出來。這廝不省人事，望乞恕罪！」

註

※1渾骨丫髻：頭上一左一右的兩個小圓髻。
※2堞道：城上如齒狀的矮牆。
※3層城：古代神話中崑崙山上的高城。這裏指京師。
※4文引：證明文書。這裏指通行證。
※5家生的孩兒：賣身的奴僕所生的孩子。省稱家生的，或家生子。

評點

◎5.不開口卻開拳，開拳的固狠，開口的更毒。（袁眉）
◎6.也做啞子了。（袁夾）
◎7.絕倒。李逵發作，是此傳閑文，只平平放倒，不用十分描寫，妙。（金批）

辭了便行。李逵跟在背後，腳高步低，望市心裏來。吳用手中搖著鈴杵，口裏念四句口號道：「甘羅發早子牙遲※6，彭祖顏回壽不齊※7。范丹貧窮石崇富※8，八字生來各有時。」吳用又道：「乃時也，運也，命也。知生，知死，知貴，知賤。若要問前程，先賜銀一兩。」◎8說罷，又搖鈴杵。北京城內小兒約有五、六十個，跟著看了笑。卻好轉到盧員外解庫※9門首，自歌自笑，去了復又回來，小兒們哄動。盧員外正在解庫廳前坐地，看著那一班主管收解，只聽得街上喧哄，喚當直的問道：「如何街上熱鬧？」當直的報覆：「員外，端的好笑！街上一個別處來的算命先生，在街上賣卦，要銀一兩算一命，誰人捨的！後頭一個跟的道童，且是生得滲瀨※10，走又走得沒樣範※11，小的們跟定了笑。」盧俊義道：「既出大言，必有廣學。當直的，與我請他來。」當直的慌忙去叫道：「先生，員外有請。」吳用道：「是何人請我？」當直的道：「盧員外相請。」吳用便與道童跟著轉來，揭起簾子，入到廳前，教李逵只在鵝項椅上坐定等候。吳用轉過前來，見盧員外時，那人生得如何？有滿庭芳詞爲證：

> 目炯雙瞳，眉分八字，身軀九尺如銀。威風凜凜，儀表似天神。慣使一條棍棒，護身龍絕技無倫。京城內家傳清白，積祖富豪門。殺場臨敵處，衝開萬馬，掃退千軍。更忠肝貫日，壯氣凌雲。慷慨疏財仗義，論英名播滿乾坤。盧員外雙名俊義，綽號玉麒麟。

當時吳用向前施禮，盧俊義欠身答禮問道：「先生貴鄉何處？尊姓高名？」吳用答道：

「小生姓張，名用，自號談天口。祖貫山東人氏，能算皇極先天數※12，知人生死貴賤。卦金白銀一兩，方纔算命。」盧俊義請入後堂小閣兒裏，分賓坐定。茶湯已罷，叫當直的取過白銀一兩，奉作命金：「煩先生看賤造※13則個。」吳用道：「請貴庚月日下算。」盧俊義道：「先生，君子問災不問福，不必道在下豪富，只求推算目下行藏則個。在下今年三十二歲，甲子年，乙丑月，丙寅日，丁卯時。」吳用取出一把鐵算子來，排在桌上，算了一回，拿起算子桌上一拍，大叫一聲：「怪哉！」◎9盧俊義失驚問道：「賤造主何吉凶？」吳用道：「員外若不見怪，當以直言。」盧俊義道：「正要先生與迷人指路，但說不妨。」吳用道：「員外這命，目下不出百日之內，必有血光之災。家私不能保守，死於刀劍之下。」盧俊義笑道：「先生差矣！盧某生於北京，長在豪富之家。祖宗無犯法之男，親族無再婚之女。更兼俊義作事謹慎，非理不爲，非財不取，如何能有血光之災？」◎10吳用改容變色，急取原銀付還，起身便走，嗟嘆而言：「天下原來都要人阿諛諂佞！罷，罷！分明指與平川路，卻把忠言當惡言，小生告

註

※6 甘羅發早子牙遲：發，發跡的意思。甘羅很早功成名就，姜子牙老年才開始爲周文王所用。
※7 彭祖顏回壽不齊：彭祖，古代長壽者。顏回，孔子的弟子，死得很早。
※8 范丹貧窮石崇富：范丹，古代著名的窮鬼。石崇，西晉時期大富翁。
※9 解庫：當鋪。
※10 滲瀨：醜陋，使人害怕的樣子。
※11 樣範：模樣，式樣。
※12 皇極先天數：皇極，即《皇極經世》，是宋代學者邵庸畢生研究周易而自創的經天緯地之預測學。先天數是指事情還沒有發生就可以推理預測將發生之事。
※13 賤造：謙稱自己的生辰八字。

評點

◎8.既以醜僕動其耳，又以高價動其心。（金批）
◎9.動女子小人則用軟語，動豪傑丈夫必用險語，夫性各有所近，政不嫌於突如其來也。（金批）
◎10.畫出痴人模樣。（容眉）

退。」盧俊義道：「先生息怒。前言特地戲耳，願聽指教。」吳用道：「小生直言，切勿見怪！」盧俊義道：「在下專聽，願勿隱匿。」吳用道：「員外貴造，一向都行好運。但今年時犯歲君，正交惡限。目今百日之內，屍首異處。此乃生來分定，不可逃也。」盧俊義道：「可以迴避否？」吳用再把鐵算子搭了一回，便回員外道：「只除非去東南方巽地※14上一千里之外，方可免此大難。雖有些驚恐，卻不傷大體。」◎11盧俊義道：「若是免得此難，當以厚報。」吳用道：「命中有四句卦歌，小生說與員外，寫於壁上。日後應驗，方知小生靈處。」盧俊義叫取筆硯來，便去白粉壁上寫。吳用口歌四句：「蘆花蕩裏一扁舟，俊傑那能此地遊。義士手提三尺劍，反時須斬逆臣頭。」◎12當時盧俊義寫罷，吳用收拾起算子，作揖便行。盧俊義留道：「先生少坐，過午了去。」吳用答道：「多蒙員外厚意，誤了小生賣卦，改日再來拜會。」抽身便起。盧俊義送到門首，李逵

❀ 吳用在盧俊義家的墻壁上寫了藏頭詩，告訴後者說是卦歌。此圖描畫細緻，連李逵坐在門口的情節都畫了進去。（朱寶榮繪）

拿了拐棒，走出門外。吳學究別了盧俊義，引了李逵，逕出城來，回到店中，算還房宿飯錢，收拾行李包裹，李逵挑出卦牌。出離店肆，對李逵說道：「大事了也！我們星夜趕回山寨，安排圈套，準備機關，迎接盧俊義。他早晚便來也！」◎13

且不說吳用、李逵還寨，卻說盧俊義自從算卦之後，寸心如割，坐立不安。也是天罡星合當聚會，聽了這算命的話。一日耐不得，便叫當直的去喚衆主管商議事務。少刻都到，那一個爲頭管家私的主管，姓李名固。這李固原是東京人，因來北京投奔相識不著，凍倒在盧員外門前。盧俊義救了他性命，養在家中。因見他勤謹，◎14寫得、算得，教他管顧家間事務。五年之內，直擡舉他做了都管，一應裏外家私，都在他身上，手下管著四、五十個行財管幹，一家內都稱他做李都管。當日大小管事之人，都隨李固來堂前聲喏。盧員外看了一遭，便道：「怎生不見我那一個人？」說猶未了，階前走過一人來。但見：

六尺以上身材，二十四、五年紀，三牙掩口細髯，十分腰細膀闊。帶一頂木瓜心攢頂頭巾，穿一領銀絲紗團領白衫，繫一條蜘蛛斑紅線壓腰※15，著一雙土黃皮油膀夾靴。腦後一對挨獸※16金環，護項一枚香羅手帕，腰間斜插名人扇，鬢畔常簪四季花。

註

※14巽地：按照八卦排列的方向，乾是西北，巽是東南。
※15壓腰：緊身腰帶。一種布製的長帶，中間有個袋，常束在腰間。
※16挨獸：用獸的圖案裝飾。

評點

◎11.東南避難一句亦不甚勸，妙絕。蓋不甚勸，斯深於勸矣。（金批）
◎12.痴人全不知。（容批）
◎13.數語寫吳用眞有名士風流。（金批）
◎14.懶惰內必無豪傑，勤謹中盡有小人。（袁眉）

這人是北京土居人氏，自小父母雙亡，盧員外家中養得他大。爲見他一身雪練也似白肉，盧俊義叫一個高手匠人，與他刺了這一身遍體花繡，卻似玉亭柱上鋪著軟翠。若賽錦體，由你是誰，都輸與他。不則一身好花繡，更兼吹的、彈的、唱的、舞的、拆白道字※17、頂真續麻※18，無有不能，無有不會。亦是說得諸路鄉談※19，省得諸行百藝的市語※20。更且一身本事，無人比的。拿著一張川弩，只用三枝短箭，郊外落生※21，並不放空，箭到物落；晚間入城，少殺也有百十個蟲蟻※22。若賽錦標社※23，那裏利物，管取都是他的。亦且此人百伶百俐，道頭知尾。本身姓燕，排行第一，官名單諱個青字。北京城裏人口順，都叫他做浪子燕青。曾有一篇沁園春詞單道著燕青的好處，但見：

脣若塗朱，睛如點漆，面似堆瓊。有出人英武，凌雲志氣，資稟聰明。儀表天然磊落，梁山上端的誇能。伊州古調※24，唱出繞梁聲。果然是藝苑專精，風月叢中第一名。聽鼓板喧雲，笙聲嘹亮，暢敘幽情。棍棒參差，揎拳飛腳，四百軍州到處驚。人都羨英雄領袖，浪子燕青。

原來這燕青是盧俊義家心腹人，◎15也上廳聲喏了，做兩行立住，李固立在左邊，燕青立在右邊。盧俊義開言道：「我夜來算了一命，道我有百日血光之災，只除非出去東南上一千里之外躲避。我想東南方有個去處，是泰安州，那裏有東嶽泰山天齊仁聖帝金殿，管天下人民生死災厄。我一者去那裏燒炷香，消災滅罪；二者躲過這場災晦；三者做些買賣，觀看外方景致。李固，你與我覓十輛太平車子，裝十輛山東貨物，你就收拾

行李，跟我去走一遭。燕青小乙※25看管家裏，庫房鑰匙只今日便與李固交割。◎16我三日之內，便要起身。」李固道：「主人誤矣！常言道：『賣卜賣卦，轉回說話。』休聽那算命的胡言亂語。只在家中，怕做甚麼？」盧俊義道：「我命中注定了，你休逆我。若有災來，悔卻晚矣。」燕青道：「主人在上，須聽小乙愚言。這一條路，去山東泰安州，正打從梁山泊邊過。近年泊內，是宋江一夥強人在那裏打家劫舍，官兵捕盜，近他不得。主人要去燒香，等太平了去。休信夜來那個算命的胡講。倒敢是梁山泊歹人，假裝做陰陽人來煽惑主人。小乙可惜夜來不在家裏，若在家時，三言兩語盤倒那先生，倒敢有場好笑。」盧俊義道：「你們不要胡說，誰人敢來賺我！梁山泊那夥賊男女，打甚麼緊！我觀他如同草芥，兀自要去特地捉他，把日前學成武藝顯揚於天下，也算個男子大丈夫！」

說猶未了，屏風背後走出娘子來，乃是盧員外的渾家，年方二十五歲，姓賈，嫁與盧俊義纔方五載。娘子賈氏便道：「丈夫，我聽你說多時了。自古道：『出外一里，不

註

※17拆白道字：把一個字拆成一句話的一種文字遊戲，宋時流行。

※18頂真續麻：宋元時一種帶遊戲性的文體，後句首字必須用前句末字。當時一般文人、官妓，大都擅此。後成爲修辭格之一。

※19鄉談：方言土語，地方掌故。

※20市語：行業語言。

※21落生：射獵。

※22蟲蟻：這裏指小的鳥雀。

※23錦標社：宋代射術球藝等比賽的團體組織。

※24古調：古代的樂調。

※25小乙：古代對年輕男性排行第一者的俗稱。

評點

◎15.接員外看喚合拍。（袁夾）

◎16.跟李固，留燕青，亦正亦倒，方生出情釁。（袁眉）

如屋裏。』休聽那算命的胡說，撇下海闊一個家業，耽驚受怕，去虎穴龍潭裏做買賣。你且只在家內，清心寡慾，高居靜坐，自然無事。」盧俊義道：「你婦人家省得甚麼？寧可信其有，不可信其無，自古禍出師人※26口，必主吉凶。我既主意定了，你都不得多言多語！」燕青又道：「小人靠主人福蔭，學得些個棒法在身。不是小乙說嘴，幫著主人去走一遭，路上便有些個草寇出來，小人也敢發落得三、五十個開去。留下李都管看家，小人伏侍主人走一遭。」◎17盧俊義道：「便是我買賣上不省的，要帶李固去。他須省的，又替我大半氣力，因此留你在家看守。自有別人管帳，只教你做個樁主※27。」李固又道：「小人近日有些腳氣的症候，十分走不得多路。」盧俊義聽了，大怒道：「『養兵千日，用在一朝！』我要你跟我去走一遭，你便有許多推故。若是那一個再阻我的，教他知我拳頭的滋味。」李固嚇得面如土色，眾人誰敢再說，◎18各自散了。李固只得忍氣吞聲，自去安排行李，討了十輛太平車子，喚了十個腳夫，四、五十拽車頭口，把行李裝上車子，行貨拴縛完備。盧俊義自去結束。第三日燒了神福，給散了家中大男小女，一個個都分付了。當晚先叫李固引兩個當直的盡收拾了出城。李固去了，娘子看了車仗，流淚而去。◎19次日五更，盧俊義起來沐浴罷，更換一身新衣服，吃了早膳，取出器械，到後堂裏辭別了祖先香火。臨時出門上路，分付娘子好生看家，多便三個月，少只四、五十日便回。賈氏道：「丈夫路上小心，頻寄書信回來。」說罷，燕青在面前拜了。盧俊義分付道：「小乙在家，凡事向前，不可出去三瓦兩舍打哄。」燕青

道：「主人如此出行，小乙怎敢怠慢？」◎20

盧俊義提了棍棒，出到城外，有詩一首，單道盧俊義這條好棒：

掛壁懸崖欺瑞雪，撐天拄地撼狂風。

雖然身上無牙爪，出水巴山禿尾龍。

李固接著，盧俊義道：「你可引兩個伴當先去，但有乾淨客店，先做下飯等候。車仗腳夫，到來便吃，省得耽擱了路程。」◎21李固也提條桿棒，先和兩個伴當去了。盧俊義和數個當直的隨後押著車仗行，但見途中山明水秀，路闊坡平，心中歡喜道：「我若是在家，那裏見這般景致！」行了四十餘里，李固接著主人，吃點心中飯罷，李固又先去了。再行四、五十里，到客店裏，李固接著車仗人馬宿食。盧俊義來到店房內，倚了棍棒，掛了毡笠兒，解下腰刀，換了鞋襪，宿食皆不必說。次日清早起來，打火做飯，眾人吃了，收拾車輛頭口，上路又行。

自此在路夜宿曉行，已經數日，來到一個客店裏宿食，天明要行。只見店小二哥對盧俊義說道：「好教官人得知，離小人店不得二十里路，正打梁山泊邊口子前過去。山上宋公明大王，雖然不害來往客人，官人須是悄悄過去，休得大驚小怪。」盧俊義聽了道：「原來如此。」便叫當直的取下了衣箱，打開鎖，去裏面提出一個包，內取出四面白絹旗。問小二哥討了四根竹竿，每一根縛起一面旗來，每面栲栳大小幾個字，寫道：

註

※26師人：指占卜、星相等術士。

※27椿主：店裏當家的大管事。

評點

◎17.寫一個願去，空中映發。（金批）

◎18.三句寫三個人，便活畫出三個人神理來，妙筆妙筆。（金批）（金本此處改爲「李固嚇得只看娘子，娘子便漾漾地走進去，燕青亦更不再說。」——編者按）

◎19.隱伏情事，妙甚。（袁眉）

◎20.二語言簡意盡。（芥眉）

◎21.亦見財主氣習，在盧員外卻是作爽快行事。（芥眉）

慷慨北京盧俊義，遠馱貨物離鄉地。
一心只要捉強人，那時方表男兒志。

◎22李固等眾人看了，一齊叫起苦來。店小二問道：「官人莫不和山上宋大王是親麼？」◎23盧俊義道：「我自是北京財主，卻和這賊們有甚麼親！我特地要來捉宋江這廝！」小二哥道：「官人低聲些，不要連累小人，不是耍處！你便有一萬人馬，也近他不得。」盧俊義道：「放屁！你這廝們都和那賊人做一路！」店小二叫苦不迭，眾車腳夫都痴呆了。李固跪在地下告道：「主人可憐見眾人，留了這條性命回鄉去，強似做羅天大醮！」盧俊義喝道：「你省的甚麼！這等燕雀，安敢和鴻鵠廝併？我思量平生學得一身本事，不曾逢著買主，今日幸然逢此機會，不就這裏發賣，更待何時！我那車子上叉袋裏已準備下一袋熟麻索，◎24倘或這賊們當死合亡，撞在我手裏，一朴刀一個砍翻，你們眾人與我便縛在車子上。撇了貨物不打緊，且收拾車子捉人，把這賊首解上京師，請功受賞，方表我平生之願。若你們一個不肯去的，只就這裏把你們先殺了。」前面擺四輛車子，上插了四把絹旗，後面六輛車子，隨從了行。那李固和眾人哭哭啼啼，只得依他。盧俊義取出朴刀，裝在桿棒上，三個丫兒扣牢了，◎25趕著車子奔梁山泊路上來。李固等見了崎嶇山路，行一步，怕一步，盧俊義只顧趕著要行。從清早起來，行到巳牌時分，遠遠地望見一座大林，有千百株合抱不交的大樹。卻好行到林子邊，只聽得一聲胡哨響，嚇得李固和兩個當直的沒躲處。盧俊義教把車仗押在一邊。車夫眾人都躲在車

子底下叫苦。盧俊義喝道：「我若捌翻，你們與我便縛！」說猶未了，只見林子邊走出四、五百小嘍囉來，聽得後面鑼聲響處，又有四、五百小嘍囉截住後路。林子裏一聲炮響，托地跳出一籌好漢。怎地模樣，但見：

茜紅頭巾，金花斜裊；
鐵甲鳳盔，錦衣繡襖。
血染髭髯，虎威雄暴；
大斧一雙，人皆嚇倒。

當下李逵手搦雙斧，厲聲高叫：「盧員外，認得啞道童麼？」盧俊義猛省，喝道：「我時常有心要來拿你這夥強盜，今日特地到此，快教宋江那廝下山投拜！倘或執迷，我片時間教你人人皆死，個個不留！」李逵呵呵大笑道：「員外，你今日中了俺的軍師妙計，快來坐把交椅！」盧俊義大怒，搦著手中朴刀，來鬥李逵，李逵掄起雙斧來迎。兩個鬥不到三合，李逵托地跳出圈子外來，轉過身，望林子裏便走。盧俊義挺著朴刀，隨後趕去。李逵在林木叢中東閃西躲，引得盧俊義性發，破一步，搶入林來，李逵飛奔亂松叢中去了。盧俊義趕過林子這邊，一個人也不見了。◎26卻待回身，只聽得松林旁邊轉出一夥人來，一個人高聲大叫：「員外不要走，認得俺麼？」盧俊義看時，卻是一個胖大和尚，身穿皂直裰，倒提鐵禪杖。盧俊義喝道：「你是那裏來的和尚！」魯智深大笑道：「洒家是花和尚魯智深，今奉軍師將令，著俺來迎接員外上山。」盧俊義焦躁，

評點

◎22.是出賣玉麒麟招子。（袁眉）
◎23.嚇極，說出趣話來。（金批）
◎24.可知連日咄咄，不是爲趨吉避凶之計，寫盧員外精神過人。（金批）
◎25.要出色寫其人，因出色寫其刀，妙筆。（金批）
◎26.閃閃忽忽之極。（金批）

大罵：「禿驢敢如此無禮！」拈手中寶刀，直取那和尚。魯智深掄起鐵禪杖來迎。兩個鬥不到三合，魯智深撥開朴刀，回身便走，盧俊義趕將去。正趕之間，嘍囉裏走出行者武松，掄兩口戒刀，直奔將來。盧俊義不趕和尚，來鬥武松。又不到三合，武松拔步便走。盧俊義哈哈大笑：「我不趕你！你這廝們何足道哉！」說猶未了，只見山坡下一個人在那裏叫道：「盧員外，你如何省得！豈不聞『人怕落蕩，鐵怕落爐』？哥哥定下的計策，你待走那裏去！」盧俊義喝道：「你這廝是誰！」那人笑道：「小可便是赤髮鬼劉唐。」盧俊義罵道：「草賊休走！」挺手中朴刀，直取劉唐。方纔鬥得三合，刺斜裏一個人大叫道：「好漢沒遮攔穆弘在此！」當時劉唐、穆弘，兩個兩條朴刀，雙鬥盧俊義。正鬥之間，不到三合，只聽得背後腳步響。盧俊義喝聲：「著！」劉唐、穆弘跳退數步。盧俊義便轉身鬥背後的好漢，卻是撲天鵰李應。◎27三個頭領，丁字腳圍定。盧俊義全然不慌，越鬥越健。正好步鬥，只聽得山頂上一聲鑼響，三個頭領各自賣個破綻，一齊拔步去了。盧俊義又鬥得一身臭汗，不去趕他。再回林子邊，來尋車仗人伴時，十輛車子、人伴頭口，都不見了。盧俊義便向高阜處，四下裏打一望，只見遠遠地山坡下，一夥小嘍囉把車仗頭口趕在前面，將李固一干人，連連串串，縛在後面，鳴鑼擂鼓，解投松樹那邊去。盧俊義望見，心如火熾，氣似煙生，提著朴刀，直趕將去。約莫離山坡不遠，只見兩籌好漢喝一聲道：「那裏去！」一個是美髯公朱仝，一個是插翅虎雷橫。盧俊義見了，高聲罵道：「你這夥草賊，好好把車仗人馬還我！」朱仝手拈長鬚大笑道：「盧員外，你還恁地不曉事？中了俺軍師妙計，便肋生雙翅，也飛不出去。快來大寨坐把交椅。」盧俊義聽了大怒，挺起朴刀，直奔二人，朱仝、雷橫各將兵器相迎。鬥不到三合，兩個回身便走。盧俊義尋思道：「須是趕翻一個，卻纔討得車仗。」捨著性命，趕轉山坡，兩個好漢都不見了。只聽得山頂上鼓板吹簫，仰面看時，風刮起那面杏黃旗來，上面繡著「替天行道」四字。轉過來打一望，望見紅羅銷金傘下，蓋著宋江，左有吳用，右有公孫勝。一行部從二百餘人，一齊聲喏道：「員外，別來無恙！」盧俊義見了越怒，指名叫罵山上。吳用勸道：「員外且請息怒。宋公明久慕威名，特令吳某親詣門墻，迎員外上山，一同替天行道，請休見責。」盧俊義大罵：「無端草賊，怎敢賺我！」宋江背後轉過小李廣花榮，拈弓取箭，看著盧俊義喝道：「盧員外休要逞能，先教你看花榮神箭！」說猶未了，颼地一箭，正中盧俊義頭上毡笠兒的紅纓。吃了一驚，回身便走。山上鼓聲震地，只見霹靂火秦明、豹子頭林沖，引一彪軍馬，搖旗吶喊，從山東邊殺出來；又見雙鞭將呼延灼、金槍手徐寧，也領一彪軍馬，搖旗吶喊，從山西邊殺出來，嚇得盧俊義走投沒路。◎28看看天色將晚，腳又疼，肚又飢，正是慌不擇路，望山僻小徑只顧走。約莫黃昏時分，煙迷遠水，霧鎖深山，星月微明，不分叢莽。正走之間，不到天盡頭，須到地盡處，看看走到鴨嘴灘頭，只一望時，都見滿目蘆花，茫茫煙水。盧俊義看見，仰天長嘆道：「是我不聽好人言，今日果有恓惶※28

註

※28恓惶：悲傷貌。

評點

◎27.一個人有一樣出法，而李應此處尤爲奇筆。（金批）
◎28.寡不敵眾，爲一個人作此大鋪排，既顯盧員外本事，亦見梁山泊規模。（袁眉）

事。」

正煩惱間，只見蘆葦裏面一個漁人，搖著一隻小船出來，那漁人倚定小船叫道：「客官好大膽！這是梁山泊出沒的去處，半夜三更，怎地來到這裏！」盧俊義道：「便是我迷蹤失路，尋不著宿頭，你救我則個！」漁人道：「此間大寬轉※29有一個市井，卻用走三十餘里向開路程，更兼路雜，最是難認。若是水路去時，只有三、五里遠近。你捨得十貫錢與我，我便把船載你過去。」盧俊義道：「你若渡得我過去，尋得市井客店，我多與你些銀兩。」那漁人搖船傍岸，扶盧俊義下船，把鐵篙撐開。約行三、五里水面，只聽得前面蘆葦叢中櫓聲響，一隻小船飛也似來。船上有兩個人：前面一個，赤條條地拿著一條水篙，後面那個搖著櫓。前面的人橫定篙，口裏唱著山歌道：

生來不會讀詩書，◎29且就梁山泊裏居。
準備窩弓射猛虎，安排香餌釣鰲魚。

盧俊義聽得，吃了一驚，不敢做聲。又聽得右邊蘆葦叢中，也是兩個人，搖一隻小船出來。後面的搖著櫓，有咿啞之聲。前面橫定篙，口裏也唱山歌道：

乾坤生我潑皮身，賦性從來要殺人。
萬兩黃金渾不愛，一心要捉玉麒麟。

盧俊義聽了，只叫得苦。只見當中一隻小船，飛也似搖將來，船頭上立著一個人，倒提鐵鑽木篙，口裏亦唱著山歌道：

評點

◎29.英雄不讀書，千古快論。彼劉、項原來之詩，眞是儒生酸餡耳。不曰不曾讀，而曰不會讀，便有睥睨不屑之意。《項羽本紀》起首數行，此只以七字盡之，異哉！（金批）（金本此處改爲「英雄不會讀詩書」——編者按）
◎30.三首詩句平俗無味。（余評）
◎31.水軍通姓名，或不自通，或自通，或通而長，或通而短，亦段段各變。（金批）
◎32.非關吳用賺俊義太刻毒，乃是姦淫貪污合當花報耳。（袁評）

蘆花叢裏一扁舟，俊傑俄從此地遊。

義士若能知此理，反躬逃難可無憂。◎30

歌罷，三隻船一齊唱喏。中間是阮小二，左邊是阮小五，右邊是阮小七。◎31那三隻小船一齊撞將來。盧俊義聽了，心內轉驚，自想又不識水性，連聲便叫漁人：「快與我攏船近岸！」那漁人哈哈大笑，對盧俊義說道：「上是青天，下是綠水，我生在潯陽江，來上梁山泊。三更不改名，四更不改姓，綽號混江龍李俊的便是！員外若還不肯降時，枉送了你性命！」盧俊義大驚，喝一聲說道：「不是你，便是我！」拿著朴刀，望李俊心窩裏搠將來，李俊見朴刀搠將來，拿定棹牌※30，一個背抛筋斗，撲通的翻下水去了。那隻船滴溜溜在水面上轉，朴刀又搠將下水去了。只見船尾一個人從水底下鑽出來，叫一聲，乃是浪裏白跳張順，把手挾住船梢，腳踏水浪，把船隻一側，船底朝天，英雄落水。正是：鋪排打鳳牢龍計，坑陷驚天動地人。畢竟盧俊義性命如何？且聽下回分解。◎32

註

※29大寬轉：大轉彎。

※30棹牌：划船的一種工具，形狀和槳差不多。

第六十二回 放冷箭燕青救主 劫法場石秀跳樓◎1

話說這盧俊義雖是了得，卻不會水，被浪裏白跳張順排翻了船，倒撞下水去。張順卻在水底下攔腰抱住，又鑽過對岸來，搶了朴刀。張順把盧俊義直奔岸邊來，早點起火把，有五、六十人在那裏等。接上岸來，團團圍住，解了腰刀，盡脫下濕衣服，便要將索綁縛。只見神行太保戴宗傳令，高叫將來：「不得傷犯了盧員外貴體！」隨即差人將一包袱錦衣繡襖與盧俊義穿著。八個小嘍囉擡過一乘轎來，扶盧員外上轎便行。只見遠遠地早有二、三十對紅紗燈籠，照著一簇人馬，動著鼓樂，前來迎接。爲頭宋江、吳用、公孫勝，後面都是衆頭領，一齊下馬。盧俊義慌忙下轎。宋江先跪，後面衆頭領排排地都跪下。◎2盧俊義亦跪下還禮道：「既被擒捉，願求早死！」宋江大笑，說道：「且請員外上轎。」衆人一齊上馬，動著鼓樂，迎上三關，直到忠義堂前下馬，請盧俊義到廳上，明晃晃地點著燈燭。宋江向前陪話道：「小可久聞員外大名，如雷

❀ 梁山水軍五位好漢設計活捉了盧俊義。漁船上是三阮，水中是張橫、張順。（朱寶榮繪）

◎1.寫盧員外寧死不從數語，語語英雄員外。梁山泊有如此人，庶幾差強人意耳。俗本悉遭改竄，對之使人氣盡。寫宋江以「忠義」二字網羅員外，卻被兜頭一喝；既又以金銀一盤誘之，卻又被兜頭一喝。遂令老奸一生權術，此書全部關節，至此一齊都盡也。嗚呼！其才能以權術網羅眾人者，固眾人之魁也；其才能不爲權術之所網羅如彼眾人者，固亦眾人之魁也。盧員外之坐第二把交椅，誠宜也。乃其才能不爲權術之所網羅，而終亦不如能以權術網羅眾人者之更爲奸雄。嗚呼！不雄不奸，不奸不雄。然則盧員外即欲得坐第一交椅，又豈可得哉！讀俗本至小乙求乞，不勝筆墨疏略之疑。竊謂以彼其人，即何至無術自資，乃萬不得已而且出於求乞？既讀古本，而始流淚嘆息也。嗟乎！員外不知小乙，小乙自知員外。夫員外不知小乙，員外不知小乙，故不知小乙也。若小乙而既已知員外矣，既已知員外，則更不能不知員外。更不能不知員外，即又以何辭棄員外而之他乎？或曰：人之感恩，爲相知也。相知之爲言我知彼，彼亦知我也。今者小乙自知員外，員外初不能知小乙，然則小乙又何感於員外而必戀戀不棄此而之他？曰：是何言哉！是何言哉！夫我之知人，是我之生平一片之心也，非將以爲好也；其人而爲我所知，是必其人自有其人之異常耳，而非有所賴於我也。若我知人，而望人亦知我，我將以知爲之釣乎？必人知我，而後我乃知人，我將以知爲之報與？夫釣之與報，是皆市井之道；以市井之道，施於相知之間，此鄉黨自好者之所不爲也。況於小乙知員外者，身爲小乙則其知員外也易；員外不知小乙者，身爲員外則其知小乙也難。然則小乙今日之不忍去員外者，無他，亦以求爲可知而已矣。夫而後小乙知員外，員外亦知小乙。前乎此者爲主僕，後乎此者爲兄弟，誠有以也。夫而後天下後世無不知員外者，即無不知小乙；員外立天罡之首，小乙即居天罡之尾，洵非誣也。不然，而自恃其一身技巧，不難舍此遠去。嗟乎！自員外而外，茫茫天下，小乙不復知之矣。夫舍我心所最知之員外，而別事一不復可知之人，小乙而豬狗也者則出於此；小乙而非豬狗也，如之何其不至於求乞也？自有《水滸傳》至於今日，彼天下之人，又孰不以燕小乙哥爲花拳繡腿、逢場笑樂之人乎哉！自我觀之，僕本恨人，蓋自有《水滸傳》至於今日，殆曾未有人得知燕小乙哥者也。李後主云：「此中日夕只以眼淚洗面。」是燕小乙哥之爲人也。蔡福出得牢來，接連遇見三人，文勢層見迭出，使人應接不暇，固矣。乃吾讀第一段燕青，不覺爲之一哭失聲。哀哉！奴而受恩於主，所謂主猶父也；奴而深知其主，則是奴猶友也。天下豈有子之於父而忍不然，友之於友而得不然也與？哭竟，不免滿引一大白。又讀第二段李固，不覺爲之怒髮上指，有是哉！昔者主之生之，可謂至矣，盡矣；今之奴之殺之，亦復至矣，盡矣。古稱惡人，名曰「窮奇」，言窮極變態，非心所料，豈非此奴之謂與？我欲唾之而恐污我頰，我欲殺之而恐污我刀。怒甚，又不免滿引一大白。再讀第三段柴進，不覺爲之慷慨悲歌，增長義氣。悲哉！壯哉！盧員外死，三十五人何必獨生；盧員外生，三十五人何妨盡死。蓋不惟黃金千兩，同於草莽，實惟柴進一命，等於鴻毛。所謂不諾我，則請殺我，不能殺我，則請諾我，兩言決也。感激之至，又不免滿引一大白。或曰：然則當子之讀是篇也，亦既大醉矣乎？笑曰：不然，是夜大寒，童子先睡，竟無處索酒，余未嘗引一白也。最先上梁山者，林武師也；最後上梁山者，盧員外也。林武師，是董超、薛霸之所押解也；盧員外，又是董超、薛霸之所押解也。其押解之文，乃至於不換一字者，非耐庵有江郎才盡之日，蓋特特爲此，以鎖一書之兩頭也。董超、薛霸押解之文，林、盧兩傳可謂一字不換，獨至於寫燕青之箭，則與昔日寫魯達之杖，遂無纖毫絲粟相似，而又一樣爭奇，各自入妙也。才子之爲才子，信矣！薛霸手起棍落之時，險絕矣，卻得燕青一箭相救；乃相救不及一紙，而滿村發喊，槍刀圍匝，一二百人，又復擒盧員外而去。當是時，又將如之何？爲小乙者，勢不得不報梁山。乃無端行劫，反幾至於不免。於一幅之中，而一險初平，驟起一險，一險未定，又加一險，眞絕世之奇筆也。必燕青至梁山，而後梁山之救至，不惟慮燕青之遲，亦殊怪梁山之疏也。燕青一路自上梁山，梁山一路自來打聽，則行路之人又多多矣，梁山之人如之何而知此人之爲燕青，燕青如之何而知此人之爲梁山之人也？工良心苦而算至行劫，工良心苦而算至行劫之前倒插射鵲，才子之爲才子，信也！六日之內而殺宋江，不已險乎？六日之內殺宋江，而終亦得劫法場者，全賴吳用之見之早也。乃今獨於一日之內而殺盧俊義，此其勢於宋江爲急，而又初無一人預爲之地也。嗚呼！生平好奇，奇不望至此。生平好險，險不望至此。奇險至於如此之極，而終又得劫法場，才子之爲才子，信也！（金批）

◎2.寫得使人心動淚落，雖有金鐵之人，至此不能自持矣。（金批）

貫耳，今日幸得拜識，大慰平生。卻纔衆兄弟甚是冒瀆，萬乞恕罪。」吳用上前說道：「昨奉兄長之命，特令吳某親詣門墻，以賣卦爲由，賺員外上山，共聚大義，一同替天行道。」宋江便請盧員外坐第一把交椅。盧俊義答禮道：「不才無識無能，誤犯虎威，萬死尙輕，何故相戲？」宋江陪笑道：「怎敢相戲。實慕員外威德，如飢如渴。萬望不棄鄙處，爲山寨之主，早晚共聽嚴命。」盧俊義回說：「寧就死亡，實難從命。」◎3吳用道：「來日卻又商議。」當時置備酒食管待。盧俊義無計奈何，只得飲了幾杯，小嘍囉請去後堂歇了。次日，宋江殺羊宰馬，大排筵宴，請出盧員外來赴席，再三再四，謙讓在中間裏坐了。酒至數巡，宋江起身把盞，陪話道：「夜來甚是沖撞，幸望寬恕。雖然山寨窄小，不堪歇馬，員外可看『忠義』二字之面，宋江情願讓位，休得推卻。」盧俊義答道：「頭領差矣！小可身無罪累，頗有些少家私。生爲大宋人，死爲大宋鬼，寧死實難聽從！」◎4吳用並衆頭領一個個說，盧俊義越不肯落草。吳用道：「員外既然不肯，難道逼勒？只留得員外身，留不得員外心。只是衆弟兄難得員外到此，既然不肯入夥，且請小寨略住數日，卻送還宅。」盧俊義道：「小可在此不妨，只恐家中老小，不知這般的消息。」吳用道：「這事容易，先教李固送了車仗回去，員外遲去幾日，卻何妨？」吳用問道：「李都管，你的車仗貨物都有麼？」李固應道：「一些兒不少。」宋江叫取兩個大銀，把與李固，兩個小銀，打發當直的，那十個車腳，共與他白銀十兩。衆人拜謝。盧俊義分付李固道：「我的苦，你都知了。你回家中說與娘子，不要憂心，我過三、五日便回也。」李固只要脫身，滿口應說：「但不妨事。」◎5辭了，便下忠義堂去。吳用隨即便起身，說道：「員外寬心少坐，小生發送李都管下山，便來也。」

吳用只推發送李固，卻先到金沙灘等候。少刻，李固和兩個當直的，並車仗、頭口、人伴，都下山來。吳用將引五百小嘍囉圍在兩邊，坐在柳陰樹下，便喚李固近前說道：「你的主人，已和我們商議定了，今坐第二把交椅。此乃未曾上山時，預先寫下四句反詩，在家裏壁上。我教你們知道，壁上二十八個字，每一句包著一個字。『蘆花蕩裏一扁舟』，包個『盧』字；『俊傑那能此地遊』，包個『俊』字；『義士手提三尺劍』，包個『義』字；『反時須斬逆臣頭』，包個『反』字。這四句詩，包藏『盧俊義反』四字。今日上山，你們怎知？本待把你眾人殺了，顯得我梁山泊行短。今日放你們星夜自回去，休想望你主人回來！」◎6李固等只顧下拜。吳用教把船送過渡口。一行人上路，奔回北京。正是：鰲魚脫卻金鈎去，擺尾搖頭更不回。

話分兩處。不說李固等歸家，且說吳用回到忠義堂上，再入酒席，用巧言說誘盧俊義，筵會直到二更方散。次日，山寨裏再排筵會慶賀，盧俊義說道：「感承眾頭領好意相留，只是小可度日如年，今日告辭。」宋江道：「小可不才，幸識員外，來日宋江梯己聊備小酌，對面論心一會，勿請推卻。」又過了一日。明日宋江請，後日吳用請，大後日公孫勝請。話休絮煩，三十餘個上廳頭領，每日輪一個做筵席。光陰荏苒，日月如梭，早過一月有餘。盧俊義尋思，又要告別。宋江道：「非是不留員外，爭奈急急要

評點

◎3.眞正英雄員外，語語讀之，使人壯氣。（金批）
◎4.快絕之談，語語令老奸心死。（金批）
◎5.李固又有李固心事。（金批）
◎6.吳用此人當千生萬世作驢馬。（容眉）

回，來日忠義堂上，安排薄酒送行。」次日，宋江又梯己送路，只見衆頭領都道：「俺哥哥敬員外十分，俺等衆人當敬員外十二分！偏我哥哥筵席便吃！『磚兒何厚，瓦兒何薄※1！』」李逵在內大叫道：「我捨著一條性命，直往北京請得你來，卻不吃我弟兄們筵席，我和你眉尾相結，性命相撲！」◎7吳學究大笑道：「不曾見這般請客的！甚是粗鹵！員外休怪，見他衆人薄意，再住幾時。」不覺又過了四、五日。盧俊義堅意要行，只見神機軍師朱武，將引一班頭領直到忠義堂上開話道：「我等雖是以次弟兄，也曾與哥哥出氣力，偏我們酒中藏著毒藥？盧員外若是見怪，不肯吃我們的，我自不妨，只怕小兄弟們做出事來，悔之晚矣！」吳用起身便道：「你們都不要煩惱，我與你央及員外，再住幾時，有何不可？常言道：『將酒勸人，終無惡意。』」◎8盧俊義抑衆人不過，只得又住了幾日。前後卻好三、五十日。自離北京，是五月的話，不覺在梁山泊早過了兩個多月。◎9但見金風※2淅淅，玉露泠泠，又早是中秋節近。盧俊義思想歸期，對宋江訴說。宋江見盧俊義思歸苦切，便道：「這個容易，來日金沙灘送別。」盧俊義大喜。有詩爲證：

一別家山歲月賒※3，寸心無日不思家。
此身恨不生雙翼，欲借天風過水涯。

次日，還把舊時衣裳、刀棒送還員外，一行衆頭領都送下山。宋江把一盤金銀相送。盧俊義推道：「非是盧某說口，金帛錢財，家中頗有，但得到北京盤纏足矣。賜與之物，

評點

◎7.這個啞道童忒狠。（容夾）
◎8.吳用只是一意，妙筆。（金批）
◎9.四個月內燕青緣何不往梁山泊走一遭。（容眉）
◎10.數語寫得進以禮，退以義。綽綽有餘，眞乃英雄員外。（金批）（金本此處爲「山寨之物，從何而來，盧某好受？若無盤纏，如何回去，盧某好卻？但得度到北京，其餘也是無用。」——編者按）

決不敢受。」◎10宋江等衆頭領直送過金沙灘，作別自回，不在話下。

不說宋江回寨，只說盧俊義拽開腳步，星夜奔波，行了旬日，到得北京，日已薄暮，趕不入城，就在店中歇了一夜。次日早晨，盧俊義離了村店，飛奔入城。尚有一里多路，只見一人頭巾破碎，衣裳藍褸※4，看著盧俊義，納頭便拜。盧俊義擡眼看時，卻是浪子燕青，便問：「小乙，你怎地這般模樣？」燕青道：「這裏不是說話處。」盧俊義轉過土牆側首，細問原故。燕青說道：「自從主人去後，不過半月，李固回來，對娘子說道：『主人歸順了梁山泊宋江，坐了第二把交椅。』當時便去官司首告了。他已和娘子做了一路※5，嗔怪燕青違拗，將我趕逐出門。將一應衣服盡行奪了，趕出城外。更兼分付一應親戚相識，但有人安著燕青在家歇的，他便捨半個家私，和他打官司，因此無人敢著小乙。在城中安不得身，只得來城外求乞度日，權在庵內安身。正要往梁山泊尋見主人，又不敢造次。若主人果自泊裏來，可聽小乙言語，再回梁山泊去，別做個商議。若入城中，必中

燕青告訴盧俊義李固已經出賣他，讓盧俊義不要回家，後者不聽。（日版畫，出自《新編水滸畫傳》，葛飾戴斗繪）

註

※1磚兒何厚，瓦兒何薄：形容區別對待，看輕自己的意思。
※2金風：秋風。
※3賒：長，遠的意思。
※4藍褸：即襤褸，形容衣服破爛。
※5做了一路：指同居或者結婚。

圈套。」盧俊義喝道：「我的娘子不是這般人！你這廝休來放屁！」燕青又道：「主人腦後無眼，怎知就裏？主人平昔只顧打熬氣力，不親女色，娘子舊日和李固原有私情，◎[11]今日推門相就，做了夫妻。主人若去，必遭毒手！」盧俊義大怒，喝罵燕青道：「我家五代在北京住，誰不識得？量李固有幾顆頭，敢做恁般勾當？莫不是你做出歹事來，今日倒來反說！我到家中問出虛實，必不和你干休！」燕青痛哭，拜倒地下，拖住主人衣服。盧俊義一腳踢倒燕青，大踏步便入城來。奔到城內，逕入家中，只見大小主管都吃一驚。李固慌忙前來迎接，請到堂上，納頭便拜。盧俊義便問：「燕青安在？」李固答道：「主人且休問，端的一言難盡！只怕發怒，待歇息定了卻說。」賈氏從屏風後哭將出來，◎[12]盧俊義說道：「娘子休哭，且說燕小乙怎地來？」賈氏道：「丈夫且休問，慢慢地卻說。」◎[13]盧俊義心中疑慮，定死要問燕青來歷，李固便道：「主人且請換了衣服，吃了早膳，那時訴說不遲。」一邊安排飯食與盧員外吃。方纔舉箸，只聽得前門後門喊聲齊起，二、三百個做公的搶將入來。盧俊義驚得呆了，就被做公的綁了，一步一棍，直打到留守司來。

其時梁中書正坐公廳，左右兩行，排列狼虎一般公人七、八十個，把盧俊義拿到當面，賈氏和李固也跪在側邊。廳上梁中書大喝道：「你這廝是北京本處百姓良民，如何卻去投降梁山泊落草，坐了第二把交椅？如今倒來裏勾外連，要打北京！今被擒來，有何理說！」盧俊義道：「小人一時愚蠢，被梁山泊吳用假做賣卦先生來家，口出訛言，煽惑良心，掇賺到梁山泊，軟監了兩個多月。今日幸得脫身歸家，並無歹意，望恩相明鏡。」梁中書喝道：「如何說得過！你在梁山泊中，若不通情，如何住了許多時！現放著你的妻子並李固告狀出首，怎地是虛？」李固道：◎14「主人既到這裏，招伏了罷。家中壁上現寫下藏頭反詩，便是老大的證見，不必多說。」賈氏道：「不是我們要害你，只怕你連累我。常言道：『一人造反，九族全誅！』」盧俊義跪在廳下，叫起屈來。李固道：「主人不必叫屈，是眞難滅，是假易除。早早招了，免致吃苦。」賈氏道：◎15「丈夫，虛事難入公門，實事難以抵對。你若做出事來，送了我的性命。不奈有情皮肉，無情杖子。你便招了，也只吃得有數的官司。」李固上下都使了錢，張孔目廳上稟說道：「這個頑皮賴骨，不打如何肯招？」梁中書道：「說得是！」喝叫一聲：「打！」左右公人把盧俊義捆翻在地，不由分說，打得皮開肉綻，鮮血迸流，昏暈去了三、四次。盧俊義打熬不過，仰天嘆曰：「是我命中合當橫死，◎16我今屈招了罷！」張孔目當下取了招狀，討一面一百斤死囚枷釘了，押去大牢裏監禁。府前府後看的人，都不忍見。當日推入牢門，吃了三十殺威棒，押到庭心內，跪在面前。獄子炕上坐著那個兩院押牢節級帶管劊子，把手指道：「你認得我麼？」盧俊義看了，不敢做聲。那人是誰，有詩爲證：

兩院押牢稱蔡福，堂堂儀表氣凌雲。
腰間緊繫青鸞帶，頭上高懸墊角巾。

評點

◎11.照出前李固不肯出門，賈氏看車仗流淚情事。（袁眉）
◎12.淫婦多如此。（容夾）
◎13.娘子語與李固語不差一字，絕倒。（金批）（金本此處爲李固與娘子的話均爲：「主人且休問，端的一言難盡！辛苦風霜，待歇息定了卻說。」——編者按）
◎14.看他寫李固道，賈氏道，一遞一口，儼然唱隨，讀之醜不可堪。（金批）
◎15.只兩人一遞一語，便使人氣殺，使人恨殺。（袁眉）
◎16.忽然捎帶算命，可謂隨筆成趣。（金批）

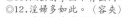

行刑問事人傾膽，使索施枷鬼斷魂。
滿郡誇稱鐵臂膊，殺人到處顯精神。

這兩院押獄，兼充行刑劊子，姓蔡名福，北京土居人氏。因爲他手段高強，人呼他爲鐵臂膊。旁邊立著一個嫡親兄弟，叫做蔡慶，有詩爲證：

押獄叢中稱蔡慶，眉濃眼大性剛強。
茜紅衫上描鸂鶒※6，茶褐衣中繡木香。
曲曲領沿深染皂，飄飄博帶淺塗黃。
金環燦爛頭巾小，一朵花枝插鬢旁。

這個小押獄蔡慶，生來愛帶一枝花，河北人順口，都叫他做一枝花蔡慶。那人拄著一條水火棍，立在哥哥側邊。蔡福道：「你且把這個死囚帶在那一間牢裏，我家去走一遭便來。」蔡慶把盧俊義自帶去了。

蔡福起身，出離牢門來，只見司前墻下轉過一個人來，手裏提個飯罐，面帶憂容。蔡福認得是浪子燕青。蔡福問道：「燕小乙哥，你做甚麼？」燕青跪在地下，擎著兩行眼淚，告道：「節級哥哥，可憐見小人的主人盧員外吃屈官司，又無送飯的錢財！小人城外叫化得這半罐子飯，權與主人充飢。節級哥哥，怎地做個方便。」說罷，淚如雨下，拜倒在地。蔡福道：「我知此事，你自去送飯，把與他吃。」燕青拜謝了，自進牢

保定直隸總督署戒石坊。拍攝時間1998年。（蕭默／fotoe提供）

裏去送飯。蔡福轉過州橋來，只見一個茶博士，叫住唱喏道：「節級，有個客人在小人茶房內樓上，專等節級說話。」蔡福來到樓上看時，卻是主管李固。各施禮罷，蔡福道：「主管有何見教？」李固道：「奸不廝瞞，俏不廝欺，小人的事，都在節級肚裏。今夜晚間，只要光前絕後※7。◎17無甚孝順，五十兩蒜條金在此，送與節級。廳上官吏，小人自去打點。」蔡福笑道：「你不見正廳戒石※8上，刻著『下民易虐，上蒼難欺』。你那瞞心昧己勾當，怕我不知！你又佔了他家私，謀了他老婆，如今把五十兩金子與我，結果了他性命，日後提刑官下馬※9，我吃不得這等官司。」李固道：「只是節級嫌少，小人再添五十兩。」蔡福道：「李固，你割貓兒尾，拌貓兒飯！北京有名恁地一個盧員外，只值得這一百兩金子？你若要我倒地他，不是我詐你，只把五百兩金子與我。」◎18李固便道：「金子有在這裏，便都送與節級，只要今夜晚些成事。」蔡福收了金子，藏在身邊，起身道：「明日早來扛屍。」李固拜謝，歡喜去了。蔡福回到家裏，卻纔進門，只見一人揭起蘆簾，隨即入來。那人叫道：「蔡節級相見。」蔡福看時，但見那一個人生得十分標致，且是打扮得整齊，身穿鴉翅青團領，腰繫羊脂玉鬧妝※10，

註

※6鸂鶒：音西赤。水鳥名。形大於鴛鴦，而多紫色，好並遊。俗稱紫鴛鴦。

※7光前絕後：光，光大、擴充；絕，斷絕。擴充了前人所不及的事，做出了後人難以做到的事。形容功業偉大或成就卓著。這裏指把人暗殺了。

※8戒石：宋代以來立於地方官署中刻有警戒官吏銘文的石碑。

※9提刑官下馬：宋時，皇帝派到各地查勘司法情況的官，名爲提點刑獄官，省稱提刑官。下馬，就是停留在此地之意。

※10羊脂玉鬧妝：羊脂玉，白玉的一種，半透明，以色如羊脂，故名。鬧妝，用金銀珠寶等雜綴而成的腰帶或鞍、轡之類飾物。

評點

◎17.換一個絕字，翻好作歹，奇絕。（袁眉）

◎18.非不爲二蔡地，蓋行文欲險，不得不爾。（金批）

頭帶鵔鸃冠※11，足躡珍珠履。那人進得門，看著蔡福便拜。蔡福慌忙答禮，便問道：「官人高姓？有何見教？」那人道：「可借裏面說話。」蔡福便請入來一個商議閣裏，分賓坐下。那人開話道：「節級休要吃驚。在下便是滄州橫海郡人氏，姓柴名進，大周皇帝嫡派子孫，綽號小旋風的便是。只因好義疏財，結識天下好漢，不幸犯罪，流落梁山泊。今奉宋公明哥哥將令，差遣前來，打聽盧員外消息。誰知被贓官污吏、淫婦奸夫，通情陷害，監在死囚牢裏，一命懸絲，盡在足下之手。不避生死，特來到宅告知。如是留得盧員外性命在世，佛眼相看，不忘大德。但有半米兒差錯，兵臨城下，將至濠邊，無賢無愚，無老無幼，打破城池，盡皆斬首！◎19久聞足下是個仗義全忠的好漢，無物相送，今將一千兩黃金薄禮在此。倘若要捉柴進，就此便請繩索，誓不皺眉。」蔡福聽罷，嚇得一身冷汗，半晌答應不得。柴進起身道：「好漢做事，休要躊躇，便請一決。」蔡福道：「且請壯士回步，小人自有措置。」柴進便拜道：「既蒙語諾，當報大恩。」出門喚個從人，取出黃金，遞與蔡福，唱個喏便走。外面從人，乃是神行太保戴宗，◎20又是一個不會走的！

蔡福得了這個消息，擺撥※12不下，思量半晌，回到牢中，把上項的事卻對兄弟說了一遍。蔡慶道：「哥哥生平最會斷決，量這些小事，有何難哉？常言道：『殺人須見血，救人須救徹！』既然有一千兩金子在此，我和你替他上下使用。梁中書、張孔目，都是好利之徒，接了賄賂，必然周全盧俊義性命。葫蘆提配將出去，救得救不得，自有

他梁山泊好漢，俺們幹的事便了也。」◎21蔡福道：「兄弟這一論，正合我意。你且把盧員外安頓好處，早晚把些好酒食將息他，傳個消息與他。」蔡福、蔡慶兩個商議定了，暗地裏把金子買上告下，關節已定。次日，李固不見動靜，前來蔡福家催併。蔡慶回說：「我們正要下手結果他，中書相公不肯，已有人分付，要留他性命。你自去上面使用，囑付下來，我這裏何難？」李固隨即又央人去上面使用。中間過錢人去囑托，梁中書道：「這是押牢節級的勾當，難道教我下手？過一、兩日，教他自死。」兩下裏廝推，◎22張孔目已得了金子，只管把文案拖延了日期，蔡福就裏又打關節，教及早發落。張孔目將了文案來稟。梁中書道：「這事如何決斷？」張孔目道：「小吏看來，盧俊義雖有原告，卻無實跡。雖是在梁山泊住了許多時，這個是扶同詿誤※13，難問眞犯。脊杖四十，刺配三千里。不知相公意下如何？」梁中書道：「孔目見得極明，正與下官相合。」隨喚蔡福牢中取出盧俊義來，就當廳除了長枷，讀了招狀文案，決了四十脊杖。換一具二十斤鐵葉盤頭枷，就廳前釘了，便差董超、薛霸，管押前去，直配沙門島。原來這董超、薛霸，自從開封府做公人，押解林沖去滄州路上，害不得林沖，回來被高太尉尋事刺配北京。梁中書因見他兩個能幹，就留在留守司勾當。今日又差他兩個監押盧俊義。當下董超、薛霸領了公文，帶了盧員外，離了州衙，把盧俊義監在使臣房裏，各

註

※11鵕鸃冠：一種色彩斑斕的野雞毛做的帽子。
※12擺撥：同擺佈。
※13扶同詿誤：扶同，牽連。扶同詿誤，被牽連而做錯事。

評點

◎19.這班人畢竟停當。（容眉）
◎20.百忙中忽作趣語，然非此傳正例也。（金批）
◎21.覩蔡慶聽兄之言，可有救人之路，可是有智。（余評）
◎22.曲盡官吏推諉之態。（袁眉）

自歸家，收拾行李包裹，即便起程。詩曰：

不親女色丈夫身，爲甚離家憶內人？
誰料室中獅子吼，卻能斷送玉麒麟！

且說李固得知，只叫得苦，便叫人來請兩個防送公人說話。董超、薛霸到得那裏酒店內，李固接著，請至閣兒裏坐下，一面鋪排酒食管待。三杯酒罷，李固開言說道：「實不相瞞，盧員外是我仇家。◎23如今配去沙門島，路途遙遠，他又沒一文，教你兩個空費了盤纏。急待回來，也得三、四個月。我沒甚的相送，兩錠大銀，權爲壓手。多只兩程，少無數里，就僻靜去處，結果了他性命，揭取臉上金印回來表證，教我知道，每人再送五十兩蒜條金與你。你們只動得一張文書，留守司房裏，我自理會。」董超、薛霸兩兩相覷，沉吟了半晌，見了兩個大銀，如何不起貪心。董超道：「只怕行不得。」薛霸便道：「哥哥，這李官人也是個好男子，我們也把這件事結識了他。若有急難之處，要他照管。」李固道：「我不是忘恩失義的人，慢慢地報答你兩個。」董超、薛霸收了銀子，相別歸家，收拾包裹，連夜起身。◎24盧俊義道：「小人今日受刑，杖瘡疼痛，容在明日上路。」薛霸罵道：「你便閉了鳥嘴！老爺自晦氣，撞著你這窮神！沙門島往回六千里有餘，費多少盤纏！你又沒一文，教我們如何擺佈！」盧俊義訴道：「念小人負屈含冤，上下看覷則個。」董超罵道：「你這財主們，閑常一毛不拔，◎25今日天開眼，報應得快！你不要怨悵，我們相幫你走。」盧俊義忍氣吞聲，只得走動行出東

門。董超、薛霸把衣包、雨傘，都掛在盧員外枷頭上。盧員外一生財主，今做了囚人，無計奈何。那堪又值晚秋天氣，紛紛黃葉墜，對對塞鴻飛，憂悶之中，只聽得橫笛之聲。正是：

> 誰家玉笛弄秋清，撩亂無端惱客情。
> 自是斷腸聽不得，非干吹出斷腸聲。

兩個公人，一路上做好做惡，管押了行。看看天色傍晚，約行了十四、五里，前面一個村鎮，尋覓客店安歇。當時小二哥引到後面房裏，安放了包裹。薛霸說道：「老爺們苦殺是個公人，那裏倒來伏侍罪人？你若要飯吃，快去燒火！」盧俊義只得帶著枷來到廚下，問小二哥討了個草柴，縛做一塊，來竈前燒火。小二哥替他淘米做飯，洗刷碗盞。盧俊義是財主出身，這般事卻不會做。草柴火把又濕，又燒不著，一齊滅了，甫能盡力一吹，被灰眯了眼睛。◎26董超又喃喃訥訥地罵。做得飯熟，兩個都盛去了，盧俊義並不敢討吃。兩個自吃了一回，剩下些殘湯冷飯，與盧俊義吃了。薛霸又不住聲罵了一回。吃了晚飯，又叫盧俊義去燒腳湯。等得湯滾，盧俊義方敢去房裏坐地。兩個自洗了腳，掇一盆百煎滾湯，賺盧俊義洗腳。方纔脫得草鞋，被薛霸扯兩條腿，納在滾湯裏，大痛難禁。薛霸道：「老爺伏侍你，顛倒做嘴臉！」兩個公人自去炕上睡了，把一條鐵索，將盧員外鎖在房門背後。聲喚到四更，兩個公人起來，叫小二哥做飯。自吃飽了，收拾包裹要行。盧俊義看腳時，都是潦漿泡，點地不得。當日秋雨紛紛，路上又滑，盧

評點

◎23.財主寒心。（袁夾）
◎24.公人受李固之金，便以懷害俊義之意，天理何在？（余評）
◎25.說財主們通病，透極。（袁眉）
◎26.妙絕形容，爲財主說話。（袁眉）

俊義一步一攧，薛霸拿起水火棍，攔腰便打，董超假意去勸，一路上埋冤叫苦。離了村店，約行了十餘里，到一座大林。盧俊義道：「小人其實捱不動了，可憐見，權歇一歇！」兩個公人帶入林子來，正是東方漸明，未有人行。薛霸道：「我兩個起得早了，好生困倦，欲要就林子裏睡一睡，只怕你走了。」盧俊義道：「小人插翅也飛不去。」薛霸道：「莫要著你道兒，且等老爺縛一縛。」腰間解下麻索來，兜住盧俊義肚皮，去那松樹上只一勒，反拽過腳來，綁在樹上。薛霸對董超道：「大哥，你去林子外立著，若有人來撞著，咳嗽爲號。」董超道：「兄弟，放手快些個。」薛霸道：「你放心，去看著外面。」說罷，拿起水火棍，看著盧員外道：「你休怪我兩個。你家主管李固，教我們路上結果你。便到沙門島，也是死，不如及早打發了你！陰司地府，不要怨我們。明年今日，是你週年。」盧俊義聽了，淚如雨下，低頭受死。薛霸兩隻手拿起水火棍，望著盧員外腦門上劈將下來。董超在外面，只聽得一聲撲地響，慌忙走入林子裏來看時，盧員外依舊縛在樹上，薛霸倒仰臥樹下，水火棍撇在一邊。董超道：「卻又作怪！莫不是他使得力猛，倒吃一交？」仰著臉四下裏看時，不見動靜。薛霸口裏出血，心窩裏露出三、四寸長一枝小小箭桿。卻待要叫，只見東北角樹上坐著一個人。聽得叫聲：「著！」撒手響處，董超脖項上早中

董超、薛霸想在樹林裏謀害盧俊義，藏在樹上的燕青用弩箭射死兩個公人。（選自《水滸傳版刻圖錄》，江蘇廣陵古籍刻印社）

了一箭，兩腳蹬空，撲地也倒了。那人托地從樹上跳將下來，拔出解腕尖刀，割斷繩索，劈碎盤頭枷，就樹邊抱住盧員外，放聲大哭。盧俊義開眼看時，認得是浪子燕青，◎27叫道：「小乙！莫不是魂魄和你相見麼？」燕青道：「小乙直從留守司前跟定這廝兩個。見他把主人監在使臣房裏，又見李固請去說話，小乙疑猜這廝們要害主人，連夜直跟出城來。主人在村店裏時，小乙伏侍在外頭，比及五更裏起來，小乙先在這裏等候，想這廝們必來這林子裏下手。被我兩弩箭結果了他兩個，主人見麼？」◎28這浪子燕青那把弩弓，三枝快箭，端的是百發百中。怎見得弩箭好處：

弩樁勁裁烏木，山根對嵌紅牙。撥手輕襯水晶，弦索半抽金線。背纏錦袋，彎彎如秋月未圓；穩放鵰翎，急急似流星飛進。

盧俊義道：「雖是你強救了我性命，卻射死這兩個公人，這罪越添得重了，待走那裏去的是？」燕青道：「當初都是宋公明苦了主人，今日不上梁山泊時，別無去處。」盧俊義道：「只是我杖瘡發作，腳皮破損，點地不得。」燕青道：「事不宜遲，我背著主人去。」便去公人身邊，搜出銀兩，帶著弩弓，插了腰刀，拿了水火棍，背著盧俊義，一直望東邊行走。不到十數里，早馱不動。見一個小小村店，入到裏面，尋房安下，買些酒肉，權且充飢，兩個暫時安歇這裏。

卻說過往人看見林子裏射死兩個公人在彼，近處社長，報與里正得知，卻來大名府裏首告。隨即差官下來檢驗，卻是留守司公人董超、薛霸。回覆梁中書，著落大名府緝

評點

◎27.浪子在此救主，乃天理昭然，短幸准使爲也。（余評）
◎28.如小乙者，眞忠義也。（容眉）

捕觀察，限了日期，要捉凶身。做公的人都來看了。論這弩箭，眼見得是浪子燕青的。事不宜遲，一、二百做公的分頭去，一到處貼了告示，說那兩個模樣，曉諭遠近村坊道店、市鎮人家，挨捕捉拿。卻說盧俊義正在村店房中將息杖瘡，又走不動，只得在那裏且住。◎29店小二聽得有殺人公事，村坊裏排頭說來，畫兩個模樣，小二見了，連忙去報本處社長：「我店裏有兩個人，好生腳叉※14，不知是也不是。」社長轉報做公的去了。

卻說燕青為無下飯，拿了弩子，去近邊處尋幾個蟲蟻吃。卻待回來，只聽得滿村裏發喊。燕青躲在樹林裏張時，看見一、二百做公的，槍刀圍定，把盧俊義縛在車子上，推將過去。燕青要搶出去救時，又無軍器，只叫得苦，◎30尋思道：「若不去梁山泊報與宋公明得知，叫他來救，卻不是我誤了主人性命？」當時取路，行了半夜，肚裏又飢，身邊又沒一文。走到一個土岡子上，叢叢雜雜有些樹木，就林子裏睡到天明，心中憂悶，只聽得樹枝上喜雀咶咶噪噪，尋思道：「若是射得下來，村坊人家討些水，煮瀑得熟，也得充飢。」走出林子外，擡頭看時，那喜雀朝著燕青噪。燕青輕輕取出弩弓，暗暗問天買卦，望空祈禱，說道：「燕青只有這一隻箭了。若是救得主人性命，箭到，靈雀墜空；若是主人命運合休，箭到，靈雀飛去。」搭上箭，叫聲：「如意子，不要誤我！」弩子響處，正中喜雀後尾，帶了那枝箭，直飛下岡子去。燕青大踏步趕下岡子去，不見了喜雀。正尋之間，只見兩個人從前面走來。怎生打扮，但見：

前頭的，帶頂豬嘴頭巾，腦後兩個金裹銀環，上穿香皂羅衫，腰繫銷金膊。

評點

◎29.該急上梁山泊乃是。（容眉）
◎30.忍氣含淚，此句慘人憂悶，不忍觀之。（余評）
◎31.便作賊盜行事。（袁眉）
◎32.手腕通語言，妙甚。（袁眉）

穿半膝軟襪麻鞋，提一條齊眉棍棒。後面的，白范陽遮塵笠子，茶褐攢線袖衫。腰繫緋紅纏袋，腳穿踢土皮鞋。背了衣包，提條短棒，跨口腰刀。

這兩個來的人，正和燕青打個肩廝拍。燕青轉回身，看了這兩個，尋思道：「我正沒盤纏，何不兩拳打倒兩個，奪了包裹，卻好上梁山泊。」◎31揣了弩弓，抽身回來。這兩個低著頭只顧走。燕青趕上，把後面帶氈笠兒的後心一拳，撲地打倒。卻待拽拳再打那前面的，反被那漢子手起棒落，正中燕青左腿，打翻在地。後面那漢子爬將起來，踏住燕青，掣出腰刀，劈面門便剁。燕青大叫道：「好漢！我死不妨，卻誰爲主人報信！」那漢便不下刀，收住了手，提起燕青問道：「你這廝報甚麼音信？」燕青道：「你問我待怎地？」那前面的好漢把燕青手一拖，卻露出手腕上花繡，慌忙問道：「你不是盧員外家甚麼浪子燕青？」◎32燕青想道：「左右是死，索性說了，教他捉去，和主人陰魂做一處！」便道：「我正是盧員外家浪子燕青。今要上梁山泊報信，教宋公明救我主人則個。」二人見說，呵呵大笑，說道：「早是不殺了你！原來正是燕小乙哥！你認得我兩個麼？」穿皀的不是別人，梁山泊頭領病關索楊雄，後

本回回末敘述石秀為了搭救盧俊義，從酒樓上跳下，一人劫殺法場。（朱寶榮繪）

註

※14腳叉：來路不明、陌生。

面的便是拚命三郎石秀。◎33楊雄道：「我兩個今奉哥哥將令，差往北京，打聽盧員外消息。軍師與戴院長亦隨後下山，專候通報。」燕青聽得是楊雄、石秀，把上件事都對兩個說了。楊雄道：「既是如此說時，我和燕青上山寨，報知哥哥，別做個道理。你可自去北京打聽消息，便來回報。」石秀道：「最好。」便把包裹與燕青背了，跟著楊雄連夜上梁山泊來。見了宋江，燕青把上項事備細說了一遍。宋江大驚，便會衆頭領商議良策。

且說石秀只帶自己隨身衣服，來到北京城外，天色已晚，入不得城，就城外歇了一宿。次日早飯罷，入得城來，但見人人嗟嘆，個個傷情。石秀心疑。來到市心裏，只見人家閉戶關門，石秀問市戶人家時，只見一個老丈回言道：「客人，你不知我這北京有個盧員外，等地※15財主，因被梁山泊賊人擄掠前去，逃得回來，倒吃了一場屈官司，迭配去沙門島。又不知怎地路上壞了兩個公人，昨夜拿來，今日午時三刻，解來這裏市曹上斬他，客人可看一看。」石秀聽罷，走來市曹上看時，十字路口，是個酒樓，石秀便來酒樓上，臨街佔個閣兒坐了。酒保前來問道：「客官，還是請人？只是獨自酌杯？」石秀睜著怪眼說道：「大碗酒，大塊肉，只顧賣來，問甚麼鳥！」◎34酒保倒吃了一驚，打兩角酒，切一大盤牛肉將來。石秀大碗大塊，吃了一回。坐不多時，只聽得樓下街上熱鬧，石秀便去樓窗外看時，只見家家閉戶，舖舖關門。酒保上樓來道：「客官醉也？樓下出公事※16，快算了酒錢，別處去迴避！」石秀道：「我怕甚麼鳥！你快走下去，莫

要討老爺打！」酒保不敢做聲，下樓去了。不多時，只見街上鑼鼓喧天價來。但見：

> 兩聲破鼓響，一棒碎鑼鳴。皂纛旗招展如雲，柳葉槍交加似雪。犯由牌前引，白混棍後隨。押牢節級猙獰，仗刃公人猛勇。高頭馬上，監斬官勝似活閻羅；刀劍林中，掌法吏猶如追命鬼。可憐十字街心裏，要殺含冤負屈人！

石秀在樓窗外看時，十字路口，周迴圍住法場，十數對刀棒劊子，前排後擁，把盧俊義綁押到樓前跪下。鐵臂膊蔡福拿著法刀，一枝花蔡慶扶著枷梢，說道：「盧員外，你自精細看，不是我弟兄兩個救你不得，事做拙了。前面五聖堂裏，我已安排下你的坐位了，你可一魂去那裏領受。」說罷，人叢裏一聲叫道：「午時三刻到了！」一邊開枷，蔡慶早拿住了頭，蔡福早掣出法刀在手。當案孔目高聲讀罷犯由牌，衆人齊和一聲。樓上石秀只就那一聲和裏，掣著腰刀在手，應聲大叫：「梁山泊好漢全夥在此！」蔡福、蔡慶撇了盧員外，扯了繩索先走。石秀從樓上跳將下來，手舉鋼刀，殺人似砍瓜切菜，走不迭的，殺翻十數個。一隻手拖住盧俊義，投南便走。原來這石秀不認得北京的路，◎35更兼盧員外驚得呆了，越走不動。梁中書聽得報來，大驚，便點帳前頭目，引了人馬，分頭去把城四門關上。差前後做公的，合將攏來。隨你好漢英雄，怎出高城峻壘？正是：分開陸地無牙爪，飛上青天欠羽毛。畢竟盧員外同石秀當下怎地脫身？且聽下回分解。◎36

註

※15 等地：當地。

※16 公事：斬犯人。

評點

◎33. 用楊雄、石秀，亦從奸夫淫婦上映帶而來。（金批）

◎34. 妝點得石秀便有氣色。（容眉）

◎35. 只謂救出一個，卻是陷入兩個，筆力之奇，如龍攪海，的的才子。（金批）

◎36. 柴進千金，都是俠氣；燕青兩弩，都是義氣；石秀一跳，都是正氣。盧員外有此弟兄護持，其誰得而死之！（袁評）

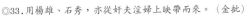

第六十三回

宋江兵打北京城　關勝議取梁山泊◎1

話說當時石秀和盧俊義兩個，在城內走投沒路，四下裏人馬合來，衆做公的把撓鈎搭住，套索絆翻，可憐悍勇英雄，方信寡不敵衆。兩個當下盡被捉了，解到梁中書面前，叫押過劫法場的賊來。石秀押在廳下，睜圓怪眼，高聲大罵：「你這敗壞國家害百姓的賊，我聽著哥哥將令，早晚便引軍來，打你城子，踏爲平地，把你砍做三截！先教老爺來和你們說知。」◎2石秀在廳前千賊萬賊價罵，廳上衆人都

梁山泊散發傳單，威脅梁中書。（朱寶榮繪）

諕呆了。梁中書聽了，沉吟半晌，叫取大枷來，且把二人枷了，監放死囚牢裏，分付蔡福在意看管，休教有失。蔡福要結識梁山泊好漢，把他兩個做一處牢裏關著，每日好酒、好肉與他兩個吃，因此不曾吃苦，◎3倒將養得好了。卻說梁中書喚本州新任王太守當廳發落，就城中計點被傷人數，殺死的有七、八十個，跌傷頭面、磕損皮膚、撞折腿腳者，不計其數。報名在官，梁中書支給官錢，醫治燒化了當。次日，城裏城外報說將來：「收得梁山泊沒頭帖子數十張，不敢隱瞞，只得呈上。」梁中書看了，唬得魂飛天外，魄散九霄。帖子上寫道：

> 梁山泊義士宋江，仰示大名府，布告天下。今爲大宋朝濫官當道，污吏專權，毆死良民，塗炭萬姓。北京盧俊義乃豪傑之士，◎4今者啓請上山，一同替天行道。如何妄徇奸賄，殺害善良！特令石秀先來報知，不期俱被擒捉。如是存得二人性命，獻出淫婦奸夫，吾無侵擾。

評點

◎1.奴才，古作奴財，始於郭令公之罵其兒，言爲群奴之所用也。乃自今日觀之，而群天之下又何此類之多乎哉！一哄之市，抱布握粟，棼如也。彼棼如者何爲也？爲奴財而已也。山川險阻，舟車翻覆，棼如也。彼棼如者何爲也？爲奴財而已也。甚而至於窮夜咿唔，比年入棘，棼如也。彼棼如者何爲？爲奴財而已也。又甚至於握符綰綬，呵殿出入，棼如也。彼棼如者何爲？爲奴財而已也。馳戈驟馬，解脰陷腦，棼如也。幸而功成，即無不爲奴財者也。千里行腳，頻年講肆，棼如也。既而來歸，亦無不爲奴財者也。嗚呼！群天下之人，而無不爲奴財。然則君何賴以治？民何賴以安？親何賴以養？子何賴以教？己德何賴以立？後學何賴以仿哉？石秀之罵梁中書曰：「你這與奴才做奴才的奴才。」誠乃耐庵托筆罵世，爲快絕哭絕之文也。
索超先是已從楊志文中出現，至是隔五十餘卷，而乃忽然欲合。恐人謂其無因而至前也，於是先從此處斜見橫出，卻又借韓滔一箭再作一頓，然後轉出雪天之擒，其不肯率然置筆如此。射索超用韓滔者，何也？意在再頓索超，非意在必射索超也。故有時射用花榮，是成乎其爲射也；有時射用韓滔，是不成乎其爲射也。不成乎其爲射，而必用韓滔者，何也？韓滔爲秦明副將，便即借之也。以堂堂宰相之尊，袞袞樞密院官，三衙太尉之眾，而面面廝覷，則面面廝覷已耳，亦有何策上紓國憂，下弭賊勢乎哉？忽然背後轉出一人，忽然背後轉出之人，又從背後引出一人；忽然背後人所引之背後人，又從背後引出一人。嗚呼！才難未必然乎？是何背後之多人也？然則之三人亦幸而得遇朝廷多事，尚得有以自見；不然者，幾何其不爲堂堂宰相、袞袞樞密院官、三衙太尉之腳底下泥，終亦不見天日之面也。之三人亦不幸而得遇朝廷多事，終亦不免自見；不然者，吾知其閉户高臥，亦足自老，殊不願從堂堂宰相、袞袞樞密院官、三衙太尉之鼻下喉間仰取氣息也。讀竟，爲之三嘆。（金批）
◎2.石秀是眞菩薩，大聖人。（容眉）
◎3.安放此句於沒頭帖子之前者，表二蔡也。（金批）
◎4.好文章，擲地當作金石聲。（金批）

倘若故傷羽翼，屈壞股肱，便當拔寨興師，同心雪恨，大兵到處，玉石俱焚。剿除奸詐，殄滅愚頑，天地咸扶，鬼神共祐，談笑入城，並無輕恕。義夫節婦，孝子順孫，好義良民，清慎官吏，切勿驚惶，◎5各安職業。諭眾知悉。

當時梁中書看了沒頭告示，便喚王太守到來商議：「此事如何剖決？」王太守是個善懦之人，◎6聽得說了這話，便稟梁中書道：「梁山泊這一夥，朝廷幾次尚且收捕他不得，何況我這裏一郡之力？倘若這亡命之徒引兵到來，朝廷救兵不迭，那時悔之晚矣！若論小官愚意，且姑存此二人性命，一面寫表，申奏朝廷；二即奉書呈上蔡太師恩相知道；三者可教本處軍馬出城下寨，提備不虞。如此，可保北京無事，軍民不傷。若將這兩個一時殺壞，誠恐寇兵臨城，一者無兵解救，二者朝廷見怪，三乃百姓驚慌，城中擾亂，深為未便。」◎7梁中書聽了道：「知府言之極當。」先喚押牢節級蔡福來，便道：「這兩個賊徒，非同小可。你若是拘束得緊，誠恐喪命；若教你寬鬆，又怕他走了。你弟兄兩個，早早晚晚，可緊可慢，在意堅固，管候發落，休得時刻怠慢。」蔡福聽了，心中暗喜：「如此發放，正中下懷。」領了鈞旨，自去牢中安慰他兩個，不在話下。

只說梁中書便喚兵馬都監大刀聞達、天王李成兩個，都到廳前商議。梁中書備說梁山泊沒頭告示，王太守所言之事。兩個都監聽罷，李成便道：「量這夥草寇，如何敢擅離巢穴？◎8相公何必有勞神思？李某不才，食祿多矣，無功報德，願施犬馬之勞，統領軍卒，離城下寨，草寇不來，別作商議。如若那夥強寇年衰命盡，擅離巢穴，領眾

前來，不是小將誇口，定令此賊片甲不回！」梁中書聽了大喜，隨即取金花※1繡緞，賞勞二將。兩個辭謝，別了梁中書，各回營寨安歇。次日，李成升帳，喚大小官軍上帳商議。旁邊走過一人，威風凜凜，相貌堂堂，便是急先鋒索超，又出頭相見。李成傳令道：「宋江草寇，早晚臨城，要來打俺北京，你可點本部軍兵離城三十五里下寨，我隨後卻領軍來。」索超得了將令，次日點起本部軍兵，至三十五里，地名飛虎峪，靠山下了寨柵。次日，李成引領正、偏將，離城二十五里，地名槐樹坡，下了寨柵。周圍密布槍刀，四下深藏鹿角，三角掘下陷坑。眾軍摩拳擦掌，諸將協力同心，只等梁山泊軍馬到來，便要建功。

話分兩頭。原來這沒頭帖子，卻是吳學究聞得燕青、楊雄報信，又叫戴宗打聽得盧員外、石秀都被擒捉，因此虛寫告示，向沒人處撇下，及橋梁道路上貼放，只要保全盧俊義、石秀二人性命。◎9戴宗回到梁山泊，把上項事備細與眾頭領說知。宋江聽罷大驚，就忠義堂上打鼓集眾，大小頭領各依次序而坐。宋江開話對吳學究道：「當初軍師好意，啓請盧員外上山來聚義，今日不想卻教他受苦，又陷了石秀兄弟，當用何計可救？」吳用道：「兄長放心。小生不才，願獻一計，乘此機會，就取北京錢糧，以供山寨之用。明日是個吉辰，請兄長分一半頭領把守山寨，其餘盡隨我等去打城池。」宋江道：「軍師之言極當。」便喚鐵面孔目裴宣，派撥大小軍兵，來日起程。黑旋風李

註

※1金花：金碗，宋代官府賜給將官的飾品。

評點

◎5.不驚惶者幾人。（芥眉）
◎6.好個王太守。（容眉）
◎7.不殺這兩個有恁便處？（容眉）
◎8.還是這人通。（容眉）
◎9.戴宗絕蠢，這個沒頭帖子如何便救得二人姓名。（容眉）

⊗御制生春圖，清乾隆三十二年（西元1767年）徐揚所繪清代北京城的繁榮景象。（fotoe提供）

逵便道：「我這兩把大斧多時不曾發市，聽得打州劫縣，他也在廳邊歡喜。哥哥撥與我五百小嘍囉，搶到北京，把梁中書砍做肉泥，拿住李固和那婆娘，碎屍萬段，救取盧員外、石秀二人性命，是我心願。」宋江道：「兄弟雖然勇猛，這北京非比別處州府，且梁中書又是蔡太師女婿，更兼手下有李成、聞達，都有萬夫不當之勇，不可輕敵。」李逵大叫道：「哥哥，這般長別人志氣，滅自己威風！且看兄弟去如何？若還輸了，誓不回山。」吳用道：「既然你要去，便教做先鋒，點與五百好漢相隨，就充頭陣，來日下山。」當晚宋江和吳用商議，撥定了人數。裴宣寫了告示，送到各寨，各依撥次施行，不得時刻有誤。此時秋末冬初天氣，征夫容易披掛，戰馬易得肥滿。軍卒久不臨陣，皆生戰鬥之心；各恨不平，盡想報仇之念。得蒙差遣，歡天喜地，收拾槍刀，拴束鞍馬，摩拳擦掌，時刻下山。◎10第一撥，當先哨路黑旋風李逵，部領小嘍囉五百。第二撥，兩頭蛇解珍、雙尾蝎解寶、毛頭星孔明、獨火星孔亮，部領小嘍囉一千。第三撥，女頭領一丈青扈三娘，副將母夜叉孫二娘、母大蟲顧大嫂，部領小嘍囉一千。第四撥，撲天鵰李應，副將九紋龍史進、小尉遲孫新，部領小嘍囉一千。中軍主將都頭領宋江，軍師吳用。簇帳頭領※2四員，小溫侯呂方、賽仁貴郭盛、病尉遲孫立、鎮三山黃信。前軍頭領霹靂火秦明，副將百勝將韓滔、天目將彭玘。後軍頭領豹子頭林沖，副將鐵笛仙馬麟、火眼狻猊鄧飛。左軍頭領雙鞭呼延灼，副將摩雲金翅歐鵬、錦毛虎燕順。右軍頭領小李

註

※2簇帳頭領：主將營帳周圍隨時聽命的將領。

評點

◎10.點時入事，著些說作，更有興致。（芥眉）

李逵與索超大軍廝殺。（日版畫，出自《新編水滸畫傳》，葛飾戴斗繪）

廣花榮，副將跳澗虎陳達、白花蛇楊春。並帶炮手轟天雷凌振，接應糧草。探聽軍情頭領一員，神行太保戴宗。軍兵分撥已定，平明，各頭領依次而行，當日進發。只留下副軍師公孫勝，並劉唐、朱仝、穆弘四個頭領，統領馬步軍兵，守把山寨。三關水寨中，自有李俊等守把，◎11不在話下。

卻說索超正在飛虎峪寨中坐地，只見流星報馬前來報說：「宋江軍馬大小人兵，不計其數，離寨約有二、三十里，將近到來。」索超聽得，飛報李成槐樹坡寨內。李成聽了，一面報馬入城，一面自備了戰馬，直到前寨。索超接著，說了備細。次日五更造飯，平明拔寨都起，前到庾家疃，列成陣勢，擺開一萬五千人馬。李成、索超全副披掛，門旗下勒住戰馬。平東一望，遠遠地塵土起處，約有五百餘人，飛奔前來。李成鞭梢一指，軍健腳踏硬弩，手拽強弓。梁山泊好漢在庾家疃一字兒擺成陣勢。只見：

人人都帶茜紅巾，個個齊穿緋衲襖。鷺鷥腿緊繫腳綳，虎狼腰牢拴裹肚。三股叉直迸寒光，四棱簡橫拖冷霧。柳葉槍、火尖槍，密布如麻；青銅刀、偃月刀，紛紛似雪。滿地紅旗飄火焰，半空赤幟耀霞光。

東陣上只見一員好漢，當前出馬，乃是黑旋風李逵，手搭雙斧，睜圓怪眼，咬碎剛牙，高聲大叫：「認得梁山泊好漢黑旋風麼？」李成在馬上看了，與索超大笑道：「每日只說梁山泊好漢，原來只是這等腌臢草寇，何足爲道！◎12先鋒，你看麼？何不先捉此賊？」索超笑道：「割雞焉用牛刀，自有戰將建功，◎13不必主將掛念。」言未絕，索超馬後一員首將，姓王名定，手拈長槍，引領部下一百軍馬，飛奔衝將過來。李逵膽勇過人，雖是帶甲遮護，怎當馬軍一衝，當時四下奔走。索超引軍直趕過庾家疃來，只見山坡背後，鑼鼓喧天，早撞出兩彪軍馬。左有解珍、孔亮，右有孔明、解寶，各領五百小嘍囉，衝殺將來。索超見他有接應軍馬，方纔吃驚，不來追趕，勒馬便回。李成問道：「如何不拿賊來？」索超道：「趕過山去，正要拿他，原來這廝們倒有接應人馬，伏兵齊起，難以下手。」李成道：「這等草寇，何足懼哉！」將引前部軍兵，盡數殺過庾家疃來。只見前面搖旗吶喊，擂鼓鳴鑼，又是一彪軍馬。當先一騎馬上，卻是一員女將，

評點

◎11.獨詳此段，爲下關勝用圍魏救趙計作案。（金批）
◎12.眞堪一笑。（金批）
◎13.李成委索超，索超委偏裨，寫得風流談笑之極。（金批）

結束得十分標致。有念奴嬌爲證：

玉雪肌膚，芙蓉模樣，有天然標格※3。金鎧輝煌鱗甲動，銀滲紅羅抹額。玉手纖纖，雙持寶刃，恁英雄烜赫※4，眼溜秋波，萬種妖嬈堪摘。謾馳寶馬當前，霜刃如風，要把官兵斬蕆※5。粉面塵飛，征袍汗濕，殺氣騰胸腋。戰士消魂，敵人喪膽，女將中間奇特。得勝歸來，隱隱笑生雙頰。

且說這扈三娘引軍，紅旗上金書大字「女將一丈青」，左有顧大嫂，右有孫二娘，引一千餘軍馬，盡是七長八短漢，四山五嶽人。李成看了道：「這等軍人，作何用處！先鋒與我向前迎敵，我卻分兵勒捕四下草寇。」索超領了將令，手搭金蘸斧，拍坐下馬，殺奔前來。一丈青勒馬回頭，望山凹裏便走。李成分開人馬，四下裏趕殺，正趕之間，只聽得喊聲震地，霧氣遮天，一彪人馬，飛也似追來。李成急急退兵十四、五里，首尾不能管顧，急退入庾家疃時，左衝出解珍、孔亮，部領人馬，趕殺將來，右衝出孔明、解寶，部領人馬，又殺到來。三員女

法門寺地宮石門上的人物雕塑，陝西寶雞扶風縣法門寺「法門珍寶」陳列室。拍攝時間2007年5月4日。（李全舉提供）

將，撥轉馬頭，隨後殺來，趕得李成軍馬四分五落。急待回寨，黑旋風李逵當先攔住。李成、索超衝開人馬，奪路而去。比及回寨，大折一陣。宋江軍馬也不追趕，一面收兵暫歇，扎下營寨。且說李成、索超，慌忙差人入城，報知梁中書，連夜再差聞達速領本部軍馬，前來助戰。李成接著，就槐樹坡寨內，商議退兵之策。聞達笑道：「疥癩之疾，何足掛意！◎14聞某不才，來日願決一陣，務要全勝。」當夜商議定了，傳令與軍士得知，四更造飯，五更披掛，平明進兵。戰鼓三通，拔寨都起，前到庾家疃。早見宋江軍馬，潑風也似價來。但見：

征雲冉冉飛晴空，征塵漠漠迷西東。
十萬貔貅※6聲震地，東廂火炮如雷轟。
鞞鼓冬冬撼山谷，旌旗獵獵搖天風。
槍影搖空翻玉蟒，劍光耀日飛蒼龍。
六師鷹揚鬼神泣，三軍英勇貔虎同。
罡星煞曜降凡世，天蓬丁甲離青穹。
銀盔金甲濯冰雪，強弓硬弩眞難攻。
人人只欲盡忠義，擒王斬將非邀功。

註

※3標格：風采。
※4烜赫：同煊赫。形容氣勢或名聲很大。
※5斬馘：馘，音國。斬敵首割下左耳計功。亦泛指戰場殺敵。
※6貔貅：音皮休。亦作「豼貅」。古籍中的兩種猛獸。多連用以比喻勇猛的戰士。

評點

◎14.只是要作痛作癢。（容夾）

大刀聞達不知量，狂言逞技眞雕蟲！
飛虎峪中兵四起，星馳電逐無前鋒。
閉關收拾殘戈甲，有如脫兔潛葭蓬※7。

當日大刀聞達，便教將軍馬擺開，強弓硬弩，射住陣腳。花腔鼉鼓擂，雜彩繡旗搖。宋江陣中，早已捧出一員大將，紅旗銀字，大書「霹靂火秦明」，怎生打扮：

頭戴朱紅漆笠，身穿絳色袍鮮，連環鎖甲獸吞肩。抹綠戰靴雲嵌，鳳翅明盔耀日，獅蠻寶帶腰懸。狼牙混棍手中拈，凜凜英雄罕見。

秦明勒馬，厲聲高叫：「北京濫官污吏聽著！多時要打你這城子，誠恐害了百姓良民。好好將盧俊義、石秀送將過來，淫婦奸夫，一同解出，我便退兵罷戰，誓不相侵！若是執迷不悟，便教昆岡火起，玉石俱焚，只在目前。有話早說，休得俄延。」說猶未了，聞達大怒，便問首將：「誰與我力擒此賊？」說言未了，腦後鸞鈴響處，一員大將，當先出馬。怎生打扮：

耀日兜鍪※8晃晃，連環鐵甲重重，團花點翠錦袍紅，金帶鈒成雙鳳。鵲畫弓藏袋內，狼牙箭插壺中。雕鞍穩定五花龍※9，大斧手中摩弄。

這個是北京上將，姓索名超，因爲此人性急，人皆呼他爲急先鋒。出到陣前，高聲喝道：「你這廝是朝廷命官，國家有何負你？你好人不做，卻去落草爲賊！我今拿住你時，碎屍萬段，死有餘辜。」這個秦明又是一個性急的人，聽了這話，正是爐中添炭，火上澆油，拍馬向前，掄狼牙棍直奔將來。索超縱馬，直挺秦明。二匹劣馬相交，兩般軍器並舉，衆軍吶喊。鬥過二十餘合，不分勝敗。宋江軍中，先鋒隊裏轉過韓滔，就馬上拈弓搭箭，覷得索超較親，颼地只一箭，正中索超左臂，◎15撇了大斧，回馬望本陣便走。宋江鞭梢一指，大小三軍，一齊捲殺過來。殺得屍橫遍野，流血成河，大敗虧輸。直追過庾家疃，隨即奪了槐樹坡小寨。當晚聞達直奔飛虎峪，計點軍兵，三停去一。宋江就槐樹坡寨內屯扎，吳用道：「軍兵敗走，心中必怯。若不乘勢追趕，誠恐養成勇氣，急忙難得。」宋江道：「軍師之言極當。」隨即傳令，當晚就將精銳得勝軍將，分作四路，連夜進發，殺奔城來。再說聞達奔到飛虎峪，忙忙似喪家之犬，急急如漏網之魚，正在寨中商議計策，小校來報：「近山上一帶火起！」聞達帶領軍兵，上馬看時，只見東邊山上，火把不知其數，照得遍山遍野通紅。聞達便引軍兵迎敵，山後又是馬軍來到，當先首將小李廣花榮，引副將楊春、陳達，橫殺將來。聞達措手不及，領兵便回飛虎峪。西邊山上，火把不知其數，◎16當先首將雙鞭呼延灼，引副將歐鵬、燕順，衝擊將來。後面喊聲又起，卻是首將霹靂火秦明，引副將韓滔、彭玘，併力殺來。聞達軍馬大亂，拔寨都起。只見前面喊聲又起，火光晃耀，卻是轟天雷凌振，將帶副手，從小路直轉飛虎峪那邊，放起炮來。聞達引軍奪路，奔城而去。只見前面鼓聲響處，早有一彪

註

※7葭蓬：蘆葦和蓬草。

※8兜鍪：鍪，音謀。古代作戰時戴的頭盔。

※9五花龍：五花馬。

評點

◎15.此非爲韓滔立功，正是與索超作地。（金批）

◎16.不出來將姓名，先寫兩帶火起，筆下聲勢之甚。（金批）

軍馬攔路，火光叢中，閃出首將豹子頭林沖，引副將馬麟、鄧飛，截住歸路。四下裏戰鼓齊鳴，烈火競起，衆軍亂竄，各自逃生。聞達手舞大刀，殺開條路走，正撞著李成，合兵一處，且戰且走。戰到天明，已至城下。梁中書聽得這個消息，驚得三魂蕩蕩，七魄幽幽，連忙點軍出城，接應敗殘人馬，緊閉城門，堅守不出。次日，宋江軍馬追來，直抵東門下寨，準備攻城。

且說梁中書在留守司聚衆商議，難以解救。李成道：「賊兵臨城，事在告急，若是遲延，必至失陷。相公可修告急家書，差心腹之人，星夜趕上京師，報與蔡太師知道，早奏朝廷，調遣精兵前來救應，此是上策。◎17第二，作緊行文，關報鄰近府縣，亦教早早調兵接應。第三，北京城內，著仰大名府起差民夫上城，同心協助，守護城池，準備擂木炮石、踏弩硬弓、灰瓶金汁，曉夜提備，如此可保無虞。」梁中書道：「家書隨便修下，誰人去走一遭？」當日差下首將王定，全副披掛，又差數個馬軍，領了密書，放開城門吊橋，望東京飛報聲息，及關報鄰近府分，發兵救應。先仰王太守起集民夫，上城守護，不在話下。且說宋江分調衆將，引軍圍城，東西北三面下寨，只空南門不圍，每日引軍攻打一面。向山寨中催取糧草，爲久屯之計，務要打破北京，救取盧員外、石秀二人。李成、聞達連日提兵出城交戰，不能取勝。索超箭瘡，將息未得痊可。◎18

不說宋江軍兵打城，且說首將王定齎領密書，三騎馬直到東京太師府前下馬。門吏轉報入去，太師教喚王定進來，直到後堂拜罷，呈上密書。蔡太師拆開封皮看了，大

驚，問其備細。王定把盧俊義的事一一說了。「如今宋江領兵圍城，聲勢浩大，不可抵敵。」庾家疃、槐樹坡、飛虎峪三處廝殺，盡皆說罷。蔡京道：「鞍馬勞困，你且去館驛內安下，待我會官商議。」王定又稟道：「太師恩相，大名危如累卵，破在旦夕，倘或失陷，河北縣郡，如之奈何？望太師恩相，早早發兵剿除！」◎19蔡京道：「不必多說，你且退去。」王定去了。太師隨即差當日府幹，請樞密院官，急來商議軍情重事。不移時，東廳樞密使童貫引三衙※10太尉，都到節堂，參見太師。蔡京把大名危急之事，備細說了一遍：「如今將何計策，用何良將，可退賊兵，以保城郭？」說罷，衆官互相廝覷，各有懼色。只見那步司太尉背後轉出一人，乃是衙門防禦使保義，姓宣名贊，掌管兵馬。此人生得面如鍋底，鼻孔朝天，捲髮赤鬚，彪形八尺，使口鋼刀，武藝出衆。先前在王府曾做郡馬，人呼爲醜郡馬。因對連珠箭贏了番將，郡王愛他武藝，招做女婿。誰想郡主嫌他醜陋，懷恨而亡，因此不得重用，只做得個兵馬保義使。童貫是個阿諛諂佞之徒，與他不能相下，常有嫌疑之心。當時此人忍不住，出班來稟太師道：「小將當初在鄉中，有個相識。此人乃是漢末三分義勇武安王※11嫡派子孫，姓關名勝，生得模樣與祖上雲長相似。使一口青龍偃月刀，人稱爲大刀關勝。現做蒲東巡檢，屈在下僚。此人幼讀兵書，深通武藝，有萬夫不當之勇。若以禮幣請他，拜爲上將，可以掃清水寨，殄滅狂徒，保國安民。乞取鈞旨。」蔡京聽罷大喜，就差宣贊爲使，齎了文書鞍

註

※10三衙：宋代以殿前司、侍衛親軍馬軍司、侍衛親軍步軍司掌領禁軍，謂之三衙。

※11義勇武安王：宋時對關羽所追加之封贈。

評點

◎17.許多大話都在哪裏去了？（容眉）

◎18.再頓以留其地。（金批）

◎19.須著此等急促字眼，方可解時日程途之駁。（芥眉）

馬，連夜星火，前往蒲東，禮請關勝赴京計議。衆官皆退。

話休絮煩。宣贊領了文書，上馬進發，帶將三、五個從人，不則一日，來到蒲東巡檢司前下馬。當日關勝正和郝思文在衙內論說古今興廢之事，◎20聞說東京有使命至，關勝忙與郝思文出來迎接。各施禮罷，請到廳上坐地。關勝問道：「故人久不相見，今日何事，遠勞親自到此？」宣贊回言：「為因梁山泊草寇攻打北京，宣某在太師面前，一力保舉兄長有安邦定國之策，降兵斬將之才，特奉朝廷敕旨，太師鈞令，彩幣鞍馬，禮請起行。兄長勿得推卻，便請收拾赴京。」關勝聽罷，大喜，◎21與宣贊說道：「這個兄弟姓郝雙名思文，是我拜義弟兄。當初他母親夢井木犴※12投胎，因而有孕，後生此人，因此人喚他做井木犴。這兄弟十八般武藝無有不能。得蒙太師呼喚，一同前去，協力報國，有何不可？」宣贊喜諾，就行催請登程。當下關勝分付老小，一同郝思文，將引關西漢十數個人，收拾刀馬、盔甲、行李，跟隨宣贊連夜起程。來到東京，逕投太師府前下馬。門吏轉報蔡太師得知，教喚進。宣贊引關勝、郝思文直到節堂，拜見已罷，立在階下。蔡京看了關勝，端的好表人材，堂堂八尺五、六身軀，細細三柳髭鬚，兩眉入鬢，鳳眼朝天，面如重棗，唇若塗朱。太師大喜，便問：「將軍青春多少？」關勝答道：「小將三旬有二。」蔡太師道：「梁山泊草寇圍困北京城郭，請問良將，願施妙策，以解其圍？」關勝稟道：「久聞草寇佔住水窪，驚群動眾。今擅離巢穴，自取其禍。若救北京，虛勞人力。乞假精兵數萬，先取梁山，後拿賊寇，教他首尾不能相顧。」太師見說大喜，與宣贊道：「此乃圍魏救趙之計※13，◎22正合吾心。」隨即喚樞密院官，調撥山東、河北精銳軍兵一萬五千，教郝思文爲先鋒，宣贊爲合後，關勝爲領兵指揮使，步軍太尉段常接應糧草。犒賞三軍，限日下起行，大刀闊斧，殺奔梁山泊來。直教：龍離大海，不能駕霧騰雲；虎到平川，怎辦張牙舞爪？正是：貪觀天上中秋月，失卻盤中照殿珠。畢竟宋江軍馬怎地結果？且聽下回分解。◎23

註

※12井木犴：犴，音案。井木犴，星宿名。井宿爲木犴。

※13圍魏救趙之計：公元前三五三年，魏國圍攻趙國都城邯鄲。齊國王命令田忌、孫臏率軍救趙。孫臏認爲魏國部隊在趙，內部空虛，乃引兵攻魏。魏軍回救本國，齊軍乘其疲憊，在桂陵大敗魏軍。趙國之圍遂解。後常用「圍魏救趙」來說明一切類似的戰法。

評點

◎20.又一個背後人，妙妙。（金批）

◎21.何遽大喜？只四字寫盡英雄可憐。（金批）

◎22.書生之談。（容夾）

◎23.梁山泊出軍號令嚴肅，步伍整齊。梁中書不量力而逞螳怒之威，遣兵調將，無非爲天罡地煞，巧爲湊合之機耳。（袁評）

第六十四回 呼延灼月夜賺關勝 宋公明雪天擒索超◎1

話說蒲東關勝，這人慣使口大刀，英雄蓋世，義勇過人。當日辭了太師，統領著一萬五千人馬，分為三隊，離了東京，望梁山泊來。

話分兩頭。且說宋江與同衆將，每日北京攻打城池不下，李成、聞達那裏敢出對陣。索超箭瘡深重，又未平復，更無人出戰。宋江見攻打城子不破，心中納悶，離山已久，不見輸贏。是夜在中軍帳裏悶坐，點上燈燭，取出玄女天書。正看之間，猛然想

關勝帶領軍馬來討伐梁山泊。（朱寶榮繪）

起圍城既久，不見有救軍接應，戴宗回去，尚不見來，默然覺得神思恍惚，寢食不安。忽小校報說：「軍師來見。」吳用到得中軍帳內，與宋江道：「我等衆軍圍許多時，如何杳無救軍來到，城中又不出戰？向有三騎馬奔出城去，必是梁中書使人去京師告急。他丈人蔡太師必然上緊遣兵，中間必有良將。倘用圍魏救趙之計，且不來解此處之危，反去取我梁山大寨，如之奈何？兄長不可不慮。我等先著軍士收拾，未可都退。」正說之間，只見神行太保戴宗到來報說：「東京蔡太師，拜請關菩薩◎2玄孫，蒲東郡大刀關勝，引一彪軍馬，飛奔梁山泊來。寨中頭領主張不定，請兄長軍師早早收兵回來，且解山寨之難。」吳用道：「雖然如此，不可急還。今夜晚間，先教步軍前行，留下兩支軍馬，就飛虎峪兩邊埋伏。城中知道我等退軍，必然追趕；若不如此，我兵先亂。」宋江道：「軍師言之極當。」傳令便差小李廣花榮，引五百軍兵，去飛虎峪左邊埋伏，豹子頭林沖，引五百軍兵，飛虎峪右邊埋伏。再叫雙鞭呼延灼，引二十五騎馬軍，帶著凌振，將了風火等炮，離城十數里遠近，但見追兵過來，隨即施放號炮，令其兩下伏兵，齊去併殺追兵。一面傳令，前隊退兵，倒拖旌旗，不鳴戰鼓，卻如雨散雲行，遇兵勿戰，慢慢退回。步軍隊裏，半夜起來，次第而行。直至次日巳牌前後，方纔盡退。◎3城上望見宋江軍馬，手拖旗旛，肩擔刀斧，紛紛滾滾，拔寨都起，有還山之狀。城上看了仔細，報與梁中書知道：「梁山泊軍馬，今日盡數收兵，都回去了。」梁中書聽得，隨即喚李成、聞達商議。聞達道：「想是京師救軍去取他梁山泊，這廝們恐失巢穴，慌忙

評點

◎1.此回寫水軍劫寨，何至草草如此？蓋意在襯出大刀，則餘人總非所惜。所謂「琬琰之籍，無過白茅」者也。寫大刀處處摹出雲長變相，可謂儒雅之甚，豁達之甚，忠誠之甚，英靈之甚。一百八人中，別有絕群超倫之格，又不得以讀他傳之眼讀之。寫雪天擒索超，略寫索超而勤寫雪天者，寫得雪天精神，便令索超精神。此畫家所謂襯染之法，不可不一用也。（金批）

◎2.當時便有菩薩之稱。（袁眉）

◎3.看他寫退兵，亦必詳盡如此。（金批）

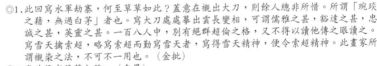

歸去。可以乘勢追殺，必擒宋江。」說猶未了，城外報馬到來，齎東京文字，約會引兵去取賊巢，他若退兵，可以速追。梁中書便叫李成、聞達各帶一支軍馬，從東西兩路追趕宋江軍馬。且說宋江引兵退回，見城中調兵追趕，捨命便走。直退到飛虎峪那邊，只聽得背後火炮齊響。李成、聞達吃了一驚，勒住戰馬看時，後面只見旗旛對刺※1，戰鼓亂鳴。李成、聞達火急回軍，左手下撞出小李廣花榮，右手下撞出豹子頭林沖，各引五百軍馬，兩邊殺來。措手不及，知道中了奸計，火速回軍。前面又撞出呼延灼，引著一支馬軍，大殺一陣，殺得李成、聞達金盔倒納，衣甲飄零，退入城中，閉門不出。宋江軍馬，次第而回。早轉近梁山泊邊，卻好迎著醜郡馬宣贊攔路。宋江約住軍兵，權且下寨，暗地使人從偏僻小路，赴水上山報知，約會水陸軍兵，兩下救應。

且說水寨內頭領船火兒張橫，與兄弟浪裏白跳張順當時議定：◎4「我和你弟兄兩個，自來寨中，不曾建功。只看著別人誇能說會，倒受他氣。如今蒲東大刀關勝三路調軍，打我寨柵，不若我和你兩個先去劫了他寨，捉得關勝，立這件大功，衆兄弟面前也好爭口氣。」張順道：「哥哥，我和你只管得些水軍，倘或不相救應，枉惹人恥笑。」張橫道：「你若這般把細，何年月日能夠建功？你不去便罷，我今夜自去。」張順苦諫不聽。當夜張橫點了小船五十餘隻，每船上只有三、五人，渾身都是軟戰※2，◎5手執苦竹槍，各帶蓼葉刀，趁著月光微明，寒露寂靜，把小船直抵旱路。此時約有二更時分。卻說關勝正在中軍帳裏點燈看書，有伏路小校悄悄來報：「蘆花蕩裏，約有小船

四、五十隻，人人各執長槍，盡去蘆葦裏面兩邊埋伏，不知何意，特來報知。」關勝聽了，微微冷笑。當時暗傳號令，教眾軍俱各如此準備。三軍得令，各自潛伏。且說張橫將引三、二百人，從蘆葦中間，藏蹤躡跡，直到寨邊，拔開鹿角，逕奔中軍。望見帳中燈燭熒煌※3，關勝手拈髭髯，坐看兵書。張橫暗喜，手搭長槍，搶入帳房裏來。旁邊一聲鑼響，眾軍喊動，如天崩地塌，山倒江翻，唬得張橫倒拖長槍，轉身便走。四下裏伏兵亂起，可憐會水張橫，怎脫平川羅網。二、三百人，不曾走得一個，盡數被縛，推到帳前。關勝看了，笑罵：「無端草賊，安敢侮吾！」將張橫陷車盛了，其餘者盡數監了。直等捉了宋江，一併解上京師。

不說關勝捉了張橫，卻說水寨內三阮頭領正在寨中商議，使人去宋江哥哥處聽令，只見張順到來，報說：「我哥哥因不聽小弟苦諫，去劫關勝營寨，不料被捉，囚車監了。」阮小七聽了，叫將起來，說道：「我兄弟們同死同生，吉凶相救，你是他嫡親兄弟，卻怎地教他獨自去，被人捉了？你不去救，我弟兄三個自去救他。」◎6張順道：「為不曾得哥哥將令，卻不敢輕動。」阮小七道：「若等將令來時，你哥哥吃他剮做八段！」阮小二、阮小五都道：「說得是。」張順逆他三個不過，只得依他。當夜四更，點起大小水寨頭領，各架船一百餘隻，一齊殺奔關勝寨來。岸上小軍望見水面上戰船

註

※1對刺：交叉。
※2軟戰：柔軟的鎧甲。
※3熒煌：輝煌。

評點

◎4.水軍出色，亦是一番波瀾。（袁眉）
◎5.軟戰名甚佳。（袁眉）
◎6.世間嫡親兄弟臨難不相救者，請看此一段說話。（芥眉）

如螞蟻相似，都傍岸邊，慌忙報知主帥。關勝笑道：「無見識賊奴，何足爲慮！」隨即喚首將，附耳低言，如此如此。且說三阮在前，張順在後，吶聲喊，搶入寨來。只見寨內槍刀豎立，旌旗不倒，並無一人。三阮大驚，轉身便走。帳前一聲鑼響，左右兩邊馬軍步軍，分作八路，簸箕掌，栲栳圈，重重疊疊，圍裹將來。張順見不是頭，撲通的先跳下水去。◎7三阮奪路便走，急到得水邊，後軍趕上，撓鈎齊下，套索飛來，把這活閻羅阮小七搭住，橫拖倒拽捉去了。阮小二、阮小五、張順，卻得混江龍李俊帶領童威、童猛死救回去。

不說阮小七被捉，因在陷車之中。且說水軍報上梁山泊來，劉唐便使張順從水路裏直到宋江寨中，報說這個消息。宋江便與吳用商議，怎生退得關勝。吳用道：「來

❀ 三阮去劫營，也被關勝識破，阮小七被擒。（日版畫，出自《新編水滸畫傳》，葛飾戴斗繪）

日決戰，且看勝敗如何。」說猶未了，猛聽得戰鼓齊鳴，◎8卻是醜郡馬宣贊，部領三軍，直到大寨。宋江舉眾出迎，看了宣贊在門旗下勒戰，便喚：「首將那個出馬，先拿這廝。」只見小李廣花榮拍馬持槍，直取宣贊。宣贊舞刀來迎，一來一往，一上一下，鬥到十合，花榮賣個破綻，回馬便走。宣贊趕來，花榮就了事環帶住鋼槍，拈弓取箭，側坐雕鞍，輕舒猿臂，翻身一箭。宣贊聽得弓弦響，卻好箭來，把刀只一隔，錚地一聲響，射在刀面上。花榮見一箭不中，再取第二枝箭，看的較近，望宣贊胸膛上射來。宣贊鐙裏藏身，又躲過了。宣贊見他弓箭高強，不敢追趕，霍地勒回馬，跑回本陣。花榮見他不趕，連忙便勒轉馬頭，望宣贊趕來。又取第三枝箭，望得宣贊後心較近，再射一箭。只聽得鐺地一聲響，正射在背後護心鏡上。◎9宣贊慌忙馳馬入陣，便使人報與關勝。關勝得知，便喚小校：「快牽過戰馬來！」那匹馬，頭至尾長一丈，蹄至脊高八尺，渾身上下，沒一根雜毛，純是火炭般赤。拴一副皮甲，束三條肚帶。關勝全裝披掛，綽刀上馬，直臨陣前。門旗開處，便乃出馬，有西江月一首為證：

漢國功臣苗裔，三分良將玄孫。繡旗飄掛動天兵，金甲綠袍相稱。赤兔馬騰騰紫霞，青龍刀凜凜寒冰。蒲東郡內產豪英，義勇大刀關勝。

宋江看了關勝一表非俗，與吳用暗暗地喝采，回頭與眾多良將道：「將軍英雄，名不虛傳！」說言未了，林沖忿怒，便道：「我等弟兄，自上梁山泊，大小五、七十陣，未嘗挫了銳氣，軍師何故滅自己威風！」說罷，便挺槍出馬，直取關勝。關勝見

評點

◎7.道學先生多是如此。（容夾）
◎8.藏過所定之計，下便若出意外，此又一樣筆法，非前文之所有。（金批）
◎9.只三枝箭，兩人本事俱見。（芥眉）

了，大喝道：「水泊草寇，汝等怎敢背負朝廷！單要宋江與吾決戰。」宋江在門旗下喝住林沖，縱馬親自出陣，欠身與關勝施禮，說道：「鄆城小吏宋江到此謹參，惟將軍問罪。」關勝道：「汝爲小吏，安敢背叛朝廷？」宋江答道：「蓋爲朝廷不明，縱容奸臣當道，讒佞專權，設除濫官污吏，陷害天下百姓。宋江等替天行道，並無異心。」關勝大喝：「◎10天兵到此，尚然抗拒，巧言令色，◎11怎敢瞞吾！若不下馬受降，著你粉骨碎身！」霹靂火秦明聽得大怒，手舞狼牙棍，縱坐下馬，直搶過來。關勝也縱馬出迎，來鬥秦明。林沖怕他奪了頭功，猛可裏飛搶過來，逕奔關勝。三騎馬向征塵影裏，轉燈般廝殺。宋江看了，恐傷關勝，便教鳴金收軍。林沖、秦明回馬陣前，說道：「正待擒捉這廝，兄長何故收軍罷戰？」宋江道：「賢弟，我等忠義自守，以強欺弱，非所願也。縱使陣上捉他，此人不伏，亦乃惹人耻笑。吾看關勝英勇之將，世本忠臣，乃祖爲神，若得此人上山，宋江情願讓位。」林沖、秦明都不喜歡。當日兩邊各自收兵。

且說關勝回到寨中，下馬卸甲，心中暗忖道：「我力鬥二將不過，看看輸與他，宋江倒收了軍馬，不知主何意？」◎12卻叫小軍推出陷車中張横、阮小七過來，問道：「宋江是個鄆城小吏，你這廝們如何伏他？」阮小七應道：「俺哥哥山東、河北馳名，都稱做及時雨呼保義宋公明。你這廝不知禮義之人，如何省得！」關勝低頭不語，且教推過陷車。當晚寨中納悶，坐臥不安，走出中軍觀看，月色滿天，霜華遍地，嗟嘆不已。有伏路小校前來報說：「有個髯鬚將軍，匹馬單鞭，要見元帥。」◎13關勝道：「你不問他

評點

◎10.罵得暢，罵得倒，極盡關勝。（金批）（金本此前有「分明草賊，替何天，行何道！」——編者按）
◎11.四字罵盡宋江一生，眞乃絕妙關勝。（金批）
◎12.落了宋江圈套了。（容眉）
◎13.突如其來，又不是突如其來，筆法可想。（金批）

是誰！」小校道：「他又沒衣甲軍器，並不肯說姓名，只言要見元帥。」關勝道：「既是如此，與我喚來。」沒多時，來到帳中，拜見關勝。關勝看了，有些面熟，燈光之下，略也認得，便問是誰。那人道：「乞退左右。」關勝道：「不妨。」那人道：「小將呼延灼的便是。先前曾與朝廷統領連環馬軍，征進梁山泊。誰想中賊奸計，失陷了軍機，不能還鄉。聽得將軍到來，不勝之喜。早間宋江在陣上，林沖、秦明待捉將軍，宋江火急收軍，誠恐傷犯足下。◎14此人素有歸順之意，獨奈衆賊不從。暗與呼延灼商議，正要驅使衆人歸順。將軍若是聽從，明日夜間，輕弓短箭，騎著快馬，從小路直入賊寨，生擒林沖等寇，解赴京師，共立功勳。」◎15關勝聽罷大喜，請入帳，置酒相待。備說宋江專以忠義爲主，不幸從賊無辜。二人遞相剖露衷情，並無疑心。次日，宋江舉衆搦戰，關勝與呼延灼商議：「今日可先贏首將，晚間可行此計。」且說呼延灼借副衣甲穿了，彼各上馬，都到陣前。宋江陣上大罵呼延灼道：「山寨不曾虧負你半分，因何夤夜私去？」呼延灼回道：「汝等草寇，成何大事！」宋江便令鎮三山黃信出馬，仗喪門劍，驅坐下馬，直奔呼延灼。兩馬相交，鬥不到十合，呼延灼手起一鞭，把黃信打落馬下。◎16宋江陣上衆軍搶出來，扛了回去。關勝大喜，令大小三軍一齊掩殺。呼延灼道：「不可追掩。吳用那廝廣有神機，若還趕殺，恐賊有計。」關勝聽了，火急收軍，都回本寨。到中軍帳裏，置酒相待，動問鎮三山黃信之事。◎17呼延灼道：「此人原是朝廷命官，青州都監，與秦明、花榮一時落草。今日先殺此賊，挫滅威風，今晚偷營，必然成

評點

◎14.延灼計中惟言將宋江恐傷足下一句，使關勝落其套矣。（余評）
◎15.何淺陋至此。（容夾）
◎16.不說眞假，竟敍打死，則非黃信可知也。俗本訛。（金批）（金本此處改爲：「把黃信打死馬下」——編者按）
◎17.便是一家人，眞有磁石引針之妙。（芥眉）

呼延灼月夜去見關勝，佯稱宋江想要投降，取得了關勝的信任。（朱寶榮繪）

❀呼延灼月夜賺關勝。（fotoe提供）

事。」關勝大喜，傳下將令，教宣贊、郝思文兩路接應，自引五百馬軍，輕弓短箭，叫呼延灼引路。至夜二更起身，三更前後，直奔宋江寨中，炮響爲號，裏應外合，一齊進兵。是夜月光如晝。黃昏時候，披掛已了，馬摘鑾鈴，人披軟戰，軍卒銜枚疾走，一齊乘馬，呼延灼當先引路，衆人跟著。轉過山徑，約行了半個更次，前面撞見三、五十個伏路小軍，低聲問道：「來的不是呼將軍麼？宋公明差我等在此迎接。」呼延灼喝道：「休言語，隨在我馬後走！」呼延灼縱馬先行，關勝乘馬在後。又轉過一層山嘴，只見呼延灼把槍尖一指，遠遠地一碗紅燈。關勝勒住馬，問道：「有紅燈處是那裏？」呼延灼道：「那裏便是宋公明中軍。」急催動人馬。將近紅燈，忽聽得一聲炮響，衆軍跟定關勝，殺奔前來。到紅燈之下看時，不見一個，便喚呼延灼時，亦不見了。關勝大驚，知道中計，◎18慌忙回馬，聽得四邊山上，一齊鼓響鑼鳴。正是慌不擇路，衆軍各自逃生。◎19關勝連忙回馬時，只剩得數騎馬軍跟著。轉出山嘴，又聽得樹林邊腦後一聲炮響，四下裏撓鉤齊出，把關勝拖下雕鞍，奪了刀馬，卸去衣甲，前推後擁，拿投大寨裏來。

評點

◎18.方纔知是計，痴子痴子。（容眉）
◎19.先下此句，便令撓鉤舒出，更無人救，筆法之妙如此。（金批）

卻說林沖、花榮自引一支軍馬，截住郝思文，回頭廝殺。月光之下，遙見郝思文怎生打扮，有西江月爲證：

千丈凌雲豪氣，一團筋骨精神。橫槍躍馬蕩征塵，四海英雄難近。身著戰袍錦繡，七星甲掛龍鱗。天丁元是郝思文，飛馬當前出陣。

林沖大喝道：「你主將關勝中計被擒，你這無名小將，何不下馬受縛？」郝思文大怒，直取林沖，二馬相交，鬥無數合，花榮挺槍助戰，郝思文勢力不加，回馬便走，肋後撞出個女將一丈青扈三娘，撒起紅綿套索，把郝思文拖下馬來。步軍向前，一齊捉住，解投大寨。

話分兩處。這邊秦明、孫立，自引一支軍馬去捉宣贊，當路正逢此人。那宣贊怎生打扮，有西江月爲證：

捲縮短黃鬚髮，凹兜黑墨容顏。睜開怪眼似雙環，鼻孔朝天仰面。手內鋼刀耀雪，護身鎧甲連

宋江收了關勝等將領，在忠義堂大擺酒席慶祝。（日版畫，出自《新編水滸畫傳》，葛飾戴斗繪）

環。海騮赤馬錦鞍韉，郡馬英雄宣贊。

當下宣贊拍馬大罵：「草賊匹夫，當吾者死，避我者生！」秦明大怒，躍馬揮狼牙棍，直取宣贊。二馬相交，約鬥數合。孫立側首過來，宣贊慌張，刀法不依古格，被秦明一棍搠下馬來。三軍齊喊一聲，向前捉住。再有撲天鵰李應，引領大小軍兵，搶奔關勝寨內來，先救了張橫、阮小七，並被擒水軍人等，奪去一應糧草馬匹，卻去招安四下敗殘人馬。

宋江會衆上山，此時東方漸明。忠義堂上分開坐次，早把關勝、宣贊、郝思文分投解來。宋江見了，慌忙下堂，喝退軍卒，親解其縛，把關勝扶在正中交椅上，納頭便拜，叩首伏罪，說道：「亡命狂徒，冒犯虎威，望乞恕罪。」關勝連忙答禮，閉口無言，手腳無措。呼延灼亦向前來伏罪道：「小可既蒙將令，不敢不依，萬望將軍免恕虛誑之罪。」關勝看了一班頭領，義氣深重，回顧與宣贊、郝思文道：「我們被擒在此，所事若何？」◎20二人答道：「並聽將令。」關勝道：「無面還京，俺三人願早賜一死！」◎21宋江道：「何故發此言？將軍倘蒙不棄微賤，一同替天行道。若是不肯，不敢苦留，只今便送回京。」關勝道：「人稱忠義宋公明，話不虛傳。今日我等有家難奔，有國難投，願在帳下，為一小卒。」宋江大喜。當日一面設筵慶賀，一邊使人招安逃竄敗軍，又得了五、七千人馬。軍內有老幼者，隨即給散銀兩，便放回家。一邊差薛永齎書往蒲東，搬取關勝老小，都不在話下。

評點

◎20.極畫關勝，精神意思都有。（金批）

◎21.問所事若何，早已心軟，說甚麼死。（芥眉）

宋江正飲宴間，默然想起盧員外、石秀陷在北京，潸然淚下。吳用道：「兄長不必憂心，吳用自有措置。只過今晚，來日再起軍兵，去打北京，必然成事。」關勝便起身說道：「小將無可報答不殺之罪，願為前部。」◎22宋江大喜。次日早晨傳令，就教宣贊、郝思文撥回舊有軍馬，便為前部先鋒；其餘原打北京頭領，不缺一個。再差李俊、張順將帶水戰盔甲隨去，以次再望北京進發。

這裏卻說梁中書在城中，正與索超起病飲酒。只見探馬報道：「關勝、宣贊、郝思文，並眾軍馬，俱被宋江捉去，已入夥了！梁山泊軍馬，現今又到。」梁中書聽得，諕得目瞪口呆，手腳無措。只見索超稟道：「前者中賊冷箭，今番且復此仇。」梁中書隨即賞了索超，便教引本部人馬，出城迎敵。李成、聞達隨後調軍接應。其時正是仲冬天氣，時候正冷，連日彤雲密布，朔風亂吼。宋江兵到，索超直至飛虎峪下寨。次日，引兵迎敵，宋江引前部呂方、郭盛，上高阜處看關勝廝殺。三通戰鼓罷，關勝出陣。只見對面索超出馬，當時索超見了關勝，卻不認得。隨征軍卒說道：「這個來的，便是新背反的

李俊、張順引誘索超追趕自己，李俊更裝作狼狽跳入山澗。（選自《水滸傳版刻圖錄》，江蘇廣陵古籍刻印社）

大刀關勝。」索超聽了，並不打話，直搶過來，逕奔關勝。關勝也拍馬舞刀來迎。兩個鬥無十合，李成正在中軍，看見索超斧怯，戰關勝不下，自舞雙刀出陣，夾攻關勝。這邊宣贊、郝思文見了，各持兵器，前來助戰，五騎馬攪做一塊。宋江在高阜看見，鞭梢一指，大軍捲殺過去，李成軍馬大敗虧輸，殺得七斷八絕，連夜退入城去，堅閉不出。宋江催兵直抵城下，扎住軍馬。次日，索超親引一支軍馬，出城衝突。吳用見了，便教軍校迎敵戲戰：「他若追來，乘勢便退。」此時索超又得了這一陣，歡喜入城。當晚彤雲四合，紛紛雪下，吳用已有計了，暗差步軍去北京城外，靠山邊河路狹處，掘成陷坑，上用土蓋。是夜雪急風嚴，平明看時，約有二尺深雪。◎23城上望見宋江軍馬，各有懼色，東西柵立不定。索超看了，便點三百軍馬，就時追出城來。宋江軍馬四散奔波而走。卻教水軍頭領李俊、張順身披軟戰，勒馬橫槍，前來迎敵。卻纔與索超交馬，棄槍便走，特引索超奔陷坑邊來。索超是個性急的，那裏照顧。這裏一邊是路，一邊是澗。李俊棄馬，跳入澗中去了，向著前面，口裏叫道：「宋公明哥哥快走！」◎24索超聽了，不顧身體，飛馬搶過陣來。山背後一聲炮響，索超連人和馬，攧將下去。後面伏兵齊起，這索超便有三頭六臂，也須七損八傷。正是：爛銀深蓋藏圈套，碎玉平鋪作陷坑。畢竟急先鋒索超性命如何？且聽下回分解。◎25

評點

◎22.令祖決不如此。（容夾）
◎23.寫索超極其精神，寫雪亦極其精神。（金批）
◎24.妙絕，眞乃戲戰也。（金批）
◎25.李禿老曰：宋公明只是一個黃老之術，以退爲進，以舍爲取。可笑關勝、宣贊、赫思文那廝都被圈套，盡爲出力，人品何在，眞強盜也。（容評）

第六十五回 托塔天王夢中顯聖 浪裏白跳水上報冤 ◎1

話說宋江軍中，因這一場大雪，吳用定出這條計策，就這雪中捉了索超，其餘軍馬都逃入城去，報說索超被擒。梁中書聽得這個消息，不由他不慌，傳令教衆將只是堅守，不許出戰。意欲殺了盧俊義、石秀，猶恐激惱了宋江，朝廷急無兵馬救應，其禍愈速。只得教監守著二人，再行申報京師，聽凭蔡太師處分。◎2

且說宋江到寨，中軍帳上坐下，早有伏兵解索超到麾下。宋江見了大喜，喝退軍健，親解其縛，請入帳中，致酒相待，用好言撫慰道：「你看我衆兄弟們，一大半都是朝廷軍官，蓋爲朝廷不明，縱容濫官當道，污吏專權，酷害良民，都情願協助宋江，替天行道。若是將軍不棄，同以忠義爲主。」楊志向前另敘一禮，又細勸了一番。索超本是天罡星之數，自然湊合，降了宋江。當夜帳中置酒作賀。

次日，商議打城，一連打了數日，不得城破。宋江好生憂悶。當夜帳中伏枕而臥，忽然陰風颯颯，

宋江做夢，夢見晁蓋托夢，提醒宋江有血光之災。（選自《水滸傳版刻圖錄》，江蘇廣陵古籍刻印社）

寒氣逼人。宋江擡頭看時，只見天王晁蓋欲進不進，◎3叫聲：「兄弟，你不回去，更待何時？」立在面前。宋江吃了一驚，急起身問道：「哥哥從何而來？屈死冤仇，不曾報得，中心日夜不安。前者一向不曾致祭，以此顯靈，必有見責。」晁蓋道：「非爲此也。兄弟靠後，陽氣逼人，我不敢近前。今特來報你，賢弟有百日血光之災，◎4則除江南地靈星可治。你可早早收兵，此爲上計。」宋江卻欲再問明白，趕向前去說道：「哥哥陰魂到此，望說眞實。」被晁蓋一推，撒然覺來，卻是南柯一夢。便叫小校請軍師圓夢。吳用來到中軍帳上，宋江說其異事。吳用道：「既是晁天王顯聖，不可不依。目今天寒地凍，軍馬難以久住，權且回山。守待冬盡春初，雪消冰解，那時再來打城，亦未爲晚。」宋江道：「軍師之言甚當。只是盧員外和石秀兄弟陷在縲紲※1，度日如年，只望我等弟兄來救。不爭我們回去，誠恐這廝們

註

※1縲紲：音雷泄。捆綁犯人的繩索。引申爲牢獄。

評點

◎1.蓋至是而宋江成於反矣，大書背瘡以著其罪，蓋亦用韓信相君之背字法也。獨怪耐庵之惡宋江如是，而後世之人猶務欲以「忠義」予之，則豈非耐庵作書爲君子春秋之志，而後人之顚倒肆言，爲小人無忌憚之心哉！有世道人心之責者，於其是非可不察乎？宋江之反始於私放晁蓋也。晁蓋走而宋江之毒生，晁蓋死而宋江之毒成。至是而大書宋江疽發於背者，殆言宋江反狀至是乃見，而實宋江必反之志不始於今日也。觀晁蓋夢告之言，與宋江私放之言，乃至不差一字，是作者不費一辭，而筆法已極嚴矣。打大名一來一去，又一來又一去，極文家伸縮變化之妙。前文一打祝家莊，二打祝家莊，正到苦戰之後，忽然一變，變出解珍、解寶一段文字，可謂奇幻之極。此又一打大名府，二打大名府，正到苦戰之後，忽然一變，變出張旺、孫五一段文字，又複奇幻之極也。世之讀者殊不覺其爲一副爐錘，而不知此實一樣章法也。寫張順請安道全，忽然橫斜生出截江鬼張旺一段情事。奇矣！卻又於其中間，再生出瘦後生孫五一段情事。文心如江流，漩澓眞是通身不定。梁山泊之金擬聘安太醫，卻送截江鬼，一可駭也。半夜劫金，半夜宿娼，而送金之人與應受金之人同在一室，二可駭也。欲聘太醫而已無金，太醫既來而金如故，截江小船卻作寄金之處，三可駭也。江心結冤，江心報復；雖一遇於巧奴房裏，再遇於定六門前，而必不得及，四可駭也。板刀尚在，血跡未乾，而冤頭債腳疾如反掌；前日一條纜索，今日一條纜索，遂至絲毫不爽，五可駭也。孫五發科，孫五解纜，孫五放船，及至事成，孫五吃刀，孫五下水，不知爲誰忙此半日，六可駭也。孫五先起惡心，孫五便先喪命；張旺雖若稍遲，畢竟不能獨免；不知江底相逢，兩人是笑是哭，七可駭也。不過一葉之舟，而忽然張旺、孫五二人，忽然張順、張旺、孫五三人，忽然張旺一人，忽然張順、安道全、王定六、張旺四人，忽然張順、安道全、王定六三人，忽然王定六一人，忽然無人。韋應物詩云：「野渡無人舟自橫。」偏於此舟禍福倏忽如此，八可駭也。（金批）

◎2.先安頓一筆，便令下文寬然有餘，手法老到之極。（金批）

◎3.又不冷了晁天王，妙。（芥央）

◎4.背上之事四字定罪分明。（金眉）（金本此前爲：「我今特來救你，如今背上之事發了。」——編者按）

害他性命。此事進退兩難。」計議未定。◎5次日，只見宋江覺道神思疲倦，身體酸疼，頭如斧劈，身似籠蒸，一臥不起。衆頭領都到面前看視。宋江道：「我只覺背上好生熱疼。」衆人看時，只見鏊子一般紅腫起來。吳用道：「此疾非癰即疽。吾看方書※2，綠豆粉可以護心，毒氣不能侵犯，便買此物，安排與哥哥吃。」一面使人尋藥醫治，亦不能好。只見浪裏白跳張順說道：◎6「小弟舊在潯陽江時，因母得患背疾，百藥不能得治，後請得建康府安道全，手到病除。向後小弟但得些銀兩，便著人送去與他。今見兄長如此病症，此去東途路遠，急速不能便到。爲哥哥的事，只得星夜前去，拜請他來。」吳用道：「兄長夢晁天王所言：『百日之災，則除江南地靈星可治。』莫非正應此人？」宋江道：「兄弟，你若有這個人，快與我去，休辭生受，只以義氣爲重，星夜去請此人，救我一命。」吳用叫取蒜條金一百兩與醫人，再將三、二十兩碎銀作爲盤纏，分付與張順：「只今

安道全是建康人。建康一南京明城墻，是明太祖朱元璋定都南京的象徵和標誌物。拍攝時間2007年5月22日。（王景和提供）

便行，好歹定要和他同來，切勿有誤。我今拔寨回山，和他山寨裏相會。兄弟可作急快來。」張順別了衆人，背上包裹，望前便去。且說軍師吳用傳令諸將：「權且收軍，罷戰回山。」車子上載了宋江，連夜起發。北京城內，曾經了伏兵之計，只猜他引誘，不敢來追。次日，梁中書見報，說道：「此去未知何意。」李成、聞達道：「吳用那廝詭計極多，只可堅守，不宜追趕。」

張順在揚子江陰溝裏翻船，被黑心艄公捆綁後扔進江裏。（朱寶榮繪）

話分兩頭。且說張順要救宋江，連夜趲行。時值冬盡，無雨即雪，路上好生艱難。◎7更兼慌張，不曾帶得雨具，行了十多日，早近揚子江邊。是日北風大作，凍雲低垂，飛飛揚揚，下一天大雪。張順冒著風雪，要過大江，捨命而行。雖是景物淒涼，江內別是幾般清致，有西江月為證：

註

※2方書：醫學處方的書。

評點

◎5.留至下回解明，妙。（袁夾）
◎6.張順一言而使公明復言，若非張順一言，而自取其禍矣。（余評）
◎7.寫景妙，自此一路都是風雪中事。（金批）

嘹唳※3凍雲孤雁，盤旋枯木寒鴉。空中雪下似梨花，片片飄瓊亂洒。玉壓橋邊
酒旆※4，銀鋪渡口魚艖※5。前村隱隱兩三家，江上晚來堪畫。

那張順獨自一個奔至揚子江邊，看那渡船時，並無一隻，只叫得苦。繞著這江邊走，只見敗葦折蘆裏面，有些煙起。張順叫道：「艄公，快把渡船來載我！」只見蘆葦裏簌簌地響，走出一個人來，頭戴箬笠，身披蓑衣，問道：「客人要那裏去？」張順道：「我要渡江，去建康府幹事至緊，多與你些船錢，渡我則個。」那艄公道：「載你不妨，只是今日晚了，便過江去，也沒歇處。你只在我船裏歇了，到四更風靜月明時，我便渡你過去，多出些船錢與我。」張順道：「也說得是。」便與艄公鑽入蘆葦裏來，見灘邊纜著一隻小船，篷底下一個瘦後生在那裏向火。◎8艄公扶張順下船，走入艙裏，把身上濕衣服都脫下來，叫那小後生就火上烘焙。張順自打開衣包，取出綿被，和身上捲倒在艙裏，叫艄公道：「這裏有酒賣麼？買些來吃也好。」艄公道：「酒卻沒買處，要飯便吃一碗。」張順吃了一碗飯，放倒頭便睡。一來連日辛苦，二來十分托大，到初更左側，不覺睡著。那瘦後生向著炭火，烘著上蓋的衲襖，看見張順睡著了，便叫艄公道：「大哥，你見麼？」◎9艄公盤將來，去頭邊只一捏，覺道是金帛之物，把手搖道：「你去把船放開，去江心裏下手不遲。」那後生推開篷，跳上岸，解了纜索，上船把竹篙點開，搭上櫓，咿咿啞啞地搖出江心裏來。艄公在船艙裏取纜船索，輕輕地把張順捆縛做一塊，便去船梢艎板※6底下，取出板刀來。張順卻好覺來，雙手被縛，掙挫不得。艄公手

拿大刀，按在他身上。張順道：「好漢，你饒我性命，都把金子與你。」艄公道：「金子也要，你的性命也要。」◎10張順連聲叫道：「你只教我囫圇死，冤魂便不來纏你。」艄公放下板刀，把張順撲通的丟下水去。那艄公便去打開包來看時，見了許多金銀，便沒心分與那瘦後生，叫道：「五哥，和你說話。」那人鑽入艙裏來，被艄公一手揪住，一刀落時，砍得伶仃，推下水去。◎11艄公打併了船中血迹，自搖船去了。

　　卻說張順是在水底下伏得三、五夜的人，一時被推下去，就江底下咬斷索子，赴水過南岸時，見樹林中隱隱有燈光。張順爬上岸，水淥淥地，轉入林子裏看時，卻是一個村酒店，半夜裏起來醡酒，破壁縫透出燈光。張順叫開門時，見個老丈，納頭便拜。老兒道：「你莫不是江中被人劫了，跳水逃命的麼？」張順道：「實不相瞞老丈，小人從山東下來，要去建康幹事。晚了，隔江覓船，不想撞著兩個歹人，把小子應有衣服、金銀盡都劫了，攛入江中。小人卻會赴水，逃得性命，公公救度則個。」老丈見說，領張順入後屋下，把個衲頭※7與他，替下濕衣服來烘，燙些熱酒與他吃。老丈道：「漢子，你姓甚麼？山東人來這裏幹何事？」張順道：「小人姓張。建康府安太醫是我弟兄，特來探望他。」老丈道：「你從山東來，曾經梁山泊過？」張順道：「正從那裏經過。」

註

※3嘹唳：音聊立。聲音淒清而響亮；雁聲嘹唳。
※4酒旆：旆，音佩。即酒旗。
※5漁艓：漁船。
※6艎板：船板。
※7衲頭：指破舊的衣服。衲，補綴。

評點

◎8.忽然又生出一個人，文情奇變之極。（金批）
◎9.偏先是瘦後生發科，令我悲嘆。（金批）
◎10.筆勢奇險，使人吃驚。（金批）
◎11.又一波瀾，更奇。（袁眉）

老丈道：「◎12他山上宋頭領，不劫來往客人，又不殺害人性命，只是替天行道。」張順道：「宋頭領專以忠義爲主，不害良民，只怪濫官污吏。」老丈道：「老漢聽得說，宋江這夥端的仁義，只是救貧濟老，那裏似我這裏草賊？若得他來這裏，百姓都快活，不吃這夥濫污官吏薅惱※8！」◎13張順聽罷道：「公公不要吃驚，小人便是浪裏白跳張順。因爲俺哥哥宋公明害發背瘡，教我將一百兩黃金，來請安道全。誰想托大，在船中睡著，被這兩個賊男女縛了雙手，攛下江裏，被我咬斷繩索，到得這裏。」老丈道：「你既是那裏好漢，我教兒子出來，和你相見。」不多時，後面走出一個後生來，看著張順便拜道：「小人久聞哥哥大名，只是無緣，不曾拜識。小人姓王，排行第六；因爲走跳得快，人都喚小人做活閃婆※9王定六。平生只好赴水使棒，多曾投師，不得傳受，權在江邊賣酒度日。卻纔哥哥被兩個劫了的，小人都認得，一個是截江鬼張旺，那一個瘦後生卻是華亭縣人，喚做油裏鰍※10孫五。◎14這兩個男女，時常在這江裏劫人。哥哥放心，在此住幾日，等這廝來吃酒，我與哥哥報仇。」

張順道：「感承兄弟好意。我爲兄長宋公明，恨不得一日奔回寨裏。只等天明，便入城去，請了安太醫，回來相會。」王定六把自己衣裳都與張順換了，連忙置酒相待，不在話下。次日，天晴雪消，王定六把十數兩銀子與張順，且教入建康府來。

❀「神醫」安道全，《水滸傳》人物畫。（fotoe提供）

夫子廟、秦淮河等，南京最繁華的地方。（韋曄／fotoe提供）

張順進得城中，逕到槐橋下，看見安道全正在門前貨藥。張順進得門，看著安道全，納頭便拜。有首詩單題安道全好處：

肘後良方※11有百篇，金針玉刃※12得師傳。
重生扁鵲應難比，萬里傳名安道全。

這安道全祖傳內科、外科，盡皆醫得，以此遠方馳名。當時看了張順，便問道：「兄弟多年不見，甚風吹得到此？」張順隨至裏面，把這鬧江州，跟宋江上山的事，一一告訴了。後說宋江現患背瘡，特地來請神醫，揚子江中，險些兒送了性命，因此空手而來，都實訴了。安道全道：「若論宋公明，

註

※8薅惱：騷擾。
※9活閃婆：傳說中「雷公、電母」的電母，這裏形容王定六走得快。
※10油裏鰍：形容爲人圓滑。
※11肘後良方：葛洪所著《肘後救卒方》，書中有若干醫史資料，常爲後人所稱引。
※12金針玉刃：針灸所用的器皿，這裏指代安道全精通針灸。

評點

◎12.好處先出自老丈之口，此文字得賓主變化處。（袁眉）
◎13.罵賊便罵到官吏，以官吏之惡，甚於草賊也。（袁眉）
◎14.亦還他名色。（金批）

天下義士，去走一遭最好。只是拙婦亡過，◎15家中別無親人，離遠不得，以此難出。」張順苦苦求告：「若是兄長推卻不去，張順也難回山。」安道全道：「再作商議。」張順百般哀告，安道全方纔應允。原來這安道全卻和建康府一個煙花娼妓，喚做李巧奴，時常往來。這李巧奴生得十分美麗，安道全以此眷顧他，有詩爲證：

蕙質溫柔更老成，玉壺明月逼人清。
步搖寶髻尋春去，露濕凌波※13帶月行。
丹臉笑回花萼麗，朱弦歌罷彩雲停。
願教心地常相憶，莫學章臺贈柳※14情。

當晚就帶張順同去他家，安排酒吃。李巧奴拜張順爲叔叔。◎16三杯五盞，酒至半酣，安道全對巧奴說道：「我今晚就你這裏宿歇，明日早，和這兄弟去山東地面走一遭，多則是一個月，少是二十餘日，便回來望你。」那李巧奴道：「我卻不要你去。你若不依我口，再也休上我門！」安道全道：「我藥囊都已收拾了，只要動身，明日便去。你且寬心，我便去也，又不耽擱。」李巧奴撒嬌撒痴，便倒在安道全懷裏，說道：「你若還不依我，去了，我只咒得你肉片片兒飛！」張順聽了這話，恨不得一口水呑吃了這婆娘。◎17看看天色晚了，安道全大醉倒了，攙去巧奴房裏，睡在床上。巧奴卻來發付張順道：「你自歸去，我家又沒睡處。」張順道：「只待哥哥酒醒同去。」以此發遣他不動，只得安他在門首小房裏歇。張順心中憂煎，那裏睡得著。初更時分，有人敲

門。張順在壁縫裏張時，只見一個人閃將入來，便與虔婆說話。那婆子問道：「你許多時不來，卻在那裏？今晚太醫醉倒在房裏，卻怎生奈何？」那人道：「我有十兩金子送與姐姐打些釵環，老娘怎地做個方便，教他和我廝會則個。」虔婆道：「你只在我房裏，我叫女兒來。」張順在燈影下張時，卻見是截江鬼張旺。◎18原來這廝，但是江中尋得些財，便來他家使。張順見了，按不住火起。再細聽時，只見虔婆安排酒食在房裏，叫巧奴相伴張旺。張順本待要搶入去，卻又怕弄壞了事，走了這賊。約莫三更時候，廚下兩個使喚的也醉了，虔婆東倒西歪，卻在燈前打醉眼子※15。張順悄悄開了房門，踅到廚下，見一把廚刀，明晃晃放在竈上，看這虔婆，倒在側首板凳上。張順走將入來，拿起廚刀，先殺了虔婆。要殺使喚的時，原來廚刀不甚快，砍了一個人，刀口早捲了。那兩個正待要叫，卻好一把劈柴斧正在手邊，綽起來，一斧一個，砍殺了。房中婆娘聽得，慌忙開門，正迎著張順，手起斧落，劈胸膛砍翻在地。張旺燈影下見砍翻婆娘，推開後窗，跳墻走了。張順懊惱無極，隨即割下衣襟，蘸血去粉墻上寫道：「殺人者安道全也！」連寫數十處。◎19捱到五更將明，只聽得安道全在房中酒醒，便叫巧奴。張順道：「哥哥，不要做聲，我教你看兩個人。」安道全起來，看見四個死屍，嚇得渾身

註

※13露濕凌波：凌波，指鞋襪，以此形容女子腳步輕盈。

※14章臺贈柳：原詩中有章臺柳。章臺，漢長安街名。韓翃此詞為寄贈其情人柳氏而作。「柳氏傳」記柳氏為番將沙吒利奪去。韓氏得書，答曰：「楊柳枝，芳菲節，可恨年年贈離別。一葉隨風忽報秋，縱使君來豈堪折！」詩人借柳抒情（章臺街邊的「柳」，正與他的情人柳氏的「柳」雙關），問昔日青青垂柳是否還在，寄託深情；嘆息時勢遷移，柳枝為他人所攀折，無限哀怨。後用章臺柳比喻妓女。

※15打醉眼子：打瞌睡。

評點

◎15.四字妙，便已伏巧奴之親熱，出門之便捷也。（金批）
◎16.此句不寫巧奴之視張順如親，正寫道全之視巧奴如室也。（金批）
◎17.先伏一句。（金批）
◎18.寫得冤家路窄，蓋眞有之。（金批）
◎19.又變用武松文字，妙。（袁眉）

麻木，顫做一團。張順道：「哥哥，你見壁上你寫的麼？」◎20安道全道：「你苦了我也！」張順道：「只有兩條路，從你行。若是聲張起來，我自走了，哥哥卻用去償命；若還你要沒事，家中取了藥囊，連夜逕上梁山泊，救我哥哥。這兩件隨你行。」安道全道：「兄弟，忒這般短命見識！」有詩為證：

紅粉無情只愛錢，臨行何事更流連。
冤魂不赴陽臺夢※16，笑煞痴心安道全。

到天明，張順捲了盤纏，同安道全回家，敲開門，取了藥囊，出城來，逕到王定六酒店裏。王定六接著說道：「昨日張旺從這裏過，可惜不遇見哥哥。」張順道：「我自要幹大事，那裏且報小仇。」說言未了，王定六報道：「張旺那廝來也。」張順道：「且不要驚他，看他投那裏去。」◎21只見張旺去灘頭看船。王定六叫道：「張大哥，你留船來，載我兩個親眷過去。」張旺道：「要趁船快來！」王定六報與張順。張順道：「安兄，你可借衣服與小弟穿，小弟衣裳，卻換與兄長穿了，纔去趁船。」安道全道：「此是何意？」張順道：「自有主張，兄長莫問。」安道

❀ 張順殺了巧奴等人，張旺嚇得落荒而逃。（朱寶榮繪）

安道全等人渡過長江，上了梁山泊。圖為長江三峽之一的瞿塘峽景色。（美工圖書社：中國圖片大系提供）

註

※16陽臺夢：比喻男女幽會。

全脫下衣服，與張順換穿了。張順戴上頭巾，遮塵暖笠影身。王定六背了藥囊。走到船邊，張旺攏船傍岸，三個人上船。張順爬入後梢，揭起艎板看時，板刀尚在，張順拿了，再入船艙裏。張旺把船搖開，咿啞之聲，直到江心裏面。張順脫去上蓋，◎22叫一聲：「艄公快來！你看船艙裏漏進水來！」張旺不知是計，把頭鑽入艙裏來，被張順肐膊地揪住，喝一聲：「強賊，認得前日雪天趁船的客人麼？」張旺看了，做聲不得。張順喝道：「你這廝謀了我一百兩黃金，又要害我性命！你那個瘦後生那裏去了？」張旺道：「好漢，小人得了財，無心分與他，恐他爭論，被我殺死，攛入江裏去了。」張順道：「你認得我麼？」張旺道：「不識得好漢，只求饒了小人一命。」張順喝道：「我生在潯陽江邊，長在小孤山下，做賣魚牙子，誰不認得！只因鬧了江州，上梁山泊，隨從宋公明，縱橫天下，誰不懼我！你這廝漏我下船，縛住雙手，攛下江心，不是我會識水時，卻不送了性命！今日冤仇相見，饒你不

評點

◎20.你寫的三字，妙幻之極。（金批）
◎21.惜不遇，忽報來，簇湊之極。（袁眉）
◎22.不欲污道全之服也，寫得色色細慎過人。（金批）

得！」就勢只一拖，提在船艙中，把手腳四馬攢蹄，捆縛做一塊，◎[23]看看那揚子大江，直攛下去！「也免了你一刀！」張旺性命，眼見得黃昏做鬼。王定六看了，十分嘆息。張順就船內搜出前日金子，並零碎銀兩，都收拾包裹裏，三人棹船到岸。張順對王定六道：「賢弟恩義，生死難忘。你若不棄，便可同父親收拾起酒店，趕上梁山泊來，一同歸順大義，未知你心下如何？」王定六道：「哥哥所言，正合小弟之心。」說罷分別。張順和安道全就北岸上路。◎[24]王定六作辭二人，復上小船，自回家去，收拾行李趕來。

且說張順與同安道全上得北岸，背了藥囊，移身便走。那安道全是個文墨的人，不會走路，行不得三十餘里，早走不動。張順請入村店，買酒相待。正吃之間，只見外面一個客人走到面前，叫聲：「兄弟，如何這般遲誤！」張順看時，卻是神行太保戴宗，扮做客人趕來。張順慌忙教與安道全相見了，便問宋公明哥哥消息。戴宗道：「如今宋哥哥神思昏迷，水米不吃，看看待死。」張順聞言，淚如雨下。安道全問道：「皮肉血色如何？」戴宗答道：「肌膚憔悴，終夜叫喚，疼痛不止，性命早晚難保。」安道全道：「若是皮肉身體，得知疼痛，便可醫治，只怕誤了日期。」戴宗道：「這個容易。」取兩個甲馬，拴在安道全腿上。戴宗自背了藥囊，分付張順：「你自慢來，我同太醫前去。」兩個離了村店，作起神行法，先去了。◎[25]且說這張順在本處村店裏，一連安歇了兩、三日，只見王定六背了包裹，同父親果然過來。張順接見，心中大喜，說道：「我專在此等你。」王定六問道：「安太醫何在？」張順道：「神行太保戴宗接來迎著，已和他先行去了。」王定六卻和張順並父親一同起身，投梁山泊來。

且說戴宗引著安道全，作起神行法，連夜趕到梁山泊。寨中大小頭領接著，擁到宋江臥榻內，◎26就床上看時，口內一絲兩氣。安道全先診了脈息，說道：「眾頭領休慌，脈體無事。身軀雖見沉重，大體不妨。不是安某說口，只十日之間，便要復舊。」眾人見說，一齊便拜。安道全先把艾焙※17引出毒氣，然後用藥。外使敷貼之餌，內用長托之劑。◎27五日之間，漸漸皮膚紅白，肉體滋潤，飲食漸進。不過十日，雖然瘡口未完，飲食復舊。只見張順引著王定六父子二人，拜見宋江並眾頭領，訴說江中被劫，水上報冤之事。眾皆稱嘆：「險不誤了兄長之患！」

宋江纔得病好，便與吳用商量，要打北京，救取盧員外、石秀。安道全諫道：「將軍瘡口未完，不可輕動，動則急難痊可。」吳用道：「不勞兄長掛心，只顧自己將息，調理體中元陽眞氣。吳用雖然不才，只就目今春秋時候，定要打破北京城池，救取盧員外、石秀二人性命，擒拿淫婦奸夫，不知兄長意下如何？」宋江道：「若得軍師如此扶持，宋江雖死瞑目！」◎28吳用便就忠義堂上傳令。有分教：北京城內，變成火窟槍林；大名府中，翻作屍山血海。正是：談笑鬼神皆喪膽，指揮豪傑盡傾心。畢竟軍師吳用說出甚麼計來？且聽下回分解。

註

※17艾焙：用艾炷熏炙。

評點

◎23.亦是攬船索，寫得果報可畏。（金批）
◎24.色色細備，一筆不漏。（金批）
◎25.戴宗接安道全，張順待王定六，參差合拍。（袁夾）
◎26.只一擁字，直畫出眾人情義來。（金批）
◎27.並治法皆詳寫。（金批）
◎28.大書宋江甘心爲盧員外報仇，以正其弒晁蓋之罪也。（金批）

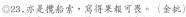

第六十六回　時遷火燒翠雲樓　吳用智取大名府◎1

話說吳用對宋江道：「今日幸喜得兄長無事，又得安太醫在寨中看視貴疾。此是梁山泊萬千之幸，比及兄長臥病之時，小生累累使人去大名探聽消息。梁中書晝夜憂驚，只恐俺軍馬臨城。又使人直往北京城裏城外市井去處，遍貼無頭告示，曉諭居民，勿得疑慮。冤各有頭，債各有主，大軍到郡，自有對頭。因此，梁中書越懷鬼胎。東京蔡太師見說降了關勝，天子之前更不敢提。◎2只是主張招安，大家無事，因此累累寄書與梁中書，教道且留盧俊義、石秀二人性命，好做手腳。」宋江見說，便要催趲軍馬下山去打北京。吳用道：「即今冬盡春初，早晚元宵節近，北京年例，大張燈火。我欲乘此機會，先令城中埋伏，外面驅兵大進，裏應外合，可以破之。」宋江道：「此計大妙！便請軍師發落。」吳用道：「爲頭最要緊的，是城中放火爲號。你衆弟兄中，誰敢與我先去城中放火？」只見階下走過一人道：「小弟願往。」衆人看時，卻是鼓上蚤時遷。時遷道：「小弟幼年間曾到北京。城內有座樓，喚做翠雲樓，樓上樓下，大小有百十個閣子。眼見得元宵之夜，必然喧哄。乘空潛地入城，正月十五日夜，盤去翠雲樓上，放起火來爲號，軍師可自調人馬劫牢，此爲上計。」吳用道：◎3「我心正待如此。你明日天曉，先下山去，只在元宵夜一更時候，樓上放起火來，便是你的功勞。」時遷應允，得

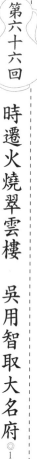

令去了。◎4

吳用次日卻調解珍、解寶，扮做獵戶，去北京城內官員府裏，獻納野味。正月十五日夜間，只看火起爲號，便去留守司前，截住報事官兵。兩個聽令去了。再調杜遷、宋萬，扮做糶米客人，推輛車子，去城中宿歇。元宵夜只看號火起時，卻來先奪東門。「此是你兩個功勞。」兩個聽令去了。再調孔明、孔亮，扮做僕者，去北京城內鬧市裏房檐下宿歇，只看樓前火起，便去往來接應。兩個聽令去了。再調李應、史進，扮做客人，去北京東門外安歇，只看城中號火起時，先斬把門軍士，奪下東門，好做出路。兩個聽令去了。再調魯智深、武松，扮做行腳僧行，去北京城外庵院掛搭，只看城中號火起時，便去南門外截住大軍，衝擊去路。兩個聽令去了。再調鄒淵、鄒潤，扮做賣燈客人，直往北京城中，尋客店安歇，只看樓中火起，便去司獄司前策應。兩個聽令去了。再調劉唐、楊雄，扮作公人，直去北京州衙前宿歇，只

評點

◎1.吾友斫山先生，嘗向吾誇京中口技，言：「是日賓客大會。於廳事之東北角，施八尺屏障，口技人坐屏障中，一桌、一椅、一扇、一撫尺而已。眾賓既團揖坐定，少頃，但聞屏障中撫尺二下，滿堂寂然，無敢嘩者。遙遙聞深巷犬吠聲，甚久，忽耳畔鳴金一聲，便有婦人驚覺欠申，搖其夫，語猥褻事。夫囈語，初不甚應，婦搖之不止，則二人語漸間雜，床又從中戛戛響。既而兒醒，大啼。夫令婦與兒乳；兒含乳啼，婦拍而嗚之。夫起溺，婦亦抱兒起溺。床上又一大兒醒。狺狺不止。當是時，婦手拍兒聲，口中嗚聲，兒含乳啼聲，大兒初醒聲，床聲，夫叱大兒聲，溺瓶中聲，溺桶中聲，一齊湊發，眾妙畢備。滿座賓客無不伸頸側目，微笑默嘆，以爲妙絕也。既而夫上床寢，婦人呼大兒溺畢，都上床寢，小兒亦漸欲睡。夫鼾聲起，婦拍兒亦漸拍漸止。微聞有鼠作作索索，盆器傾側，婦夢中咳嗽之聲。賓客意少舒，稍稍正坐。忽一人大呼火起，夫起大呼，婦亦起大呼，兩兒齊哭。俄而百千人大呼，百千兒哭，百千狗吠。中間力拉崩倒之聲，火爆聲，呼呼風聲，百千齊作；又夾百千求救聲，曳屋許許聲，搶奪聲，潑水聲，凡所應有，無所不有。雖人有百手，手有百指，不能指其一端；人有百口，口有百舌，不能名其一處也。於是賓客無不變色離席，奮袖出臂，兩股戰戰，幾欲先走。而忽然撫尺一下，群響畢絕。撤屏視之，一人、一桌、一椅、一扇、一撫尺如故。蓋久之久之，猶滿堂寂然，賓客無敢先嘩者也。」吾當時聞其言，意頗不信，笑謂先生：此自是卿粲花之論耳，世豈眞有是技？維時先生亦笑謂吾：豈惟卿不得信，實惟吾猶至今不信耳！今日讀火燒翠雲樓一篇，而深嘆先生未嘗吾欺，世固眞有是絕異非常之技也。調撥時，一人一令；及乎動手，卻各各變換，不必盡不同，不必盡同。無他，世固無印板廝殺，不但無印板文字也。調撥作兩半寫，點逗亦作兩半寫，城裏眾人發作亦作兩半寫，城中大軍策應亦作兩半寫，又是一樣絕奇之格。寫梁山泊調撥劫城一大篇後，卻寫梁中書調撥放燈一小篇；寫梁中書兩頭奔走一大篇後，卻寫李固、賈氏兩頭奔走一小篇，使人讀之，眞欲絕倒。（金批）

◎2.從來如此，可笑可嘆。（袁夾）

◎3.看他幾處發兵，各有文格，奇錯變幻，各各不同，眞是史遷之筆。（芥眉）

◎4.第一日只撥一人。（金批）

看號火起時，便去截住一應報事人員，令他首尾不能救應。兩個聽令去了。再調公孫勝先生，扮做雲遊道士，卻教凌振扮做道童跟著，將帶風火、轟天等炮數百個，直去北京城內靜處守待，只看號火起時施放。兩個聽令去了。再調張順，跟隨燕青，從水門裏入城，逕奔盧員外家，單捉淫婦奸夫。再調王矮虎、孫新、張青、扈三娘、顧大嫂、孫二娘，扮做三對村里夫妻，入城看燈，◎5尋至盧俊義家中放火。再調柴進，帶同樂和，扮做軍官，直去蔡節級家中，要保救二人性命。調撥已定，衆頭領俱各聽令去了。各各遵依軍令，不可有誤。

此是正月初頭，不說梁山泊好漢依次各各下山進發，且說北京梁中書喚過李成、聞達、王太守等一干官員，商議放燈一事。◎6梁中書道：「年例北京大張燈火，慶賀元宵，與民同樂，全似東京體例。◎7如今被梁山泊賊人兩次侵境，只恐放燈因而惹禍，下官意欲住歇放燈，你衆官心下如何計議？」聞達便道：「想此賊人，潛地退去，沒頭告示亂貼，此是計窮，必無主意，相公何必多慮。若還今年不放燈時，這廝們細作探知，必然被他恥笑。◎8可以傳下鈞旨，曉示居民：比上年多設花燈，添扮社火，市心中添搭兩座鰲山，照依東京體例，通宵不禁，十三至十七，放燈五夜。教府尹點視居民，勿令缺少，相公親自行春※1，務要與民同樂。聞某親領一彪軍馬出城，去飛虎峪駐扎，以防賊人奸計。再著李都監親引鐵騎馬軍，繞城巡邏，勿令居民驚憂。」◎9梁中書見說大喜。衆官商議已定，隨即出榜，曉諭居民。

評點

◎5.好女不看燈，如何扈三娘、顧大嫂、孫二娘都去看燈？（容眉）
◎6.商量便不是要歇的主意。（袁夾）
◎7.須知非學聖人也，學丈人也。（金批）
◎8.也說得近似，卻是逢迎，可恨。（袁眉）
◎9.放燈之故，起禍之由，罪於此人。（余評）

這北京大名府是河北頭一個大郡衝要去處，卻有諸路買賣，雲屯霧集，只聽放燈，都來趕趁※2。在城坊隅巷陌該管廂官，每日點視，只得裝扮社火。豪富之家，各自去賽花燈。遠者三、二百里去買，近者也過百十里之外，便有客商，年年將燈到城貨賣。家家門前扎起燈柵，都要賽掛好燈，巧樣煙火。戶內縛起山棚※3，擺放五色屏風炮燈，四邊都掛名人書畫，並奇異古董玩器之物。在城大街小巷，家家都要點燈。大名府留守司州橋邊，搭起一座鰲山，上面盤紅黃紙龍兩條，每片鱗甲上點燈一盞，口噴淨水。去州橋河內周圍上下點燈，不計其數。銅佛寺前扎起一座鰲山，上面盤青龍一條，周迴也有千百盞花燈。翠雲樓前也扎起一座鰲山，上面盤著一條白龍，四面點火，不計其數。原來這座酒樓，名貫河北，號爲第一，上有三檐滴水※4，雕梁繡柱，極是造得好。樓上樓下，有百十處閣子，終朝鼓樂喧天，每日笙歌聒耳。城中各處宮觀寺院、佛殿法堂中，各設燈火，慶賞豐年。三瓦兩舍，更不必說。

那梁山泊探細人得了這個消息，報上山來，吳用得知大喜，去對宋江說知備細。宋江便要親自領兵去打北京，安道全諫道：「將軍瘡口未完，切不可輕動，稍若怒氣相侵，實難痊可。」吳用道：「小生替哥哥走一遭。」隨即與鐵面孔目裴宣，點撥八路軍馬：第一隊，雙鞭呼延灼，引領韓滔、彭玘爲前部，鎮三山黃信在後策應，都是

註

※1行春：謂官吏春日出巡。這裏指察看燈火。
※2趕趁：爲牟利而奔走活動。多指商販做生意、歌女賣唱及演戲雜耍等。
※3山棚：爲慶祝節日而搭建的彩棚，其狀如山高聳，故名。
※4三檐滴水：滴水檐有三層，代指高大的樓房。

奧地利畫家希夫筆下二十世紀三〇年代的北京城門口的熱鬧景色。(Friedrich Schiff／fotoe提供)

馬軍。前者呼延灼陣上打了的，是假的，故意要賺關勝，故設此計。第二隊，豹子頭林沖，引領馬麟、鄧飛爲前部，小李廣花榮在後策應，都是馬軍。第三隊，大刀關勝，引領宣贊、郝思文爲前部，病尉遲孫立在後策應，都是馬軍。第四隊，霹靂火秦明，引領歐鵬、燕順爲前部，青面獸楊志在後策應，都是馬軍。第五隊，卻調步軍頭領沒遮攔穆弘，將引杜興、鄭天壽。第六隊，步軍頭領黑旋風李逵，將引李立、曹正。第七隊，步軍頭領插翅虎雷橫，將引施恩、穆春。第八隊，步軍頭領混世魔王樊瑞，將引項充、李袞。「這八路馬步軍兵，各自取路，即今便要起行，毋得時刻有誤。正月十五日二更爲期，都要到北京城下。馬軍步軍，一齊進發。」那八路人馬依令下山，其餘頭領，盡跟宋江保守山寨。

且說時遷是個飛檐走壁的人，不從正路入城，夜間越墻而過，城中客店內，卻不著

❀北京大名府元宵大辦燈會，梁山好漢趁機混進北京。（朱寶榮繪）

寧夏石嘴山市星海湖畔（人工湖）的元宵花燈。拍攝時間2005年2月23日。（張波／fotoe提供）

單身客人，◎10他自白日在街上閑走，到晚來，東嶽廟內神座底下安身。正月十三日，卻在城中往來觀看居民百姓搭縛燈棚，懸掛燈火。正看之間，只見解珍、解寶挑著野味，在城中往來觀看。◎11又撞見杜遷、宋萬兩個，從瓦子裏走將出來。時遷當日先去翠雲樓上打一個踅，只見孔明披著頭髮，身穿羊皮破衣，右手拄一條杖子，左手拿個碗，腌腌臢臢※5，在那裏求乞。見了時遷，打抹※6他去背後說話。時遷道：「哥哥，你這般一個漢子，紅紅白白面皮，不像叫化的，北京做公的多，倘或被他看破，須誤了大事，哥哥可以躲閃迴避。」說不了，又見個丐者從墻邊來，看時，卻是孔亮。時遷道：「哥哥，你又露出雪也似白面來，亦不像忍飢

註

※5 腌腌臢臢：髒，不乾淨。

※6 打抹：以目示意。

評點

◎10.斜插出地方緊急。（金批）

◎11.點逗之前半截。（金眉）

受餓的人。這般模樣，必然決撒※7。」◎12卻纔道罷，背後兩個人劈角兒揪住，喝道：「你們做得好事！」回頭看時，卻是楊雄、劉唐。時遷道：「你驚殺我也！」楊雄道：「都跟我來。」帶去僻靜處埋怨道：「你三個好沒分曉，卻怎地在那裏說話！倒是我兩個看見，倘若被他眼明手快的公人看破，卻不誤了哥哥大事？我兩個都已見了，弟兄們不必再上街去。」◎13孔明道：「鄒淵、鄒潤自在街上賣燈，魯智深、武松已在城外庵裏。再不必多說，只顧臨期各自行事。」五個說了，都出到一個寺前，正撞見一個先生從寺裏出來。衆人擡頭看時，卻是入雲龍公孫勝，背後凌振扮做道童跟著。七個人都點頭會意，各自去了。

看看相近上元，梁中書先令大刀聞達，將引軍馬出城，去飛虎峪駐扎，以防賊寇。十四日，卻令李天王李成，親引鐵騎馬軍五百，全副披掛，繞城巡視。次日，正是正月十五日，上元佳節，好生晴朗，黃昏月上，六街三市，各處坊隅巷陌，點放花燈，◎14大街小巷，都有社火。有詩爲證：

北京三五風光好，膏雨初晴春意早。
銀花火樹不夜城，陸地擁出蓬萊島。
燭龍街照夜光寒，人民歌舞欣時安。
五鳳羽扶雙貝闕※8，六鰲背駕三神山※9。
紅妝女立朱簾下，白面郎騎紫騮馬。

笙簫嘹亮入青雲，月光清射鴛鴦瓦※10。
翠雲樓高侵碧天，嬉遊來往多嬋娟。
燈球燦爛若錦繡，王孫公子眞神仙。
遊人轇轕※11尚未絕，高樓頃刻生雲煙。

是夜節級蔡福分付，教兄弟蔡慶看守著大牢：「我自回家看看便來。」方纔進得家門，只見兩個人閃將入來，前面那個軍官打扮，後面僕者模樣。燈光之下看時，蔡福認得是小旋風柴進，後面的已自是鐵叫子樂和。蔡節級只認得柴進，便請入裏面去，現成杯盤，隨即管待。柴進道：「不必賜酒。在下到此，有件緊事相央。盧員外、石秀全得足下相覷，稱謝難盡。今晚小子就欲大牢裏趕此元宵熱鬧，看望一遭，望你相煩引進，休得推卻。」蔡福是個公人，早猜了八分。欲待不依，誠恐打破城池，都不見了好處，又陷了老小一家人口性命。只得擔著血海的干係，便取些舊衣裳，教他兩個換了，也扮做公人，換了巾幘，帶柴進、樂和逕奔牢中去了。初更左右，王矮虎、一丈青、孫新、顧大嫂、張青、孫二娘，三對兒村里夫婦，喬喬畫畫※12，裝扮做鄉村人，挨在人叢裏，便

註

※7 決撒：決裂。
※8 貝闕：以紫貝爲飾的宮闕。本指河伯所居的龍宮水府，後用以形容壯麗的宮室。語出《楚辭．九歌．河伯》：「魚鱗屋兮龍堂，紫貝闕兮朱宮。」
※9 三神山：傳說東海中仙人所居之山，即蓬萊、方丈、瀛洲。
※10 鴛鴦瓦：指成對的瓦。
※11 轇轕：音糾格。交錯糾纏的樣子。
※12 喬喬畫畫：裝模做樣。

評點

◎12.此等處都可刪。（容眉）
◎13.又從口中虛點餘人。（金批）
◎14.燈光月光，只用六字寫盡。（金批）（金本此前爲：「未到黃昏，一輪明月卻湧上來，照得六街三市，熔作金銀一片。」——編者按）

入東門去了。◎[15]公孫勝帶同凌振，挑著荊簍，去城隍廟裏廊下坐地。這城隍廟只在州衙側邊。鄒淵、鄒潤挑著燈，在城中閑走。杜遷、宋萬各推一輛車子，逕到梁中書衙前，閃在人鬧處。原來梁中書衙，只在東門裏大街住。劉唐、楊雄各提著水火棍，身邊都自有暗器，來州橋上兩邊坐定。燕青領了張順，自從水門裏入城，靜處埋伏。◎[16]都不在話下。不移時，樓上鼓打二更。卻說時遷挾著一個籃兒，裏面都是硫黃、焰硝放火的藥頭，籃兒上插幾朵鬧鵝兒※[13]，趄入翠雲樓後。走上樓去，只見閣子內吹笙簫，動鼓板，掀雲鬧社，子弟們鬧鬧嚷嚷，都在樓上打哄賞燈。時遷上到樓上，只做買鬧鵝兒的，各處閣子裏去看。撞見解珍、解寶拖著鋼叉，叉上掛著兔兒，在閣子前趄。時遷便道：「更次到了，怎生不見外面動彈？」解珍道：「我兩個方纔在樓前，見探馬過去，多管兵馬到了，你只顧去行事。」言猶未了，只見樓前都發起喊來，說道：「梁山泊軍馬到了西門外。」解珍分付時遷：「你自快去，我自去留守司前接應。」奔到留守司前，只見敗殘軍馬，一齊奔入城來，說道：「聞大刀吃劫了寨也！梁山泊賊寇，引軍都到城下！」李成正在城上巡邏，聽見說了，飛馬來到留守司前，教點軍兵，分付閉上城門，守護本州。卻說王太守親引隨從百餘人，長枷鐵鎖，在街鎮壓。聽得報說這話，慌忙到留守司前。

卻說梁中書正在衙前醉了閑坐，初聽報說，尚自不甚慌。次後沒半個更次，流星探馬※[14]，接連報來，嚇得魂不附體，慌忙快叫備馬。說言未了，只見翠雲樓上烈焰衝天，

時遷混進翠雲樓，放起火來，北京城一片混亂。（選自《水滸傳版刻圖錄》，江蘇廣陵古籍刻印社）

火光奪月，十分浩大。◎17梁中書見了，急上得馬，卻待要去看時，只見兩條大漢推兩輛車子，放在當路，便去取碗掛的燈來，望車子上點著，隨即火起。梁中書要出東門時，兩條大漢口稱：「李應、史進在此！」手拈朴刀，大踏步殺來。把門官軍嚇得走了，手邊的傷了十數個。杜遷、宋萬卻好接著出來，四個合做一處，把住東門。梁中書見不是頭勢，帶領隨行伴當，飛奔南門。南門傳說道：「一個胖大和尚，掄動鐵禪杖，一個虎面行者，掣出雙戒刀，發喊殺入城來。」梁中書回馬，再到留守司前，只見解珍、解寶手拈鋼叉，在那裏東撞西撞。急待回州衙，不敢近前。王太守卻好過來，劉唐、楊雄兩條水火棍齊下，打得腦漿迸流，眼珠

註

※13鬧鵝兒：古代一種頭飾。剪絲綢或烏金紙爲花或草蟲之形。

※14流星探馬：古代指通訊兵。

評點

◎15.點逗之後半截。（金眉）

◎16.一城被其賊入，乃天命有否極之數。（余評）

◎17.此是時遷功勞。時遷虛寫。（金批）

突出，死於街前，虞候押番，各逃殘生去了。梁中書急急回馬奔西門，只聽得城隍廟裏火炮齊響，轟天震地。鄒淵、鄒潤手拿竹竿，只顧就房檐下放起火來。南瓦子前，王矮虎、一丈青殺將來。孫新、顧大嫂身邊掣出暗器，就那裏協助。銅佛寺前，張青、孫二娘入去，爬上鰲山，放起火來。◎[18]此時北京城內百姓黎民，一個個鼠竄狼奔，一家家神號鬼哭，四下裏十數處火光亙天，四方不辨。

卻說梁中書奔到西門，接著李成軍馬，急到南門城上，勒住馬，在鼓樓上看時，只見城下兵馬擺滿，旗號上寫道：「大將呼延灼。」火焰光中，抖擻精神，施逞驍勇。左有韓滔，右有彭玘，黃信在後，催動人馬，雁翅一般橫殺將來，隨到門下。◎[19]梁中書出不得城去，和李成躲在北門城下，望見火光明亮，軍馬不知其數，卻是豹子頭林沖，躍馬橫槍，左有馬麟，右有鄧飛，花榮在後，催動人馬，飛奔將來。再轉東門，一連火把叢中，只見沒遮攔穆弘，左有杜興，右有鄭天壽，三籌步軍好漢當先，手拈朴刀，引領一千餘人，殺入城來。梁中書逕奔南門，捨命奪路而走。吊橋邊火把齊明，只見黑旋風李逵，左有李立，右有曹正。李逵渾身脫剝，咬定牙根，手搦雙斧，從城濠裏飛殺過來。李立、曹正，一齊俱到。李成當先，殺開條血路，奔出城來，護著梁中書便走。只見左手下殺聲震響，火把叢中，軍馬無數，◎[20]卻是大刀關勝，拍動赤兔馬，手舞青龍刀，逕搶梁中書。李成手舉雙刀，前來迎敵。那時李成無心戀戰，撥馬便走。左有宣贊，右有郝思文，兩肋裏撞來。孫立在後，催動人馬，併力殺來。正鬥間，背後趕上小

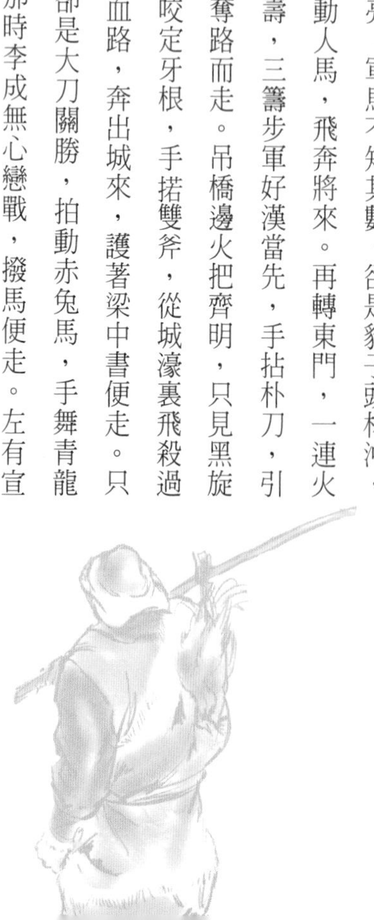

李廣花榮，拈弓搭箭，射中李成副將，翻身落馬。李成見了，飛馬奔走，未及半箭之地，只見右手下鑼鼓亂鳴，火光奪目，卻是霹靂火秦明，躍馬舞棍，引著燕順、歐鵬，背後楊志，又殺將來。李成且戰且走，折軍大半，護著梁中書，衝路走脫。

話分兩頭，卻說城中之事。◎21杜遷、宋萬，去殺梁中書老小一門良賤。◎22劉唐、楊雄，去殺王太守一家老小。孔明、孔亮，已從司獄司後墻爬將入去。鄒淵、鄒潤，卻在司獄司前接住往來之人。大牢裏柴進、樂和，看見號火起了，便對蔡福、蔡慶道：「你弟兄兩個，見也不見？更待幾時？」蔡慶在門邊看時，鄒淵、鄒潤早撞開牢門，大叫道：「梁山泊好漢全夥在此！◎23好好送出盧員外、石秀哥哥來！」蔡慶慌忙報蔡福時，孔明、孔亮早從牢屋上跳將下來。不由他弟兄兩個肯與不肯，柴進身邊取出器械，便去開枷，放了盧俊義、石秀。柴進說與蔡福：「你快跟我去家中保護老小！」一齊都出牢門來。鄒淵、鄒潤接著，合做一處。蔡福、蔡慶跟隨柴進，來家中保全老小。盧俊義將引石秀、孔明、孔亮、鄒淵、鄒潤五個弟兄，逕奔家中，來捉李固、賈氏。卻說李固聽得梁山泊好漢引軍馬入城，又見四下裏火起，正在家中有些眼跳，便和賈氏商量，收拾了一包金珠細軟，背了便出門奔走。只聽得排門一帶都倒，正不知多少人搶將入來。李固和賈氏慌忙回身，便望裏面開了後門，踅過墻邊，逕投河下，來尋自家躲避處。只見岸上張順大叫：「那婆娘走那裏去！」李固心慌，便跳下船中去躲。卻待攢入艙裏，又見一個人伸出手來，劈髯兒揪住，喝道：「李固，你認得我麼？」◎24李固聽得是燕青

評點

◎18.好燈好燈，請看，請！（容眉）
◎19.以下數隊寫得如火如潮，如霆如龍。（金批）
◎20.前後幾路軍將敘得錯綜，又俱在眼中見，妙。（袁眉）
◎21.忽然順筆帶出城，忽然逆筆挽入城。（金批）
◎22.是一件事。（金批）
◎23.梁山諸漢在此顯威，加使人畏之矣。（余評）
◎24.百忙中寫來，畢竟是燕小乙哥，妙人趣事。（金批）

梁山眾人捉拿了賈氏、李固。（fotoe提供）

的聲音，慌忙叫道：「小乙哥，我不曾和你有甚冤仇，你休得揪我上岸！」岸上張順早把那婆娘挾在肋下，拖到船邊。燕青拿了李固，都望東門來了。再說盧俊義奔到家中，不見了李固和那婆娘，◎25且叫眾人把應有家私金銀財寶，都搬來裝在車子上，往梁山泊給散。卻說柴進和蔡福到家中收拾家資老小，同上山寨。蔡福道：「大官人，可救一城百姓，休教殘害。」柴進見說，便去尋軍師吳用。比及柴進尋著吳用，急傳下號令去，教休殺害良民時，城中將及損傷一半。但見：

煙迷城市，火燎樓臺。紅光影裏碎琉璃，黑焰叢中燒翡翠。娛人傀儡，顧不得面是背非；照夜山棚，誰管取前明後暗。斑毛老子，倡狂燎盡白髭鬚；綠髮兒郎，奔走不收華蓋傘※15。踏竹馬※16的暗中刀槍，舞鮑老的難免刃槊。如花仕

評點

◎25.明作一跌，妙妙。（金批）
◎26.閘達頭尾一見，妙筆高筆，非人所能也。（金批）
◎27.一一應轉作尾聲，更有餘興。（芥眉）
◎28.李和尚曰：這回文字沒身分，敍事處亦欠變化，且重複可厭，不濟不濟。（容評）

女，人叢中金墜玉崩；玩景佳人，片時間星飛雲散。可惜千年歌舞地，翻成一片戰爭場。

當時天色大明，吳用、柴進在城內鳴金收軍。眾頭領卻接著盧員外並石秀，都到留守司相見，備說牢中多虧了蔡福、蔡慶弟兄兩個看覷，已逃得殘生。燕青、張順早把這李固、賈氏解來。盧俊義見了，且教燕青監下，自行看管，聽候發落，不在話下。

再說李成保護梁中書出城逃難，又撞著聞達，領著敗殘軍馬回來，合兵一處，◎26投南便走。正走之間，前軍發起喊來，卻是混世魔王樊瑞，左有項充，右有李衮，三籌步軍好漢，舞動飛刀、飛槍，直殺將來。背後又是插翅虎雷橫，將引施恩、穆春，各引一千步軍，前來截住退路。◎27正是：獄囚遇赦重回禁，病客逢醫又上床。畢竟梁中書一行人馬，怎地計結？且聽下回分解。◎28

攻打大名府的全景圖。從城門口到城內接應、放火的場景十分齊全，有風俗畫的特點。（選自《水滸傳版刻圖錄》，江蘇廣陵古籍刻印社）

註

※15華蓋傘：這裏指美麗的傘蓋。

※16踏竹馬：一種兒童遊戲，把竹竿當馬騎著玩。

第六十七回 宋江賞馬步三軍 關勝降水火二將◎1

話說當下梁中書、李成、聞達，慌速尋得敗殘軍馬，投南便走。正行之間，又撞著兩隊伏兵，前後掩殺。李成當先，聞達在後，護著梁中書，併力死戰，撞透重圍，脫得大難，頭盔不整，衣甲飄零，雖是折了人馬，且喜三人逃得性命，投西去了。樊瑞引項充、李袞乘勢追趕不上，自與雷橫、施恩、穆春等，同回北京城內聽令。再說軍師吳用在城中傳下將令，一面出榜安民，一面救滅了火。梁中書、李成、聞達、王太守各家老小，殺的殺了，走的走了，也不來追究。便把大名府庫藏打開，應有金銀寶物，緞匹綾錦，都裝載上車子；又開倉廒，將糧米俵濟滿城百姓了，餘者亦裝載上車，將回梁山泊倉用。號令眾頭領人馬，都皆完備。把李固、賈氏釘在陷車內，將軍馬標撥作三隊，回梁山泊來，正是鞍上將敲金鐙響，馬前軍唱凱歌回。卻叫戴宗先去報宋公明。宋江會集諸將，下山迎接，都到

宋江犒賞士兵，圖為士兵殺雞喝酒的場面。（選自《水滸傳版刻圖錄》，江蘇廣陵古籍刻印社）

忠義堂上。宋江見了盧俊義，納頭便拜，盧俊義慌忙答禮。宋江道：「我等衆人，欲請員外上山，同聚大義，不想卻遭此難，幾被傾送，寸心如割。皇天垂祐，今日再得相見，大慰平生。」盧俊義拜謝道：「上托兄長虎威，深感衆頭領之德，齊心併力，救拔賤體，肝膽塗地，難以報答。」便請蔡福、蔡慶拜見宋江，言說：「在下若非此二人，安得殘生到此！」稱謝不盡。當下宋江要盧員外爲尊，◎2盧俊義拜道：「盧某是何等之人，敢爲山寨之主？若得與兄長執鞭墜鐙，願爲一卒，報答救命之恩，實爲萬幸！」宋江再三拜請，盧俊義那裏肯坐。

只見李逵道：「◎3哥哥若讓別人做山寨之主，我便殺將起來。」◎4武松道：「哥哥只管讓來讓去，讓得弟兄們心腸冷了！」宋江大喝道：「汝等省得甚麼！不得多言！」盧俊義慌忙拜道：「若是兄長苦苦相讓著，盧某安身不牢。」李逵叫道：「今朝都沒事了，哥哥便做皇帝，教盧員外做丞相，我們都做大官，殺去東京，奪了鳥位，卻不強似在這裏鳥亂！」宋江大怒，喝罵李逵。吳用勸道：「且教盧員外東

評點

◎1.夫忠義堂第一座，固非宋江之所得據，亦非宋江之所得遜也。非所據而據之，名曰無恥，非所遜而遜之，亦名曰無恥。無恥之人，不惟不自惜，亦不爲人惜。不自惜者，如前日宋江之欲據斯座，爲李逵所不許是也；不惜人者，如今日宋江之欲遜斯座，爲盧員外所不許是也。何也？蓋無恥之人，其機械變詐，大要歸於必得斯座而後已；不惟其前日之據之爲必欲得之，惟今日之遜之亦正其巧於必欲得之。夫其意而既已必欲得之，則是堂堂盧員外乃反爲其所影借，以作自身飛騰之尺木也。此時爲盧員外者，豈能甘之乎哉！或曰：宋江之據之也，意在於得斯座，誠有之矣，獨何意知其遜之之亦欲得斯座乎？曰：忠義堂第一座，固非宋江之所得據，亦非宋江之所得遜也。使宋江而誠無意於得之，則夫天王有靈，誓箭在彼，亦聽其人報仇立功自取之而已耳！自宋江有此一遜，而此座遂告已爲宋江所有，此座已爲宋江所有，然則後即有人報仇立功，其不敢與之爭之，斷斷然也。此所謂機械變詐，無所用恥之尤甚者，故李逵番番大罵之也。人即多疑，何至於疑關勝？吳用疑及關勝，則其無所不疑可知也。人即多疑，何至於疑李逵？宋江疑及李逵，則其無所不疑可知也。連書二人各有其疑，以著宋江、吳用之同惡共濟也。寫李逵遇焦挺，令人讀之油油然有好善之心，有謙抑之心，有不欺人之心，有不自薄之心。眞好鐵牛，有此風流！眞好耐庵，有此筆墨矣！打大名後，復不見有爲天王報仇之心，便接水火二將一篇，然則宋江之弒晁蓋不其信乎？水火二將文中，亦殊不肯草草，寫來都能變換，不至令人意惡。寫關勝全是雲長意思，不嫌於刻畫優孟者，泱泱大書，期於無美不備。固不得以群芳競吐，而獨廢牡丹，水陸畢陳，而反缺江瑤也。（金批）

◎2.第一把交椅既以之自據，又以之媚人，彼晁天王誓箭，竟安在哉？（金批）

◎3.快人快語，如鏡如刀。（金批）（金本此前有「哥哥偏不直性」，後有「前日肯坐坐了，今日又讓別人」。——編者按）

◎4.一發快人快語。（金批）

邊耳房安歇，賓客相待。等日後有功，卻再讓位。」◎5宋江方纔歡喜，就叫燕青一處安歇。另撥房屋，叫蔡福、蔡慶安頓老小。關勝家眷，薛永已取到山寨。宋江便叫大設筵宴，犒賞馬、步、水三軍，令大小頭目並衆嘍囉軍健，各自成團作隊去吃酒。忠義堂上，設宴慶賀。大小頭領相謙相讓，飲酒作樂。盧俊義起身道：「淫婦奸夫，擒捉在此，聽候發落。」宋江笑道：「我正忘了，叫他兩個過來。」衆軍把陷車打開，拖出堂前，李固綁在左邊將軍柱上，賈氏綁在右邊將軍柱上。宋江道：「休問這廝罪惡，請員外自行發落。」盧俊義手拿短刀，自下堂來，大罵潑婦、賊奴，就將二人割腹剜心，凌遲處死。◎6拋棄屍首，上堂來拜謝衆人。衆頭領盡皆作賀，稱讚不已。

且不說梁山泊大設筵宴，犒賞馬、步、水三軍。卻說北京梁中書探聽得梁山泊軍馬退去，再和李成、聞達引領敗殘軍馬，入城來看覷老小時，十損八九，衆皆號哭不已。

宋江要讓盧俊義坐山寨第一位，李逵跳出來反對。（朱寶榮繪）

比及鄰近起軍追趕梁山泊人馬時，已自去得遠了，且教各自收軍。梁中書的夫人躲得在後花園中，逃得性命，便叫丈夫寫表申奏朝廷，寫書教太師知道，早早調兵遣將，剿除賊寇報仇。抄寫民間被殺死者五千餘人，中傷者不計其數，各部軍馬總折卻三萬有餘。◎7首將齎了奏文密書上路，不則一日，來到東京太師府前下馬。門吏轉報，太師教喚入來，首將直至節堂下拜見了，呈上密書申奏，訴說打破北京，賊寇浩大，不能抵敵。蔡京初意，亦欲苟且招安，功歸梁中書身上，自己亦有榮寵。今見事體敗壞，難遮掩，便欲主戰，因大怒道：「且教首將退去！」次日五更，景陽鐘響，待漏院衆集文武群臣，蔡太師為首，直臨玉階，面奏道君皇帝。天子覽奏，大驚。有諫議大夫趙鼎※1出班奏道：「前者往往調兵征發，皆折兵將，蓋因失其地利，以致如此。以臣愚意，不若降敕赦罪招安，詔取赴闕※2，命作良臣，以防邊境之害。」蔡京聽了大怒，喝叱道：「汝為諫議大夫，反滅朝廷綱紀，猖獗小人，罪合賜死！」天子曰：「如此，目下便令出朝。」當下革了趙鼎官爵，罷為庶人，◎8當朝誰敢再奏。有詩為證：

璽書招撫是良謀，卻把忠言作寇仇。
一自老成人去後，梁山軍馬不能收。

天子又問蔡京道：「似此賊勢猖獗，可遣誰人剿捕？」蔡太師奏道：「臣量這等山野草

註

※1 諫議大夫趙鼎：趙鼎，南宋政治家、詞人。字元鎮，自號得全居士。解州聞喜（今屬山西）人。徽宗崇寧五年進士。曾任河南洛陽令、開封士曹等職。南渡後，累官至尚書左僕射同中書門下平章事兼樞密使。諫議大夫這個職位是小說中杜撰。

※2 赴闕：闕，音卻皇宮門前兩邊供瞭望的樓。赴闕，指謁見皇帝。

評點

◎5.吳用眞能體心，眞善處事。（袁眉）
◎6.安得借盧員外手中短刀，殺盡世間潑婦賊奴也。（容眉）
◎7.一夜死傷，又從申奏文中補出。（金批）
◎8.究竟招安，開端言事者偏獲罪譴，此千古一轍。（芥眉）

賊，安用大軍。臣舉凌州有二將：一人姓單名廷珪，一人姓魏名定國，現任本州團練使。伏乞陛下聖旨，星夜差人，調此一枝人馬，克日掃清水泊。」天子大喜，隨即降寫敕符※3，著樞密院調遣。天子駕起，百官退朝，衆官暗笑。次日，蔡京會省院差官，賚捧聖旨敕符，投凌州來。

再說宋江水滸寨內，將北京所得的府庫金寶錢物，給賞與馬、步、水三軍，連日殺牛宰馬，大排筵宴，慶賀盧員外。雖無炰鳳烹龍，端的肉山酒海。衆頭領酒至半酣，吳用對宋江等說道：「今爲盧員外打破北京，殺損人民，劫掠府庫，趕得梁中書等離城逃奔，他豈不寫表申奏朝廷？況他丈人是當朝太師，怎肯干罷？必然起軍發馬，前來征討。」宋江道：「軍師所慮，最爲得理。何不使人連夜去北京探聽虛實，我這裏好做準備。」◎9吳用笑道：「小弟已差人去了，將次回也。」正在筵會之間，商議未了，只見原差探事人到來，報說：「北京梁中書果然申奏朝廷，要調兵征剿。有諫議大夫趙鼎，奏請招安，致被蔡京喝罵，削了趙鼎官職。如今奏過天子，差人賚捧敕符，往凌州調遣單廷珪、魏定國兩個團練使，起本州軍馬，前來征討。」宋江便道：「似此如何迎敵？」吳用道：「等他來時，一發捉了。」關勝起身對宋江、吳用道：「關某自從上山，深感仁兄厚待，不曾出得半分氣力。單廷珪、魏定國，蒲城多曾相會。久知單廷珪那廝，善能用水浸兵之法，人皆稱爲『聖水將軍』※4。魏定國這廝，精熟火攻兵法，上陣專能用火器取人，因此呼爲『神火將軍』※5。凌州是本境兼管本州兵馬，取此二人爲

部下。小弟不才，願借五千軍兵，不等他二將起行，先在凌州路上接住。他若肯降時，帶上山來。若不肯投降，必當擒來，奉獻兄長，亦不須用衆頭領張弓挾矢，費力勞神。不知尊意若何？」宋江大喜，便叫宣贊、郝思文二將，就跟著一同前去。◎10關勝帶了五千軍馬，來日下山。次早，宋江與衆頭領在金沙灘寨前餞行，關勝三人引兵去了。

衆頭領回到忠義堂上，吳用便對宋江說道：「關勝此去，未保其心，可以再差良將，隨後監督，就行接應。」◎11宋江道：「吾觀關勝義氣凜然，始終如一，軍師不必多疑。」吳用道：「只恐他心不似兄長之心。可再叫林沖、楊志領兵，孫立、黃信爲副將，帶領五千人馬，隨即下山。」李逵便道：「我也去走一遭。」宋江道：「此一去用你不著，自有良將建功。」李逵道：「兄弟若閑，便要生病，若不叫我去時，獨自也要去走一遭。」宋江喝道：「你若不聽我的軍令，割了你頭！」李逵見說，悶悶不已，下堂去了。不說林沖、楊志領兵下山，接應關勝。次日，只見小軍來報：「黑旋風李逵昨夜二更，拿了兩把板斧，不知那裏去了！」宋江見報，只叫得苦：「是我夜來衝撞了他這幾句言語，多管是投別處去了！」吳用道：「兄長，非也。他雖粗鹵，義氣倒重，不到得投別處去。多管是過兩日便來，兄長放心。」◎12宋江心慌，先使戴宗去趕，後著時遷、李雲、樂和、王定六四個首將，分四路去尋。且說李逵，是夜提著兩把板斧下

註

※3敕符：古時朝廷用以傳達命令、調兵遣將的凭證。以竹木或金玉爲之，上書文字，剖而爲二，各存其一，用時相合以爲證信。

※4聖水將軍：古代人認爲水能治病，所以叫聖水。因爲單廷珪善於用水，所以這樣稱呼他。

※5神火將軍：形容魏定國善於使用火攻。

評點

◎9.此處又不聞將爲晁天王報仇，妙絕。（金眉）
◎10.宋公明不可及處，全在一毫不疑。（容眉）
◎11.不及公明多矣。（容夾）
◎12.宋江疏的信，親的疑；吳用新的疑，舊的信。兩相跌照，極好文情。（袁眉）

山，抄小路逕投凌州去。一路上自尋思道：「這兩個鳥將軍，何消得許多軍馬去征他！我且搶入城中，一斧一個都砍殺了，也教哥哥吃一驚！也和他們爭得一口氣！」走了半日，走得肚飢，原來貪慌下山，不曾帶得盤纏。多時不做這買賣，尋思道：「只得尋個鳥出氣的！」正走之間，看見路旁一個村酒店，李逵便入去裏面坐下，連打了三角酒、二斤肉吃了，起身便走。酒保攔住討錢。李逵道：「待我前頭去尋得些買賣，卻把來還你！」說罷，便動身。只見外面走入個彪形大漢來，喝道：「你這黑廝，好大膽！誰開的酒店，你來白吃，不肯還錢！」李逵睜著眼道：「老爺不揀那裏，只是白吃！」那漢道：「我對你說時，驚得你尿流屁滾！老爺是梁山泊好漢韓伯龍的便是！本錢都是宋江哥哥的！」李逵聽了暗笑：「我山寨裏那裏認得這個鳥人！」原來韓伯龍曾在江湖上打家劫舍，要來上梁山泊入夥，卻投奔了旱地忽律朱貴，要他引見宋江。因是宋公明生發背瘡，在寨中又調兵遣將，多忙少閑，不曾見得，朱貴權且教他在村中賣酒。當時李逵去腰間拔出一把板斧，看著韓伯龍道：「把斧頭爲當。」韓伯龍不知是計，舒手來接，見李逵手起，望面門上只一斧，肐膉地砍著。可憐韓伯龍做了半世強人，死在李逵之手。兩、三個火家只恨爺娘少生了兩隻腳，望深村裏走了。李逵就地下擄掠了盤纏，放火燒了草屋，望凌州去了。

行不得一日，正走之間，官道旁邊只見走過一條大漢，直上直下相李逵。李逵見那人看他，便道：「你那廝看老爺怎地？」那漢便答道：「你是誰的老爺？」李逵便搶將

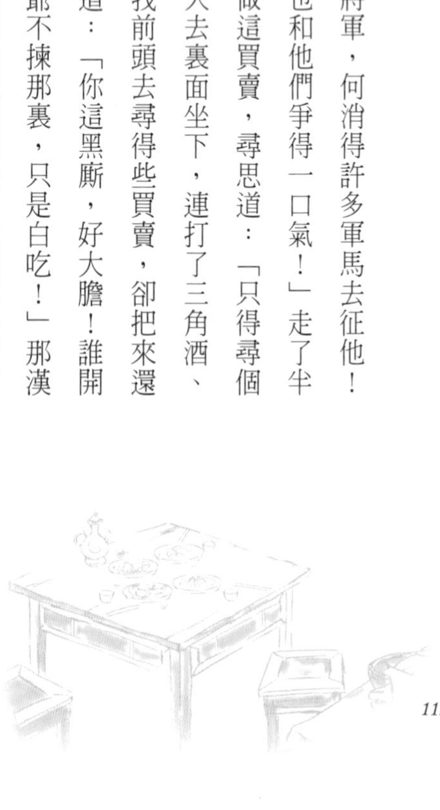

古代東京，現在河南開封龍亭。拍攝時間2003年12月21日。（李斌提供）

入來。那漢子手起一拳，打個塔墩※6，◎13李逵尋思：「這漢子倒使得好拳！」坐在地下，仰著臉問道：「你這漢子，姓甚名誰？」那漢道：「老爺沒姓，◎14要廝打便和你廝打！你敢起來！」李逵大怒，正待跳將起來，被那漢子肋羅※7裏只一腳，又踢了一交。李逵叫道：「贏他不得。」爬將起來便走。◎15那漢叫住問道：「這黑漢子，你姓甚名誰？那裏人氏？」李逵道：「我說與你，休要吃驚！我是梁山泊黑旋風李逵的便是。」那漢道：「你端的是不是？不要說謊。」李逵道：「你不信，只看我這兩把板斧。」那漢道：「你既是梁山泊好漢，獨自一個投那裏去？」李逵道：「我和哥哥別口氣※8，要投凌州去殺

註

※6塔墩：屁股著地摔了一跤。
※7肋羅：肋骨。
※8別口氣：鬧彆扭、爭口氣。

評點

◎13.有來歷的，白吃了酒，反被殺；沒因緣的，白吃了拳，反見收。又是一番影對，亦見李逵異處。（芥眉）
◎14.便含著沒面目。（袁夾）
◎15.李大哥也如此，智哉智哉。（容夾）

那姓單、姓魏的兩個。」◎16那漢道：「我聽得你梁山泊已有軍馬去了，你且說是誰？」李逵道：「先是大刀關勝領兵，隨後便是豹子頭林沖、青面獸楊志，領軍策應。」那漢聽了，納頭便拜。李逵道：「你端的姓甚名誰？」那漢道：「小人原是中山府人氏，祖傳三代，相撲爲生。卻纔手腳，父子相傳，不教徒弟。平生最無面目※9，到處投人不著，山東、河北都叫我做沒面目焦挺。◎17近日打聽得寇州地面有座山，名爲枯樹山。山上有個強人，平生只好殺人，世人把他比做喪門神，姓鮑名旭。他在那山裏，打家劫舍，我如今待要去那裏入夥。」

李逵道：「你有這等本事，如何不來投奔俺哥哥宋公明？」焦挺道：「我多時要投奔大寨入夥，卻沒條門路。今日得遇兄長，願隨哥哥。」李逵道：「我卻要和宋公明哥哥爭口氣了下山來，不殺得一個人，空著雙手，怎地回去？你和我去枯樹山，說了鮑旭，同去淩州殺得單、魏二將，便好回山。」焦挺道：「淩州一府城池，許多軍馬在彼，我和你只兩個，便有十分本事，也不濟事，枉送了性命。不如單去枯樹山說了鮑旭，都去大

李逵被沒面目焦挺打倒在地，兩人因此結識。（選自《水滸傳版刻圖錄》，江蘇廣陵古籍刻印社）

寨入夥，此爲上計。」◎18兩個正說之間，背後時遷趕將來，叫道：「哥哥憂得作苦，便請回山。如今分四路去趕你也。」李逵引著焦挺，且教與時遷廝見了。時遷勸李逵回山：「宋公明哥哥等你。」李逵道：「你且住！我和焦挺商量定了，先去枯樹山說了鮑旭，方纔回來。」時遷道：「使不得！哥哥等你，即便回寨。」李逵道：「你若不跟我去，你自先回山寨，報與哥哥知道，我便回也。」時遷懼怕李逵，自回山寨去了。焦挺卻和李逵自投寇州來，望枯樹山去了。

話分兩頭。卻說關勝與同宣贊、郝思文，引領五千軍馬接來，相近淩州。且說淩州太守，接得東京調兵的敕旨，並蔡太師札付，便請兵馬團練單廷珪、魏定國商議。二將受了札付，隨即選點軍兵，關領軍器，拴束鞍馬，整頓糧草，指日起行。忽聞報說：「蒲東大刀關勝引軍到來，侵犯本州。」單廷珪、魏定國聽得大怒，便收拾軍馬，出城迎敵。兩軍相近，旗鼓相望。門旗下關勝出馬。那邊陣內鼓聲響處，聖水將軍出馬。怎生打扮：

> 戴一頂渾鐵打就四方鐵帽，頂上撒一顆斗來大小黑纓。披一副熊皮砌就嵌縫沿邊烏油鎧甲，穿一領皀羅繡就點翠團花禿袖征袍，著一雙斜皮踢鐙嵌線雲跟靴，繫一條碧鞓釘就疊勝獅蠻帶※10。一張弓、一壺箭。騎一匹深烏馬，使一條黑桿槍。

註

※9無面目：六親不認、不講交情的意思。
※10蠻帶：腰帶。

評點

◎16.是個粗人的話。（袁夾）
◎17.奇人奇名，世亦復無此人矣。（金批）
◎18.各自說其意中之事，如畫如話。（金批）

前面打一把引軍按北方皀纛旗，上書七個銀字：「聖水將軍單廷珪。」又見這邊鸞鈴響處，轉出這員神火將軍魏定國來出馬。怎生打扮：

戴一頂朱紅綴嵌點金束髮盔，頂上撒一把掃帚長短赤纓。披一副擺連環吞獸面狻猊※11鎧，穿一領繡雲霞飛怪獸絳紅袍，著一雙刺麒麟間翡翠雲縫錦跟靴。帶一張描金雀畫寶雕弓，懸一壺鳳翎鑿山狼牙箭。騎坐一匹胭脂馬，手使一口熟銅刀。

前面打一把引軍按南方紅繡旗，上書七個銀字：「神火將軍魏定國。」兩員虎將，一齊出到陣前。關勝見了，在馬上說道：「二位將軍，別來久矣！」單廷珪、魏定國大笑，指著關勝罵道：「無才小輩，背反狂夫！上負朝廷之恩，下辱祖宗名目，◎19不知死活！引軍到來，有何禮說？」關勝答道：「你二將差矣！目今主上昏昧，奸臣弄權，非親不用，非仇不彈。兄長宋公明，仁德施恩，替天行道，特令關某等到來，招請二位將軍。倘蒙不棄，便請過來，同歸山寨。」單、魏二將聽得大怒，驟馬齊出。一個是北方一朵烏雲，一個如南方一團烈火，飛出陣前。關勝卻待去迎敵，左手下飛出宣贊，右手下奔出郝思文，兩對兒陣前廝殺。刀對刀，迸萬道寒光；槍搠槍，起一天殺氣。關勝遙見

「神火將軍」魏定國，《水滸傳》人物畫。（fotoe提供）

神火將越鬥越精神，聖水將無半點懼色。正鬥之間，兩將撥轉馬頭，望本陣便走。郝思文、宣贊隨即追趕，衝入陣中。只見魏定國轉入左邊，單廷珪轉過右邊。隨後宣贊趕著魏定國，郝思文追住單廷珪。

且說宣贊正趕之間，只見四、五百步軍，都是紅旗、紅甲，一字兒圍裹將來，撓鈎齊下，套索飛來，和人連馬，活捉去了。再說郝思文追住單廷珪到右邊，只見五百來步軍，盡是黑旗、黑甲，一字兒裹轉來，腦後衆軍齊上，把郝思文生擒活捉去了。可憐二將英雄，到此翻成畫餅。一面把人解入凌州，一面仍率五百精兵，捲殺過來。關勝舉手無措，大敗輸虧，望後便退。◎20隨即單廷珪、魏定國拍馬在背後追來。關勝正走之間，只見前面衝出二將。關勝看時，左有林沖，右有楊志，從兩肋窩裏撞將出來，殺散凌州軍馬。關勝收住本部殘兵，與林沖、楊志相見，合兵一處。隨後孫立、黃信一同見了，權且下寨。

卻說水、火二將捉得宣贊、郝思文，得勝回到城中，張太守接著，置酒作賀。一面教人做造陷車，裝了二人，差一員偏將，帶領三百步軍，連夜解上東京，申達朝廷。且說偏將帶領三百人馬，監押宣贊、郝思文上東京來，迤邐前行，來到一個去處。只見滿山枯樹，遍地蘆芽，一聲鑼響，撞出一夥強人，當先一個，手搭雙斧，聲喝如雷，正是梁山泊黑旋風李逵。後面帶著這個好漢，端的是誰，正是：

註

※11 [犭唐]猊：即唐夷，音唐尼。古代傳說中的猛獸，皮堅厚，可製甲。後因此藉以稱良甲。

評點

◎19.也罵得是。（容夾）
◎20.便算關勝一跌也。（金批）

相撲叢中人盡伏，拽拳飛腳如刀毒。
劣性發時似山倒，焦挺從來沒面目。

李逵、焦挺兩個好漢，引著小嘍囉，攔住去路，也不打話，便搶陷車。偏將急待要走，背後又撞出一個好漢，正是：

猙獰醜臉如鍋底，雙睛疊暴露狼唇。
放火殺人提闊劍，鮑旭名喚喪門神。

這個好漢，正是喪門神鮑旭，向前把偏將手起劍落，砍下馬來，其餘人等，撇下陷車，盡皆逃命去了。李逵看時，卻是宣贊、郝思文，便問了備細來由。宣贊見李逵亦問：「你怎生在此？」李逵說道：「爲是哥哥不肯教我來廝殺，獨自個私走下山來，先殺了韓伯龍，後撞見焦挺，引我在此。鮑旭一見如故，便如親兄弟一般接待。◎21卻纔商議，正欲去打淩州，卻有小嘍囉山頭上望見這夥人馬，監押陷車到來。只道官兵捕盜，不想卻是你二位。」鮑旭邀請到寨內，殺牛置酒相待。郝思文道：「兄弟既然有心上梁山泊入夥，不若將引本部人馬，就同去淩州併力攻打，此爲上策。」鮑旭道：「小可與李兄正如此商議，足下之言，說得最是。我山寨之中，也有三、二百匹好馬。」帶領五、七百小嘍囉，五籌好漢，一齊來打淩州。

卻說逃難軍士奔回來，報與張太守說道：「半路裏有強人奪了陷車，殺了偏將。」單廷珪、魏定國聽得大怒，便道：「這番拿著，便在這裏施刑。」只聽得城外關勝引兵

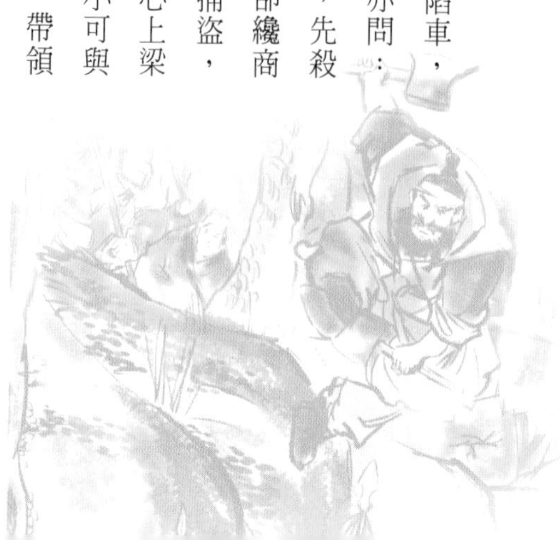

搦戰。單廷珪爭先出馬，開城門，放下吊橋，引五百玄甲軍，飛奔出城迎敵。門旗開處，聖水將軍單廷珪出馬，大罵關勝道：「辱國敗將，何不就死！」關勝聽了，舞刀拍馬。兩個鬥不到五十餘合，關勝勒轉馬頭，慌忙便走，單廷珪隨即趕將來。約趕十餘里，關勝回頭喝道：「你這廝不下馬受降，更待何時！」單廷珪挺槍，直取關勝後心。關勝使出神威，拖起刀背，只一拍，喝一聲：「下去！」單廷珪落馬。關勝下馬，向前扶起，◎22叫道：「將軍恕罪！」單廷珪惶恐伏禮，乞命受降。關勝道：「某與宋公明哥哥面前，多曾舉你。特來相招二位將軍，同聚大義。」單廷珪答道：「不才願施犬馬之力，共同替天行道。」兩個說罷，並馬而行。林沖見二人並馬行來，便問其故。關勝不說輸贏，答道：「山僻之內，訴舊論新，招請歸降。」林沖等衆皆大喜。單廷珪回至陣前，大叫一聲，五百玄甲軍兵一哄過來，其餘人馬奔入城中去了，連忙報知太守。魏定國聽了，大怒，次日領起軍馬，出城交戰。單廷珪與同關勝、林沖，直臨陣前。只見門旗開處，神火將軍魏定國出馬，見了單廷珪順了關勝，大罵：「忘恩背主，負義匹夫！」關勝大怒，拍馬向前迎敵。二馬相交，軍器並舉。兩將鬥不到十合，魏定國望本陣便走。關勝卻欲要追，單廷珪大叫道：「將軍不可去趕！」關勝連忙勒住戰馬。說猶未了，凌州陣內早飛出五百火兵，身穿絳衣，手執火器，前後擁出有五十輛火車，車上都滿裝蘆葦引火之物。軍人背上各拴鐵葫蘆一個，內藏硫黃、焰硝，五色煙藥，一齊點著，飛搶出來。人近人倒，馬過馬傷。關勝軍兵四散奔走，退四十餘里扎住。魏定國收

評點

◎21.只一述前事，用虛不用實。（芥眉）
◎22.相連說來，事捷文捷。（袁夾）

轉軍馬回城，看見本州烘烘火起，烈烈煙生。◎23原來卻是黑旋風李逵與同焦挺、鮑旭，帶領枯樹山人馬，都去淩州背後，打破北門，殺入城中，放起火來，劫擄倉庫錢糧。◎24魏定國知了，不敢入城，慌速回軍，被關勝隨後趕上追殺，首尾不能相顧。淩州已失，魏定國只得退走，奔中陵縣屯駐。關勝引軍把縣四下圍住，便令諸將調兵攻打。魏定國閉門不出。

單廷珪便對關勝、林沖等衆位說道：「此人是一勇之夫，攻擊得緊，他寧死，必不辱。事寬即完，急難成效。小弟願往縣中，不避刀斧，用好言招撫此人，束手來降，免動干戈。」關勝見說，大喜，隨即叫單廷珪單人匹馬到縣。小校報知，魏定國出來相見了。單廷珪用好言說道：「如今朝廷不明，天下大亂，天子昏昧，奸臣弄權，我等歸順宋公明，且居水泊。久後奸臣退位，那時去邪歸正，未為晚矣。」魏定國聽罷，沉吟半晌，說道：「若是要我歸順，須是關勝親自來請，我

❖ 李逵、鮑旭劫了囚車，救回了宣贊、郝思文。圖中官兵押解宣贊、郝思文正在趕路。（朱寶榮繪）

便投降。他若是不來，我寧死不辱！」單廷珪即便上馬回來，報與關勝。關勝見說，便道：「大丈夫做事，何故疑惑？」便與單廷珪匹馬單刀而去。林沖諫道：「兄長，人心難忖，三思而行。」關勝道：「好漢做事無妨。」◎25直到縣衙。魏定國接著，大喜，願拜投降，同敘舊情，設筵管待。當日帶領五百火兵，都來大寨，與林沖、楊志，並眾頭領，俱各相見已了，即便收軍，回梁山泊來。宋江早使戴宗接著，對李逵說道：「只為你偷走下山，教眾兄弟趕了許多路。如今時遷、樂和、李雲、王定六四個，先回山去了。我如今先去報知哥哥，免至懸望。」

不說戴宗先去了，且說關勝等軍馬，回到金沙灘邊，水軍頭領棹船接濟軍馬，陸續過渡，只見一個人氣急敗壞跑將來。◎26眾人看時，卻是金毛犬段景住。林沖便問道：「你和楊林、石勇去北地裏買馬，如何這等慌速跑來？」段景住言無數句，話不一席，有分教：宋江調撥軍兵，來打這個去處，重報舊仇，再雪前恨。正是：情知語是鉤和線，從頭釣出是非來。畢竟段景住說出甚言語來？且聽下回分解。◎27

評點

◎23.烘烘烈烈，緊接前一派火說，話來妙甚。（袁眉）
◎24.李大哥眞是異人。（容眉）
◎25.關勝心無疑惑，正乃丈夫之量，心思我不負天下之人，天下人豈負我矣。（余評）
◎26.不是宋江想起，偏是景住跑來，深文曲筆。（金批）
◎27.李卓老曰：突出李大哥一段，大奇。又曰：李大哥做事奇絕，此番又幹這件大功，幾曾如他人興兵動眾而來乎？關勝當無面目見李大哥矣。（容評）

第六十八回

宋公明夜打曾頭市　盧俊義活捉史文恭◎1

話說當時段景住跑來，對林沖等說道：「我與楊林、石勇前往北地買馬，到彼選得壯竄※1有筋力好毛片駿馬，買了二百餘匹。回至青州地面，被一夥強人，爲頭一個喚做險道神※2郁保四，◎2聚集二百餘人，盡數把馬劫奪，解送曾頭市去了。石勇、楊林不知去向。小弟連夜逃來，報知此事。」關勝見說，叫且回山寨與哥哥相見了，卻商議此事。眾人且過渡來，都到忠義堂上，見了宋江。關勝引單廷珪、魏定國，與大小頭領俱各相見了。李逵把下山殺了韓伯龍，遇見焦挺、鮑旭，同去打破凌州之事，說了一遍。宋江聽罷，又添四個好漢，正在歡喜。段景住備說奪馬一事，宋江聽了，大怒道：「前者奪我馬匹，今又如此無禮。晁天王的冤仇未曾報得，◎3旦夕不樂，若不去報此仇，惹人恥

郁保四在法華寺養馬，建立大寨。（日版畫，出自《新編水滸畫傳》，葛飾戴斗繪）

笑。」吳用道：「即日春暖，正好廝殺。前者進兵，失其地利，如今必用智取。」宋江道：「此仇深入骨髓，不報得，誓不還山！」吳用道：「且教時遷，他會飛檐走壁，可去探聽消息一遭，回來卻作商量。」時遷聽命去了，無三、二日，只見楊林、石勇逃得回寨，備說曾頭市史文恭口出大言，要與梁山泊勢不兩立。宋江見說，便要起兵，吳用道：「再待時遷回報，卻去未遲。」宋江怒氣填胸，要報此仇，片時忍耐不住，又使戴宗飛去打聽，立等回報。不過數日，卻是戴宗先回來，說：「這曾頭

註

※1壯竄：強壯善走。

※2險道神：舊時出殯時用的紙扎的高大猙獰的開路神。此處藉以稱身材高大者。

評點

◎1.我前書宋江實弒晁蓋，人或猶有疑之。今讀此回，觀彼作者之意，何其反覆曲折，以著宋江不爲晁蓋報仇之罪，如是其深且明也。其一，段景住曰：郁保四把馬劫奪，解送曾頭市去。夫「曾頭市」三字，則豈非宋江所當刻肉、刻骨、書石、書樹，日夜號呼，淚盡出血也者？乃自停喪攝位以來，杳然不聞提起。夫宋江不聞提起，則亦吳用之所不復提起，林沖之所不好提起，廳上廳下眾人之所不敢提起與不知提起者也。乃今無端忽有段景住歸，陡然提起，則是宋江之所不及掩其口也。其二，段景住備說奪馬之事，宋江聽了大怒。夫蕞爾曾頭，顧不自量，一則奪其馬，再則奪其馬；一奪之不足，而至於再奪。人各有氣，誰其甘乎？然而擬諸射死天王之仇，則其痛深痛淺必當有其分矣。今也，藥箭之怨，累月不修；奪馬之辱，時刻不待，此其爲心果何如也？其三，晁蓋遺令：但有活捉史文恭者，便爲梁山泊主。及宋江調撥諸將，如徐寧、呼延灼、關勝、索超、單廷珪、魏定國、宣贊、郝思文等，悉不得與斯役。夫不共之仇，不及朝食，空群而來，死之可也。宋江而志在報仇也者，尚當懸第一座作重賞以募勇夫；宋江而志在第一座者，則雖終亦不爲天王報仇，亦誰得而責之？乃今調撥諸將，而獨置數人，豈此數人獨不能捉史文恭乎？抑獨不可坐第一座也？其四，新來人中，獨盧俊義起身願往，宋江便問吳用可否？吳用調之閑處。夫調將之法，第一先鋒，第二左軍，第三右軍，第四中軍，第五合後，第六伏軍。伏軍者計算已定，知其必敗，敗則必由此去，故先設伏以俟之也。今也諸軍未行，計算未定，何用知其必敗？何用知其敗之必由此去？若未能知其必敗，未能知其敗之必由此去，而又獨調員外先行埋伏，則是非所以等候史文恭，殆所以安置盧俊義也。其五，史文恭披掛上馬，那匹馬便是照夜玉獅子馬。宋江看見好馬，心頭火起。夫史文恭所坐，則是先前所奪段景住之馬；馬之所馱，則是先前射死晁蓋之史文恭。諺語有之：「好人相見分外眼明，仇人相見分外眼睜。」此言眼之所至，正是心之所至也。宋江而爲馬來者，則應先見馬；宋江而爲晁蓋來者，則應先見史文恭。今史文恭出馬，而大書那馬；宋江心頭火起，而大書看見好馬，然則宋江此來專爲馬也。其六，手書問罪，輕責其殺晁蓋，而重責其還馬；及還二次所奪，又問照夜獅子。夫還二次馬匹，而宋江所失僅一照夜獅子已乎？若還二次馬匹，又還照夜獅子，而宋江遂得班師還山，一無所問已乎？幸也保四內叛，伏窩計成，法華鐘響，五曾盡滅也。不幸而青、凌兩州救兵齊至，和解之約眞成變卦，然則宋江殆將日夜哭念此馬不能置也。其七，盧俊義既已建功，宋江乃又椎鼓集眾，商議立主。夫「商議」之爲言，未有成論，則不得不集思廣謀以求其定，如之何不辭反覆連引其語也？今在昔，則晁蓋遺令有箭可凭；在今，則員外報仇有功可據。然則盧俊義爲梁山泊主，蓋一辭而定也。舍此不講，而又多自謙抑，甚至拈鬮借糧，何其巧而多變一至於如是之極也？嗚呼！作者書宋江之惡，其彰明昭著也如此，而愚之夫猶不正其弒晁蓋之罪，而猶必沾沾以忠義之人目之，豈不大可怪嘆也哉！（金批）

◎2.橫添一人，而不見其跡，妙妙。（金批）

◎3.看他報仇二字放在奪馬下，天王射死放在報仇下，妙筆。（金批）（金本此處改爲：「前者奪我馬匹，至今不曾報仇，晁天王又反遭他射死」——編者按）

市要與凌州報仇，欲起軍馬。現今曾頭市口扎下大寨，又在法華寺內做中軍帳，數百里遍插旌旗，不知何路可進。」次日，時遷回寨報說：「小弟直到曾頭市裏面，探知備細。現今扎下五個寨柵：曾頭市前面二千餘人守住村口。總寨內是教師史文恭執掌，北寨是曾塗與副教師蘇定，南寨是次子曾密，西寨是三子曾索，東寨是四子曾魁，中寨是第五子曾升與父親曾弄守把。這個青州郁保四，身長一丈，腰闊數圍，綽號險道神，將這奪的許多馬匹，都喂養在法華寺內。」

吳用聽罷，便教會集諸將，一同商議：「既然他設五個寨柵，我這裏分調五支軍將，可作五路去打他五個寨柵。」盧俊義便起身道：「盧某得蒙救命上山，未能報效，今願盡命向前，未知尊意若何？」宋江大喜，便道：◎4「員外如肯下山，便為前部。」吳用諫道：「員外初到山寨，未經戰陣，山嶺崎嶇，乘馬不便，不可為前部先鋒。別引

宋江厲兵秣馬，準備攻打曾頭市。（朱寶榮繪）

一支軍馬，前去平川埋伏，只聽中軍炮響，便來接應。」吳用主意，只恐盧俊義捉得史文恭時，宋江不負晁蓋遺言，讓位與他，因此不允他為前部先鋒。宋江大意，只要盧俊義建功，乘此機會，教他為山寨之主。吳用不肯，立主叫盧員外帶同燕青，引領五百步軍，平川小路聽號。再分調五路軍馬：曾頭市正南大寨，差馬軍頭領霹靂火秦明、小李廣花榮，副將馬麟、鄧飛，引軍三千攻打；曾頭市正東大寨，差步軍頭領花和尚魯智深、行者武松，副將孔明、孔亮，引軍三千攻打；曾頭市正北大寨，差馬軍頭領青面獸楊志、九紋龍史進，副將楊春、陳達，引軍三千攻打；曾頭市正西大寨，差步軍頭領美髯公朱仝、插翅虎雷橫，副將鄒淵、鄒潤，引軍三千攻打；曾頭市正中總寨，都頭領宋公明，軍師吳用、公孫勝，◎5隨行副將呂方、郭盛、解珍、解寶、戴宗、時遷，領軍五千攻打；合後步軍頭領黑旋風李逵、混世魔王樊瑞，副將項充、李袞，引馬步軍兵五千。其餘頭領，各守山寨。

不說宋江部領五軍兵將大進。且說曾頭市探事人探知備細，報入寨中。曾長官聽了，便請教師史文恭、蘇定，商議軍情重事。史文恭道：「梁山泊軍馬來時，只是多使陷坑，方纔捉得他強兵猛將。這夥草寇，須是這條計，以為上策。」曾長官便差莊客人等，將了鋤頭、鐵鍬，去村口掘下陷坑數十處，上面虛浮土蓋，四下裏埋伏了軍兵，只等敵軍到來。又去曾頭市北路，也掘下十數處陷坑。比及宋江軍馬起行時，吳用預先暗使時遷又去打聽。◎6數日之間，時遷回來報說：「曾頭市寨南、寨北，盡都掘下陷

評點

◎4.調撥則調撥耳，前部則前部耳，目顧吳用而口咨嗟之，其不欲員外之螯弧先登，蓋灼如也。（金批）（金本此處改爲「宋江便問吳用道」——編者按）

◎5.前書調開盧員外，又調開眾將，此又大書宋公明自打總寨者，見其志在親捉史文恭，以必得第一座也，妙筆。（金批）

◎6.有吳用，又必得時遷，嘆前者之並無吳用業，誰實爲之，而謂宋江非弒晁蓋者乎？（金批）

坑，不計其數，只等俺軍馬到來。」吳用見說，大笑道：「不足為奇！」引軍前進，來到曾頭市相近。此時日午時分，前隊望見一騎馬來，項帶銅鈴，尾拴雉尾，馬上一人，青巾白袍，手執短槍。前隊望見，便要追趕。吳用止住，便教軍馬就此下寨，四面掘了濠塹，下了鐵蒺藜。傳下令去，教五軍各自分頭下寨，一般掘下濠塹，下了蒺藜。一住三日，曾頭市不出交戰。吳用再使時遷扮作伏路小軍，去曾頭市寨中，探聽他不知何意，所有陷坑，暗暗地記著，離寨多少路遠，總有幾處。時遷去了一日，都知備細，暗地使了記號，回報軍師。次日，吳用傳令，教前隊步軍各執鐵鋤，分作兩隊。又把糧車一百有餘，裝載蘆葦乾柴，藏在中軍。當晚傳令與各寨諸軍頭領，來日巳牌，只聽東西兩路步軍先去打寨，再教攻打曾頭市北寨的楊志、史進，把馬軍一字兒擺開，如若那邊擂鼓搖旗，虛張聲勢，切不可進。吳用傳令已了。再說曾頭市史文恭只要引宋江軍馬打寨，便著他陷坑，寨前路狹，待走那裏去。次日巳牌，聽得寨前炮響，追兵大隊都到南門。次後，只見東寨邊來報道：「一個和尚掄著鐵禪杖，一個行者舞起雙戒刀，攻打前後。」史文恭道：「這兩個必是梁山泊魯智深、武松。」猶恐有失，便分人去幫助曾魁。只見西寨邊又來報道：「一個長髯大漢、一個虎面賊人，旗號上寫著美髯公朱仝、插翅虎雷橫，前來攻打甚急。」史文恭聽了，又分撥人去幫助曾索。又聽得寨前炮響，史文恭按兵不動，只要等他入來，塌了陷坑，山後伏兵齊起，接應捉人。這裏吳用卻調馬軍，從山背後兩路抄到寨前，前面步軍只顧看寨，又不敢去。兩邊伏兵，都擺在寨

評點

◎7.妙妙，可謂一打曾頭市矣。（金批）
◎8.誰與我，雖復順口之辭，然亦見宋江功歸一身之意。（金批）

前。背後吳用軍馬趕來，盡數逼下坑去。史文恭卻待出來，吳用鞭梢一指，軍寨中鑼響，一齊排出百餘輛車子來，盡數把火點著，上面蘆葦乾柴，硫黃焰硝，一齊著起，煙火迷天。比及史文恭軍馬出來，盡被火車橫攔當住，只得迴避，急待退軍。公孫勝早在陣中，揮劍作法，借起大風，刮得火焰捲入南門，早把敵樓排柵，盡行燒毀。◎7已自得勝，鳴金收軍，四下裏入寨，當晚權歇。史文恭連夜修整寨門，兩下當住。

次日，曾塗對史文恭計議道：「若不先斬賊首，難以追滅。」囑付教師史文恭牢守寨柵，曾塗率領軍兵，披掛上馬，出陣搦戰。宋江在中軍，聞知曾塗搦戰，帶領呂方、郭盛，相隨出到前軍。門旗影裏，看見曾塗，心懷舊恨，用鞭指道：「誰與我先捉這廝，報往日之仇？」◎8小溫侯呂方拍坐下馬，挺手中方天畫戟，直取曾塗。兩馬交鋒，軍器並舉，鬥到三十合已上，郭盛在門旗下，看見兩個中間，將及輸了一個。原來呂方本事，敵不得曾塗，三十合已前，兀自抵敵不住，三十合已後，戟法亂了，只辦得遮架

❀ 郭盛、呂方合戰曾塗，小李廣花榮箭射曾塗左臂。（選自《水滸傳版刻圖錄》，江蘇廣陵古籍刻印社）

躲閃。郭盛只恐呂方有失，便驟坐下馬，拈手中方天畫戟，飛出陣來，夾攻曾塗。三騎馬在陣前，絞做一團。原來兩枝戟上，都拴著金錢豹尾。呂方、郭盛要捉曾塗，兩枝戟齊舉，曾塗眼明，便用槍只一撥，卻被兩條豹尾攪住朱纓，奪扯不開，三個各要掣出軍器使用。◎9小李廣花榮在陣中看見，恐怕輸了兩個，便縱馬出來，左手拈起雕弓，右手急取鈚箭※3，搭上箭，拽滿弓，望著曾塗射來。這曾塗卻好掣出槍來，那兩枝戟兀自攪做一團。說時遲，那時疾，曾塗掣槍，便望呂方項根搠來。花榮箭早先到，正中曾塗左臂，翻身落馬，頭盔倒卓※4，兩腳蹬空。呂方、郭盛雙戟並施，曾塗死於非命。十數騎馬軍飛奔回來，報知史文恭，轉報中寨。曾長官聽得大哭。只見旁邊惱犯了一個壯士曾升，武藝絕高，使兩口飛刀，人莫敢近。當時聽了大怒，咬牙切齒，喝教：「備我馬來，要與哥哥報仇！」曾長官攔當不住，全身披掛，綽刀上馬，直奔前寨。史文恭接著勸道：「小將軍不可

水滸本回的法華寺在山東，實際法華寺在杭州北高峰。拍攝時間2003年5月19日。（徐臨汀提供）

青州是古代一個重要的軍鎮。圖為山東青州東關老街元代的真教寺。（馬崗提供）

輕敵。宋江軍中，智勇猛將極多。若論史某愚意，只宜堅守五寨，暗地使人前往淩州，便教飛奏朝廷，調兵選將，多撥官軍，分作兩處征剿。一打梁山泊，一保曾頭市，令賊無心戀戰，必欲退兵，急奔回山。那時史某不才，與汝兄弟一同追殺，必獲大功。」說言未了，北寨副教師蘇定到來，見說堅守一節，也道：「梁山泊吳用那廝，詭計多謀，不可輕敵，只宜退守，待救兵到來，從長商議。」曾升叫道：「殺我親兄，此冤不報，更待何時！直等養成賊勢，退敵則難！」史文恭、蘇定阻當不住。曾升上馬，帶領數十騎馬軍，飛奔出寨搦戰。宋江聞知，傳令前軍迎敵。當時秦明得令，舞起狼牙棍，正要出陣門這曾升，只見黑旋風李逵手搦板斧，直奔軍前，不問事由，搶出垓心。對陣有人認得，說道：「這個是梁山泊

註

※3 鈚箭：鈚，音皮。箭頭較薄而闊、箭杆較長的一種箭。

※4 倒卓：猶倒立、倒豎。

評點

◎9.照出對影山事。（芥眉）

黑旋風李逵。」曾升見了，便叫放箭。原來李逵但是上陣，便要脫膊，全得項充、李袞蠻牌※5遮護。此時獨自搶來，被曾升一箭，腿上正著，身如泰山，倒在地下。◎10曾升背後馬軍齊搶過來，宋江陣上秦明、花榮，飛馬向前死救，背後馬麟、鄧飛、呂方、郭盛，一齊接應歸陣。曾升見了宋江陣上人多，不敢再戰，以此領兵還寨。宋江也自收軍駐扎。◎11

次日，史文恭、蘇定只是主張不要對陣，怎禁得曾升催併道：「要報兄仇！」史文恭無奈，只得披掛上馬。那匹馬便是先前奪的段景住的千里龍駒照夜玉獅子馬。◎12宋江引諸將擺開陣勢迎敵。對陣史文恭出馬，怎生打扮：

頭上金盔耀日光，身披鎧甲賽冰霜。
坐騎千里龍駒馬，手執朱纓丈二槍。

斯時史文恭出馬，橫殺過來，宋江陣上秦明要奪頭功，飛奔坐下馬來迎。二騎相交，軍器並舉。約鬥二十餘合，秦明力怯，望本陣便走。史文恭奮勇趕來，神槍到處，秦明後腿股上早著，倒攧下馬來。呂方、郭盛、馬麟、鄧飛，四將齊出，死命來救。雖然救得秦明，軍兵折了一陣。◎13收回敗軍，離寨十里駐扎。宋江叫把車子載了秦明，一面使人送回山寨將息，再與吳用商量。教取大刀關勝、金槍手徐寧，並要單廷珪、魏定國四位下山，同來協助。宋江自己焚香祈禱，占卜一課。吳用看了卦象，便道：「雖然此處可破，今夜必主有賊兵入寨。」◎14宋江道：「可以早作準備。」吳用道：「請兄長放心，只顧傳下號令，先去報與三寨頭領，今夜起東、西二寨，便教解珍在左，解寶在右，其餘軍馬各於四下裏埋伏。」已定。是夜，天清月白，風靜雲閑，史文恭在寨中對曾升道：「賊兵今日輸了兩將，必然懼怯，乘虛正好劫寨。」曾升見說，便教請北寨蘇定、南寨曾密、西寨曾索，引兵前來，一同劫寨。二更左側，潛地出哨，馬摘鑾鈴，人披軟戰，直到宋江中軍寨內，見四下無人，劫著空寨，急叫中計，轉身便走。左手下撞出兩頭蛇解珍，右手下撞出雙尾蝎解寶，後面便是小李廣花榮，一發趕上，曾索在黑地裏，被解珍一鋼叉，搠於馬下。放起火來，後寨發喊，東西兩邊，進兵攻打寨柵。混戰了半夜，史文恭奪路得回。

曾長官又見折了曾索，煩惱倍增。次日要史文恭寫書投降。史文恭也有八分懼怯，隨即寫書，速差一人賫擎，直到宋江大寨。◎15小校報知，曾頭市有人下書，宋江傳令，教喚入來。小校將書呈上，宋江拆開看時，寫道：

> 曾頭市主曾弄頓首，再拜宋公明統軍頭領麾下：日昨小男，倚仗一時之勇，誤有冒犯虎威。向日※6天王率眾到來，理合就當歸附。奈何無端部卒，施放冷箭，更兼奪馬之罪，雖百口何辭！原之實非本意。今頑犬已亡，遣使講和。如蒙罷戰休兵，將原奪馬匹，盡數納還，更賫金帛，犒勞三軍，免致兩傷。謹此奉書，伏乞照察。◎16

註

※5蠻牌：盾牌。
※6向日：往日，從前。

評點

◎10.偏得宋頭，不就輸，妙於設色。（芥眉）
◎11.以上二打曾頭市。（金批）
◎12.此篇寫宋江獨爲馬來，非爲晁蓋來也，故處處將馬出色點染，見是一篇綱領。（金批）
◎13.再作一跌者，不欲寫得曾家太易也。（金批）
◎14.觀宋江占卜之課，眞得玄女之異授矣。（余評）
◎15.這樣降得快的。（容眉）
◎16.插入一番和議，妙。（袁眉）

宋江看罷來書，心中大怒，扯書罵道：「殺吾兄長，焉肯干休？只待洗蕩村坊，是吾本願！」下書人俯伏在地，凜顫不已。吳用慌忙勸道：◎17「兄長差矣！我等相爭，皆爲氣耳。既是曾家差人下書講和，豈爲一時之忿，以失大義？」隨即便寫回書，取銀十兩，賞了來使。回還本寨，將書呈上。曾長官與史文恭拆開看時，上面寫道：

梁山泊主將宋江，手書回覆曾頭市主曾弄帳前：國以信而治天下，將以勇而鎮外邦，人無禮而何爲，財非義而不取。梁山泊與曾頭市，自來無仇，各守邊界。奈緣爾將行一時之惡，惹數載之冤。若要講和，便須發還二次原奪馬匹，並要奪馬凶徒郁保四，犒勞軍士金帛。忠誠既篤，禮數休輕。如或更變，別有定奪。◎18

曾長官與史文恭看了，俱各驚憂。次日，曾長官又使人來說：「若肯講和，各請一人質當※7。」宋江不肯，吳用便道：「無傷。」隨即便差時遷、李逵、樊瑞、項充、李袞五人，前去爲信※8。臨行時，吳用叫過時遷，附耳低言：「如此如此，休得有誤。」不說五人去了，卻說關勝、徐寧、單廷珪、魏定國到了。當時見了衆人，就在中軍扎駐。

且說時遷引四個好漢，來見曾長官，時遷向前說道：「奉哥哥將令，差時遷引李逵等四人前來講和。」史文恭道：「吳用差遣五個人來，必然有謀。」李逵大怒，揪住史文恭便打，◎19曾長官慌忙勸住。時遷道：「李逵雖然粗鹵，卻是俺宋公明哥哥心腹之人，特使他來，休得疑惑。」曾長官心中只要講和，不聽史文恭之言，便教置酒相

評點

◎17.吳用又有賊智了。（容眉）
◎18.毅然正論，有春秋詞命之體。（袁眉）
◎19.此處若非李逵一怒，事不成矣。（余評）
◎20.用彼作己，以恩結仇，此最妙兵法。之仇折箭爲誓一齊都罷十個字上，明明只是奪馬二字，妙筆。（袁眉）

待，請去法華寺寨中安歇，撥五百軍人前後圍住。卻使曾升帶同郁保四，來宋江大寨講和。二人到中軍相見了，隨後將原奪二次馬匹，並金帛一車，送到大寨。宋江看罷道：「這馬都是後次奪的。正有先前段景住送來那匹千里白龍駒照夜玉獅子馬，如何不見將來？」曾升道：「是師父史文恭乘坐著，以此不曾將來。」宋江道：「你疾忙快寫書去，教早早牽那匹馬來還我。」曾升便寫書，叫從人還寨，討這匹馬來。史文恭聽得，回道：「別的馬將去不吝，這匹馬卻不與他。」從人往復去了幾遭，宋江定死要這匹馬。史文恭使人來說道：「若還定要我這匹馬時，著他即便退軍，我便送來還他。」宋江聽得這話，便與吳用商量。尚然未決，忽有人來報道：「青州、凌州兩路有軍馬到來。」宋江道：「那廝們知得，必然變卦。」暗傳下號令，就差關勝、單廷珪、魏定國，去迎青州軍馬；花榮、馬麟、鄧飛，去迎凌州軍馬。暗地叫出郁保四來，用好言撫恤他，十分恩義相待，說道：「你若肯建這場功勞，山寨裏也教你做個頭領。奪馬之仇，折箭為誓，一齊都罷。◎20你若不從，曾頭市破在旦夕，任從你心。」郁保四聽言，情願投

梁山泊原型地安徽巢湖，圖中為捕魚歸來的漁民。（汪順陵提供）

註

※7質當：指人質。
※8為信：信物，作人質。

拜，從命帳下。吳用授計與郁保四道：「你只做私逃還寨，與史文恭說道：『我和曾升去宋江寨中講和，打聽得眞實了。如今宋江大意，只要賺這匹千里馬，實無心講和，若還與了他，必然翻變。如今聽得青州、凌州兩路救兵到了，十分心慌，正好乘勢用計，不可有誤。』◎21他若信從了，我自有處置。」郁保四領了言語，直到史文恭寨裏，把前事具說一遍。史文恭領了郁保四來見曾長官，備說宋江無心講和，可以乘勢劫他寨柵。曾長官道：「我那曾升當在那裏，若還翻變，必然被他殺害。」史文恭道：「打破他寨，好歹救了。今晚傳令與各寨，盡數都起，先劫宋江大寨。如斷去蛇首，衆賊無用，回來卻殺李逵等五人未遲。」曾長官道：「教師可以善用良計。」當下傳令與北寨蘇定、東寨曾魁、南寨曾密，一同劫寨。郁保四卻閃入法華寺大寨內，看了李逵等五人，暗與時遷走透這個消息。再說宋江同吳用說道：「未知此計若何？」吳用道：「如是郁保四不回，便是中俺之計。他若今晚來劫我寨，我等退伏兩邊，卻教魯智深、武松，引步軍殺入他東寨；朱仝、雷橫，引步軍殺入他西寨；卻令楊志、史進，引馬軍截殺北寨。此名番犬伏窩之計※9，百發百中。」

當晚卻說史文恭帶了蘇定、曾密、曾魁，盡數起發。是夜月色朦朧，星辰昏暗。史文恭、蘇定當先，曾密、曾魁押後，馬摘鸞鈴，人披軟戰，盡都來到宋江總寨。只見寨門不關，寨內並無一人，又不見些動靜，情知中計，即便回身。急望本寨去時，只見曾頭市裏鑼鼓炮響，卻是時遷爬去法華寺鐘樓上撞起鐘來，聲響爲號，東西兩門，火炮齊響，喊聲大舉，正不知多少軍馬，殺將入來。卻說法華寺中李逵、樊瑞、項充、李袞，一齊發作，殺將出來。史文恭等急回到寨時，尋路不見。曾長官見寨中大鬧，又聽得梁山泊大軍兩路殺將入來，就在寨裏自縊而死。曾密逕奔西寨，被朱仝一朴刀搠死。曾魁要奔東寨時，亂軍中馬踐爲泥。蘇定死命奔出北門，卻有無數陷坑，背後魯智深、武松趕殺將來，前逢楊志、史進，亂箭射死蘇定。後頭撞來的人馬，都攧入陷坑中去，重重疊疊，陷死不知其數。且說史文恭得這千里馬，行得快，殺出西門，落荒而走。此時黑霧遮天，不分南北。約行了二十餘里，不知何處，只聽得樹林背後，一齊鑼響，撞出四、五百軍來。當先一將，手提桿棒，望馬腳便打。◎22那匹馬是千里龍駒，見棒來時，從頭上跳過去了。史文恭正走之間，只見陰雲冉冉，冷氣颼颼，黑霧漫漫，狂風颯颯，虛空中一人，當住去路。史文恭疑是神兵，勒馬便回，東西南北，四邊都是晁蓋陰魂纏住。史文恭再回舊路，卻撞著浪子燕青，又轉過玉麒麟盧俊義來，喝一聲：「強賊，待走那裏去！」腿股上只一朴刀，搠下馬來，便把繩索綁了，解投曾頭市來。燕青牽了那匹千里龍駒，逕到大寨。宋江看了，心中一喜一怒，喜者得盧員外建功，怒者恨史文恭射殺晁天王，仇人相見，分外眼睜。先把曾升就本處斬首，曾家一門老少，盡數不留。抄擄到金銀財寶、米麥糧食，盡行裝載上車，回梁山泊，給散各都頭領，犒賞三軍。且說關勝領軍殺退青州軍馬，花榮領兵殺散凌州軍馬，都回來了。大小頭領，不缺一個。

註

※9番犬伏窩之計：古代傳說，外番有一種犬，獵物時常伏到野獸的窩裏，等野獸回窩時，就把牠咬住。

評點

◎21.即以己之暇處作誘敵，妙妙。（金批）

◎22.宋江冷調員外，而史文恭又偏遇著，妙筆妙筆。寫史文恭遇盧俊義，先暗寫一番，次明寫一番，皆極其搖曳也（金批）

又得了這匹千里龍駒照夜玉獅子馬，其餘物件，盡不必說。陷車內囚了史文恭，便收拾軍馬，回梁山泊來。所過州縣村坊，並無侵擾。回到山寨忠義堂上，都來參見晁蓋之靈。宋江傳令：◎23教聖手書生蕭讓作了祭文，令大小頭領人人掛孝，個個舉哀，將史文恭剖腹剜心，享祭晁蓋已罷。◎24宋江就在忠義堂上，與衆弟兄商議立梁山泊之主。

吳用便道：「兄長爲尊，盧員外爲次，其餘衆弟兄，各依舊位。」宋江道：「向者晁天王遺言：『但有人捉得史文恭者，不揀是誰，便爲梁山泊之主。』今日盧員外生擒此賊，赴山祭獻晁兄，報仇雪恨，正當爲尊，不必多說。」盧俊義道：「小弟德薄才疏，怎敢承當此位！若得居末，尚自過分。」宋江道：「非宋某多謙，有三件不如員外處。第一件，宋江身材黑矮，貌拙才疏；員外堂堂一表，凜凜一軀，有貴人之相。第二件，宋江出身小吏，犯罪在逃，感蒙衆弟兄不棄，暫居尊位；員外生於富貴之家，長有豪傑之譽，雖然有些凶險，累蒙天祐。第三件，宋江文不能安邦，武又不能附衆，手無縛雞之力，身無寸箭之功；員外力敵萬人，通今博古，天下誰不望風而服。尊兄有如此才

❀ 史文恭逃跑時被晁天王的陰魂擋住去路，最後被盧俊義、燕青活捉。（選自《水滸傳版刻圖錄》，江蘇廣陵古籍刻印社）

德，正當爲山寨之主。他時歸順朝廷，建功立業，官爵升遷，能使弟兄們盡生光彩。宋江主張已定，休得推托。」◎25盧俊義拜於地下，說道：「兄長枉自多談，盧某寧死，實難從命。」吳用勸道：「兄長爲尊，盧員外爲次，人皆所伏。兄長若如是再三推讓，恐冷了衆人之心。」原來吳用已把眼視衆人，故出此語。只見黑旋風李逵大叫道：「我在江州捨身拚命，跟將你來，衆人都饒讓你一步。我自天也不怕！◎26你只管讓來讓去，做甚鳥！我便殺將起來，各自散夥！」武松見吳用以目示人，也發作叫道：「哥哥手下許多軍官，受朝廷誥命※10的，也只是讓哥哥，如何肯從別人？」劉唐便道：「我們起初七個上山，那時便有讓哥哥爲尊之意，今日卻要讓別人！」魯智深大叫道：「若還兄長推讓別人，洒家們各自撒開！」◎27宋江道：「你衆人不必多說，我自有個道理，盡天意，看是如何，方纔可定。」吳用道：「有何高見，便請一言。」宋江道：「有兩件事。」

正是：教梁山泊內，重添兩個英雄；東平府中，又惹一場災禍。直教：天罡盡數投山寨，地煞空群聚水涯。畢竟宋江說出那兩件事來？且聽下回分解。◎28

註

※10誥命：帝王對臣子的命令。

評點

◎23.古本有此林沖請三字，俗本無，兩本相去如此。（金批）（金本此處爲「林沖請宋江傳令」——編者按）
◎24.晁蓋一生，武師實始終之，寫得妙妙。（金批）
◎25.描畫身口，個個如其心，如其人。（芥眉）
◎26.妙妙，天生是李大哥語。（金批）
◎27.一人一般語，妙得情吻。（芥眉）
◎28.眾人十分擁戴江，而江愈謙讓，所以英雄帖服，豪傑歸心。（袁評）

第六十九回 東平府誤陷九紋龍 宋公明義釋雙槍將◎1

話說宋江不負晁蓋遺言，要把主位讓與盧員外，衆人不伏。宋江又道：「目今山寨錢糧缺少，梁山泊東，兩個州府，卻有錢糧。一處是東平府，一處是東昌府。我們自來不曾攪擾他那裏百姓，若去問他借糧，公然不肯。今寫下兩個鬮兒，我和盧員外各拈一處，如先打破城子的，便做梁山泊主，如何？」◎2吳用道：「也好。聽從天命。」盧俊義道：「休如此說。只是哥哥爲梁山泊主，某聽從差遣。」此時不由盧俊義。當下便喚鐵面孔目裴宣，寫下兩個鬮兒。焚香對天祈禱已罷，各拈一個。宋江拈著

❀ 宋徽宗政和年間，山東東平府清河縣（泰安市東平縣）。（fotoe提供）

東平府，盧俊義拈著東昌府，衆皆無語。當日設筵，飲酒中間，宋江傳令，調撥人馬。◎3宋江部下：林沖、花榮、劉唐、史進、徐寧、燕順、呂方、郭盛、韓滔、彭玘、孔明、孔亮、解珍、解寶、王矮虎、一丈青、張青、孫二娘、孫新、顧大嫂、石勇、郁保四、王定六、段景住，大小頭領二十五員，馬步軍兵一萬；水軍頭領三員：阮小二、阮小五、阮小七，領水軍駕船接應。盧俊義部下：吳用、公孫勝、關勝、呼延灼、朱仝、雷橫、索超、楊志、單廷珪、魏定國、宣贊、郝思文、燕青、楊林、歐鵬、凌振、馬麟、鄧飛、施恩、樊瑞、項充、李袞、時遷、白勝，大小頭領二十五員，馬步軍兵一萬；水軍頭領三員：李俊、童威、童猛，引水手駕船接應。其餘頭領並中傷者，看守寨柵。分俵已定，宋江與衆頭領去打東平府，盧俊義與衆頭領去打東昌府。衆多頭領各自下山。此是三月初一日的話。日暖風和，草青沙軟，正好廝殺。

評點

◎1.打東平、東昌二篇，爲一書最後之筆，其文愈深，其事愈隱，讀者不可不察。何以言之？蓋梁山泊，晁蓋之業也；史文恭，晁蓋之仇也；活捉史文恭，便主梁山泊，則晁蓋之令也。遵晁蓋之令，而報晁益之仇，承晁蓋之業，誓箭在彼，明明未忘，宋江不得與盧俊義爭，斷斷如也。然而宋江且必有以爭之。如之何宋江且必有以爭之？棄晁蓋遺令，而別鬮東平、東昌二府借糧，則盧俊義更不得與宋江爭也，亦斷斷如矣。或曰：「二城之孰堅孰瑕，宋江未有擇也；是役之勝與不勝，宋江未有必也。何用知其必濟，何用知盧之必不濟？彼俱不濟無論，若幸而俱濟，則是梁山泊主又未定也。今子之言盧俊義必不得與宋江爭也。何故？」噫嘻！聞弦者賞者，讀書者論事，豈其難哉！豈其難哉！觀其分調眾人之時，而令吳用、公孫勝二人悉居盧之部下也，彼豈不曰惟二軍師實左右之，則功必易成；功必易成，是位終及之，庶幾有以不負天王之言，誠爲甚盛心也！乃我獨有以知吳與公孫之在盧之部下，猶其不在盧之部下也；吳與公孫雖不在宋之部下，而實在宋之部下也。蓋吳與公孫之在盧之部下，其外也；若其內，固曾不爲盧設一計也。若吳與公孫雖不在宋之部下，然而尺書可來，匹馬可去，借箸畫計，曾不遺力，則猶在帳中無以異也。且此岸上糧車，水中米船，而不出於吳用耶？陰雲布滿，黑霧遮天，而不出於公孫勝耶？夫誠不出於吳與公孫則已耳，終亦出於吳與公孫，而宋江未來，括囊以待；宋江一至，爭鞭而效，此何意也？跡其前後，推其存心，亦幸而沒羽箭難勝耳！不幸而使沒羽箭者方且一鼓就擒，則彼吳用、公孫勝之二人者，詎不能從中掣肘，敗乃公事，於以徐俟宋江之來至哉！由斯以言，則是宋固必濟，盧固必不濟；盧俊義之終不得與宋江爭也，斷斷如也。我故曰：打東平、東昌二篇，其文愈深，其事愈隱，讀者不可不察也。此書每欲作重疊相犯之題，如二解越獄，史進又要越獄，是其類也。忽然以「月盡」二字，翻空造奇，夫然後知極窘蹙題，其中皆有無數異樣文字，人自無才不能洗發出來也。刀槍劍戟如麻似火之中，偏能夾出董將軍求親一事，讀之使人又有一樣眼色。（金批）

◎2.因揖讓起征誅，好想頭。（袁眉）

◎3.令自宋江出，看他分撥頭領處，亦便見存心。（芥眉）

卻說宋江領兵前到東平府，離城只有四十里路，地名安山鎮，扎駐軍馬。宋江道：「東平府太守程萬里和一個兵馬都監，乃是河東上黨郡※1人氏。此人姓董名平，善使雙槍，人皆稱爲雙槍將，有萬夫不當之勇。雖然去打他城子，也和他通些禮數。差兩個人，齎一封戰書，去那裏下。若肯歸降，免致動兵；若不聽從，那時大行殺戮，使人無怨。誰敢與我先去下書？」只見部下走過一人，身長一丈，腰闊數圍。那人是誰，有詩爲證：

不好資財惟好義，貌似金剛離古寺。
身長喚做險道神，此是青州郁保四。

郁保四道：「小人認得董平，情願齎書去下。」◎4又見部下轉過一人，瘦小身材，叫道：「我幫他去。」那人是誰：

蚱蜢頭尖光眼目，鷺鷥※2瘦腿全無肉。
路遙行走疾如飛，揚子江邊王定六。

這兩個便道：「我們不曾與山寨中出得此氣力，今日情願去走一遭。」宋江大喜，隨即寫了戰書，與郁保四、王定六兩個去下。書上只說借糧一事。且說東平府程太守，聞知宋江起軍馬到了安山鎮駐扎，便請本州兵馬都監雙槍將董平，商議軍情重事。正坐間，門人報道：「宋江差人下戰書。」程太守教喚至，郁保四、王定六當府廝見了，將書呈

❁「雙槍將」董平，《水滸傳》人物畫。（fotoe提供）

上。程萬里看罷來書，對董都監說道：「要借本府錢糧，此事如何？」董平聽了大怒，叫推出去，即便斬首。程太守說道：「不可。自古『兩國相戰，不斬來使。』於禮不當。只將二人各打二十訊棍，發回原寨，看他如何？」董平怒氣未息，喝把郁保四、王定六一索捆翻，打得皮開肉綻，推出城去。兩個回到大寨，哭告宋江說：「董平那廝無禮，好生渺視大寨！」宋江見打了兩個，怒氣塡胸，便要平吞州郡。先叫郁保四、王定六上車回山將息。只見九紋龍史進起身說道：「小弟舊在東平府時，與院子裏一個娼妓有交，喚做李瑞蘭，◎5往來情熟。我如今多將些金銀，潛地入城，借他家裏安歇。約時定日，哥哥可打城池。只等董平出來交戰，我便爬去更鼓樓上，放起火來，裏應外合，可成大事。」宋江道：「最好。」史進隨即收拾金銀，安在包袱裏，身邊藏了暗器，拜辭起身。宋江道：「兄弟善覷方便，我且頓兵不動。」且說史進轉入城中，逕到西瓦子李瑞蘭家。大伯見是史進，吃了一驚，接入裏面，叫女兒出去廝見。李瑞蘭生得甚是標格出塵。有詩爲證：

萬種風流不可當，梨花帶雨玉生香。

翠禽啼醒羅浮夢※3，疑是梅花靚曉妝※4。

註

※1河東上黨郡：今山西長治縣北。

※2鷺鷥：因其頭頂、胸、肩、背部皆生長毛如絲，故稱。

※3羅浮夢：山名。在廣東省東江北岸，風景優美，爲粵中遊覽勝地。晉葛洪曾在此山修道，道教稱爲「第七洞天」。相傳隋趙師雄在此夢遇梅花仙女，後多爲詠梅典實。

※4靚曉妝：打扮美麗的裝飾。

評點

◎4.郁保四新到立功，例也。（金批）

◎5.剛以柔制，傳內每及此輩，有利有害，用意最深最刻。（袁眉）

李瑞蘭引去樓上坐了，遂問史進道：「一向如何不見你頭影※5？聽得你在梁山泊做了大王，官司出榜捉你，這兩日街上亂哄哄地說，宋江要來打城借糧，你如何卻到這裏？」史進道：「我實不瞞你說，我如今在梁山泊做了頭領，不曾有功，如今哥哥要來打城借糧，我把你家備細說了。如今我特地來做細作，有一包金銀，相送與你，切不可走漏了消息。明日事完，一發帶你一家上山快活。」◎6李瑞蘭葫蘆提※6應承，收了金銀，且安排些酒肉相待，卻來和大娘商量道：「他往常做客時，是個好人，在我家出入不妨。如今他做了歹人，倘或事發，不是耍處。」大伯說道：「梁山泊宋江這夥好漢，不是好惹的。但打城池，無有不破。若還出了言語，他們有日打破城子入來，和我們不干罷！」虔婆便罵道：「老蠢物，你省得甚麼人事？自古道：『蜂刺入懷，解衣去趕。』天下通例：自首者即免本罪。你快去東平府裏首告，拿了他去，省得日後負累不好。」李公道：「他把許多金銀與我家，不與他擔些干係，買我們做甚麼？」虔婆罵道：「老畜生，你這般說，卻似放屁！我這行院人家，坑陷了千千萬萬的人，豈爭他一個！◎7你若不去首告，我親自去衙前叫屈，和你也說在裏面。」李公道：「你不要性發，且叫女兒款住※7他，休得『打草驚蛇』，吃他走了。待我去報與做公的，先來拿了，卻去首告。」◎8且說史進見這李瑞蘭上樓來，覺得面色紅白不定，史進便問道：「你家莫不有甚事，這般失驚打怪？」李瑞蘭道：「卻纔上胡梯※8，踏了個空，爭些兒跌了一交，因此心慌撩亂。」史進雖是英勇，又吃他瞞過了，更不猜疑。有詩為證：

可嘆青樓伎倆多，粉頭畢竟護虔婆。
早知暗裏施奸計，錯用黃金買笑歌。

當下李瑞蘭相敘間闊之情，爭不過一個時辰，只聽得胡梯邊腳步響，有人奔上來。窗外吶聲喊，數十個做公的搶到樓上，史進措手不及，正如鷹拿野雀，彈打斑鳩，把史進似抱頭獅子◎9綁將下樓來，逕解到東平府裏廳上。程太守看了，大罵道：「你這廝膽包身體，怎敢獨自個來做細作！若不是李瑞蘭父親首告，誤了我一府良民！快招你的情由！宋江教你來怎地？」史進只不言語。董平便道：「這等賊骨頭，不打如何肯招！」程太守喝道：「與我加力打這廝！」兩邊走過獄卒牢子，先將冷水來噴腿上，兩腿各打一百大棍。史進由他拷打，不招實情。董平道：「且把這廝長枷木杻※9，送在死囚牢裏，等拿了宋江，一並解京施行。」

卻說宋江自從史進去了，備細寫書與吳用知道。吳用看了宋公明來書，說史進去娼妓李瑞蘭家做細作，大驚，◎10急與盧俊義說知，連夜來見宋江，問道：「誰叫史進去來？」宋江道：「他自願去。說這李行首是他舊日的表子，好生情重，因此前去。」吳用道：「兄長欠些主張，若吳某在此，決不教去。常言道：『娼妓之家，諱者扯丐漏走

註

※5頭影：猶今之所言「人影兒」、「面影」。
※6葫蘆提：糊裏糊塗、模稜兩可。
※7款住：留住。
※8胡梯：扶梯，樓梯。
※9木杻：刑具名。木製手銬。

評點

◎6.痴人，不可與圖事。（容眉）
◎7.行院中大本領語，讀之可畏。（金批）
◎8.此半幅內，看他彼此門口處，利害淺深，句句入漆。（芥眉）
◎9.畫出史進。從極狼狽時，畫出極雄健來，奇甚。（金批）
◎10.人人知道，何必吳用。（容夾）

五個字。』得便熟閑，迎新送舊，陷了多少才人。更兼水性無定，總有恩情，也難出虔婆之手。此人今去，必然吃虧！」宋江便問吳用請計。吳用便叫顧大嫂：「勞煩你去走一遭，可扮做貧婆，潛入城中，只做求乞的。若有些動靜，火急便回。若是史進陷在牢中，你可去告獄卒，只說：『有舊情恩念，我要與他送一口飯。』挨入牢中，暗與史進說知：『我們月盡夜，黃昏前後，必來打城。你可就水火之處，安排脫身之計。』月盡夜，你就城中放火爲號，此間進兵，方好成事。兄長可先打汶上縣※10，百姓必然都奔東平府。卻叫顧大嫂雜在數內，乘勢入城，便無人知覺。」◎11吳用設計已罷，上馬便回東昌府去了。宋江點起解珍、解寶，引五百餘人，攻打汶上縣，果然百姓扶老攜幼，鼠竄狼奔，都奔東平府來。卻說顧大嫂頭髻蓬鬆，衣服藍縷，雜在衆人裏面，挨入城來，繞街求乞。到於衙前，打聽得果然史進陷在牢中，方知吳用智料如神。次日，提著飯罐，只在司獄司前，往來伺候。見一個年老公人從牢裏出來，顧大嫂看著

史進去東平府妓女李瑞蘭家，被後者出賣。圖為兩人吃酒時，官兵衝入閣樓，抓住了史進。（朱寶榮繪）

九紋龍史進被關進牢房。圖為山西省榆次老城縣衙牢獄影壁。時間2006年9月24日。（孔蘭平提供）

便拜，淚如雨下。那年老公人問道：「你這貧婆哭做甚麼？」顧大嫂道：「牢中監的史大郎，是我舊的主人。自從離了，又早十年。只說道在江湖上做買賣，不知為甚事陷在牢裏？眼見得無人送飯，老身叫化得這一口兒飯，特要與他充飢。哥哥，怎生可憐見，引進則個，強如造七層寶塔！」那公人道：「他是梁山泊強人，犯著該死的罪，誰敢帶你入去？」顧大嫂道：「便是一刀一剮，自教他瞑目而受。只可憐見，引老身入去，送這口兒飯，也顯得舊日之情。」◎12說罷又哭。那老公人尋思道：「若是個男子漢，難帶他入去，一個婦人家有甚利害？」當時引顧大嫂直入牢中來，看見史進項帶沉枷，腰纏鐵索。史進見了顧大嫂，吃了一驚，做聲不得。顧大嫂一頭假啼哭，一頭喂飯。別的節級，便來喝道：「這是該死的歹人！『獄

註

※10汶上縣：縣名，在今天山東省西南部。

評點

◎11.好甚，不然者，寇警戒嚴，如何得入去？（金批）
◎12.瞑目之句足有情意。（余評）

不通風』，誰放你來送飯？即忙出去，饒你兩棍！」顧大嫂見這牢內人多，難說備細，只說得：「月盡※11夜打城，叫你牢中自掙扎。」史進再要問時，顧大嫂被小節級打出牢門。史進只記得「月盡夜」。◎13原來那個三月，卻是大盡。到二十九，史進在牢中，見兩個節級說話，問道：「今朝是幾時？」那個小節級卻錯記了，回說道：「今日是月盡夜，晚些買帖孤魂紙※12來燒。」史進得了這話，巴不得晚。◎14一個小節級吃得半醉，帶史進到水火坑邊，史進哄小節級道：「背後的是誰？」賺得他回頭，掙脫了枷，只一枷梢，把那小節級面上正著一下，打倒在地。就拾磚頭，敲開了木杻，睁著鶻眼，搶到亭心裏。幾個公人都酒醉了，被史進迎頭打著，死的死了，走的走了。拔開牢門，只等外面救應。◎15又把牢中應有罪人，盡數放了，總有五、六十人，就在牢內發起喊來，一齊走了。有人報知太守，程萬里驚得面如土色，連忙便請兵馬都監商量。董平道：「城中必有細作，且差多人圍困了這賊。我卻乘此機會，領軍出城，去捉宋江。相公便緊守城池，差數十公人圍定牢門，休教走了。」董平上馬，點軍去了。程太守便點起一應節級、虞候、押番，各執槍棒，去大牢前吶喊。史進在牢裏，不敢輕出，外廂的人又不敢進去。顧大嫂只叫得苦。

卻說都監董平，點起兵馬，四更上馬，殺奔宋江寨來。伏路小軍報知宋江，宋江道：「此必是顧大嫂在城中又吃虧了。他既殺來，準備迎敵。」號令一下，諸軍都起。當時天色方明，卻好接著董平軍馬。兩個擺開陣勢，董平出馬，眞乃英雄蓋世，謀勇過人。有詩為證：

兩面旗牌耀日明，鎪※13銀鐵鎧似霜凝。
水磨鳳翅頭盔白，錦繡麒麟戰襖青。
一對白龍爭上下，兩條銀蟒遞飛騰。
河東英勇風流將，能使雙槍是董平。

原來董平心靈機巧，三教九流，無所不通，品竹調弦，無有不會，山東、河北皆號他為風流雙槍將。宋江在陣前看了董平這表人品，一見便喜。又見他箭壺中插一面小旗，上寫一聯道：◎16「英雄雙槍將，風流萬戶侯。」宋江遣韓滔出馬迎敵。韓滔手執鐵搠，直取董平，董平那對鐵槍，神出鬼沒，人不可當。宋江再叫金槍手徐寧，仗鈎鐮槍前去，替回韓滔。徐寧飛馬便出，接住董平廝殺。兩個在戰場上鬥到五十餘合，不分勝敗。交戰良久，宋江恐怕徐寧有失，便叫鳴金收軍。徐寧勒馬回來，董平手舉雙槍，直追殺入陣來。宋江鞭梢一展，四下軍兵一齊圍住。宋江勒馬上高阜處看望，只見董平圍在陣內。他若投東，宋江便把號旗望東指，軍馬向東來圍他；他若投西，號旗便往西指，軍馬便向西來圍他。董平在陣中橫衝直撞，兩枝槍直殺到申牌已後，衝開條路，殺出去了。宋江不趕。董平因見交戰不勝，當晚收軍回城去了。宋江連夜起兵，直抵城下，團

註

※11月盡：指舊曆每月的最後一天。
※12孤魂紙：為死去的人燒化的紙錢。
※13鎪：鎪，音搜。用鋼絲鋸挖刻木頭。

評點

◎13.鬥出奇文來。（金批）
◎14.令我嚇絕，將如之何！（金批）
◎15.嚇絕，如之何？如之何？（金批）
◎16.二句從宋江眼中出，更妙。（袁眉）

團調兵圍住。顧大嫂在城中，未敢放火，史進又不得出來，兩下拒住。

原來程太守有個女兒，十分顏色。董平無妻，累累使人去求爲親，程萬里不允。因此，日常間有些言和意不和。◎17董平當晚領軍入城，其日使個就裏的人，乘勢來問這頭親事。程太守回說：「我是文官，他是武官，相贅爲婿，正當其理。只是如今賊寇臨城，事在危急，若還便許，被人恥笑。待得退了賊兵，保護城池無事，那時議親，亦未爲晚。」那人把這話回覆董平，董平雖是口裏應道：「說得是。」只是心中躊躇，不十分歡喜，恐怕他日後不肯。

這裏宋江連夜攻打得緊，太守催請出戰。董平大怒，◎18披掛上馬，帶領三軍，出城交戰。宋江親在陣前門旗下喝道：「量你這個寡將※14，怎敢當吾？豈不聞古人曾有言：『大廈將傾，非一木可支。』你看我手下雄兵十萬，猛將千員，替天行道，濟困

❀ 顧大嫂到東平府大牢看望史進。
（朱寶榮繪）

註

※14 寡將：單人匹馬，別無助手的意思。

❂ 史進趁公人喝醉酒，打死公差，佔據了牢房。（日版畫，出自《新編水滸畫傳》，葛飾戴斗繪）

扶危，早來就降，免汝一死！」董平大怒，回道：「文面小吏，該死狂徒，怎敢亂言！」說罷，手舉雙槍，直奔宋江。左有林沖，右有花榮，兩將齊出，各使軍器，來戰董平。約鬥數合，兩將便走。宋江軍馬佯敗，四散而奔。董平要逞功勞，拍馬趕來。宋江等卻好退到壽春縣界，宋江前面走，董平後面追。離城有十數里，前至一個村鎮，兩邊都是草屋，中間一條驛路。董平不知是計，只顧縱馬趕來。宋江因見董平了得，隔夜已使王矮虎、一丈青、張青、孫二娘四個，帶一百餘人，先在草屋兩邊埋伏。卻拴數條絆馬索在路上，又用

評點

◎17.忽從風流二字，轉出波瀾來。（金批）
◎18.怒誰？接得妙。（袁夾）

薄土遮蓋，只等來時，鳴鑼爲號，絆馬索齊起，準備捉這董平。董平正趕之間，來到那裏，只聽得背後孔明、孔亮大叫：「勿傷吾主！」卻好到草屋前，一聲鑼響，兩邊門扇齊開，拽起繩索。那馬卻待回頭，背後絆馬索齊起，將馬絆倒，董平落馬。左邊撞出一丈青、王矮虎，右邊走出張青、孫二娘，一齊都上，把董平捉了。頭盔、衣甲、雙槍、隻馬，盡數奪了。兩個女頭領，將董平捉住，◎19用麻繩背剪綁了。兩個女將，各執鋼刀，監押董平，來見宋江。卻說宋江過了草屋，勒住馬，立在綠楊樹下，迎見這兩個女頭領解著董平，宋江隨即喝退兩個女將：「我教你去相請董將軍，誰教你們綁縛他來！」◎20二女將喏喏而退。宋江慌忙下馬，自來解其繩索，便脫護甲錦袍，與董平穿著，納頭便拜。董平慌忙答禮。宋江道：「倘蒙將軍不棄微賤，就爲山寨之主。」◎21董平答道：「小將被擒之人，萬死猶輕！若得容恕安身，實爲萬幸。」宋江道：「敝寨地連水泊，素無擾害。今爲缺少糧食，特來東平府借糧，別無他意。」董平道：「程萬里那廝，原是童貫

王矮虎、一丈青、張青、孫二娘四個人在草屋兩邊埋伏，用絆馬索絆倒了雙槍將董平。（選自《水滸傳版刻圖錄》，江蘇廣陵古籍刻印社）

門下門館先生，得此美任，安得不害百姓？◎22若是兄長肯容董平今去賺開城門，殺入城中，共取錢糧，以爲報效。」◎23宋江大喜，便令一行人，將過盔、甲、槍、馬，還了董平，披掛上馬。董平在前，宋江軍馬在後，捲起旗旛，都在東平城下。董平軍馬在前，大叫：「城上快開城門！」把門軍士將火把照時，認得是董都監，隨即大開城門，放下吊橋。董平拍馬先入，砍斷鐵鎖，背後宋江等長驅人馬，殺入城來。都到東平府裏，急傳將令，不許殺害百姓、放火燒人房屋。董平逕奔私衙，殺了程太守一家人口，奪了這女兒。◎24宋江先教開放大牢，救出史進，便開府庫，盡數取了金銀財帛，大開倉廒，裝載糧米上車。先使人護送上梁山泊金沙灘，交割與三阮頭領，接遞上山。史進自引人去西瓦子李瑞蘭家，把虔婆老幼，一門大小，碎屍萬段。宋江將太守家私，俵散居民，仍給沿街告示，曉諭百姓：害民州官，已自殺戮，汝等良民，各安生理。告示已罷，收拾回軍。大小將校再到安山鎮。只見白日鼠白勝飛奔前來，報說東昌府交戰之事。宋江聽罷，神眉踢豎，怪眼圓睜，大叫：「衆多兄弟，不要回山，且跟我來！」正是：重驅水泊英雄將，再奪東昌錦繡城。畢竟宋江復引軍馬投何處來？且聽下回分解。◎25

評點

◎19.受擒亦用風流。（袁眉）
◎20.吳用計可知。（金批）
◎21.欺董平乎？欺盧俊義乎？（金批）
◎22.點破千古依人害人的毒病。（芥眉）
◎23.我道這人不妥。（容眉）
◎24.惡，眞強盜。（容夾）
◎25.卓吾曰：史進既是痴子，宋江又是呆漢，所以使吳用小兒浪得名耳。又曰：最可恨者，董平那廝只因一個女子，便來賣國負人，國家有如是人，眞當寢皮食肉。（容評）

第七十回

沒羽箭飛石打英雄　宋公明棄糧擒壯士◎1

話說宋江打了東平府，收軍回到安山鎮，正待要回山寨，只見白勝前來報說：「盧俊義去打東昌府，連輸了兩陣。城中有個猛將，姓張名清，原是彰德府人，虎騎出身，善會飛石打人，百發百中，人呼爲沒羽箭。手下兩員副將，一個喚做花項虎龔旺，渾身上刺著虎斑，脖項上吞著虎頭※1，馬上會使飛槍。一個喚做中箭虎丁得孫，面頰連項都有疤痕，馬上會使飛叉。盧員外提兵臨境，一連十日，不出廝殺。前日張清出城交鋒，郝思文出馬迎敵。戰無數合，張清便走。郝思文趕去，被他額角上打中一石子，跌下馬來，卻得燕青一弩箭，射中張清戰馬，因此救得郝思文性命，輸了一陣。次日，混世魔王樊瑞引項充、李袞，舞牌去迎，不期被丁得孫從肋窩裏飛出標叉，正中項充，因此又輸了一陣。二人現在船中養病，軍師特令小弟來請哥哥，早去救應。」◎2宋江見說了，嘆曰：「盧俊義直如此無緣！特地教吳學究、公孫勝幫他，只想要他見陣成功，山寨中也好眉目，誰想又逢敵手！既然如此，我等衆兄弟引兵都去救應。」當時傳令，便起三軍。諸將上馬，跟隨宋江，直到東昌境界。盧俊義等接著，具說前事，權且下寨。

正商議間，小軍來報沒羽箭張清搦戰。宋江領衆便起，向平川曠野，擺開陣勢。大小頭領，一齊上馬，隨到門旗下。宋江在馬上看對陣時，陣排一字，旗分五色。三通鼓

罷，沒羽箭張清出馬。怎生打扮，有一篇水調歌讚張清的英勇：

頭巾掩映茜紅纓，狼腰猿臂體彪形。錦衣繡襖，袍中微露透深青；雕鞍側坐，青驄玉勒馬輕迎。葵花寶鐙，振響熟銅鈴；倒拖雉尾，飛走四蹄輕。金環搖動，飄飄玉蟒撒朱纓；錦袋石子，輕輕飛動似流星。不用強弓硬弩，何須打彈飛鈴，但著處命須傾。東昌馬騎將，沒羽箭張清。

宋江在門旗下見了喝采，張清在馬上蕩起征塵，往來馳走。門旗影裏，左邊閃出那個花項虎龔旺，右邊閃出這個中箭虎丁得孫。三騎馬來到陣前，張清手指宋江罵道：「水窪草賊，願決一陣！」宋江問道：「誰可去戰張清？」旁邊惱犯這個英雄，忿怒躍馬，手舞鈎鐮槍，出到陣前。宋江看時，乃是金槍手徐寧。宋江暗喜，便道：「此人正是對手。」徐寧飛馬，直取張清。兩馬相交，雙槍並舉。鬥不到五合，張清便走。徐寧去趕，張清把左手虛提長槍，右手便向錦袋中摸出石子，扭回身，覷得徐寧面門較近，只一石子，可憐悍勇英雄，石子眉心早中，翻身落馬。龔旺、丁得孫便來捉人。宋江陣上人多，早有呂方、郭盛，兩騎馬，兩枝戟，救回本陣。◎3宋江等大驚，盡皆失色，再問：「那個頭領接著廝殺？」宋江言未盡，馬後一將飛出，看時，卻是錦毛虎燕順。宋江卻待阻當，那騎馬

註

※1 呑著虎頭：刺著老虎頭。

評點

◎1. 批詳前一回中。
古亦未聞有以石子臨敵者。自耐庵翻空出奇，忽然撰爲此篇，而遂令讀者之心頭眼底，眞覺石子之來，星流電掣，水泊之人，鳥駭獸竄也。此豈耐庵亦以一部大書張惶一百餘人，實惟太甚，故於臨絕筆時，恣意擊打，以少殺其勢耶？讀一部七十回，篇必謀篇，段必謀段，之後忽然結以如卷如掃，如馳如撒之文，眞絕奇之章法也。敘一百八人，而終之以皇甫相馬。嘻乎，妙哉！此《水滸》之所以作乎？夫支離臃腫之材，未必無舟車之用；而蹄齧嘶喊之疾，未必非千里之力也。泥其外者，未必不金其裏；竈下之廝養，未必不能還王於異國也。惟賢宰相有破格之識賞，斯百年中有異常之報效，然而世無伯樂，賢愚同死，其尤駁者，乃遂走險，至於勢潰事裂，國家實受其禍，夫而後嘆吾眞失之於牝牡驪黃之外也。嗟乎！不已晚哉！（金批）
◎2. 不聞爲設一計，而竟請救應，二人詭謀如鏡照面。（金批）
◎3. 雙槍鬥，兩戟救，文甚巧湊。（袁眉）

已自去了。燕順接住張清，鬥無數合，遮攔不住，撥回馬便走。張清望後趕來，手取石子，看燕順後心一擲，打在鎧甲護鏡上，錚然有聲，伏鞍而走。宋江陣上一人大叫：「匹夫，何足懼哉！」拍馬提搠，飛出陣去。宋江看時，乃是百勝將韓滔。不打話，便戰張清。兩馬方交，喊聲大舉，韓滔要在宋江面前顯能，抖擻精神，大戰張清。不到十合，張清便走。韓滔疑他飛石打來，不去追趕。張清回頭，不見趕來，翻身勒馬便轉。韓滔卻待挺搠來迎，被張清暗藏石子，手起望韓滔鼻凹裏打中，只見鮮血迸流，逃回本陣。彭玘見了大怒，不等宋公明將令，手舞三尖兩刃刀，飛馬直取張清。兩個未曾交馬，被張清暗藏石子在手，手起，正中彭玘面頰，丟了三尖兩刃刀，奔馬回陣。◎4

宋江見輸了數將，心內驚惶，便要將軍馬收轉。只見盧俊義背後一人大叫：「今日將威風折了，來日怎地廝殺？且看石子打得我麼？」宋江看時，乃是醜郡馬宣贊，拍馬舞刀，直奔張清。張清便道：「一個來，一個走；兩個來，兩個逃。你知我飛石手段麼？」宣贊道：「你打得別人，怎近得我？」說言未了，張清手起，一石子正中宣贊嘴邊，翻身落馬。◎5龔旺、丁得孫卻待來捉，怎當宋江陣上人多，衆將救了回陣。宋江見了，怒氣沖天，掣劍在手，割袍爲誓：「我若不拿得此人，誓不回軍！」呼延灼見宋江設誓，便道：「兄長此言，要我們弟兄何用！」就拍踢雪烏騅，直臨陣前，大罵張清：「小兒得寵，一力一勇！◎6認得大將呼延灼麼？」張清便道：「辱國敗將，也遭吾毒手！」言未絕，一石子飛來。呼延灼見石子飛來，急把鞭來隔時，卻中在手腕上，

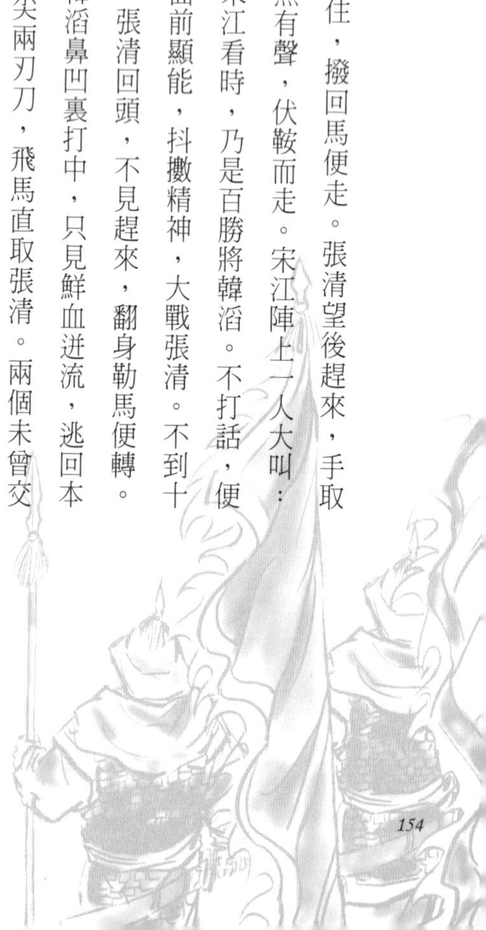

早著一下，便使不動鋼鞭，回歸本陣。宋江道：「馬軍頭領，都被損傷。步軍頭領，誰敢捉得這張清？」只見部下劉唐，手拈朴刀，挺身出戰。張清見了大笑，罵道：「你那敗將，馬軍尚且輸了，何況步卒！」劉唐大怒，逕奔張清。張清不戰，跑馬歸陣。劉唐趕去，人馬相迎。劉唐手疾，一朴刀砍去，卻砍著張清戰馬。那馬後蹄直踢起來，劉唐面門上掃著馬尾，雙眼生花，早被張清只一石子，打倒在地。◎7急待掙扎，陣中走出軍來，橫拖倒拽，拿入陣中去了。宋江大叫：「那個去救劉唐？」只見青面獸楊志，便拍馬舞刀，直取張清。張清虛把槍來迎，楊志一刀砍去，張清鐙裏藏身，楊志卻砍了個空。張清手拿石子，喝聲道：「著！」石子從肋窩裏飛將過去。張清又一石子，錚的打在盔上，唬得楊志膽喪心寒，伏鞍歸陣。宋江看了，輾轉尋思：「若是今番輸了銳氣，怎生回梁山泊？誰與我出得這口氣？」

朱仝聽得，目視雷橫，說道：「一個不濟事，我兩個同去夾攻。」朱仝居左，雷橫居右，兩條朴刀，殺出陣前。張清笑道：「一個不濟，又添一個！由你十個，更待如何！」全無懼色，在馬上藏兩個石子在手。雷橫先到，張清手起，勢如招寶七郎※2，石子來時，面門上怎生躲避，急待擡頭看時，額上早中一石子，撲然倒地。朱仝急來快救，脖項上又一石子打著。關勝在陣上看見中傷，大挺神威，掄起青龍刀，縱開赤兔馬，來救朱仝、雷橫。剛搶得兩個奔走還陣，張清又一石子打來，關勝急把刀一隔，正

註

※2招寶七郎：財神爺的俗稱。

評點

◎4.寫石子又一法。（金批）
◎5.直得說嘴。（容眉）
◎6.妙語如古謠諺。（金批）
◎7.太繁碎，沒收拾，可厭可厭。（容眉）

中著刀口，迸出火光。關勝無心戀戰，勒馬便回。◎8雙槍將董平見了，心中暗忖：「我今新降宋江，若不顯我些武藝，上山去必無光彩。」◎9手提雙槍，飛馬出陣。張清看見，大罵董平：「我和你鄰近州府，脣齒之邦，共同滅賊，正當其理！你今緣何反背朝廷，豈不自羞？」董平大怒，直取張清，兩馬相交，軍器並舉。兩條槍陣上交加，四隻臂環中撩亂。約鬥五、七合，張清撥馬便走，董平道：「別人中你石子，怎近得我！」張清帶住槍桿，去錦袋中摸出一個石子。手起處眞似流星掣電，石子來嚇得鬼哭神驚。董平眼明手快，撥過了石子。張清見打不著，再取第二個石子，又打將去，董平又閃過了。兩個石

❀ 張清大發神威，一石把徐寧打落馬下。（朱寶榮繪）

子打不著，張清卻早心慌。那馬尾相銜，張清走到陣門左側，董平望後心刺一槍來，張清一閃，鐙裏藏身，董平卻搠了空。那條槍卻搠將過來，董平的馬和張清的馬兩廝並著。張清便撇了槍，雙手把董平和槍連臂膊只一拖，卻拖不動，兩個攪做一塊。宋江陣上索超望見，掄動大斧，便來解救。對陣龔旺、丁得孫兩騎馬齊出，截住索超廝殺。◎10張清、董平又分拆不開，索超、龔旺、丁得孫三匹馬攪做一團。林沖、花榮、呂方、郭盛，四將一齊盡出，兩條槍，兩枝戟，來助董平、索超。張清見不是頭，棄了董平，跑馬入陣。董平不捨，直撞入去，卻忘了提備石子。張清見董平追來，暗藏石子在手，待他馬近，喝聲道：「著！」董平急躲，那石子抹耳根上擦過去了。董平便回。索超撇了龔旺、丁得孫，也趕入陣來。張清停住槍，輕取石子，望索超打來，索超急躲不迭，打在臉上，鮮血迸流，提斧回陣。卻說林沖、花榮把龔旺截住在一邊；呂方、郭盛把丁得孫也截住在一邊。◎11龔旺心慌，便把飛槍摽將來，卻摽不著花榮、林沖。龔旺先沒了軍器，被林沖、花榮活捉歸陣。這邊丁得孫舞動飛叉，死命抵敵呂方、郭盛，不提防浪子燕青在陣門裏看見，暗忖道：

張清用石子打得梁山好漢狼狽不堪，幸虧「浪子」燕青用弓弩還以顏色。圖為燕青人物畫。（fotoe提供）

評點

◎8.張青憑一石子而敵眾，使諸將膽裂而心喪矣。（余評）
◎9.董平出戰甚異，敘得獨長，妙。（袁眉）
◎10.團花簇錦。（芥眉）
◎11.清楚之極。（芥眉）

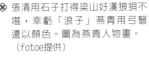

「我這裏被他片時連打了一十五員大將，若拿他一個偏將不得，有何面目！」放下桿棒，身邊取出弩弓，搭上弦，放一箭去，一聲響，正中了丁得孫馬蹄，那馬便倒，卻被呂方、郭盛捉過陣來。張清要來救時，寡不敵衆，只得拿了劉唐，且回東昌府去。太守在城上看見張清前後打了梁山泊一十五員大將，雖然折了龔旺、丁得孫，也拿得這個劉唐。回到州衙，先把劉唐長枷送獄，卻再商議。

且說宋江收軍回來，把龔旺、丁得孫先送上梁山泊。宋江再與盧俊義、吳用道：「我聞五代時，大梁王彥章※3，日不移影，連打唐將三十六員。今日張清無一時，連打我一十五員大將，◎12雖是不在此人之下，也當是個猛將！」衆人無語。宋江又道：「我看此人，全仗龔旺、丁得孫爲羽翼。如今手足羽翼被擒，可用良策，捉獲此人。」吳用道：「兄長放心，小生見了此將出沒，已自安排定了。雖然如此，且把中傷頭領送回山寨，卻教魯智深、武松、孫立、黃信、李立，盡數引領水軍，安排車仗

張清去劫糧，打傷魯智深，武松揮舞雙刀，保護魯智深撤退。（選自《水滸傳版刻圖錄》，江蘇廣陵古籍刻印社）

船隻，水陸並進，船隻相迎，賺出張清，便成大事。」吳用分撥已定。再說張清在城內與太守商議道：「雖是贏得，賊勢根本未除，暗使人去探聽虛實，卻作道理。」只見探事人來回報：「寨後西北上，不知那裏將許多糧米，有百十輛車子。河內又有糧草船，大小有五百餘隻。水陸並進，船馬同來，沿路有幾個頭領監管。」太守道：「這賊們莫非有計？恐遭他毒手。再差人去打聽，端的果是糧草也不是！」次日，小軍回報說：「車上都是糧，尚且撒下米來。水中船隻，雖是遮蓋著，盡有米布袋露將出來。」張清道：「今晚出城，先截岸上車子，後去取他水中船隻。太守助戰，一鼓而得。」太守道：「此計甚妙，只可善覷方便。」叫軍漢飽餐酒食，盡行披掛，梢馱錦袋。張清手執長槍，引一千軍兵，悄悄地出城。是夜月色微明，星光滿天。行不到十里，望見一簇車子，旗上明寫「水滸寨忠義糧」。◎13張清看了，見魯智深擔著禪杖，皂直裰拽扎起，當頭先走。張清道：「這禿驢腦袋上著我一下石子。」魯智深擔著禪杖，此時自望見了，只做不知，大踏步只顧走，卻忘了提防他石子。正走之間，張清在馬上喝聲：「著！」一石子正飛在魯智深頭上，打得鮮血迸流，望後便倒。◎14張清軍馬，一齊吶喊，都搶將來。武松急挺兩口戒刀，死去救回魯智深，撇了糧車便走。張清奪得糧車，見果是糧米，心中歡喜，不來追趕魯智深，且押送糧車，推入城來。太守見了大喜，自行收管。張清道：「再搶河中米船。」太守道：「將軍善覷方便。」張清上馬，轉過南門。

註

※3王彥章：中國後梁將領。字賢明，壽張（今山東梁山西北）人。少年從軍，隨梁太祖朱全忠征討，以驍勇聞名，常持鐵槍，衝堅陷陣，因號王鐵槍。

評點

◎12.打一十五員大將句凡三見，卻變出，有氣色。（芥眉）
◎13.堂名忠義，乃至糧亦名忠義，世人可笑，每每有此。（金批）
◎14.又打一個才不懈。（袁眉）

此時望見河港內糧船，不計其數。張清便叫開城門，一齊吶喊，搶到河邊。都是陰雲布滿，黑霧遮天，馬步軍兵回頭看時，你我對面不見。此是公孫勝行持※4道法。◎15張清看見，心慌眼暗，卻待要回，進退無路，四下裏喊聲亂起，正不知軍兵從那裏來。林沖引鐵騎軍兵，將張清連人和馬，都趕下水去了。河內卻是李俊、張橫、張順、三阮、兩童，八個水軍頭領，一字兒擺在那裏。張清便有三頭六臂，也怎生掙扎得脫！被阮氏三雄捉住，繩纏索綁，送入寨中。水軍頭領飛報宋江，吳用便催大小頭領連夜打城。太守獨自一個，怎生支吾得住，聽得城外四面炮響，城門開了，嚇得太守無路可逃。宋江軍馬殺入城中，先救了劉唐。次後便開倉庫，就將錢糧一分發送梁山泊，一分給散居民。太守平日清廉，饒了不殺。◎16

宋江等都在州衙裏，聚集眾人會面，只見水

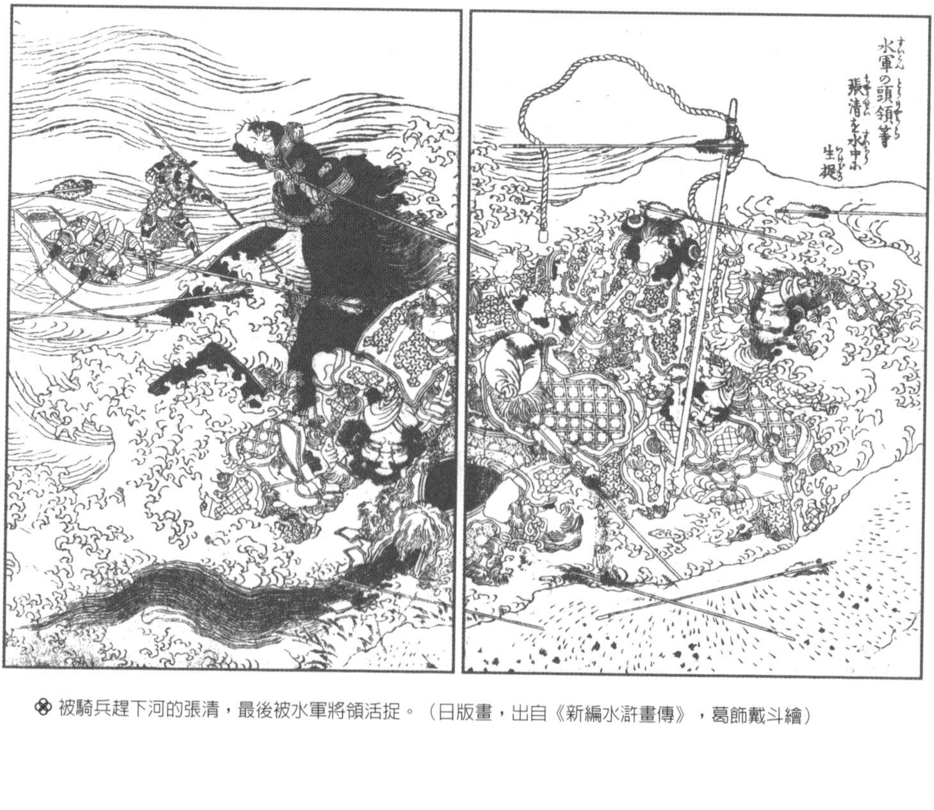

被騎兵趕下河的張清，最後被水軍將領活捉。（日版畫，出自《新編水滸畫傳》，葛飾戴斗繪）

獸醫皇甫端在張清推薦下上了梁山。（葉雄繪）

軍頭領早把張清解來。衆多兄弟都被他打傷，咬牙切齒，盡要來殺張清。宋江見解將來，親自直下堂階迎接，便陪話道：「誤犯虎威，請勿掛意！」邀上廳來。說言未了，只見階下魯智深使手帕包著頭，拿著鐵禪杖，逕奔來要打張清。宋江隔住，連聲喝退：「怎肯教你下手！」張清見宋江如此義氣，叩頭下拜受降。宋江取酒奠地※5，折箭爲誓：「衆弟兄若要如此報仇，皇天不祐，死於刀劍之下。」◎17衆人聽了，誰敢再言。也是天罡星合當會聚，自然義氣相投。宋江設誓已罷，道：「衆弟兄勿得傷情。」衆人大笑，盡皆歡喜，收拾軍馬，都要回山。

只見張清在宋公明面前，舉薦東昌府一個獸醫，◎18複姓皇甫，名端。「此人善能相馬，知得頭口寒暑病症，下藥用針，無不痊可，眞有伯樂之才。原是幽州人氏，爲他

註

※4行持：這裏是使用的意思。

※5奠地：發誓的時候，把酒潑在地面，以酒祭地，以示鄭重。

評點

◎15.何不早行？我欲問之。（金批）
◎16.東平、東昌兩太守，兩樣結果，好。（金批）
◎17.此宋江所以能爲山寨衆豪傑之主也。（芥眉）
◎18.不肯留心舉薦地方人才者，見此豈不愧殺。（芥眉）

碧眼黃鬚，貌若番人，以此人稱爲紫髯伯。梁山泊亦有用他處，可喚此人帶引妻小，一同上山。」◎19宋江聞言大喜：「若是皇甫端肯去相聚，大稱心懷。」張清見宋江相愛甚厚，隨即便去喚到獸醫皇甫端，來拜見宋江並衆頭領。有篇七言古風，單道皇甫端醫術：

傳家藝術無人敵，安驥※6年來有神力。
回生起死妙難言，拯憊扶危更多益。
鄂公※7烏騅人盡誇，郭公騄駬※8來渥窪※9。
吐蕃棗騮號神駿※10，北地又羨拳毛騧※11。
騰驤※12騋駞皆經見，銜橛※13背鞍亦多變。
天閑※14十二舊馳名，手到病除難應驗。
古人已往名不刊，只今又見皇甫端。
解治四百零八病，雙瞳炯炯珠走盤。
天集忠良眞有意，張清鶚薦※15誠良計。
梁山泊內添一人，號名紫髯伯樂裔。

宋江看了皇甫端一表非俗，碧眼重瞳※16，虬髯過腹，誇獎不已。皇甫端見了宋江如此義氣，心中甚喜，願從大義。宋江大喜，撫慰已了，傳下號令，諸多頭領，收拾車仗、糧食、金銀，一齊進發。把這兩府錢糧運回山寨。前後諸將都起。於路無話，早回到梁山

泊忠義堂上。宋江叫放出龔旺、丁得孫來，亦用好言撫慰，二人叩首拜降。又添了皇甫端在山寨，專工醫獸。董平、張清，亦爲山寨頭領。宋江歡喜，忙叫排宴慶賀，都在忠義堂上，各依次席而坐。宋江看了衆多頭領，卻好一百單八員。◎20宋江開言說道：「我等兄弟，自從上山相聚，但到處並無疏失，皆是上天護佑，非人之能。今來扶我爲尊，皆托衆弟兄英勇。◎21一者合當聚義，二乃我再有句言語，煩你衆兄弟共聽。」吳用便道：「願請兄長約束。」宋江對著衆頭領，開口說這個主意下來。正是有分教：三十六天罡臨化地※17，七十二地煞鬧中原。畢竟宋公明說出甚麼主意？且聽下回分解。◎22

註

※6安驥：醫治馬匹。
※7鄂公：鄂國公，唐代名將尉遲恭。
※8騄駬：音路耳。古代一種行速極快的良馬。
※9渥窪：水名，在今甘肅省安西縣境，傳說產神馬之處。指代神馬。
※10吐蕃棗騮號神駁：吐蕃出產的棗騮馬號稱神馬。棗騮馬，棗紅馬。
※11拳毛騧：駿馬名。唐太宗六駿之一。
※12騰驤：驤，音襄。飛躍。
※13橛：音決。馬嘴叼著的橫木。
※14天閑：皇帝養馬的地方。
※15鶚薦：漢孔融《薦禰衡表》：「鷙鳥累百，不如一鶚，使衡立朝，必有可觀。」後用「鶚薦」謂舉薦賢才。
※16重瞳：雙瞳孔。
※17化地：教化之地，指儒家文化圈覆蓋的地區。

評點

◎19.一百八人而以相馬終之，豈非欲令讀者得之於牝牡驪黃之外耶？（金批）
◎20.大結束語，如椽之筆。（金批）
◎21.至此竟一句攬歸自己，更不再用推讓，宋江權術過人如此。（金批）
◎22.張清石子連打十五將，燕青一弩可謂差強人意。（袁評）

第七十一回 忠義堂石碣受天文 梁山泊英雄排座次◎1

話說宋公明，一打東平，兩打東昌，回歸山寨，計點大小頭領，共有一百八員，心中大喜。遂對衆兄弟道：「宋江自從鬧了江州上山之後，皆賴托衆弟兄英雄扶助，立我爲頭。今者共聚得一百八員頭領，心中甚喜。自從晁蓋哥哥歸天之後，但引兵馬下山，公然保全。此是上天護佑，非人之能。縱有被擄之人，陷於縲紲，或是中傷回來，且都無事。今者一百八人皆在面前聚會，端的古往今來，實爲罕有。◎2從前兵刃到處，殺害生靈，無可禳謝。我心中欲建一羅天大醮，報答天地神明眷佑之恩。一

本回所述宋江等人見識「天眼開」的奇觀。（朱寶榮繪）

則祈保衆弟兄身心安樂；二則惟願朝廷早降恩光，赦免逆天大罪，衆當竭力捐軀，盡忠報國，死而後已；三則上薦晁天王早生天界，世世生生，再得相見。◎3就行超度橫亡、惡死、火燒、水溺，一應無辜被害之人，俱得善道。我欲行此一事，未知衆弟兄意下如何？」衆頭領都稱道：「此是善果好事，哥哥主見不差。」吳用便道：「先請公孫勝一清主行醮事，然後令人下山，四遠邀請得道高士，就帶醮器赴寨。仍使人收買一應香燭紙馬、花果、祭儀、素饌、淨食，並合用一應物件。」商議選定四月十五日爲始，七晝夜好事。山寨廣施錢財，督併幹辦。日期已近，向那忠義堂前掛起長旛四首，堂上扎縛三層高臺，堂內鋪設七寶三清聖像，兩班設二十八宿、十二宮辰※1，一切主醮星官眞宰※2。堂外仍設監壇崔、盧、鄧、竇神將※3。擺列已定，設放醮器齊備，請到道衆，連公孫勝共是四十九員。是日晴明得好，天和氣朗，月白風清。宋江、盧俊義爲首，吳用與衆頭領爲次拈香。公孫勝作高功※4，主行齋事，關發一應文書符命，不在話下。當日醮筵，但見：

香騰瑞靄，花簇錦屏。一千條畫燭流光，數百盞銀燈散彩。對對高

註

※1十二宮辰：中國古代對周天的一種劃分法，大抵是沿天赤道從東向西將周天等分爲十二個部分，用地平方位元中的十二支名稱來表示，即：子、丑、寅、卯、辰、巳、午、未、申、酉、戌、亥。它與二十八宿星座有一定的對應關係，當星宿南中天的時候，這時十二辰與地平方位中的十二支，也正好一一對應。

※2眞宰：宇宙的主宰。

※3崔、盧、鄧、竇神將：道教神仙的姓氏。

※4高功：道教法師的專名。在舉行宗教儀式時高座居中，在道士中被認爲道功最高，故稱。

評點

◎1.一部書七十回，可謂大鋪排，此一回可謂大結束。讀之正如千里群龍，一齊入海，更無絲毫未了之憾。笑殺羅貫中橫添狗尾，徒見其醜也。或問：石碣天文，爲是眞有是事？爲是宋江僞造？此痴人說夢之智也，作者亦只圖敘事既畢，重將一百八人姓名一一排列出來，爲一部七十回書點睛結穴耳。蓋始之以石碣，終之以石碣者，是此書大開闔。爲事則有七十回，爲人則有一百單八者，是此書大眼節。若夫其事其人之爲有爲無，此固從來著書之家之所不計，而奈之何今之讀書者之惟此是求也？聚一百八人於水泊，而其書以終，不可以訓矣。忽然幻出盧俊義一夢，意蓋引張叔夜收討之一案，以爲卒篇也。嗚呼！古之君子，未有不小心恭愼而後其書得傳者也。吾觀《水滸》洋洋數十萬言，而必以「天下太平」四字終之，其意可以見矣。後世乃復削去此節，盛誇招安，務令罪歸朝廷，而功歸強盜，甚且至於裒然以「忠義」二字而冠其端，抑何其好犯上作亂，至於如是之甚也哉！天罡、地煞等名，悉與本人不合，豈故爲此不甚了了之文耶？吾安得更起耐庵而問之！（金批）

◎2.同胞兄弟者有此欣慶否？（芥眉）

◎3.三大願眞聖賢行事，菩薩心腸。（芥眉）

張羽蓋，重重密布幢旛。風清三界步虛聲，月冷九天垂沆瀣※5。金鐘撞處，高功表進奏虛皇；玉珮鳴時，都講登壇朝玉帝※6。絳綃衣星辰燦爛，芙蓉冠金碧交加。監壇神將猙獰，直日功曹勇猛。道士齊宣寶懺，上瑤臺酌水獻花；眞人密誦靈章※7，按法劍踏罡布斗。青龍隱隱來黃道※8，白鶴翩翩下紫宸※9。

當日公孫勝與那四十八員道眾，都在忠義堂上做醮，每日三朝，至第七日滿散。宋江要求上天報應※10，特教公孫勝專拜青詞※11，奏聞天帝，◎4每日三朝。卻好至第七日三更時分，公孫勝在虛皇壇第一層，眾道士在第二層，宋江等眾頭領在第三層，眾小頭目並將校都在壇下。眾皆懇求上蒼，務要拜求報應。◎5是夜三更時候，只聽得天上一聲響，如裂帛相似，正是西北乾方天門上。眾人看時，直豎金盤；兩頭尖，中間闊，又喚做天門開，又喚做天眼開，裏面毫光射人眼目，霞彩繚繞，從中間捲出一塊火來，如栲栳※12之形，直滾下虛皇壇來。那團火繞壇滾了一遭，竟鑽入正南地下去了。◎6此時天眼已合，眾道士下壇來，宋江隨即叫人將鐵鍬鋤頭掘開泥土，跟尋火塊。那地下掘不到三尺深淺，只見一個石碣，正面兩側，各有天書文字。◎7有詩爲證：

忠義英雄迥結臺，感通上帝亦奇哉！
人間善惡皆招報，天眼何時不大開！

當下宋江且教化紙滿散。平明，齋眾道士，各贈與金帛之物，以充襯資。方纔取過石碣，看時，上面乃是龍章鳳篆蝌蚪之書※13，人皆不識。眾道士內有一人姓何，法諱玄

通，對宋江說道：「小道家間祖上留下一冊文書，專能辨驗天書，◎8那上面自古都是蝌蚪文字，以此貧道善能辨認，譯將出來，便知端的。」宋江聽了大喜，連忙捧過石碣，教何道士看了，良久說道：「此石都是義士大名鐫在上面。側首一邊是『替天行道』四字，一邊是『忠義雙全』四字。頂上皆有星辰南北二斗，下面卻是尊號。若不見責，當以從頭一一敷宣。」宋江道：「幸得高士指迷，緣分不淺，若蒙見教，實感大德。唯恐上天見責之言，請勿藏匿，萬望盡情剖露，休遺片言。」宋江喚過聖手書生蕭讓，用黃紙謄寫。何道士乃言：「前面有天書三十六行，皆是天罡星，背後也有天書七十二行，皆是地煞星，◎9下面注著眾義士的姓名。」觀看良久，教蕭讓從頭至後，盡數抄謄。石碣前面，書梁山泊天罡星三十六員：

天魁星呼保義宋江　　天罡星玉麒麟盧俊義◎10

天機星智多星吳用　　天閑星入雲龍公孫勝

天勇星大刀關勝　　天雄星豹子頭林沖

註

※5沆瀣：瀣，音謝。夜間的水氣。

※6玉帝：玉皇大帝。

※7靈章：指道教的經典、符籙。

※8黃道：古代把日稱爲黃道，與現代的黃道不同。

※9紫宸：宮殿名，天子所居。唐宋時爲接見群臣及外國使者朝見慶賀的內朝正殿，在大明宮內。

※10報應：這裏的意思是上天給的啓示。

※11青詞：道士祭神時，把請求的願望寫在青藤紙上，認爲燒了這張，神就可以接受請求。這張寫了請求文字的青藤紙，就叫做青詞。

※12栲栳：用柳條編成的容器，形狀像斗。也叫笆斗。

※13蝌蚪之書：古文字體的一種。筆劃多頭大尾小，形如蝌蚪，故稱。

評點

◎4.宋江乃至欲欺上帝，眞乃罪通於天矣。（金批）

◎5.便有意了。（容夾）

◎6.這是公孫勝妖法。（容眉）

◎7.這是吳用詭計。一部大書以石碣始，以石碣終，章法奇絕。（容眉）

◎8.此段見玄通祖得眞傳，世無二矣。（余評）

◎9.此段見地煞與天罡各有高下。（余評）

◎10.三十六天罡，而天罡乃在第二；七十二地煞，而地煞亦在第二，奇筆。（金批）

❀ 衆好漢看蕭讓寫錄出來的天書，十分驚奇。（朱寶榮繪）

天猛星霹靂火秦明　天威星雙鞭呼延灼
天英星小李廣花榮　天貴星小旋風柴進
天富星撲天鵰李應　天滿星美髯公朱仝
天孤星花和尚魯智深　天傷星行者武松
天立星雙槍將董平　天捷星沒羽箭張清
天暗星青面獸楊志　天佑星金槍手徐寧
天空星急先鋒索超　天速星神行太保戴宗
天異星赤髮鬼劉唐　天殺星黑旋風李逵
天微星九紋龍史進　天究星沒遮攔穆弘
天退星插翅虎雷橫　天壽星混江龍李俊
天劍星立地太歲阮小二　天平星船火兒張橫
天罪星短命二郎阮小五　天損星浪裏白跳張順
天敗星活閻羅阮小七　天牢星病關索楊雄
天慧星拚命三郎石秀　天暴星兩頭蛇解珍
天哭星雙尾蝎解寶　天巧星浪子燕青

石碣背後，書地煞星七十二員：

地魁星神機軍師朱武　地煞星鎮三山黃信

梁山泊好漢「挖」出了石碑，宣揚自己上應天象。圖為古代天象圖，唐代章懷太子李賢墓壁畫。李賢墓位於陝西省乾縣楊家窪村，發掘於1971年。（fotoe提供）

地勇星病尉遲孫立
地傑星醜郡馬宣贊
地雄星井木犴郝思文
地威星百勝將韓滔
地英星天目將彭玘
地奇星聖水將單廷珪
地猛星神火將魏定國
地文星聖手書生蕭讓
地正星鐵面孔目裴宣
地闊星摩雲金翅歐鵬
地闔星火眼狻猊鄧飛
地強星錦毛虎燕順
地暗星錦豹子楊林
地軸星轟天雷凌振
地會星神算子蔣敬
地佐星小溫侯呂方
地佑星賽仁貴郭盛
地靈星神醫安道全
地獸星紫髯伯皇甫端
地微星矮腳虎王英
地慧星一丈青扈三娘
地暴星喪門神鮑旭
地然星混世魔王樊瑞
地猖星毛頭星孔明
地狂星獨火星孔亮
地飛星八臂哪吒項充
地走星飛天大聖李袞
地巧星玉臂匠金大堅
地明星鐵笛仙馬麟
地進星出洞蛟童威
地退星翻江蜃童猛
地滿星玉旛竿孟康
地遂星通臂猿侯健
地周星跳澗虎陳達

地隱星白花蛇楊春
地異星白面郎君鄭天壽
地理星九尾龜陶宗旺
地俊星鐵扇子宋清
地樂星鐵叫子樂和
地捷星花項虎龔旺
地速星中箭虎丁得孫
地鎮星小遮攔穆春
地稽星操刀鬼曹正
地魔星雲裏金剛宋萬
地妖星摸著天杜遷
地幽星病大蟲薛永
地伏星金眼彪施恩
地空星小霸王周通
地僻星打虎將李忠
地全星鬼臉兒杜興
地孤星金錢豹子湯隆
地角星獨角龍鄒潤
地短星出林龍鄒淵
地藏星笑面虎朱富
地閃星旱地忽律朱貴
地平星鐵臂膊蔡福
地損星一枝花蔡慶
地奴星催命判官李立
地察星青眼虎李雲
地惡星沒面目焦挺
地醜星石將軍石勇
地數星小尉遲孫新
地陰星母大蟲顧大嫂
地刑星菜園子張青
地壯星母夜叉孫二娘
地劣星活閃婆王定六
地健星險道神郁保四
地耗星白日鼠白勝

地賊星鼓上蚤時遷　　地狗星金毛犬段景住◎11

當時何道士辨驗天書，教蕭讓寫錄出來。讀罷，衆人看了，俱驚訝不已。宋江與衆頭領道：「鄙猥小吏，原來上應星魁，衆多弟兄也原來都是一會之人。上天顯應，合當聚義。今已數足，上蒼分定位數，爲大小二等。天罡、地煞星辰，都已分定次序，衆頭領各守其位，各休爭執，不可逆了天言。」◎12衆人皆道：「天地之意，物理數定，誰敢違拗？」宋江遂取黃金五十兩，酬謝何道士。其餘道衆收得經資，收拾醮器，四散下山去了。有詩爲證：

月明風冷醮壇深，鸞鶴空中送好音。
地煞天罡排姓字，激昂忠義一生心。

且不說衆道士回家去了，只說宋江與軍師吳學究、朱武等計議，堂上要立一面牌額，大書「忠義堂」三字，斷金亭也換個大牌匾。前面冊立三關，忠義堂後建築雁臺一座，頂上正面大廳一所，東西各設兩房。正廳供養晁天王靈位。東邊房內，宋江、吳用、呂方、郭盛；西邊房內，盧俊義、公孫勝、孔明、孔亮。第二坡左一帶房內，朱武、黃信、孫立、蕭讓、裴宣；右一帶房內，戴宗、燕青、張清、安道全、皇甫端。忠義堂左邊，掌管錢糧倉廒收放，柴進、李應、蔣敬、凌振；右邊花榮、樊瑞、項充、李袞。山前南路第一關，解珍、解寶守把；第二關，魯智深、武松

山東梁山縣，水泊梁山好漢石刻像。2006年4月3日。（劉軍提供）

守把；第三關，朱仝、雷橫守把。東山一關，史進、劉唐守把；西山一關，楊雄、石秀守把；北山一關，穆弘、李逵守把。六關之外，置立八寨，有四旱寨，四水寨。正南旱寨，秦明、索超、歐鵬、鄧飛；正東旱寨，關勝、徐寧、宣贊、郝思文；正西旱寨，林沖、董平、單廷珪、魏定國；正北旱寨，呼延灼、楊志、韓滔、彭玘。東南水寨，李俊、阮小二；西南水寨，張橫、張順；東北水寨，阮小五、童威；西北水寨，阮小七、童猛。其餘各有執事。從新置立旌旗等項。山頂上立一面杏黃旗，上書「替天行道」四字。忠義堂前繡字紅旗二面，一書「山東呼保義」，一書「河北玉麒麟」。外設飛龍飛虎旗、飛熊飛豹旗、青龍白虎旗、朱雀玄武旗，黃鉞白旄，青旛皂蓋，緋纓黑纛。中軍器械外，又有四斗五方旗、三才九曜旗、二十八宿旗、六十四卦旗、周天九宮八卦旗、一百二十四面鎮天旗。盡是侯健製造。金大堅鑄造兵符印信。一切完備，選定吉日良時，殺牛宰馬，祭獻天地神明，掛上忠義堂、斷金亭牌額，立起「替天行道」杏黃旗。

宋江當日大設筵宴，親捧兵符印信，頒布號令◎13：「諸多大小兄弟，各各管領，悉宜遵守，毋得違誤，有傷義氣。如有故違不遵者，定依軍法治之，決不輕恕。」

計開：◎14

梁山泊總兵都頭領二員：

呼保義宋江　玉麒麟盧俊義

掌管機密軍師二員：

評點

◎11.上言天字爲天罡星，下爲地煞相，見天地有所不同。（余評）
◎12.莽人多只得如此計較，妙妙。（容眉）
◎13.觀公明派撥眾軍掌理公務，足有智度。（余評）
◎14.好一部百官志。（容眉）

智多星吳用　入雲龍公孫勝

同參贊軍務頭領一員：

神機軍師朱武

掌管錢糧頭領二員：

小旋風柴進　撲天鵰李應

馬軍五虎將五員：

大刀關勝　豹子頭林沖

霹靂火秦明　雙鞭呼延灼

雙槍將董平

馬軍八虎騎兼先鋒使八員：

小李廣花榮　金槍手徐寧

青面獸楊志　急先鋒索超

沒羽箭張清　美髯公朱仝

九紋龍史進　沒遮攔穆弘

馬軍小彪將兼遠探出哨頭領一十六員：

鎮三山黃信　病尉遲孫立

醜郡馬宣贊　井木犴郝思文

百勝將韓滔　天目將彭玘
聖水將單廷珪　神火將魏定國
摩雲金翅歐鵬　火眼狻猊鄧飛
錦毛虎燕順　鐵笛仙馬麟
跳澗虎陳達　白花蛇楊春
錦豹子楊林　小霸王周通

步軍頭領一十員：

花和尚魯智深　行者武松
赤髮鬼劉唐　插翅虎雷橫
黑旋風李逵　浪子燕青
病關索楊雄　拚命三郎石秀
兩頭蛇解珍　雙尾蝎解寶

步軍將校一十七員：

混世魔王樊瑞　喪門神鮑旭
八臂哪吒項充　飛天大聖李袞
病大蟲薛永　金眼彪施恩
小遮攔穆春　打虎將李忠

白面郎君鄭天壽　雲裏金剛宋萬

摸著天杜遷　出林龍鄒淵

獨角龍鄒潤　花項虎龔旺

中箭虎丁得孫　沒面目焦挺

石將軍石勇

四寨水軍頭領八員：

混江龍李俊　船火兒張橫

浪裏白跳張順　立地太歲阮小二

短命二郎阮小五　活閻羅阮小七

出洞蛟童威　翻江蜃童猛

四店打聽聲息，邀接來賓頭領八員：

東山酒店

小尉遲孫新　母大蟲顧大嫂

西山酒店

菜園子張青　母夜叉孫二娘

南山酒店

旱地忽律朱貴　鬼臉兒杜興

北山酒店
催命判官李立　活閃婆王定六
總探聲息頭領一員：
神行太保戴宗
軍中走報機密步軍頭領四員：
鐵叫子樂和　鼓上蚤時遷
金毛犬段景住　白日鼠白勝
守護中軍馬軍驍將二員：
小溫侯呂方　賽仁貴郭盛
守護中軍步軍驍將二員：
毛頭星孔明　獨火星孔亮
專管行刑劊子二員：
鐵臂膊蔡福　一枝花蔡慶
專掌三軍內采事馬軍頭領二員：
矮腳虎王英　一丈青扈三娘
掌管監造諸事頭領一十六員：◎15
行文走檄調兵遣將一員　聖手書生蕭讓

梁山泊大聚義。（葉雄繪）

評點

◎15.擘空捏出條理井井如此，文人之心一至此乎！若實有其事，則不奇矣。（容眉）

定功賞罰軍政司一員　鐵面孔目裴宣
考算錢糧支出納入一員　神算子蔣敬
監造大小戰船一員　玉旛竿孟康
專造一應兵符印信一員　玉臂匠金大堅
專造一應旌旗袍襖一員　通臂猿侯健
專攻醫獸一應馬匹一員　紫髯伯皇甫端
專治諸疾內外科醫士一員　神醫安道全
監督打造一應軍器鐵甲一員　金錢豹子湯隆
專造一應大小號炮一員　轟天雷凌振
起造修緝房舍一員　青眼虎李雲
屠宰牛馬豬羊牲口一員　操刀鬼曹正
排設筵宴一員　鐵扇子宋清
監造供應一切酒醋一員　笑面虎朱富
監築梁山泊一應城垣一員　九尾龜陶宗旺
專一把捧帥字旗一員　險道神郁保四

宣和二年四月初一日※14，梁山泊大聚會，分調人員告示。當日梁山泊宋公明傳令已了，分調眾頭領已定，各各領了兵符印信，筵宴已畢，人皆大醉，眾頭領各歸所撥寨

分，中間有未定執事者，都於雁臺前駐扎聽調。有篇言語，單道梁山泊的好處，怎見得：

八方共域，異姓一家。天地顯罡煞之精，人境合傑靈之美。千里面朝夕相見，一寸心死生可同。相貌語言，南北東西雖各別；心情肝膽，忠誠信義並無差。其人則有帝子神孫，富豪將吏，並三教九流，乃至獵戶漁人，屠兒劊子，都一般兒哥弟稱呼，不分貴賤；且又有同胞手足，捉對夫妻，與叔侄郎舅，以及跟隨主僕，爭鬥冤仇，皆一樣的酒筵歡樂，無問親疏。或精靈，或粗鹵，或村樸，或風流，何嘗相礙，果然認性同居；或筆舌，或刀槍，或奔馳，或偷騙，各有偏長，眞是隨才器使。可恨的是假文墨，沒奈何著一個聖手書生，聊存風雅；最惱的是大頭巾，幸喜得先殺卻白衣秀士，洗盡酸慳。地方四五百里，英雄一百八人。昔時常說江湖上聞名，似古樓鐘聲聲傳播；今日始知星辰中列姓，如念珠子個個連牽。在晁蓋恐托膽稱王，歸天及早；惟宋江肯呼群保義，把寨爲頭。休言嘯聚山林，早願瞻依※15廊廟。

梁山泊忠義堂上，號令已定，各各遵守。宋江揀了吉日良時，焚一爐香，鳴鼓聚眾，都到堂上。宋江對眾道：「今非昔比，我有片言。今日既是天罡地曜相會，必須對

註

※14 宣和二年四月初一日：時間不對，因爲發現石碣已經是四月十五日了。

※15 瞻依：瞻仰依恃。表示對尊長的敬意。語出《詩．小雅．小弁》：「靡瞻匪父，靡依匪母。」鄭玄箋：「此言人無不瞻仰其父取法則者，無不依恃其母以長大者。」

天盟誓，◎16各無異心，死生相托，患難相扶，一同保國安民。」衆皆大喜。各人拈香已罷，一齊跪在堂上，宋江爲首誓曰：「宋江鄙猥小吏，無學無能，荷天地之蓋載，感日月之照臨，聚弟兄於梁山，結英雄於水泊，共一百八人，上符天數，下合人心。自今已後，若是各人存心不仁，削絕大義，萬望天地行誅，神人共戮，萬世不得人身，億載永沉末劫。但願共存忠義於心，同著功勳於國，替天行道，保境安民。神天鑑察，報應昭彰。」◎17誓畢，衆皆同聲共願，但願生生相會，世世相逢，永無斷阻。當日歃血誓盟，盡醉方散。看官聽說，這裏方纔是梁山泊大聚義處。◎18有詩爲證：

光耀飛離土窟間，天罡地煞降塵寰。
說時豪氣侵肌冷，講處英雄透膽寒。
仗義疏財歸水泊，報仇雪恨上梁山。
堂前一卷天文字，付與諸公仔細看。

起頭分撥已定，話不重言。原來泊子裏好漢，但閑便下山，或帶人馬，或只是數個頭領各自取路去。途次中若是客商車輛人馬，任從經過；若是上任官員，箱裏搜出金銀來時，全家不留，所得之物，解送山寨，納庫公用，其餘些小，就便分了。折莫便是百十里，三、二百里，若有錢糧廣積害民的大戶，便引人去公然搬取上山，誰敢阻當。但打聽得有那欺壓良善暴富小人，積攢

梁山泊大做法事，超度死去的生靈。圖為做法事的僧人，福建福州鼓山湧泉寺。拍攝時間2007年3月15日。（王商林提供）

得些家私，不論遠近，令人便去盡數收拾上山。如此之爲，大小何止千百餘處。爲是無人可以當抵，又不怕你叫起撞天屈來，因此不曾顯露，所以無有話說。◎19

再說宋江自盟誓之後，一向不曾下山，不覺炎威已過，又早秋涼，重陽節近。宋江便叫宋清安排大筵席，會衆兄弟同賞菊花，喚做菊花之會。但有下山的兄弟們，不論遠近，都要招回寨來赴筵。至日，肉山酒海，先行給散馬步水三軍一應小頭目人等，各令自去打團兒吃酒。且說忠義堂上遍插菊花，各依次坐，分頭把盞。堂前兩邊篩鑼擊鼓，大吹大擂，語笑喧嘩，觥籌交錯，衆頭領開懷痛飲。馬麟品簫，樂和唱曲，燕青彈箏，各取其樂。◎20不覺日暮，宋江大醉，叫取紙筆來，一時乘著酒興，作滿江紅一詞。寫畢，令樂和單唱這首詞，道是：

喜遇重陽，更佳釀今朝新熟。見碧水丹山，黃蘆苦竹。頭上盡教添白髮，鬢邊不可無黃菊。願樽前長敘弟兄情，如金玉。統豺虎，禦邊幅。號令明，軍威肅。中心願，平虜保民安國。日月常懸忠烈膽，風塵障卻奸邪目。望天王降詔，早招安，心方足。

樂和唱這個詞，正唱到「望天王降詔，早招安」，只見武松叫道：「今日也要招安，明日也要招安去，冷了弟兄們的心！」黑旋風便睜圓怪眼，大叫道：「招安，招安，招甚鳥安！」只一腳，把桌子踢起，攧做粉碎。◎21宋江大喝道：「這黑廝怎敢如此無禮！左右與我推去，斬訖報來！」衆人都跪下告道：「這人酒後發狂，哥哥寬恕。」宋江答

評點

◎16.是個老賊。（容眉）
◎17.妙妙，好計好計。（容眉）
◎18.照應白龍廟。（袁夾）
◎19.須有此一番數落，方可說開大話，並蔓延閑話，闊其文瀾。（芥眉）
◎20.有興趣事，亦不可少。（袁眉）
◎21.有此一段情事，方顯得豪傑憤激心腸，弟兄親愛情分，可快可傷。（袁眉）

道：「衆賢弟請起，且把這廝監下。」衆人皆喜。有幾個當刑小校，向前來請李逵。李逵道：「你怕我敢掙扎？哥哥殺我也不怨，剮我也不恨，除了他，天也不怕！」說了，便隨著小校去監房裏睡。宋江聽了他說，不覺酒醒，忽然發悲。吳用勸道：「兄長既設此會，人皆歡樂飲酒，他是個粗鹵的人，一時醉後衝撞，何必掛懷？且陪衆兄弟盡此一樂。」宋江道：「我在江州，醉後誤吟了反詩，得他氣力來。今日又作滿江紅詞，險些兒壞了他性命！早是得衆兄弟諫救了。他與我身上情分最重，因此潸然淚下。」◎22便叫武松：「兄弟，你也是個曉事的人，我主張招安，要改邪歸正，爲國家臣子，如何便冷了衆人的心？」魯智深便道：「只今滿朝文武，多是奸邪，蒙蔽聖聰，就比俺的直裰染做皀了，洗殺怎得乾淨？◎23招安不濟事，便拜辭了，明日一個個各去尋趁※16罷。」宋江道：「衆弟兄聽說。今皇上至聖至明，只被奸臣閉塞，暫時昏昧，有日雲開見日，知我等替天行道，不擾良民，赦罪招安，同心報國，青史留名，有何不美！因此只願早早招安，別無他意。」衆皆稱謝不已。當日飲酒，終不暢懷。席散，各回本寨。次日清晨，衆人來看李逵時，尚兀自未醒，衆頭領睡裏喚起來說道：「你昨日大醉，罵了哥哥，今日要殺你。」李逵道：「我夢裏也不敢罵他！他要殺我時，便由他殺了罷。」衆弟兄引著李逵，去堂上見宋江請罪。宋江喝道：「我手下許多人馬，都似你這般無禮，不亂了法度？且看衆兄弟之面，寄下你項上一刀，再犯必不輕恕。」李逵喏喏連聲而退，衆人皆散。

一向無事，漸近歲終。那一日久雪初晴，只見山下有人來報，離寨七、八里，拿得萊州解燈上東京去的一行人，在關外聽候將令。宋江道：「休要執縛，好生叫上關來。」沒多時，解到堂前，兩個公人，八、九個燈匠，五輛車子。為頭的這一個告道：「小人是萊州承差公人，這幾個都是燈匠。年例，東京著落本州，要燈三架，今年又添兩架，乃是玉棚玲瓏九華燈。」宋江隨即賞與酒食，叫取出燈來看。那做燈匠人將那玉棚燈掛起，安上四邊結帶，上下通計九九八十一盞，從忠義堂上掛起，直垂到地。宋江道：「我本待都留了你的，惟恐教你吃苦，不當穩便，只留下這碗九華燈在此，其餘的你們自解官去。酬煩之資，白銀二十兩。」眾人再拜，懇謝不已，下山去了。宋江教把這碗燈點在晁天王孝堂內。◎24次日，對眾頭領說道：「我生長在山東，不曾到京師，聞知今上大張燈火，與民同樂，慶賞元宵，自冬至後，便造起燈，至今纔完。我如今要和幾個兄弟私去看燈一遭便回。」吳用諫道：「不可，如今東京做公的最多，倘有疏失，如之奈何！」宋江道：「我日間只在客店裏藏身，夜晚入城看燈，有何慮焉？」眾人苦諫不住，宋江堅執要行。正是：猛虎直臨丹鳳闕※17，殺星夜犯臥牛城※18。畢竟宋江怎地去東京看燈？且聽下回分解。◎25

註

※16尋趁：尋找。這裏指自找生活門路。
※17丹鳳闕：帝闕，京城。
※18臥牛城：宋徐夢莘《三朝北盟會編》卷六六：「先是術者言京城如臥牛，賊至必擊，善利、宣化、通津三門，善利門其首也，宣化門其項也，通津門在善利宣化之間，而此三門者賊必攻之地。後如其言。」後因以「臥牛城」稱宋代汴京（開封）城。

評點

◎22.提出舊事相映，無限悲酸。（袁眉）
◎23.如此貼體刺骨之喻，文人想不到。（袁夾）
◎24.不忘死友如此。（袁眉）
◎25.公明一意招安，專心報國，雖李逵至誼，亦欲斬之。李逵不會諂阿，第一鯁直，而甘心囚禁，雖死無憾。酒後益見眞性，忠義至今凜凜。（袁評）

第七十二回 柴進簪花入禁苑 李逵元夜鬧東京

話說當日宋江在忠義堂上分撥去看燈人數：「我與柴進一路，史進與穆弘一路，魯智深與武松一路，朱仝與劉唐一路。只此四路人去，其餘盡數在家守寨。」李逵便道：「說東京好燈，我也要去走一遭。」◎1宋江道：「你如何去得？」李逵守死※1要去，那裏執拗得他住。宋江道：「你既然要去，不許你惹事，打扮做伴當跟我。」就叫燕青也走一遭，專和李逵作伴。看官聽說，宋江是個文面的人，如何去得京師？原來卻得神醫安道全上山之後，卻把毒藥與他點去了，後用好藥調治，起了紅疤。再要良金美玉，碾為細末，每日塗搽，自然消磨去了。◎2那醫書中說：「美玉滅斑。」正此意也。◎3當日先叫史進、穆弘扮作客人去了，次後便使魯智深、武松，扮作行腳僧行去了，再後宋江、朱仝、劉唐，也扮做客商去了。各人跨腰刀，提朴刀，都藏暗器，不必得說。

且說宋江與柴進扮作閑涼官，再叫戴宗扮作承局，也去走

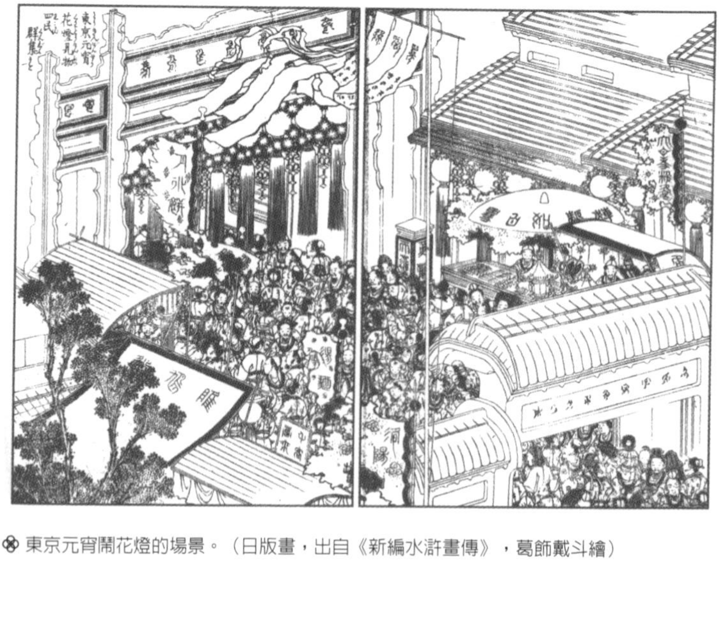

❀東京元宵鬧花燈的場景。（日版畫，出自《新編水滸畫傳》，葛飾戴斗繪）

一遭，有些緩急，好來飛報。李逵、燕青扮伴當，各挑行李下山，衆頭領都送到金沙灘餞行。軍師吳用再三分付李逵道：「你閑常下山，好歹惹事，今番和哥哥去東京看燈，非比閑時，路上不要吃酒，十分小心在意，使不得往常性格。若有衝撞，弟兄們不好廝見，難以相聚了。」李逵道：「不索軍師憂心，我這一遭並不惹事。」相別了，取路登程，抹過濟州，路經滕州，取單州，上曹州來，前望東京萬壽門外，尋一個客店安歇下了。

宋江與柴進商議，此是正月十一日的話，宋江道：「明日白日裏，我斷然不敢入城，直到正月十四日夜，人物喧嘩，此時方可入城。」柴進道：「小弟明日先和燕青入城中去探路一遭。」宋江道：「最好。」次日，柴進穿一身整整齊齊的衣服，頭上巾幘新鮮，腳下鞋襪乾淨。燕青打扮，更是不俗。兩個離了店肆，看城外人家時，家家熱鬧，戶戶喧嘩，都安排慶賞元宵，各作賀太平風景。來到城門下，沒人阻當，果然好座東京去處，怎見得：

州名汴水※2，府號開封。逶迤接吳、楚之邦，延亘※3連齊、魯之境。山河形勝，水陸要衝。禹畫爲豫州，周封爲鄭地。層疊臥牛之勢，按上界戊己中央※4；崔嵬伏虎之形，象周天二十八宿。金明池上三春柳，小苑城邊四季花，十萬里

註

※1守死：執意。
※2汴水：指今河南省滎陽縣西南索河。隋開通濟渠，中間自今滎陽至開封的一段，就是原來的汴水。
※3延亘：綿延伸展。
※4按上界戊己中央：指開封在天下的正中央。

評點

◎1.若李大哥不去看燈，便沒趣了。（容眉）
◎2.改換宋公明面皮，表彰安道全手段。（袁眉）
◎3.閑得有趣。（容眉）

魚龍變化之鄉※5，四百座軍州輻輳※6之地。靄靄祥雲籠紫閣※7，融融瑞氣照樓臺。

當下柴進、燕青兩個入得城來，行到御街上，往來觀玩，轉過東華門外，見往來錦衣花帽之人，紛紛濟濟，各有服色，都在茶坊、酒肆中坐地。柴進引著燕青，逕上一個小小酒樓，臨街佔個閣子，凭欄望時，見班直人等多從內裏出入，幞頭邊各簪翠葉花一朵。柴進喚燕青，附耳低言：「你與我如此如此。」燕青是個點頭會意的人，不必細問，火急下樓。出得店門，恰好迎著個老成的班直官，燕青唱個喏。那人道：「面生並不曾相識。」燕青說道：「小人的東人和觀察是故交，特使小人來相請。」原來那班直姓王，燕青道：「莫非足下是張觀察？」那人道：「我自姓王。」燕青隨口應道：「正是教小人請王觀察，貪慌忘記了。」那王觀察跟隨著燕青來到樓上，燕青揭起簾子，對柴進道：「請到王觀察來了。」燕青接了手中執色※8，柴進邀入閣兒裏相見，各施禮罷。王班直看了柴進半晌，卻不認得，說道：「在下眼拙，失忘了足下，適蒙呼喚，願求大名。」柴進笑道：「小弟與足下童稚之交，且未可說，兄長熟思之。」一壁便叫取酒肉來，與觀察小酌。酒保安排到肴饌、果品，燕青斟酒，殷勤相勸。酒至半酣，柴進問道：「觀察頭上這朵翠花何意？」那王班直道：「今上天子慶賀元宵，我們左右內外共有二十四班，通類有五千七、八百人，每人皆賜衣襖一領，翠葉金花一枝，上有小小金牌一個，鑿著『與民同樂』四字，因此每日在這裏聽候點視。如有宮花錦襖，便能夠入內裏去。」柴進道：「在下卻不省得。」又飲了數杯，柴進便叫燕青：「你自去與我旋一杯熱酒來吃。」無移時，酒到了，柴進便起身與王班直把盞道：「足下飲過這杯小弟敬酒，方纔達知姓氏。」王班直道：「在下實想不起，願求大名。」王班直拿起酒來，一飲而盡。恰纔吃罷，口角流涎，兩腳騰空，倒在凳上。柴進慌忙去了巾幘、衣服、靴襪，卻脫下王班直身上錦襖、踢串、鞋胯之類。從頭穿了，帶上花帽，拿了執色，分付燕青道：「酒保來問時，只說這觀察醉了，那官人未回。」燕青道：「不必分付，自有道理支吾。」

且說柴進離了酒店，直入東華門去看那內庭時，眞乃人間天上，但見：

祥雲籠鳳闕，瑞靄罩龍樓。琉璃瓦砌鴛鴦，龜背簾垂翡翠。正陽門逕通黃道，長朝殿端拱紫垣※9。渾儀臺※10占算星辰，待漏院班分文武。墻塗椒粉，絲絲綠柳拂飛甍；殿繞欄楯，簇簇紫花迎步輦。恍疑身在蓬萊島，彷彿神遊兜率天※11。

柴進去到內裏，但過禁門，爲有服色，無人阻當，直到紫宸殿，轉過文德殿，殿門

註

※5十萬里魚龍變化之鄉：魚龍變化，指龍門，傳說鯉魚越過龍門便會變爲龍。
※6輻輳：形容人或物聚集，像車輻集中於車轂一樣。
※7紫閣：金碧輝煌的殿閣。指帝居。
※8執色：指做儀仗用的器物。
※9紫垣：星座名。常借指皇宮。
※10渾儀臺：天文臺。
※11兜率天：亦稱「兜術天」。梵語音譯。佛教謂天分許多層，第四層叫兜率天。它的內院是彌勒菩薩的淨土，外院是天上眾生所居之處。

各有金鎖鎖著，不能夠進去。且轉過凝暉殿，從殿邊轉將入去，到一個偏殿，牌上金書「睿思殿」三字，此是官家看書之處。側首開著一扇朱紅槅子，柴進閃身入去看時，◎4見正面鋪著御座，兩邊几案上放著文房四寶：象管、花箋、龍墨、端硯※12。書架上盡是群書，各插著牙籤。正面屏風上，堆青疊綠畫著山河社稷混一之圖。轉過屏風後面，但見素白屏風上御書四大寇姓名，寫著道：

山東宋江　淮西王慶　河北田虎　江南方臘

柴進看了四大寇姓名，心中暗忖道：「國家被我們擾害，因此時常記心，寫在這裏。」便去身邊拔出暗器，正把「山東宋江」那四個字刻將下來，慌忙出殿，隨後早有人來。柴進便離了內苑，出了東華門，回到酒樓上看到那王班直時，尚未醒來，依舊把錦衣、花帽、服色等項，都放在閣兒內。柴進還穿了依舊衣服，喚燕青和酒保計算了酒錢，剩下十數貫錢，就賞了酒保。臨下樓來分付道：「我和王觀察是弟兄。恰纔他醉了，我替他去內裏點名了回來，他還未醒。我卻在城外住，恐怕誤了城門，剩下錢都賞你，他的服色號衣都在這裏。」酒保道：「官人但請放心，男女自伏侍。」柴進、燕青離得酒店，逕出萬壽門去了。王班直到晚起來，見了服色、

❀ 柴進潛進皇宮，到「睿思殿」看到屏風上有四大寇的姓名。（選自《水滸傳版刻圖錄》，江蘇廣陵古籍刻印社）

柴進偷入皇宮。圖為民國時期河南開封的北宋皇宮遺跡——石雕欄杆。（fotoe提供）

花帽都有，但不知是何意。酒保說柴進的話，王班直似醉如痴，回到家中。次日有人來說：「睿思殿上不見『山東宋江』四個字，今日各門好生把得鐵桶般緊，出入的人，都要十分盤詰。」王班直情知是了，那裏敢說。再說柴進回到店中，對宋江備細說內宮之中，取出御書大寇「山東宋江」四字，與宋江看罷，嘆息不已。十四日黃昏，明月從東而起，天上並無雲翳，宋江、柴進扮作閑涼官，戴宗扮作承局，燕青扮爲小閑，只留李逵看房。四個人雜在社火隊裏，取路哄入封丘門來，遍玩六街三市，果然夜暖風和，正好遊戲。轉過馬行街來，家家門前扎縛燈棚，賽懸燈火，照耀如同白日，正是樓臺上下火照火，車馬往來人看人。四個轉過御街，見兩行都是煙月牌※13，來到中間，見一家外懸青布幕，裏掛斑竹簾，兩邊盡是碧紗窗，外掛兩面牌，牌上各有五個字，寫道：「歌舞神仙女，風流花月魁。」宋江見了，便入茶坊裏來吃茶，問茶博士道：「前面角妓※14是誰家？」茶博士道：「這是東京上廳行首※15，喚做李師師。」宋

註

※12 端硯：用廣東高要端溪地方出產的石頭製成的硯臺，是硯臺中的上品。

※13 煙月牌：妓院的招牌。

※14 角妓：藝妓。

※15 上廳行首：官妓，入樂籍的妓女。上廳，指官衙。唐宋時，官場上有應酬會宴，官妓要隨時應召侍候。

評點

◎4.柴大官人是個賊人，用得，用得。（容眉）

江道：「莫不是和今上打得熱的？」茶博士道：「不可高聲，耳目覺近。」宋江便喚燕青，附耳低言道：「我要見李師師一面，暗裏取事，◎5你可生個婉曲入去，我在此間吃茶等你。」宋江自和柴進、戴宗在茶坊裏吃茶。

卻說燕青逕到李師師門首，揭開青布幕，掀起斑竹簾，轉入中門，見掛著一碗鴛鴦燈，下面犀皮香桌兒上，放著一個博山古銅香爐，爐內細細噴出香來。兩壁上掛著四幅名人山水畫，下設四把犀皮一字交椅。燕青見無人出來，轉入天井裏面，又是一個大客位，設著三座香楠木鵰花玲瓏小床，鋪著落花流水紫錦褥，懸掛一架玉棚好燈，擺著異樣古董。燕青微微咳嗽一聲，◎6只見屏風背後轉出一個婭嬛來，見燕青道個萬福，便問燕青：「哥哥高姓？那裏來？」燕青道：「相煩姐姐請媽媽出來，小閑自有話說。」梅香入去，不多時，轉出李媽媽來，燕青請他坐了，納頭四拜。李媽媽道：「小哥高姓？」燕青答道：「老娘忘了，小人是張乙的兒子張閑的便是，從小在外，今日方歸。」原來世上姓張、姓李、姓王的最多，那虔婆思量了半晌，又是燈下，認人不仔細，猛然省起，叫道：「你不是太平橋下小張閑麼？你那裏去了，許多時不來？」燕青道：「小人一向不在家，不得來相望。如今伏侍個山東客人，有的是家私，說不能盡。他是個燕南河北第一個有名財主，今來此間，一者就賞元宵，二者來京師省親，三者就將貨物在此做買賣，四者要求見娘子一面。怎敢說來宅上出入，只求同席一飲，稱心滿意。不是小閑賣弄，那人實有千百兩金銀，欲送與宅上。」◎7那虔婆是個好利之人，

愛的是金資，聽得燕青這一席話，便動了念頭，忙叫李師師出來，與燕青廝見。燈下看時，端的好容貌。燕青見了，納頭便拜。有詩爲證：

芳年聲價冠青樓，玉貌花顏是罕儔。
共羨至尊曾貼體，何慚壯士便低頭。

那虔婆說與備細，李師師道：「那員外如今在那裏？」燕青道：「只在前面對門茶坊裏。」李師師便道：「請過寒舍拜茶。」燕青道：「不得娘子言語，不敢擅進。」虔婆道：「快去請來。」燕青逕到茶坊裏，耳邊道了消息，戴宗取些錢，還了茶博士，三人跟著燕青，逕到李師師家內。入得中門，相接請到大客位裏，李師師斂手向前動問起居道：「適間張閑多談大雅，今辱左顧，綺閣生光。」宋江答道：「山僻村野，孤陋寡聞，得睹花容，生平幸甚。」李師師便邀請坐，又看著柴進問道：「這位官人，是足下何人？」宋江道：「此是表弟葉巡檢。」就叫戴宗拜了李師師。◎8宋江、柴進居左，客席而坐。李師師右邊，主位相陪。奶子捧茶至，李師師親手與宋江、柴進、戴宗、燕青換盞，不必說那盞茶的香味。茶罷，收了盞托，欲敘行藏，只見奶子來報：「官家來到後面。」李師師道：「其實不敢相留，來日駕幸上清宮，必然不來，卻請諸位到此，少敘三杯。」宋江喏喏連聲，帶了三人便行。出得李師師門來，穿出小御街，逕投天漢橋來看鰲山。正打從樊樓前過，聽得樓上笙簧聒耳，鼓樂喧天，燈火凝眸，遊人似蟻。宋江、柴進也上樊樓，尋個閣子坐下，取些酒食肴饌，也在樓上賞燈飲酒。吃不到數杯，

評點

◎5.看燈主意在此。（袁眉）
◎6.燕青這人使得使得。（容眉）
◎7.妙人，妙人。（容眉）
◎8.看柴進問，叫戴宗拜，文變而事省，亦好敘法。（芥眉）

只聽得隔壁閣子內有人作歌道：

浩氣沖天貫斗牛，英雄事業未曾酬。
手提三尺龍泉劍，不斬奸邪誓不休！[◎9]

宋江聽得，慌忙過來看時，卻是九紋龍史進、沒遮攔穆弘，在閣子內吃得大醉，口出狂言。宋江走近前去喝道：「你這兩個兄弟嚇殺我也！[◎10]快算還酒錢，連忙出去！早是遇著我，若是做公的聽得，這場橫禍不小！誰想你這兩個兄弟也這般無知粗糙！快出城，不可遲滯。明日看了正燈，連夜便回，只此十分好了，莫要弄得撅撒[※16]了！」史進、穆弘默默無言，便叫酒保算還了酒錢。兩個下樓，取路先投城外去了。宋江與柴進四人微飲三杯，少添春色，戴宗計算還了酒錢，四人拂袖下樓，逕往萬壽門，來客店內敲門。李逵困眼睜開，對宋江道：「哥哥不帶我來也罷了，既帶我來，卻教我看房，悶出鳥來。你們都自去快活！」宋江道：「爲你生性不善，面貌醜惡，不爭帶你入城，只恐因而惹禍。」李逵便道：「你不帶我去便了，何消得許多推故！幾曾見我那裏嚇殺了別人家小的、大的！」宋江道：「只有明日十五日這一夜帶你入去，看罷了正燈，連夜便回。」李逵呵呵大笑。

過了一夜，次日正是上元節候，天色晴明得好。看看傍晚，慶賀元宵的人不知其數，古人有篇絳都春單道元宵景致：

九紋龍史進和人喝酒吵鬧，嚇了宋江一跳。
圖為史進圖像。（葉雄繪）

融和初報，乍瑞靄霽色，皇都春早。翠幰※17競飛，玉勒爭馳，都聞道鰲山彩結蓬萊島。向晚色，雙龍銜照。絳霄樓上，彤芝蓋底，仰瞻天表。縹緲風傳帝樂，慶玉殿共賞，群仙同到。迤邐御香，飄滿人間開嘻笑。一點星球小，漸隱隱鳴梢聲杳。遊人月下歸來，洞天未曉。◎11

當夜宋江與同柴進，依前扮作閑涼官，引了戴宗、李逵、燕青，五個人逕從萬壽門來。是夜雖無夜禁，各門頭目軍士全付披掛，都是戎裝慣帶，弓弩上弦，刀劍出鞘，擺佈得甚是嚴整。高太尉自引鐵騎馬軍五千，在城上巡禁。宋江等五個向人叢裏挨挨搶搶，直到城裏，先喚燕青，附耳低言：「與我如此如此，只在夜來茶坊裏相等。」燕青逕往李師師家扣門，李媽媽、李行首都出來接見燕青，便說道：「煩達員外休怪，官家不時間來此私行，我家怎敢輕慢！」燕青道：「主人再三上覆媽媽，啓動了花魁娘子，山東海僻之地，無甚希罕之物，便有些出產之物，將來也不中意，只教小人先送黃金一百兩，權當人事。隨後別有罕物，再當拜送。」李媽媽問道：「如今員外在那裏？」燕青道：「只在巷口等小人送了人事，同去看燈。」世上虔婆愛的是錢財，見了燕青取出那火炭也似金子兩塊，放在面前，如何不動心！便道：「今日上元佳節，我子母們卻待家筵數杯，若是員外不棄，肯到貧家少敘片時。」燕青道：「小人去請，無有不來。」說罷，轉身回得茶坊，說與宋江這話了，隨即都到李師師家。宋江教戴宗同李逵只在門前

註

※16撇撒：敗露。

※17翠幰：幰，音顯。飾以翠羽的車帷。

評點

◎9.史進、穆弘歌詩之句出其本意，實丈夫之志。（余評）

◎10.宋公明是個傷弓之鳥，所以談虎色變。（容眉）

◎11.詞中句古高奇，觀之有色，足有可取。（余評）

等。三個人入到裏面大客位裏，李師師接著，拜謝道：「員外識荊之初，何故以厚禮見賜，卻之不恭，受之太過。」宋江答道：「山僻村野，絕無罕物，但送些小微物，表情而已，何勞花魁娘子致謝。」李師師邀請到一個小小閣兒裏，分賓坐定，奶子、侍婢捧出珍異果子、濟楚菜蔬、希奇按酒，甘美肴饌，盡用錠器※18，擺一春臺※19。李師師執盞向前拜道：「夙世有緣，今夕相遇二君，草草杯盤，以奉長者。」宋江道：「在下山鄉雖有貫伯浮財，未曾見如此富貴。花魁的風流聲價，播傳寰宇，求見一面，如登天之難，何況親賜酒食。」李師師道：「員外獎譽太過，何敢當此！」都勸罷酒，叫奶子將小小金杯巡篩。但是李師師說些街市俊俏的話，皆是柴進回答，燕青立在邊頭和哄取笑。

酒行數巡，宋江口滑※20，揎拳裸袖※21，點點指指，把出梁山泊手段來。◎12柴進笑道：「我表兄從來酒後如此，娘子勿笑。」李師師道：「各人稟性何傷。」婭嬛說道：「門前兩個伴當。一個黃髭鬚，且是生得怕人，在外面喃喃吶吶地罵。」宋江道：「與我喚他兩個入來。」只見戴宗引著李逵到閣子裏。李逵看見宋江、柴進與李師師對坐飲酒，自肚裏有五分沒好氣，圓睜怪眼，直瞅他三個。李師師便問道：「這漢是誰？恰像土地廟裏對判官立地的小鬼。」◎13眾人都笑，李逵不省得他說。宋江答道：「這個是家生的孩兒小李。」李師師笑道：「我倒不打緊，辱莫了太白學士。」◎14宋江道：「這廝卻有武藝，挑得三、二百斤擔子，打得三、五十人。」李師師叫取大銀賞鍾，各與三

鍾，戴宗也吃三鍾。燕青只怕他口出訛言，先打抹他和戴宗依先去門前坐地。宋江道：「大丈夫飲酒，何用小杯！」就取過賞鍾，連飲數鍾。李師師低唱蘇東坡大江東去詞。◎15宋江乘著酒興，索紙筆來，磨得墨濃，蘸得筆飽，拂開花箋，對李師師道：「不才亂道一詞，盡訴胸中鬱結，呈上花魁尊聽。」當時宋江落筆，遂成樂府詞一首，道是：

天南地北，問乾坤何處可容狂客？借得山東煙水寨，來買鳳城春色。翠袖圍香，絳綃籠雪，一笑千金值。神仙體態，薄倖※22如何消得？想蘆葉灘頭，蓼花汀畔，皓月空凝碧。六六雁行連八九※23，只等金雞消息※24。義膽包天，忠肝蓋地，四海無人識。離愁萬種，醉鄉一夜頭白。◎16

寫畢，遞與李師師反覆看了，不曉其意。宋江只要等他問其備細，卻把心腹衷曲之事告訴，只見奶子來報：「官家從地道中來至後門。」李師師忙道：「不能遠送，切乞恕罪。」自來後門接駕。奶子、婭嬛連忙收拾過了杯盤什物，扛過臺桌，洒掃亭軒。宋江等都未出來，卻閃在黑暗處，張見李師師拜在面前，奏道：「起居聖上龍體勞困。」只見天子頭戴軟紗唐巾，身穿滾龍袍，說道：「寡人今日幸上清宮方回，教太子在宣

註

※18錠器：指銀器。
※19春臺：飯桌。
※20口滑：謂因適合口味而飲啖不能自禁。
※21揎拳裸袖：猶言揎拳捋袖。
※22薄倖：薄情，負心。
※23六六雁行連八九：六六三十六，八九七十二，分別指三十六天罡和七十二地煞。
※24金雞消息：赦免的訊息。

評點

◎12.酒後不露本色者，非大涵養人必大奸惡人。宋江既忘機心，又不除豪氣，所以妙。（芥眉）
◎13.添此數字，妙。（袁夾）
◎14.這個丫頭大通。（容眉）
◎15.用低唱二字，有翻案學問。（袁夾）
◎16.觀宋江詞中句意，包三十六天罡，七十二地煞，皆藏於內，足有文詞，志氣勝人。（余評）

德樓賜萬民御酒，令御弟在千步廊買市※25，約下楊太尉，久等不至，寡人自來。愛卿近前與朕攀話。」宋江在黑地裏說道：「今番錯過，後次難逢，俺三個就此告一道招安赦書，有何不好！」柴進道：「如何使得？便是應允了，後來也有翻變。」三個正在黑影裏商量。卻說李逵見了宋江、柴進和那美色婦人吃酒，卻教他和戴宗看門，頭上毛髮倒豎起來，一肚子怒氣正沒發付處，只見楊太尉揭起簾幕，推開扇門，逕走入來，見了李逵，喝問道：「你這廝是誰？敢在這裏？」李逵也不回應，提起把交椅，望楊太尉劈臉打來。楊太尉倒吃了一驚，措手不及，兩交椅打翻地下。戴宗便來救時，那裏攔當得住。李逵扯下幅畫來，就蠟燭上點著，東焠※26西焠，一面放火，香桌椅凳，打得粉碎。◎17宋江等三個聽得，趕出來看時，見黑旋風李逵褪下半截衣裳，正在那裏行凶。四個扯出門外去時，李逵就街上奪條棒，直打出小御街來。宋江見他性起，只得和柴進、戴宗先趕出城，恐關了禁門，脫身不得，只留燕青看守著他。李師師家火起，驚得趙官家一道煙走了。鄰佑人等一面救火，一面救起楊太尉，這話都不必說。

李逵見宋江、柴進和李師師喝酒，氣憤之下，大鬧青樓。（朱寶榮繪）

城中喊起殺聲，震天動地。高太尉在北門上巡警，聽得了這話，帶領軍馬，便來追趕。燕青伴著李逵，正打之間，撞著穆弘、史進，四人各執槍棒，一齊助力，直打到城邊。把門軍士急待要關門，外面魯智深掄著鐵禪杖，武行者使起雙戒刀，朱仝、劉唐手拈著朴刀，早殺入城來，救出裏面四個。方纔出得城門，高太尉軍馬恰好趕到城外來。八個頭領不見宋江、柴進、戴宗，正在那裏心慌。原來軍師吳用已知此事，定教大鬧東京，克時定日，差下五員虎將，引領帶甲馬軍一千騎，是夜恰好到東京城外等接，◎18正逢宋江、柴進、戴宗三人，帶來的空馬，就教上馬，隨後衆人也到。正都上馬時，於內不見了李逵。高太尉軍馬衝將出來。宋江手下的五虎將：關勝、林沖、秦明、呼延灼、董平突到城邊，立馬於濠塹上，大喝道：「梁山泊好漢全夥在此！早早獻城，免汝一死！」高太尉聽得，那裏敢出城來，慌忙教放下吊橋，衆軍上城提防。宋江便喚燕青分付道：「你和黑廝最好，你可略等他一等，隨後與他同來。我和軍馬衆將先回，星夜還寨，恐怕路上別有枝節。」不說宋江等軍馬去了。且說燕青立在人家房檐下看時，只見李逵從店裏取了行李，拿著雙斧，大吼一聲，跳出店門，獨自一個，要去打這東京城池。正是：聲吼巨雷離店肆，手提大斧劈城門。◎19畢竟黑旋風李逵怎地去打城？且聽下回分解。◎20

註

※25買市：古時官府或豪富設立臨時集市，招徠小經紀人，並給與賞賜，而使市場繁榮興旺。以之作爲一種德政或善舉。
※26焠：音翠。同「淬」，這裏是點火的意思。

評點

◎17.好殺風景的李大哥。（容眉）
◎18.吳用未先差五將，爲救應之計，足見有智矣。（余評）
◎19.妙人，妙人。（容眉）
◎20.柴進假扮王觀察，心膽甚細。李逵劈打楊太尉，意氣粗豪。（袁評）

第七十三回

黑旋風喬捉鬼　梁山泊雙獻頭

話說當下李逵從客店裏搶將出來，手搭雙斧，要奔城邊劈門，被燕青抱住腰胯，只一交，攧個腳梢天。燕青拖將起來，望小路便走，李逵只得隨他。爲何李逵怕燕青？原來燕青小廝撲天下第一，因此宋公明著令燕青相守李逵。李逵若不隨他，燕青小廝撲，手到一交。◎1李逵多曾著他手腳，以此怕他，只得隨順。◎2燕青和李逵不敢從大路上走，恐有軍馬追來，難以抵敵，只得大寬轉奔陳留縣路來。李逵再穿上衣裳，把大斧藏在衣襟底下，又因沒了頭巾，卻把焦黃髮分開，綰做兩個丫髻。◎3行到天明，燕青身邊有錢，村店中買些酒肉吃了，拽開腳步趲行。次日天曉，東京城中好場熱鬧，高太尉引軍出城，追趕不上自回。李師師只推不知，楊太尉也自歸家將息，抄點城中被傷人數，計有四、五百人，推倒跌損者，不計其數。高太尉會同樞密院童貫，都到太師府商議，啓奏早早調兵剿捕。

且說李逵和燕青兩個，在路行到一個去處，地名喚做四柳村。不覺天晚，兩個便投一個大莊院來，敲開門，直進到草廳上。莊主狄太公出來迎接，看見李逵綰著兩個丫髻，卻不見穿道袍，面貌生得又醜，正不知是甚麼人。太公隨口問燕青道：「這位是那裏來的師父？」燕青笑道：「這師父是個蹺蹊人，你們都不省得他。胡亂趁些晚飯吃，

借宿一夜，明日早行。」李逵只不做聲。太公聽得這話，倒地便拜李逵，說道：「師父，可救弟子則個。」李逵道：「你要我救你甚事，實對我說。」那太公道：「我家一百餘口，夫妻兩個，嫡親只有一個女兒，年二十餘歲，半年之前，著了一個邪祟，只在房中，茶飯並不出來討吃。若還有人去叫他，磚石亂打出來，家中人都被他打傷了，累累請將法官來，也捉他不得。」李逵道：「太公，我是薊州羅眞人的徒弟，◎4會得騰雲駕霧，專能捉鬼，你若捨得東西，我與你今夜捉鬼。如今先要一豬、一羊，祭祀神將。」◎5太公道：「豬、羊我家盡有，酒自不必得說。」李逵道：「你揀得膘肥的宰了，爛煮將來，好酒更要幾瓶，便可安排。今夜三更與你捉鬼。」太公道：「師父如要書符紙札，老漢家中也有。」李逵道：「我的法只是一樣，都沒什麼鳥符，身到房裏，便揪出鬼來。」燕青忍笑不住。老兒只道他是好話，安排了半夜，豬、羊都煮得熟了，擺在廳上。李逵叫討十個大碗，滾熱酒十瓶，做一巡篩，明晃晃點著兩枝蠟燭，焰騰騰燒著一爐好香。李逵掇條凳子，坐在當中，並不念甚言語。腰間拔出大斧，砍開豬、羊，大塊價扯將下來吃。◎6又叫燕青道：「小乙哥，你也來吃些。」燕青冷笑，那裏肯來吃。李逵吃得飽了，飲過五、六碗好酒，看得太公呆了。李逵便叫衆莊客：「你們都來散福。」拈指間散了殘肉。李逵道：「快舀桶湯來，與我們洗手洗腳。」無移時，洗了手腳，問太公討茶吃了。又問燕青道：「你曾吃飯也不曾？」燕青道：「吃得飽了。」李逵對太公道：「酒又醉，肉又飽，明日要走路程，老爺們去睡。」太公道：

評點

◎1.埋打任原根。（袁夾）
◎2.描寫有暈。（袁夾）
◎3.因沒了頭巾，生出情節，趣甚。（袁眉）
◎4.說得有因。文字如此照應，乃妙。（袁眉）
◎5.妙人，趣人。（容夾）
◎6.這便叫做祭祀神將。（容眉）

「卻是苦也！這鬼幾時捉得？」李逵道：「你眞個要我捉鬼，著人引我到你女兒房裏去。」太公道：「便是神道如今在房中，磚石亂打出來，誰人敢去？」

李逵拔兩把板斧在手，叫人將火把遠遠照著。李逵大踏步直搶到房邊，只見房內隱隱有燈。李逵把眼看時，見一個後生摟著一個婦人在那裏說話。李逵一腳踢開了房門，斧到處，只見砍得火光爆散，霹靂交加。定睛打一看時，原來把燈盞砍翻了。那後生卻待要走，被李逵大喝一聲，斧起處，早把後生砍翻。這婆娘便鑽入床底下躲了。李逵把那漢子先一斧砍下頭來，提在床上，把斧敲著床邊喝道：「婆娘，你快出來。若不鑽出來時，和床都剁得粉碎。」婆娘連聲叫道：「你饒我性命，我出來！」卻纔鑽出頭來，被李逵揪住頭髮，直拖到死屍邊，問道：「我殺的那廝是誰？」婆娘道：「是我奸夫王小二。」李逵又問道：「磚頭、飯食，那裏得來？」◎7婆娘道：「這是我把金銀頭面與他，三、二更從墻上運將入來。」李逵道：「這等腌臢婆娘，要你何用！」揪到床邊，一斧砍下頭來，把兩個人頭拴做一處，再提婆娘屍首和漢子身屍相併，李逵道：「吃

李逵殺死狄太公女兒以及其姦夫王小二。（朱寶榮繪）

得飽，正沒消食處。」就解下上半截衣裳，拿起雙斧，看著兩個死屍，一上一下，恰似發擂的亂剁了一陣。◎8李逵笑道：「眼見這兩個不得活了。」插起大斧，提著人頭，大叫出廳前來：「兩個鬼我都捉了。」撇下人頭，滿莊裏人都吃一驚，都來看時，認得這個是太公的女兒；那個人頭，無人認得。數內一個莊客相了一回，認出道：「有些像東村頭會粘雀兒的王小二。」◎9李逵道：「這個莊客倒眼乖！」太公道：「師父怎生得知？」李逵道：「你女兒躲在床底下，被我揪出來問時，說道：『他是奸夫王小二，吃的飲食，都是他運來。』問了備細，方纔下手。」太公哭道：「師父，留得我女兒也罷。」◎10李逵罵道：「打脊老牛！女兒偷了漢子，兀自要留他！你恁地哭時，倒要賴我不謝。我明日卻和你說話。」◎11燕青尋了個房，和李逵自去歇息。太公卻引人點著燈燭，入房裏去看時，照見兩個沒頭屍首，剁做十來段，丟在地下。太公、太婆煩惱啼哭，便叫人扛出後面，去燒化了。李逵睡到天明，跳將起來，對太公道：「昨夜與你捉了鬼，你如何不謝？」太公只得收拾酒食相待，李逵、燕青吃了便行。狄太公自理家事，不在話下。

且說李逵和燕青離了四柳村，依前上路，此

李逵為了「捉鬼」，吹噓自己是薊州羅真人的弟子。圖為建於北宋元祐年間的澄虛道院，俗稱「聖堂」。（周仁德／fotoe提供）

評點

◎7.李大哥也仔細。奇，奇。（容眉）
◎8.酒後刀頭出如許波瀾。（袁眉）
◎9.認得何等眞細。（袁眉）
◎10.好老兒，眞亡人。（容夾）
◎11.觀李逵問太公之言，義義凜凜，人莫能方。（余評）

時草枯地闊，木落山空，於路無話。兩個因大寬轉梁山泊北，到寨尚有七、八十里，巴不到山，離荊門鎮不遠。當日天晚，兩個奔到一個大莊院敲門，燕青道：「俺們尋客店中歇去。」李逵道：「這大戶人家，卻不強似客店多少！」說猶未了，莊客出來，對說道：「我主太公正煩惱哩！你倆個別處去歇。」李逵直走入去，燕青拖扯不住，直到草廳上。李逵口裏叫道：「過往客人借宿一宵，打甚鳥緊！便道太公煩惱，我正要和煩惱的說話。」裏面太公張時※1，看見李逵生得凶惡，暗地教人出來接納，請去廳外側首，有間耳房，叫他兩個安歇，造些飯食，與他兩個吃，著他裏面去睡。多樣時，搬出飯來，兩個吃了，就便歇息。李逵當夜沒些酒，在土炕子上翻來覆去睡不著，只聽得太公、太婆在裏面哽哽咽咽的哭，李逵心焦，那雙眼怎地得合。巴到天明，跳將起來，便向廳前問道：「你家甚麼人，哭這一夜，攪得老爺睡不著。」◎12太公聽了，只得出來答道：「我家有個女兒，年方一十八歲，被人強奪了去，以此煩惱。」李逵道：「又來作怪！奪你女兒的是誰？」太公道：「我與你說他姓名，驚得你屁滾尿流！他是梁山泊頭領宋江，有一百單八個好漢，不算小軍。」李逵道：「我且問你，他是幾個來？」太公道：「兩日前，他和一個小後生各騎著一匹馬來。」李逵便叫燕青：「小乙哥，你來聽這老兒說的話，俺哥哥原來口是心非，不是好人了也。」◎13燕青道：「大哥莫要造次，定沒這事！」李逵道：「他在東京兀自去李師師家去，到這裏怕不做出來！」李逵便對太公說道：「你莊裏有飯，討些我們吃。我實對你說，則我便是梁山泊黑旋風李逵，這

個便是浪子燕青。既是宋江奪了你的女兒，我去討來還你。」太公拜謝了。

李逵、燕青逕望梁山泊來，直到忠義堂上。宋江見了李逵、燕青回來，便問道：「兄弟，你兩個那裏來？錯了許多路，如今方到。」李逵那裏答應，睜圓怪眼，拔出大斧，先砍倒了杏黃旗，把「替天行道」四個字扯做粉碎，◎14眾人都吃一驚。宋江喝道：「黑廝又做甚麼？」李逵拿了雙斧，搶上堂來，逕奔宋江。詩曰：

梁山泊裏無奸佞，忠義堂前有諍臣※2。
留得李逵雙斧在，世間直氣尚能伸。

尚有關勝、林沖、秦明、呼延灼、董平五虎將，慌忙攔住，奪了大斧，揪下堂來。宋江大怒，喝道：「這廝又來作怪！你且說我的過失。」李逵氣做一團，那裏說得出。燕青向前道：「哥哥聽稟一路上備細。他在東京城外客店裏跳將出來，拿著雙斧，要去劈門，被我一交攧翻，拖將起來。說與他：『哥哥已自去了，獨自一個風甚麼？』恰纔信小弟說，不敢從大路走。他又沒了頭巾，把頭髮綰做兩個丫髻。正來到四柳村狄太公莊上，他去做法官捉鬼，正拿了他女兒並奸夫兩個，都剁做肉醬。後來卻從大路西邊上山，他定要大寬轉，將近荊門鎮，當日天晚了，便去劉太公莊上投宿。只聽得太公兩口兒一夜啼哭，他睡不著，巴得天明，起去問他。劉太公說道：『兩日前梁山泊宋江和一個年紀小的後生，騎著兩匹馬到莊上來。老兒聽得說是替天行道的人，因此叫這十八

註

※1張時：張望的時候。
※2諍臣：諫諍之臣。引申指能指正先輩缺失的後輩。

評點

◎12.一些不自是。（容夾）
◎13.「了也」二字，便見前信今疑。（袁眉）
◎14.宋江溫語接入李逵暴氣，妙。（袁眉）

歲的女兒出來把酒，吃到半夜，兩個把他女兒奪了去。』」◎15李逵大哥聽了這話，便道是實，我再三解說道：『俺哥哥不是這般的人，多有依草附木，假名托姓的在外頭胡做。』李大哥道：『我見他在東京時，兀自戀著唱的李師師不肯放，不是他是誰？』因此來發作。」宋江聽罷，便道：「這般屈事，怎地得知？如何不說？」李逵道：「我閑常把你做好漢，你原來卻是畜生！你做得這等好事！」宋江喝道：「你且聽我說！我和三、二千軍馬回來，兩匹馬落路時，須瞞不得眾人。若還搶得一個婦人，必然只在寨裏！你卻去我房裏搜看。」李逵道：「哥哥，你說甚麼鳥閑話！山寨裏都是你手下的人，護你的多，那裏不藏過了！我當初敬你是個不貪色慾的好漢，你原來是酒色之徒。殺了閻婆惜，便是小樣；去東京養李師師，便是大樣。你不要賴，早早把女兒送還老劉，倒有個商量。你若不把女兒還他時，我早做早殺了你，晚做晚殺了你。」◎16宋江道：「你且不要鬧嚷，那劉太公不死，莊客都在，俺們同去面對。若還對翻了，就那裏舒著脖子，受你板斧；如若對不翻，你這廝沒上下，當得何罪？」李逵道：「我若還拿你不著，便輸這顆頭與你！」宋江道：

李逵砍倒了替天行道的大旗。（朱寶榮繪）

「最好，你衆兄弟都是證見。」便叫鐵面孔目裴宣寫了賭賽軍令狀二紙，兩個各書了字，宋江的把與李逵收了，李逵的把與宋江收了。◎17李逵又道：「這後生不是別人，只是柴進。」柴進道：「我便同去。」李逵道：「不怕你不來。若到那裏對翻了之時，不怕你柴大官人，是米大官人，也吃我幾斧！」柴進道：「這個不妨，你先去那裏等。我們前去時，又怕有蹺蹊。」李逵道：「正是。」便喚了燕青：「俺兩個依前先去，他若不來，便是心虛，回來罷休不得。」正是：

至人無過任評論，其次納諫以爲恩。
最下自差偏自是，令人敢怒不敢言。

燕青與李逵再到劉太公莊上，太公接見，問道：「好漢，所事如何？」李逵道：「如今我那宋江，他自來教你認他，你和太婆並莊客都仔細認他。若還是時，只管實說，不要怕他，我自替你做主。」只見莊客報道：「有十數騎馬來到莊上了。」李逵道：「正是了。」側邊屯住了人馬，只教宋江、柴進入來。宋江、柴進逕到草廳上坐下。李逵提著板斧立在側邊，只等老兒叫聲是，李逵便要下手。那劉太公近前來拜了宋江。李逵問老兒道：「這個是奪你女兒的不是？」那老兒睜開

小旋風柴進。（葉雄繪）

評點

◎15.呵呵，道學可假，強盜亦要假。大奇，大奇。（容眉）
◎16.眞義士，眞忠臣。痛愷之極，情願受此等人屈氣。（袁眉）
◎17.認眞得好。（袁眉）

尪羸※3眼，打起老精神，定睛看了道：「不是。」宋江對李逵道：「你卻如何？」李逵道：「你兩個先著眼瞅他，這老兒懼怕你，便不敢說是。」宋江道：「你叫滿莊人都來認我。」李逵隨即叫到衆莊客人等認時，齊聲叫道：「不是。」宋江道：「劉太公，我便是梁山泊宋江，這位兄弟，便是柴進。你的女兒，都是吃假名托姓的騙將去了。你若打聽得出來，報上山寨，我與你做主。」宋江對李逵道：「這裏不和你說話，你回來寨裏，自有辯理。」宋江、柴進自與一行人馬，先回大寨裏去。燕青道：「李大哥，怎地好？」李逵道：「只是我性緊上，錯做了事。既然輸了這顆頭，我自一刀割將下來，你把去獻與哥哥便了。」燕青道：「你沒來由尋死做甚麼？我教你一個法則，喚做負荊請罪。」李逵道：「怎地是負荊？」燕青道：「自把衣服脫了，將麻繩綁縛了，脊梁上背著一把荊杖，拜伏在忠義堂前，告道：『由哥哥打多少。』他自然不忍下手。這個喚做負荊請罪。」李逵道：「好卻好，只是有些惶恐※4，不如割了頭去乾淨。」◎18燕青道：「山寨裏都是你兄弟，何人笑你？」李逵沒奈何，只得同燕青回寨來，負荊請罪。

　卻說宋江、柴進先歸到忠義堂上，和衆兄弟們正說李逵的事，只見黑旋風脫得赤條條地，背上負著一把荊杖，

李逵發現錯怪了宋江，便負荊請罪。（日版畫，出自《新編水滸畫傳》，葛飾戴斗繪）

跪在堂前，低著頭，口裏不做一聲。宋江笑道：「你那黑廝，怎地負荊？只這等饒了你不成？」李逵道：「兄弟的不是了！◎19哥哥揀大棍打幾十罷！」宋江道：「我和你賭砍頭，你如何卻來負荊？」李逵道：「哥哥既是不肯饒我，把刀來割這顆頭去，也是了當。」衆人都替李逵陪話。宋江道：「若要我饒他，只教他捉得那兩個假宋江，討得劉太公女兒來還他，這等方纔饒你。」李逵聽了，跳將起來，說道：「我去甕中捉鱉，手到拿來！」宋江道：「他是兩個好漢，又有兩副鞍馬，你只獨自一個，如何近傍得他？◎20再叫燕青和你同去。」燕青道：「哥哥差遣，小弟願往。」便去房中取了弩子，綽了齊眉棍，隨著李逵，再到劉太公莊上。燕青細問他來情，劉太公說道：「日平西時來，三更裏去了，不知所在，又不敢跟去。那爲頭的生得矮小，黑瘦面皮。◎21第二個夾壯身材，短鬚大眼。」二人問了備細，便叫：「太公放心，好歹要救女兒還你！我哥哥宋公明的將令，務要我兩個尋將來，不敢違誤。」便叫煮下乾肉，做下蒸餅，各把料袋裝了，拴在身邊，離了劉太公莊上。先去正北上尋，但見荒僻無人煙去處。走了一、兩日，絕不見些消耗※5。卻去正東上，又尋了兩日，直到凌州高唐界內，又無消息。李逵心焦面熱，卻回來望西邊尋去。又尋了兩日，絕無些動靜。當晚，兩個且向山邊一個古廟中供床上宿歇，李逵那裏睡得著，爬起來坐地。只聽得廟外有人走的響，李逵跳

註

※3尫羸：音汪雷，瘦弱。
※4惶恐：驚慌害怕。
※5消耗：消息。

評點

◎18.不貪生怕死，不負慚忍恥，眞好漢子。（芥眉）
◎19.才認得眞。（袁夾）
◎20.是愛弟。（袁夾）
◎21.仍像宋江，妙。（袁夾）

將起來，開了廟門看時，只見一條漢子，提著把朴刀，轉過廟後山腳下上去，李逵在背後跟去。燕青聽得，拿了弩弓，提了桿棍，隨後跟來，叫道：「李大哥，不要趕，我自有道理。」是夜月色朦朧，燕青遞桿棍與了李逵，遠遠望見那漢低著頭只顧走。燕青趕近，搭上箭，弩弦穩放，叫聲：「如意子，不要誤我！」只一箭，正中那漢的右腿，撲地倒了。◎22李逵趕上，劈衣領揪住，直拿到古廟中，喝問道：「你把劉太公的女兒搶得那裏去了？」那漢告道：「好漢，小人不知此事，不曾搶甚麼劉太公女兒。小人只是這裏剪徑，做些小買賣，那裏敢大弄，搶奪人家子女！」李逵把那漢捆做一塊，提起斧來喝道：「你若不實說，砍你做二十段。」那漢叫道：「且放小人起來商議。」燕青道：「漢子，我且與你拔了這箭。」放將起來問道：「劉太公女兒，端的是甚麼人搶了去？只是你這裏剪徑的，你豈可不知些風聲？」那漢道：「小人胡猜，未知真實。離此間西北上約有十五里，有一座山，喚做牛頭山，山上舊有一個道院。近時新被兩個強人，一個姓王名江，一個姓董名海，這兩個都是綠林中草賊。先把道士、道童都殺了，隨從只有五、七個伴當，佔住了道院，專一下來打劫。但到處只稱是宋江，多敢是這兩個搶了去。」燕青道：「這話有些來歷。漢子，你休怕我！我便是梁山泊浪子燕青，他便是黑旋風李逵。我與你調理箭瘡，你便引我兩個到那裏去。」那人道：「小人願往。」燕青去尋朴刀還了他，又與他扎縛了瘡口。趁著月色微明，燕青、李逵扶著他走過十五里來路，到那山看時，苦不甚高，果似牛頭之狀。三個上得山來，天尚未明，來到山頭

山東泰山岱廟（東嶽廟）山門。拍攝時間2007年5月9日。（秦穎／fotoe提供）

看時，團團一遭土墻，裏面約有二十來間房子。李逵道：「我與你先跳入墻去。」燕青道：「且等天明卻理會。」李逵那裏忍耐得，騰地跳將過去了。只聽得裏面有人喝聲，門開處，早有人出來，便挺朴刀來奔李逵。燕青生怕撅撒了事，拄著桿棒，也跳過墻來。那中箭的漢子一道煙走了。燕青見這出來的好漢正鬥李逵，潛身暗行，一棒正中那好漢臉頰骨上，倒入李逵懷裏來，被李逵後心只一斧，砍翻在地，裏面絕不見一個人出來。燕青道：「這廝必有後路走了。我與你去截住後門，你卻把著前門，不要胡亂入去。」且說燕青來到後門墻外，伏在黑暗處，只見後門開處，早有一條漢子拿了鑰匙，來開後面墻門。燕青轉將過去，那漢見了，繞房檐便走出前門來。燕青大叫：「前門截住！」李逵搶將過來，只一斧，劈胸膛砍倒，便把兩顆頭都割下來，拴做一處。李逵性起，砍將入去，泥神也似都推倒了。那幾個伴當躲在竈前，被李逵趕去，一斧一個，都殺了。來到房中看時，果然見那個女兒在床上嗚嗚的啼哭。看那女子，雲鬢※6花顏，其實美麗。有詩爲證：

註

※6雲鬢：形容婦女柔美濃黑如烏雲的美髮。

評點

◎22.那漢子受逵一箭，此平空飛災，人莫能逃。（余評）

弓鞋窄窄起春羅，香沁酥胸玉一窩。
麗質難禁風雨驟，不勝幽恨蹙秋波。

燕青問道：「你莫不是劉太公女兒麼？」◎23那女子答道：「奴家在十數日之前，被這兩個賊擄在這裏，每夜輪一個將奴家姦宿。奴家晝夜淚雨成行，要尋死處，被他監看得緊。今日得將軍搭救，便是重生父母，再養爹娘。」燕青道：「他有兩匹馬，在那裏放著？」女子道：「只在東邊房內。」燕青備上鞍子，牽出門外，便來收拾房中積攢下的黃白之資，約有三、五千兩。燕青便叫那女子上了馬，將金銀包了，和人頭抓了，拴在一匹馬上。李逵縛了個草把，將窗下殘燈，把草房四邊點著燒起。他兩個開了牆門，步送女子下山，直到劉太公莊上。爹娘見了女子，十分歡喜，煩惱都沒了，盡來拜謝兩位頭領。燕青道：「你不要謝我兩個，你來寨裏拜謝俺哥哥宋公明。」兩個酒食都不肯吃，一家騎了一匹馬，飛奔山上來。回到寨中，紅日銜山之際，都到三關之上。兩個牽著馬，駝著金銀，提了人頭，逕到忠義堂上，拜見宋江。燕青將前事細細說了一遍。宋江大喜，叫把人頭埋了，金銀收入庫中，馬放去戰馬群內喂養。次日，設筵宴與燕青、李逵作賀。劉太公也收拾金銀上山，來到忠義堂上，拜謝宋江。宋江那裏肯受，與了酒飯，教送下山回莊去了，不在話下。梁山泊自是無話，不

⊗李逵和燕青殺死賊子，救回劉太公女兒。（日版畫，出自《新編水滸畫傳》，葛飾戴斗繪）

覺時光迅速。

看看鵝黃著柳，漸漸鴨綠生波。桃腮亂簇紅英，杏臉微開絳蕊。山前花，山後樹，俱發萌芽；州上蘋，水中蘆，都回生意。穀雨※7初晴，可是麗人天氣；禁煙※8纔過，正當三月韶華。

宋江正坐，只見關下解一夥人到來，說道：「拿到一夥牛子，有七、八個車箱，又有幾束哨棒。」宋江看時，這夥人都是彪形大漢，跪在堂前告道：「小人等幾個直從鳳翔府來，今上泰安州燒香。目今三月二十八日天齊聖帝降誕之辰，我們都去臺上使棒，一連三日，何止有千百對在那裏。今年有個撲手好漢，是太原府人氏，姓任名原，身長一丈，自號擎天柱，口出大言，說道：『相撲世間無對手，爭交天下我為魁。』聞他兩年曾在廟上爭交，不曾有對手，白白地拿了若干利物。今年又貼招兒，單搦天下人相撲。小人等因這個人來，一者燒香，二乃為看任原本事，三來也要偷學他幾路好棒，伏望大王慈悲則個。」宋江聽了，便叫小校：「快送這夥人下山去，分毫不得侵犯。今後遇有往來燒香的人，休要驚嚇他，任從過往。」那夥人得了性命，拜謝下山去了。只見燕青起身稟覆宋江，◎24說無數句，話不一席。有分教：驚動了泰安州，大鬧了祥符縣※9。正是：東嶽廟中雙虎鬥，嘉寧殿※10上二龍爭。畢竟燕青說出甚麼話來？且聽下回分解。◎25

註

※7穀雨：二十四節氣之一，在四月十九、二十或二十一日。

※8禁煙：即寒食節氣，在清明前一天。古人從這一天起，三天不生火做飯，所以叫寒食。

※9祥符縣：宋代開封縣曾改為祥符縣。

※10嘉寧殿：東嶽泰山嶽王廟的大殿。

評點

◎23.著急問，妙。（袁夾）

◎24.燕青以撲挽回李逵，即接此緒，甚有情。（袁眉）

◎25.昔日江州冒血刃、劫法場，出萬死一生，雖粉骨碎身亦不顧；今日儼然寨主，威靈煊赫，竟以雙斧相向，李逵人品超絕。（袁評）

第七十四回 燕青智撲擎天柱 李逵壽張喬坐衙

話說這燕青，他雖是三十六星之末，卻機巧心靈，多見廣識，了身達命※1，都強似那三十五個。◎1當日燕青稟宋江道：「小乙自幼跟著盧員外◎2學得這身相撲，江湖上不曾逢著對手。今日幸遇此機會，三月二十八日又近了，小乙並不要帶一人，自去獻臺※2上，好歹攀他攧一交。◎3若是輸了攧死，永無怨心，倘或贏時，也與哥哥增些光彩。◎4這日必然有一場好鬧，哥哥卻使人救應。」宋江說道：「賢弟，聞知那人身長一丈，貌若金剛，約有千百斤氣力，你這般瘦小身材，縱有本事，怎地近傍得他？」燕青道：「不怕他長大身材，只恐他不著圈套。常言道：『相撲的有力使力，無力鬥智。』非是燕青敢說口，臨機應變，看景生情，不倒得輸與他那呆漢！」盧俊義便道：「我這小乙，端的自小學成好一身相撲，隨他心意，叫他去。至期，盧某自去接應他回來。」宋江問道：「幾時可行？」燕青答道：「今日是三月二十四日了，來日拜辭哥哥下山，路上略宿一宵，二十六日趕到廟上，二十七日在那裏打探一日，二十八日卻好和那廝放對。」◎5當日無事，次日宋江置酒與燕青送行。眾人看燕青時，打扮得村村樸樸，將一身花繡，把衲襖包得不見。◎6扮做山東貨郎，腰裏插著一把串鼓兒；挑一條高肩雜貨擔子，諸人看了都笑。宋江道：「你既然裝做貨郎擔兒，你且唱個山東貨郎轉調歌與我眾

評點

◎1.伏後結果，此夥中之留侯也。（袁夾）
◎2.便不忘本。（袁夾）
◎3.只因坐不過，不當做也做。（容眉）
◎4.有甚光彩？（容夾）
◎5.屈指如見。（袁眉）
◎6.加在風流浪子身上，妙。（袁夾）
◎7.有情有趣。（袁眉）
◎8.李大哥做事必奇，說話必趣，天縱之也。（容眉）

人聽。」燕青一手拈串鼓，一手打板，唱出貨郎太平歌，與山東人不差分毫來去，眾人又笑。酒至半酣，燕青辭了眾頭領下山，過了金沙灘，取路往泰安州來。

當日天晚，正待要尋店安歇，只聽得背後有人叫道：「燕小乙哥，等我一等！」燕青歇下擔子看時，卻是黑旋風李逵。燕青道：「你趕來怎地？」李逵道：「你相伴我去荊門鎮走了兩遭，我見你獨自個來，放心不下，不曾對哥哥說知，偷走下山，特來幫你。」◎7燕青道：「我這裏用你不著，你快早早回去。」李逵焦躁起來，說道：「你便是眞個了得的好漢，我好意來幫你，你倒翻成惡意！我卻偏要去！」◎8燕青尋思，怕壞了義氣，便對李逵說道：「和你去不爭。那裏聖帝生日，都是四山五嶽的人聚會，認得你的頗多，你依得我三件事，便和你同去。」李逵道：「依得。」燕青道：「從今路上和你前後各自走，一腳到客店裏，入得店門，你便自不要出來，這是第

燕青扮作貨郎前往山東泰安，參加相撲比賽。（日版畫，出自《新編水滸畫傳》，葛飾戴斗繪）

註

※1了身達命：指了悟人生，通達事理。

※2獻臺：擂臺。

一件了。第二件，到得廟上客店裏，你只推病，把被包了頭臉，假做打齁睡，更不要做聲。第三件，當日廟上，你挨在稠人※3中看爭交時，不要大驚小怪。大哥，依得麼？」李逵道：「有甚難處！都依你便了。」◎9當晚，兩個投客店安歇。次日五更起來，還了房錢，同行到前面打火吃了飯。燕青道：「李大哥，你先走半里，我隨後來也。」那條路上，只見燒香的人來往不絕，多有講說任原的本事，兩年在泰嶽無對，今年又經三年了。燕青聽得，有在心裏。申牌時候，將近廟上旁邊，衆人都立定腳，仰面在那裏看。燕青歇下擔兒，分開人叢，也挨向前看時，只見兩條紅標柱，恰與坊巷牌額一般相似，上立一面粉牌，寫道：「太原相撲擎天柱任原。」旁邊兩行小字道：「拳打南山猛虎，腳踢北海蒼龍。」燕青看了，便扯匾擔，將牌打得粉碎，也不說什麼，再挑了擔兒，望廟上去了。看的衆人，多有好事的，飛報任原說，今年有劈牌放對的。

且說燕青前面迎著李逵，便來尋客店安歇。原來廟上好生熱鬧，不算一百二十行經商買賣，只客店也有一千四、五百家，延接天下香官※4。到菩薩聖節之時，也沒安著人處，許多客店都歇滿了。燕青、李逵只得就市梢頭賃一所客店安下，把擔子歇了，取一床夾被，教李逵睡著。店小二來問道：「大哥是山東貨郎，來廟上趕趁？怕敢出房錢不起？」燕青打著鄉談說道：「你好小覷人！一間小房，值得多少？便比一間大房錢，沒處去了。別人出多少房錢，我也出多少還你。」店小二道：「大哥休怪！正是要緊的日子，先說得明白最好。」燕青道：「我自來做買賣，倒不打緊，那裏不去歇了。不想路上撞見了這個鄉中親戚，現患氣病，因此只得要討你店中歇。我先與你五貫銅錢，央及你就鍋中替我安排些茶飯，臨起身一發酬謝你。」小二哥接了銅錢，自去門前安排茶飯，不在話下。沒多時候，只聽得店門外熱鬧，二、三十條大漢走入店裏來，問小二哥道：「劈牌定對的好漢，在那房裏安歇？」店小二道：「我這裏沒有。」那夥人道：「都說在你店中。」小二哥道：「只有兩眼房，空著一眼，一眼是個山東貨郎，扶著一個病漢賃了。」那一夥人道：「正是那個貨郎兒劈牌定對。」店小二道：「休道別人取笑！那貨郎兒是一個小小後生，做得甚用！」那夥人齊道：「你只引我們去張一張。」店小二指道：「那角落頭房裏便是。」眾人來看時，見緊閉著房門，都去窗子眼裏張時，見裏面床上兩個人腳廝抵睡著。眾人尋思不下，數內有一個道：「既是敢來劈牌，要做天下對手，不是小可的人。怕人算他，一定是假裝害病的。」◎10眾人道：「正是了，都不要猜，臨期便見。」不到黃昏前後，店裏何止三、二十夥人來打聽，分說得店小二口唇也破了。◎11當晚搬飯與二人吃，只見李逵從被窩裏鑽出頭來，小二哥見了，吃一驚，叫聲：「阿呀！這個是爭交的爺爺了！」燕青道：「爭交的不是他，他自病患在身，我便是逕來爭交的。」小二哥道：「你休要瞞我，我看任原吞得你在肚裏。」燕青道：「你休笑我，我自有法度，教你們大笑一場，回來多把利物賞你。」小二哥看著他們吃了晚飯，收了碗碟，自去廚頭洗刮，心中只是不信。

註

※3稠人：人群擁擠。

※4香官：問廟宇進香的客人。

評點

◎9.李大哥是每意必同我者也。（容眉）

◎10.此人通得。（容夾）

◎11.摹寫地方好事閑漢的情狀甚像。（袁眉）

次日，燕青和李逵吃了些早飯，分付道：「哥哥，你自拴了房門高睡。」燕青卻隨了衆人，來到岱嶽廟裏看時，果然是天下第一。但見：

廟居泰岱，山鎮乾坤。爲山嶽之至尊，乃萬神之領袖。山頭伏檻，直望見弱水※5蓬萊；絕頂攀松，盡都是密雲薄霧。樓臺森聳，疑是金烏※6展翅飛來；殿閣稜層，恍覺玉兔騰身走到。雕梁畫棟，碧瓦朱檐。鳳扉亮槅※7映黃紗，龜背繡簾垂錦帶。遙觀聖像，九旒冕※8舜目堯眉；近睹神顏，袞龍袍湯肩禹背。九天司命，芙蓉冠掩映絳紗衣；炳靈聖公，赭黃袍偏稱藍田帶※9。左侍下玉簪珠履，右侍下紫綬金章。闔殿威嚴，護駕三千金甲將；兩廊猛勇，勤王十萬鐵衣兵。五

拍攝時間2007年2月，山東泰山岱宗坊。（孫凱／fotoe提供）

嶽樓相接東宮，仁安殿緊連北闕。蒿里山下※10，判官分七十二司；白騾廟中，土神按二十四氣。管火池鐵面太尉，月月通靈；掌生死五道將軍，年年顯聖。御香不斷，天神飛馬報丹書；祭祀依時，老幼望風皆獲福。嘉寧殿祥雲杳靄，正陽門瑞氣盤旋。萬民朝拜碧霞君※11，四遠歸依仁聖帝。

山東泰山岱廟天貺殿內泰山之神。拍攝時間2006年7月19日。（聶鳴／fotoe提供）

當時燕青遊頑了一遭，卻出草參亭，參拜了四拜，問燒香的道：「這相撲任教師在那裏歇？」便有好事人說：「在迎恩橋下那個大客店裏便是，他教著二、三百個上足徒弟。」◎12燕青聽了，逕來迎恩橋下看時，見橋邊欄杆子上坐著二、三十個相撲子弟，面前遍插鋪金旗牌，錦繡帳額，等身靠背。燕

註

※5弱水：古水名。由於水道水淺或當地人民不習慣造船而不通舟楫，只用皮筏濟渡的，古人往往認爲是水弱不能載舟，故稱弱水。古時所稱弱水者甚多。

※6金烏：指太陽（傳說太陽中有三足烏）。

※7亮槅：能透光的花格長窗。

※8九旒冕：古代王公戴的一種禮帽。

※9藍田帶：藍田玉做的腰帶。

※10蒿里山下：山名。相傳在泰山之南，爲死人墓地。後泛指墓地、陰間。

※11碧霞君：道教神仙名。傳說中東嶽大帝的女兒。

評點

◎12.又綴一句，妙。（袁夾）

青閃入客店裏去，看見任原坐在亭心上，眞乃有揭諦儀容，金剛貌相。坦開胸脯，顯存孝打虎之威；側坐胡床，有霸王拔山之勢。◎13在那裏看徒弟相撲。數內有人認得燕青曾劈牌來，暗暗報與任原。只見任原跳將起來，搧著※12膀子，口裏說道：「今年那個合死的，來我手裏納命。」燕青低了頭，急出店門，聽得裏面都笑。急回到自己下處，安排些酒食，與李逵同吃了一回。李逵道：「這們睡，悶死我也！」燕青道：「只有今日一晚，明日便見雌雄。」當時閑話，都不必說。

三更前後，聽得一派鼓樂響，乃是廟上衆香官與聖帝上壽。四更前後，燕青、李逵起來，問店小二先討湯洗了面，梳光了頭，脫去了裏面衲襖，下面牢拴了腿綳護膝，匾扎起了熟絹水裩※13，穿了多耳麻鞋，上穿汗衫，搭膊繫了腰。兩個吃了早飯，叫小二分付道：「房中的行李，你與我照管。」店小二應道：「並無失脫，早早得勝回來。」只這小客店裏，也有三、二十個燒香的，都對燕青道：「後生，你自斟酌，不要枉送了性命。」◎14燕青道：「當下小人喝采之時，衆人可與小人奪些利物。」衆人都有先去了的。李逵道：「我帶了這兩把板斧去也好。」燕青道：「這個卻使不得！被人看破，誤了大事。」當時兩個雜在人隊裏，先去廊下，做一塊兒伏了。那日燒香的人，眞乃亞肩疊背，偌大一個東嶽廟，一湧便滿了，屋脊梁上都是看的人。朝著嘉寧殿，扎縛起山棚，棚上都是金銀器皿、錦繡緞匹，門外拴著五頭駿馬，全付鞍轡。知州禁住燒香的人，看這當年相撲獻聖。一個年老的部署※14，拿著竹批，上得獻臺，參神已罷，便請今

年相撲的對手，出馬爭交。說言未了，只見人如潮湧，卻早十數對哨棒過來，前面列著四把繡旗。那任原坐在轎上，這轎前轎後三、二十對花肐膊的好漢，前遮後擁，來到獻臺上。◎15部署請下轎來，開了幾句溫暖的呵會※15。任原道：「我兩年到岱嶽，奪了頭籌※16，白白拿了若干利物，今年必用脫膊※17。」說罷，見一個拿水桶的上來。任原的徒弟，都在獻臺邊，一周遭都密密地立著。且說任原先解了胳膊，除了巾幘，虛攏著蜀錦襖子，喝了一聲參神喏，受了兩口神水，脫下錦襖，百十萬人齊喝一聲采。看那任原時，怎生打扮：

頭綰一窩穿心紅角子，腰繫一條絳羅翠袖。三串帶兒拴十二個玉蝴蝶牙子扣兒，主腰上排數對金鴛鴦踅褶襯衣。護膝中有銅襠銅褲，繳臁內有鐵片鐵環。扎腕※18牢拴，踢鞋緊繫。◎16世間架海擎天柱，嶽下降魔斬將人。

那部署道：「教師兩年在廟上不曾有對手，今年是第三番了，教師有甚言語，安覆天下眾香官？」任原道：「四百座軍州，七千餘縣治，好事香官，恭敬聖帝，都助將利物來，任原兩年白受了，今年辭了聖帝還鄉，再也不上山來了。東至日出，西至日沒，

註

※12搧著：搖動扇子或其他東西。
※13水褪：古代白色綢子或絹製成的褲子。因綢料易飄動，故稱。
※14部署：對拳棒教師或擂臺比武主持人的俗稱。
※15呵會：見面時說的客套話。
※16頭籌：猶言第一名。
※17脫膊：方言。猶赤膊。
※18扎腕：護腕。

評點

◎13.先形容他威勢，好。（袁眉）
◎14.插入旁人怯語，愈顯正位之奇。（袁眉）
◎15.大凡外面齊整的，決不濟事。（容夾）
◎16.作婦人呆漢裝束，那得不輸！（袁眉）

兩輪日月，一合乾坤，南及南蠻※19，北濟幽燕※20，敢有出來和我爭利物的麼？」說猶未了，燕青捺著兩邊人的肩臂，口中叫道：「有，有！」從人背上直飛搶到獻臺上來。◎17眾人齊發聲喊。那部署接著問道：「漢子，你姓甚名誰？那裏人氏？你從何處來？」燕青道：「我是山東張貨郎，特地來和他爭利物。」那部署道：「漢子，性命只在眼前，你省得麼？你有保人也無？」燕青道：「我就是保人，死了要誰償命？」部署道：「你且脫膊下來看。」燕青除了頭巾，光光的梳著兩個角兒，脫下草鞋，赤了雙腳，蹲在獻臺一邊，解了腿綳護膝，跳將起來，把布衫脫將下來，吐個架子。◎18則見廟裏的看官如攪海翻江相似，疊頭價喝采，眾人都呆了。◎19

任原看了他這花繡，急健身材，心裏倒有五分怯他。◎20殿門外月臺上本州太守坐在那裏

江蘇無錫三國城，古裝武術表演——燕青打擂臺。（張建／fotoe提供）

彈壓，前後皀衣公吏環立七、八十對，隨即使人來叫燕青下獻臺，來到面前。太守見了他這身花繡，一似玉亭柱上鋪著軟翠，心中大喜，問道：「漢子，你是那裏人氏？因何到此？」燕青道：「小人姓張，排行第一，山東萊州人氏。聽得任原搦天下人相撲，特來和他爭交。」知州道：「前面那匹全副鞍馬，是我出的利物，把與任原。山棚上應有物件，我主張分一半與你，你兩個分了罷，我自擡舉你在我身邊。」◎21燕青道：「相公，這利物倒不打緊，只要攧翻他，教眾人取笑，圖一聲喝采。」知州道：「他是一個金剛般一條大漢，你敢近他不得！」燕青道：「死而無怨。」再上獻臺來，要與任原定對。部署問他先要了文書，懷中取出相撲社條，讀了一遍，對燕青道：「你省得麼？不許暗算。」燕青冷笑道：「他身上都有準備，我單單只這個水裩兒，暗算他甚麼？」知州又叫部署來分付道：「這般一個漢子，俊俏後生，可惜了！你去與他分了這撲。」部署隨即上獻臺，又對燕青道：「漢子，你留了性命還鄉去罷，我與你分了這撲。」燕青道：「你好不曉事！知是我贏我輸！」眾人都和起來。只見分開了數萬香官，兩邊排得似魚鱗一般，廊廡屋脊上也都坐滿，只怕遮著了這對相撲。任原此時有心恨不得把燕青丟去九霄雲外，跌死了他。部署道：「既然你兩個要相撲，今年且賽這對獻聖。都要小心著，各各在意。」淨淨地獻臺上只三個人，此時宿露盡收，旭日初起，部署拿著竹批，兩邊分付已了，叫聲：「看撲！」

註

※19南蠻：古稱南方的民族及其居住的地方。

※20幽燕：古稱今河北北部及遼寧一帶。唐以前屬幽州，戰國時屬燕國，故名。

評點

◎17.兩邊聲口模樣俱一一現出。（芥眉）
◎18.何等輕鬆即溜。（袁眉）
◎19.眾人喝采處不即說出花繡，妙。（袁眉）
◎20.不說欺他，更好。（袁夾）
◎21.太守也武斷，可恨。（容眉）

這個相撲，一來一往，最要說得分明。說時遲，那時疾，正如空中星移電掣相似，些兒遲慢不得。◎22當時燕青做一塊兒蹲在右邊，任原先在左邊立個門戶，燕青只不動彈。◎23初時獻臺上各佔一半，中間心裏合交。任原見燕青不動彈，看看逼過右邊來，燕青只瞅他下三面。任原暗忖道：「這人必來筭我下三面。你看我不消動手，只一腳踢這廝下獻臺去。」任原看看逼將入來，虛將左腳賣個破綻，燕青叫一聲：「不要來！」任原卻待奔他，被燕青去任原左脇下穿將過去。任原性起，急轉身又來拿燕青，被燕青虛躍一躍，又在右脇下鑽過去。大漢轉身終是不便，三換換得腳步亂了。燕青卻搶將入去，用右手扭住任原，探左手插入任原交襠，用肩胛頂住他胸脯，把任原直托將起來，頭重腳輕，借力便旋四、五旋，旋到獻臺邊，叫一聲：「下去！」把任原頭在下，腳在上，直攛下獻臺來。◎24這一撲，名喚做鵓鴿旋，數萬的香客看了，齊聲喝采！那任原的徒弟們見攧翻了他師父，

燕青與任原比賽相撲，把任原扔下擂臺。任原的徒弟們發起騷亂，李逵忙上前幫忙。（選自《水滸傳版刻圖錄》，江蘇廣陵古籍刻印社）

先把山棚拽倒，亂搶了利物。衆人亂喝打時，那二、三十徒弟搶入獻臺來，知州那裏治押得住。不想旁邊惱犯了這個太歲，卻是黑旋風李逵看見了，睜圓怪眼，倒豎虎鬚，面前別無器械，便把杉剌子撧葱般拔斷，拿兩條杉木在手，直打將來。◎25香官數內有人認得李逵的，說將出名姓來，外面做公人的齊入廟裏大叫道：「休教走了梁山泊黑旋風！」那知府聽得這話，從頂門上不見了三魂，腳底下疏失了七魄，便望後殿走了。四下裏的人湧併圍將來，廟裏香官各自奔走。李逵看任原時，跌得昏暈，倒在獻臺邊，口內只有些游氣。李逵揭塊石板，把任原頭打得粉碎。兩個從廟裏打將出來，門外弓箭亂射入來，燕青、李逵只得爬上屋去，揭瓦亂打。不多時，只聽得廟門前喊聲大舉，有人殺將入來。當頭一個，頭戴白范陽毡笠兒，身穿白緞子襖，跨口腰刀，挺條朴刀，那漢是北京玉麒麟盧俊義。後面帶著史進、穆弘、魯智深、武松、解珍、解寶七籌好漢，引一千餘人，殺開廟門，入來策應。燕青、李逵見了，便從屋上跳將下來，跟著大隊便走。李逵便去客店裏拿了雙斧，趕來廝殺。這府裏整點得官軍來時，那夥好漢已自去得遠了。官兵已知梁山泊人衆難敵，不敢來追趕。卻說盧俊義便叫收拾李逵回去，行了半日，路上又不見了李逵。盧俊義又笑道：「正是招災惹禍，必須使人尋他上山。」穆弘道：「我去尋他回寨。」盧俊義道：「最好。」

且不說盧俊義引衆還山，卻說李逵手持雙斧，直到壽張縣※21。當日午衙方散，李

註

※21壽張縣：舊縣名，在現在河南、山東地區。

評點

◎22.先提掇一番，更有興味，鄭重可傳。（袁眉）
◎23.蹲伏二字是制勝之根。（袁夾）
◎24.一篇畫撲文字，可爲描神。（袁眉）
◎25.此處都用著李大哥了。（容眉）

逵來到縣衙門口，大叫入來：「梁山泊黑旋風爹爹在此！」嚇得縣中人手足都麻木了，動彈不得。原來這壽張縣貼著梁山泊最近，若聽得「黑旋風李逵」五個字，端的醫得小兒夜啼驚哭。今日親身到來，如何不怕！當時李逵逕去知縣椅子上坐了，口中叫道：「著兩個出來說話，不來時，便放火！」廊下房內眾人商量：「只得著幾個出去答應。不然，怎地得他去？」數內兩個吏員出來廳上拜了四拜，跪著道：「頭領到此，必有指使。」李逵道：「我不來打攪你縣裏人，因往這裏經過，閑耍一遭。請出你知縣來，我和他廝見。」兩個去了，出來回話道：「知縣相公卻纔見頭領來，開了後門，不知走往那裏去了。」李逵不信，自轉入後堂房裏來尋，卻見有那幞頭※22衣衫匣子在那裏放著。李逵扭開鎖，取出幞頭，插上展角，將來戴了，把綠袍

李逵在壽張縣扮作縣太爺辦案。（朱寶榮繪）

公服穿上，把角帶繫了，再尋皀靴，換了麻鞋，拿著槐簡，走出廳前，大叫道：「吏典人等都來參見！」衆人沒奈何，只得上去答應。李逵道：「我這般打扮也好麼？」衆人道：「十分相稱。」李逵道：「你們令史、祇候都與我排衙了，便去。若不依我，這縣都翻做白地。」衆人怕他，只得聚集些公吏人來，擎著牙杖骨朵，打了三通擂鼓，向前聲喏。李逵呵呵大笑，又道：「你衆人內也著兩個來告狀。」◎26吏人道：「頭領坐在此地，誰敢來告狀？」李逵道：「可知人不來告狀，你這裏自著兩個裝做告狀的來告。我又不傷他，只是取一回笑耍。」公吏人等商量了一會，只得著兩個牢子裝做廝打的來告狀，縣門外百姓都放來看。兩個跪在廳前，這個告道：「相公可憐見，他打了小人。」那個告：「他罵了小人，我纔打他。」李逵道：「那個是吃打的？」原告道：「小人是吃打的。」又問道：「那個是打了他的？」被告道：「他先罵了，小人是打他來。」李逵道：「這個打了人的是好漢，先放了他去。這個不長進的，怎地吃人打了，與我枷號在衙門前示衆。」◎27李逵起身，把綠袍抓扎起，槐簡揣在腰裏，掣出大斧，直看著枷了那個原告人，號令在縣門前，方纔大踏步去了，也不脫那衣靴。縣門前看的百姓，那裏忍得住笑。正在壽張縣前走過東，走過西，忽聽得一處學堂讀書之聲，李逵揭起簾子，走將入去，嚇得那先生跳窗走了。衆學生們哭的哭，叫的叫，跑的跑，躲的躲。李逵大笑，出門來，◎28正撞著穆弘。穆弘叫道：「衆人憂得你苦，你卻在這裏風！快上山

註

※22幞頭：古代男子用的一種頭巾。

評點

◎26.眞會作耍，可知事暈文瀾之妙。（芥眉）
◎27.好個風流知縣。（容眉）
◎28.李大哥是聖人，眞是無可無不可。（容眉）

去！」那裏由他，拖著便走。李逵只得離了壽張縣，逕奔梁山泊來。有詩為證：

牧民縣令每猖狂，自幼先生教不良。
應遣鐵牛巡歷到，琴堂※23鬧了鬧書堂。

二人渡過金沙灘，來到寨裏，眾人見了李逵這般打扮都笑。到得忠義堂上，宋江正與燕青慶喜，只見李逵放下綠襴袍※24，去了雙斧，搖搖擺擺，直至堂前，執著槐簡※25，來拜宋江。拜不得兩拜，把這綠襴袍踏裂，絆倒在地，眾人都笑。宋江罵道：「你這廝忒大膽！不曾著我知道，私走下山，這是該死的罪過！但到處便惹起事端，今日對眾弟兄說過，再不饒你！」李逵喏喏連聲而退。梁山泊自此人馬平安，都無甚事，每日在山寨中教演武藝，操練人馬，令會水者上船習學。各寨中添造軍器、衣袍、鎧甲、槍刀、弓箭、牌弩、旗幟，不在話下。

且說泰安州備將前事申奏東京，進奏院中。又有收得各處州縣申奏表文，皆為宋江等反亂，騷擾地方。此時道君皇帝有一個月不曾臨朝視事。當日早朝，正是三下靜鞭鳴御闕，兩班文武列金階，殿頭官喝道：「有事出班早奏，無事捲簾退朝。」進奏院卿出班奏曰：「臣院中收得各處州縣累次表文，皆為宋江等部領賊寇，公然直進府州，劫掠庫藏，搶擄倉廒，殺害軍民，貪厭無足，所到之處，無人可敵。若不早為剿捕，日後必成大患。」天子乃云：「上元夜此寇鬧了京國，今又往各處騷擾，何況那裏附近州郡？朕已累次差遣樞密院進兵，至今不見回奏。」旁有御史大夫崔靖出班奏曰：◎29「臣聞梁山泊上立一面大旗，上書『替天行道』四字，此是曜民之術。民心既服，不可加兵。即日遼兵犯境，各處軍馬遮掩不及，若要起兵征伐，深爲不便。以臣愚意，此等山間亡命之徒，皆犯官刑，無路可避，遂乃嘯聚山林，恣爲不道。若降一封丹詔，光祿寺頒給御酒珍饈，差一員大臣，直到梁山泊，好言撫諭，招安來降，假此以敵遼兵，公私兩便。◎30伏乞陛下聖鑑。」天子云：「卿言甚當，正合朕意。」便差殿前太尉陳宗善爲使，齎擎丹詔、御酒，前去招安梁山泊大小人數。是日朝散，陳太尉領了詔敕，回家收拾。不爭陳太尉奉詔招安，有分教：香醪翻做燒身藥，丹詔應爲引戰書。畢竟陳太尉怎地來招安宋江？且聽下回分解。◎31

註

※23琴堂：《呂氏春秋．察賢》：「宓子賤治單父，彈鳴琴，身不下堂而單父治。」後遂稱州、府、縣署爲琴堂。

※24襴袍：古代的一種公服。因其於袍下施橫襴爲裳，故稱。其制始於北周。

※25槐簡：槐木手板。手板（又叫「笏」）是古代官吏上朝或遇見上司時手執的狹長板子，用以記事或指劃。不同品級的官吏所用手板的質地也不同，宋代六品至九品官執木手板。

評點

◎29.此人著實使得。（容眉）
◎30.先招安一番作個根影，於事有因，於文不卸。（芥眉）
◎31.李逵從來認眞，今日公服上身，便如串戲，乃知公服是串戲行頭。（袁評）

第七十五回

活閻羅倒船偷御酒　黑旋風扯詔罵欽差

話說陳宗善領了詔書，回到府中，收拾起身，多有人來作賀：「太尉此行，一爲國家幹事，二爲百姓分憂，軍民除患。梁山泊以忠義爲主，只待朝廷招安，太尉可著些甜言美語，加意撫恤。」◎1正話間，只見太師府幹人來請，說道：「太師相邀太尉說話。」陳宗善上轎，直到新宋門大街太師府前下轎，幹人直引進節堂內書院中，見了太師，側邊坐下。茶湯已罷，蔡太師問道：「聽得天子差你去梁山泊招安，特請你來說知。到那裏不要失了朝廷綱紀，亂了國家法度。◎2你曾聞《論語》有云：『行己有恥，使於四方，不辱君命，可謂使矣。』」◎3陳太尉道：「宗善盡知，承太師指教。」蔡京又道：「我叫這個幹人跟隨你去。他多省得法度，怕你見不到處，就與你提撥。」陳太尉道：「深謝恩相厚意。」辭了太師，引著幹人，離了相府，上轎回家。方纔歇定，門吏來報，高殿帥下馬。陳太尉慌忙出來迎接，請到廳上坐定，敘問寒溫已畢，高太尉道：「今日朝廷商

❀ 陳宗善奉旨上梁山招安。（日版畫，出自《新編水滸畫傳》，葛飾戴斗繪）

陳宗善帶著聖旨去招安。圖為文物誥命盒與聖旨，現存於山西省太谷縣三多堂（曹家大院）。拍攝時間2007年7月7日。（孔蘭平／fotoe提供）

量招安宋江一事，若是高俅在內，必然阻住。此賊累辱朝廷，罪惡滔天，今更赦宥罪犯，引入京城，必成後患。欲待回奏，玉音※1已出，且看大意如何。若還此賊仍昧良心，怠慢聖旨，太尉早早回京，不才奏過天子，整點大軍，親身到彼，剪草除根，是吾之願。◎4太尉此去，下官手下有個虞候，能言快語，問一答十，好與太尉提撥事情。」陳太尉謝道：「感蒙殿帥憂心。」高俅起身，陳太尉送至府前，上馬去了。次日，蔡太師府張幹辦、高殿帥府李虞候，二人都到了。陳太尉拴束馬匹，整點人數，將十瓶御酒，裝在龍鳳擔內挑了，◎5前插黃旗。陳太尉上馬，親隨五、六人，張幹辦、李虞候都乘馬匹，丹詔背在前面，引一行人出新宋門。以下官員，亦有送路的，都回去了。迤邐來到濟州。太守張叔夜※2接著，請到府中設筵相待，動問招安一節，陳太尉都說了備細。張叔夜道：「論某愚意，招安一事最好。只是一件，太尉到那裏，須是陪些和氣，用甜言美語，撫恤他眾人，好共歹，只要成全大事。他數內有幾個性如烈火的漢子，倘或一言半語衝撞了他，便壞了大事。」張幹辦、李虞候道：「放著我兩個跟著太尉，定不致差遲。太守，你只管教小心和氣，須壞了朝廷綱紀。小輩人常壓著，不得一半，若放他頭

註

※1玉音：這裏指皇帝說的話。

※2張叔夜：北宋末將領，字嵇仲，永豐（今江西廣豐）人，曾抓捕歷史上真正的宋江。

評點

◎1.先著此形擊蔡、高之醜，妙妙。（芥眉）
◎2.大頭巾語可惡。（容眉）
◎3.又扯書了。（容夾）
◎4.此人還有些主意。（容眉）
◎5.便不成體。（袁夾）

起，便做模樣。」◎6張叔夜道：「這兩個是甚麼人？」陳太尉道：「這一個人是蔡太師府內幹辦，這一個是高太尉府裏虞候。」張叔夜道：「只好教這兩位幹辦不去罷！」陳太尉道：「他是蔡府、高府心腹人，不帶他去，必然疑心。」張叔夜道：「下官這話，只是要好，恐怕勞而無功。」張幹辦道：「放著我兩個，萬丈水無涓滴漏。」◎7張叔夜再不敢言語。一面安排筵宴管待，送至館驛內安歇。次日，濟州先使人去梁山泊報知。

卻說宋江每日在忠義堂上聚衆相會，商議軍情，早有細作人報知此事，未見眞實，心中甚喜。當日小嘍囉領著濟州報信的直到忠義堂上，說道：「朝廷今差一個太尉陳宗善，齎到十瓶御酒，赦罪招安丹詔一道，已到濟州城內，這裏整備迎接。」宋江大喜，遂取酒食，並彩緞二匹、花銀十兩，打發報信人先回。宋江與衆人道：「我們受了招安，得爲國家臣子，不枉吃了許多時磨難，今日方成正果。」吳用笑道：「論吳某的意，這番必然招安不成。縱使招安，也看得俺們如草芥。等這廝引將大軍來到，教他著些毒手，殺得他人亡馬倒，夢裏也怕，那時方受招安，纔有些氣度。」◎8宋江道：「你們若如此說時，須壞了『忠義』二字。」林沖道：「朝廷中貴官來時，有多少裝么※3，中間未必是好事。」關勝便道：「詔書上必然寫著些謊嚇的言語，來驚我們。」徐寧又道：◎9「來的人必然是高太尉門下。」宋江道：「你們都休要疑心，且只顧安排接詔。」先令宋清、曹正準備筵席，委柴進都管提調，務要十分齊整。鋪設下太尉幕次，列五色絹緞，堂上堂下，搭彩懸花。先使裴宣、蕭讓、呂方、郭盛預前下山，離二十里

伏道迎接。水軍頭領準備大船傍岸。吳用傳令：「你們盡依我行，不如此，行不得。」

且說蕭讓引著三個隨行，帶引五、六人，並無寸鐵，將著酒果，在二十里外迎接。陳太尉當日在途中，張幹辦、李虞候不乘馬匹，在馬前步行，背後從人，何止二、三百，濟州的軍官約有十數騎，前面擺列導引人馬。龍鳳擔內挑著御酒，騎馬的背著詔匣。濟州牢子，前後也有五、六十人，都要去梁山泊內，指望覓個小富貴。◎10蕭讓、裴宣、呂方、郭盛在半路上接著，都俯伏道旁迎接。那張幹辦便問道：「你那宋江大似誰？皇帝詔敕到來，如何不親自來接？甚是欺君！你這夥本是該死的人，怎受得朝廷招安？請太尉回去！」蕭讓、裴宣、呂方、郭盛俯伏在地，請罪道：「自來朝廷不曾有詔到寨，未見眞實。宋江與大小頭領都在金沙灘迎接，萬望太尉暫息雷霆之怒，只要與國家成全好事，恕免則個。」李虞候便道：「不成全好事，也不愁你這夥賊飛上天去了。」◎11有詩爲證：

貝錦生讒※4自古然，小人凡事不宜先。
九天恩雨今宣布，可惜招安未十全。

當時呂方、郭盛道：「是何言語！只如此輕看人！」蕭讓、裴宣只得懇請他。捧去酒果，又不肯吃。眾人相隨來到水邊，梁山泊已擺著三隻戰船在彼，一隻裝載馬匹，一隻裝裴宣等一干人，一隻請太尉下船，並隨從一應人等，先把詔書、御酒放在船頭上。

註

※3裝么：裝腔作勢。
※4貝錦生讒：比喻誣陷別人的壞話。

評點

◎6.都是正論。然借此而壞朝廷壓豪傑，是藥成病，更可慨嘆。（芥眉）
◎7.卻漏滿御酒瓶內。（袁夾）
◎8.叛賊可惡。（容眉）
◎9.你一句我一句，妙。（袁眉）
◎10.主意便可恨。（袁眉）
◎11.這便多了。（容夾）

那隻船正是活閻羅阮小七監督。當日阮小七坐在船梢上，分撥二十餘個軍健棹船，一家帶一口腰刀。陳太尉初下船時，昂昂然，傍若無人，坐在中間。阮小七招呼衆人，把船棹動，兩邊水手齊唱起歌來。李虞候便罵道：「村驢，貴人在此，全無忌憚！」那水手那裏睬他，只顧唱歌。李虞候拿起藤條，來打兩邊水手，衆人並無懼色。有幾個爲頭的回話道：「我們自唱歌，干你甚事！」李虞候道：「殺不盡的反賊，怎敢回我話？」便把藤條去打，兩邊水手都跳在水裏去了。阮小七在艄上說道：「直這般打我水手下水裏去了，這船如何得去？」只見上流頭兩隻快船下來接。

原來阮小七預先積下兩艙水，見後頭來船相近，阮小七便去拔了楔子，叫一聲：「船漏了！」水早滾上艙裏來，急叫救時，船裏有一尺多水。那兩隻船幫將攏來，衆人急救陳太尉過船去。各人且把船只顧搖開，那裏來顧御酒、詔書。兩隻快船先行去了。阮小七叫上水手來，舀了艙裏水，把展布※5都拭抹了，卻叫水手道：「你且掇一瓶御酒過來，我先嘗一嘗滋味。」一個水手便去擔中取一瓶酒出來，解了封頭※6，遞與阮小七。阮小七接過來，聞得噴鼻馨香。阮小七道：「只怕有毒，我且做個不著※7，先嘗些個。」也

阮小七與水手偷吃了御酒，下方船上為阮小七。（朱寶榮繪）

無碗瓢，和瓶便呷，一飲而盡。阮小七吃了一瓶道：「有些滋味。」一瓶那裏濟事，再取一瓶來，又一飲而盡。吃得口滑，一連吃了四瓶。阮小七道：「怎地好？」水手道：「船梢頭有一桶白酒在那裏。」阮小七道：「與我取舀水的瓢來，我都教你們到口。」將那六瓶御酒，都分與水手衆人吃了，卻裝上十瓶村醪水白酒，還把原封頭縛了，再放在龍鳳擔內，飛也似搖著船來，趕到金沙灘，卻好上岸。◎12宋江等都在那裏迎接，香花燈燭，鳴金擂鼓，並山寨裏鼓樂，一齊都響，將御酒擺在桌子上，每一桌令四個人擡。詔書也在一個桌子上擡著。陳太尉上岸，宋江等接著，納頭便拜。宋江道：「文面小吏，罪惡迷天，曲辱貴人到此，接待不及，望乞恕罪。」李虞候道：「太尉是朝廷大貴人大臣，來招安你們，非同小可！如何把這等漏船，差那不曉事的村賊乘駕，險些兒誤了大貴人性命！」宋江道：「我這裏有的是好船，怎敢把漏船來載貴人？」張幹辦道：「太尉衣襟上兀自濕了，你如何要賴！」宋江背後五虎將緊隨定，不離左右，又有八驃騎將簇擁前後，見這李虞候、張幹辦在宋江前面指手劃腳，你來我去，都有心要殺這廝，只是礙著宋江一個，不敢下手。

當日宋江請太尉上轎，開讀詔書，四、五次纔請得上轎。牽過兩匹馬來，與張幹辦、李虞候騎。這兩個男女，不知身己多大，裝煞臭么※8。宋江央及得上馬行了，令衆

註

※5展布：抹布。
※6封頭：罐裝酒等物品的封閉物。
※7做個不著：這裏是拚著吃些苦頭的意思。
※8裝煞臭么：罵人語，裝什麼臭臉一類。

評點

◎12.這必定是吳用主張，可惡可恨。（容眉）

人大吹大擂，迎上三關來。宋江等一百餘個頭領，都跟在後面，直迎至忠義堂前，一齊下馬，請太尉上堂，正面放著御酒、詔匣，陳太尉、張幹辦、李虞候立在左邊，蕭讓、裴宣立在右邊。宋江叫點衆頭領時，一百七人，於內單只不見了李逵。◎13此時是四月間天氣，都穿夾羅戰襖，跪在堂上，拱聽開讀。陳太尉於詔書匣內取出詔書，度與蕭讓。裴宣贊禮，衆將拜罷，蕭讓展開詔書，高聲讀道：

制曰：文能安邦，武能定國。五帝凭禮樂而有疆封，三皇用殺伐而定天下。事從順逆，人有賢愚。朕承祖宗之大業，開日月之光輝，普天率土，罔不臣伏。近爲爾宋江等嘯聚山林，劫擄郡邑，本欲用彰天討※9，誠恐勞我生民。今差太尉陳宗善前來招安，詔書到日，即將應有錢糧、軍器、馬匹、船隻，目下納官，拆毀巢穴，率領赴京，原免本罪。倘或仍昧良心，違戾※10詔制，天兵一至，齠齔※11不留。故茲詔示，想宜知悉。◎14

宣和三年孟夏四月　日詔示

蕭讓卻纔讀罷，宋江已下皆有怒色。只見黑旋風李逵從梁上跳將下來，就蕭讓手裏奪過詔書，扯得粉碎，便來揪住陳太尉，拽拳便打。◎15此時宋江、盧俊義皆橫身抱住，那裏肯放他下手。恰纔解拆得開，李虞候喝道：「這廝是甚麼人，敢如此大膽！」李逵正沒尋人打處，劈頭揪住李虞候便打，喝道：「寫來的詔書，是誰說的話？」張幹辦道：「這是皇帝聖旨。」李逵道：「你那皇帝，正不知我這裏衆好漢！來招安老爺們，

倒要做大！你的皇帝姓宋，我的哥哥也姓宋，你做得皇帝，偏我哥哥做不得皇帝！你莫要來惱犯著黑爹爹，好歹把你那寫詔的官員，盡都殺了！」衆人都來解勸，把黑旋風推下堂去。宋江道：「太尉且寬心，休想有半星兒差池。且取御酒，教衆人霑恩。」隨即取過一副嵌寶金花鍾，令裴宣取一瓶御酒，傾在銀酒海內，看時，卻是村醪白酒。再將九瓶都打開，傾在酒海內，卻是一般的淡薄村醪。衆人見了，盡都駭然，一個個都走下堂去了。魯智深提著鐵禪杖，高聲叫罵：「入娘撮鳥！忒煞是欺負人！把水酒做御酒來哄俺們吃！」赤髮鬼劉唐也挺著朴刀殺上來，行者武松掣出雙戒刀，沒遮攔穆弘、九紋龍史進，一齊發作。六個水軍頭領都罵下關去了。◎16宋江見不是話，橫身在裏面攔當，急傳將令，叫轎馬護送太尉下山，休教傷犯。此時四下大小頭領，一大半鬧將起來。宋江、盧俊義只得親身上馬，將太尉並開詔一干人數護送下三關，再拜伏罪：「非宋江等無心歸降，實是草詔的官員不知我梁山泊的彎曲※12。若以數句善言撫恤，我等盡忠報國，萬死無怨。◎17太尉若回到朝廷，善言則個。」急急送過渡口，這一干人嚇得屁滾尿流，飛奔濟州去了。

卻說宋江回到忠義堂上，再聚衆頭領筵席。宋江道：「雖是朝廷詔旨不明，◎18你們衆人也忒性躁。」吳用道：「哥哥，你休執迷！招安須自有日，如何怪得衆兄弟們發

註

※9天討：朝廷、皇帝來討伐。
※10違戾：違背，牴觸，不一致。
※11髫亂：亦作「髫亂」。垂髫換齒之時，指童年。髫，通「髫」。借指孩童。
※12彎曲：虛實。

評點

◎13.自東京以來，幾番不見李逵，都有妙處。（袁眉）
◎14.詔亦得王言之體，不是小家數。（袁眉）
◎15.這又是吳用主張，可惡可恨。（容眉）
◎16.就是村醪，也是聖澤，如何這樣野？都是吳用主意，可恨可恨。（容眉）
◎17.也說得是。（容夾）
◎18.胡說！有何不明？（容夾）

❀使者宣讀詔書後，李逵等首領發怒，扯詔書。（朱寶榮繪）

怒？朝廷忒不將人爲念！◎19如今閑話都打疊起，兄長且傳將令：馬軍拴束馬匹，步軍安排軍器，水軍整頓船隻，早晚必有大軍前來征討。一、兩陣殺得他人亡馬倒，片甲不回，夢著也怕，那時卻再商量。」◎20衆人道：「軍師言之極當。」是日散席，各歸本帳。

　　且說陳太尉回到濟州，把梁山泊開詔一事，訴與張叔夜。張叔夜道：「敢是你們多說甚言語來？」陳太尉道：「我幾曾敢發一言！」◎21張叔夜道：「既是如此，枉費了心力，壞了事情，太尉急急回京，奏知聖上，事不宜遲。」陳太尉、張幹辦、李虞候一行人從，星夜回京來，見了蔡太師，備說梁山泊賊寇扯詔毀謗一節。蔡京聽了大怒道：「這夥草寇，安敢如此無禮！堂堂宋朝，如何叫你這夥橫行！」陳太尉哭道：「若不是太師福蔭，小官粉骨碎身在梁山

評點

◎19.朝廷忒不將人爲念一語，眞使英雄憤恨。（袁眉）
◎20.這是吳用老主意，可惡可惡。（容眉）
◎21.陳太尉東於幹辦、虞候，此語是實，實是苦惱。（芥眉）
◎22.李卓吾曰：張幹辦、李虞候極識大體，只少轉變。若是阮小七、李大，不過爲吳用所使耳，蠢漢蠢漢。又曰：你的皇帝姓宋，我的哥哥也姓宋，實是不經人道語。李大哥一派天機，妙人趣人，眞不食煙火人也。（容批）

泊。今日死裏逃生，再見恩相。」太師隨即叫請童樞密、高、楊二太尉，都來相府，商議軍情重事。無片時，都請到太師府白虎堂內。衆官坐下，蔡太師教喚過張幹辦、李虞候，備說梁山泊扯詔毀謗一事。楊太尉道：「這夥賊徒如何主張招安他？當初是那一個官奏來？」高太尉道：「那日我若在朝內，必然阻住，如何肯行此事！」童樞密道：「鼠竊狗偷之徒，何足慮哉！區區不才，親引一支軍馬，克時定日，掃清水泊而回。」衆官道：「來日奏聞。」當下都散。次日早朝，衆官三呼萬歲，君臣禮畢，蔡太師出班，將此事上奏天子。天子大怒，問道：「當日誰奏寡人，主張招安？」侍臣給事中奏道：「此日是御史大夫崔靖所言。」天子教拿崔靖送大理寺問罪。天子又問蔡京道：「此賊爲害多時，差何人可以收剿？」蔡太師奏道：「非以重兵，不能收伏。以臣愚意，必得樞密院官親率大軍，前去剿掃，可以刻日取勝。」天子教宣樞密使童貫問道：「卿肯領兵收捕梁山泊草寇麼？」童貫跪下奏曰：「古人有云：『孝當竭力，忠則盡命。』臣願效犬馬之勞，以除心腹之患。」高俅、楊戩亦皆保舉。天子隨即降下聖旨，賜與金印、兵符，拜東廳樞密使童貫爲大元帥，任從各處選調軍馬，前去剿捕梁山泊賊寇，擇日出師起行。正是：登壇攘臂稱元帥，敗陣攢眉似小兒。畢竟童樞密怎地出師？且聽下回分解。◎22

宋徽宗與大臣在朝堂商量如何討伐梁山泊。圖為《中國皇帝上朝》，《中國組畫》之一，法國弗朗索瓦・布歇，（1703-1770年）。現藏貝藏松美術博物館。（Francois Boucher／fotoe提供）

第七十六回

吳加亮布四斗五方旗　宋公明排九宮八卦陣

話說樞密使童貫受了天子統軍大元帥之職，逕到樞密院中，便發調兵符驗，要撥東京管下八路軍州，各起軍一萬，就差本處兵馬都監統率。又於京師御林軍內選點二萬，守護中軍。樞密院下一應事務，盡委副樞密使掌管。御營中選兩員良將，爲左羽右翼。號令已定，不旬日間，諸事完備。一應接續軍糧，並是高太尉差人趲運。◎1那八路軍馬：

睢州兵馬都監　段鵬舉
鄭州兵馬都監　陳　翥
陳州兵馬都監　吳秉彝
唐州兵馬都監　韓天麟
許州兵馬都監　李　明
鄧州兵馬都監　王　義
洳州兵馬都監　馬萬里

童貫率領大軍討伐宋江。（日版畫，出自《新編水滸畫傳》，葛飾戴斗繪）

御營中選到左羽右翼良將二員爲中軍，那二人：

嵩州兵馬都監　周　信

御前飛龍大將　酆　美

御前飛虎大將　畢　勝

童貫掌握中軍爲主帥，號令大小三軍齊備，武庫撥降軍器，選定吉日出師，高、楊二太尉設筵餞行。朝廷著仰中書省一面賞軍。且說童貫已領衆將，次日先驅軍馬出城，然後拜辭天子，飛身上馬，出這新曹門，來五里短亭，只見高、楊二太尉率領衆官，先在那裏等候。童貫下馬，高太尉執盞擎杯，與童貫道：「樞密相公此行，與朝廷必建大功，早奏凱歌。此寇潛伏水窪，只須先截四邊糧草，堅固寨柵，誘此賊下山，然後進兵。那時一個個生擒活捉，庶不負朝廷委用。」童貫道：「重蒙教誨，不敢有忘。」各飲罷酒，楊太尉也來執盞與童貫道：「樞相素讀兵書，深知韜略，剿擒此寇，易如反掌。爭奈此賊潛伏水泊，地利未便，樞相到彼，必有良策。」童貫道：「下官到彼，見機而作，自有法度。」高、楊二太尉一齊進酒賀道：「都門之外，懸望凱旋。」相別之後，各自上馬。有各衙門合屬官員送路的，不知其數。或近送，或遠送，次第回京，皆不必說。大小三軍，一齊進發，各隨隊伍，甚是嚴整。前軍四隊，先鋒總領行軍；後軍四隊，合後將軍監督；左右八路軍馬，羽翼旗牌催督；童貫鎮握中軍，總統馬步御林軍二萬，都是御營選揀的人。童貫執鞭，指點軍兵進發。怎見得軍容整肅，但見：

評點

◎1.且捺著高俅，卻又點出，行文有意。（袁眉）

兵分九隊，旗列五方。綠沉槍、點鋼槍、鴉角槍，布遍野光芒；青龍刀、偃月刀、雁翎刀，生滿天殺氣。雀畫弓、鐵胎弓、寶雕弓，對插飛魚袋內；射虎箭、狼牙箭、柳葉箭，齊攢獅子壺中。樺車弩、漆抹弩、腳登弩，排滿前軍；開山斧、偃月斧、宣花斧，緊隨中隊。竹節鞭、虎眼鞭、水磨鞭，齊懸在肘上；流星錘、雞心錘、飛抓錘，各帶在身邊。方天戟，豹尾翩翻；丈八矛，珠纓錯落。龍文劍掣一汪秋水，虎頭牌畫幾縷春雲。先鋒猛勇，領拔山開路之精兵；元帥英雄，統喝水斷橋之壯士。左統軍，右統軍，恢弘膽略；遠哨馬，近哨馬，馳騁威風。震天鼙鼓搖山嶽，映日旌旗避鬼神。◎2

當日童貫離了東京，迤邐前進，不一、二日，已到濟州界分。太守張叔夜出城迎接，大軍屯住城外。只見童貫引輕騎入城，至州衙前下馬。張叔夜邀請至堂上，拜罷起居已了，侍立在面前。童樞密道：「水窪草賊，殺害良民，邀劫商旅，造惡非止一端。往往剿捕，蓋爲不得其人，致容滋

童貫率軍從東京出發，東京是現在的開封。圖為開封古城牆遺跡。開封城牆始建於唐建中二年（西元781年），現存城牆是明清時修建的，全長14公里。拍攝時間2007年12月4日。（李俊生／fotoe提供）

蔓。吾今統率大軍十萬，戰將百員，刻日要掃清山寨，擒拿衆賊，以安兆民。」張叔夜答道：「樞相在上，此寇潛伏水泊，雖然是山林狂寇，中間多有智謀勇烈之士，樞相勿以怒氣自激，引軍長驅，必用良謀，可成功績。」◎3童貫聽了大怒，罵道：「都似你這等懦弱匹夫，◎4畏刀避劍，貪生怕死，誤了國家大事，以致養成賊勢。吾今到此，有何懼哉！」張叔夜那裏再敢言語，且備酒食供送。◎5童樞密隨即出城，次日驅領大軍，近梁山泊下寨。且說宋江等已有細作人探知多日了。宋江與吳用已自鐵桶般商量下計策，只等大軍到來，告示諸將，各要遵依，毋得差錯。再說童樞密調撥軍兵，點差睢州兵馬都監段鵬舉爲正先鋒，鄭州都監陳翥爲副先鋒，陳州都監吳秉彝爲正合後，許州都監李明爲副合後，唐州都監韓天麟、鄧州都監王義二人爲左哨，洳州都監馬萬里、嵩州都監周信二人爲右哨，龍虎二將酆美、畢勝爲中軍羽翼，童貫爲元帥，總領大軍，全身披掛，親自監督。戰鼓三通，諸軍盡起。行不過十里之外，塵土起處，早有敵軍哨路。來得漸近，鸞鈴響處，約有三十餘騎哨馬，都戴青包巾，各穿綠戰襖，馬上盡繫著紅纓，每邊拴掛數十個銅鈴，後插一把雉尾，都是釧銀細桿長槍、輕弓短箭。爲頭的戰將是誰，怎生打扮，但見：

槍橫鴉角，刀插蛇皮。銷金的巾幘佛頭青※1，挑繡的戰袍鸚哥綠※2。腰繫絨絛眞紫色，足穿氣褲軟香皮。雕鞍後對懸錦袋，內藏打將的石頭。戰馬邊緊掛

註

※1佛頭青：相傳佛髮爲青色，故以「佛頭青」比喻青黛色的山巒。

※2鸚哥綠：與鸚鵡毛一樣的綠色。

評點

◎2.徒好看耳。（容眉）

◎3.語皆中窾。（芥眉）

◎4.後來自知他是好意。（容夾）

◎5.我口不可言，他口可飲。可憐可恨！（芥眉）

銅鈴，後插招風的雉尾。驃騎將軍沒羽箭，張清哨路最當先。

馬上來的將軍，號旗上寫得分明：「巡哨都頭領沒羽箭張清。」左有龔旺，右有丁得孫，直哨到童貫軍前，相離不遠，只隔百十步，勒馬便回。◎6前軍先鋒二將，不得軍令，不敢亂動，報至中軍，主帥童貫親到軍前，觀猶未盡，張清又哨將來。童貫欲待遣人追戰，左右說道：「此人鞍後錦袋中都是石子，去不放空，不可追趕。」張清連哨了三遭，不見童貫進兵，返回。行不到五里，只見山背後鑼聲響動，早轉出五百步軍來，當先四個步軍頭領，乃是黑旋風李逵、混世魔王樊瑞、八臂哪吒項充、飛天大聖李袞，直奔前來。但見：

人人虎體，個個彪形。當先兩座惡星神，隨後二員眞殺曜※3。李逵手持雙斧，樊瑞腰掣龍泉。項充牌畫玉爪狻猊，李袞牌描金精獅豸※4。五百人絳衣赤襖，一部從紅旆朱纓。青山中走出一群魔，綠林內迸開三昧火※5。

那五百步軍就山坡下一字兒擺開，兩邊團牌齊齊扎住。童貫領軍在前見了，便將玉麈尾一招，大隊軍馬衝擊前去。李逵、樊瑞引步軍分開兩路，都倒提著蠻牌，踅過山腳便走。童貫大軍趕出山嘴，只見一派平川曠野之地，就把軍馬列成陣勢，遙望李逵、樊瑞度嶺穿林，都不見了。童貫中軍立起攢木將臺，令撥法官二員上去，左招右颭，一起一伏，擺作四門斗底陣。陣勢纔完，只聽得山後炮響，就後山飛出一彪軍馬來。童貫令左右攏住戰馬，自上將臺看時，只見山東一路軍馬湧出來，前一隊軍馬紅旗，第二隊雜

彩旗，第三隊青旗，第四隊又是雜彩旗。只見山西一路人馬也湧來，前一隊人馬是雜彩旗，第二隊白旗，第三隊又是雜彩旗，第四隊皂旗，旗背後盡是黃旗。大隊軍將，急先湧來，佔住中央，裏面列成陣勢。遠觀未實，近睹分明。正南上這隊人馬，盡都是火焰紅旗、紅甲、紅袍、朱纓、赤馬。前面一把引軍紅旗，上面金銷南斗六星，下繡朱雀之狀。那把旗招展動處，紅旗中湧出一員大將。◎7怎生結束，但見：

盔頂朱纓飄一顆，猩猩袍上花千朵。
獅蠻帶束紫玉團，狻猊甲露黃金鎖。
狼牙木棍鐵釘排，龍駒遍體胭脂裹。
紅旗招展半天霞，正按南方丙丁火※6。

號旗上寫得分明：「先鋒大將霹靂火秦明。」左右兩員副將：左手是聖水將單廷珪，右邊是神火將魏定國。三員大將，手掿兵器，都騎赤馬，立於陣前。東壁一隊人馬，盡是青旗、青甲、青袍、青纓、青馬，前面一把引軍青旗，上面金銷東斗四星，下繡青龍之狀。那把旗招展動處，青旗中湧出一員大將。怎生打扮，但見：

藍靛包巾光滿目，翡翠征袍花一簇。
鎧甲穿連獸吐環，寶刀閃爍龍吞玉。

註

※3殺曜：殺星。
※4獬豸：古代傳說中的異獸，能辨曲直，見有人爭鬥，就用角去頂壞人。
※5三昧火：道家所謂的眞火。
※6南方丙丁火：古人將天干中的「丙」「丁」與南方相配，所以說「南方丙丁火」。丙：《說文解字》說：「丙，位南方，萬物成炳然。」

評點

◎6.名曰巡哨，實則誘敵。（芥眉）
◎7.若照這些陣法行事，分明畫餅充飢。（容眉）

青驄遍體粉團花，戰襖護身鸚鵡綠。
碧雲旗動遠山明，正按東方甲乙木※7。

號旗上寫得分明：「左軍大將大刀關勝。」◎8左右兩員副將：左手是醜郡馬宣贊，右手是井木犴郝思文。三員大將，手掿兵器，都騎青馬，立於陣前。西壁一隊人馬，盡是白旗、白甲、白袍、白纓、白馬，前面一把引軍白旗，上面金銷西斗五星，下繡白虎之狀。那把旗招展動處，白旗中湧出一員大將。怎生結束，但見：

漠漠寒雲護太陰，梨花萬朵疊層琛。
素色羅袍光閃閃，爛銀鎧甲冷森森。
賽霜駿馬騎獅子，出白長槍掿綠沉。
一簇旗旛飄雪練，正按西方庚辛金※8。

號旗上寫得分明：「右軍大將豹子頭林沖。」左右兩員副將：左手是鎮三山黃信，右手是病尉遲孫立。三員大將，手掿兵器，都騎白馬，立於陣前。後面一簇人馬，盡是皂旗、黑甲、黑袍、黑纓、黑馬，前面一把引軍黑旗，上面金銷北斗七星，下繡玄武之狀。那把旗招展動處，黑旗中湧出一員大將。怎生打扮，但見：

堂堂捲地烏雲起，鐵騎強弓勢莫比。

大刀關勝，梁山泊第五位好漢。（葉雄繪）

皂羅袍穿龍虎軀，烏油甲掛豺狼體。
鞭似烏龍搭兩條，馬如潑墨行千里。
七星旗動玄武搖，正按北方壬癸水※9。

號旗上寫得分明：「合後大將雙鞭呼延灼。」左右兩員副將：左手是百勝將韓滔，右手是天目將彭玘。三員大將，手持兵器，都騎黑馬，立於陣前。東南方門旗影裏一隊軍馬，青旗、紅甲，前面一把引軍繡旗，上面金銷巽卦，下繡飛龍。那一把旗招展動處，捧出一員大將。怎生結束，但見：

環甲披袍出戰場，手中拈著兩條槍。
雕弓鸞鳳壺中插，寶劍沙魚鞘內藏。
束霧衣飄黃錦帶，騰空馬頓紫絲韁。
青旗紅焰龍蛇動，獨據東南守巽方。

號旗上寫得分明：「虎軍大將雙槍將董平。」左右兩員

註

※7東方甲乙木：古人把天干和五行結合起來表示地理方位，流傳的口訣是：「東方甲乙木，南方丙丁火，西方庚辛金，北方壬癸水，中央戊己土。」另外古人還以青、赤、白、黑、黃五色與木、火、金、水、土五行相配，又與東、南、西、北、中五個方對應。許慎《說文解字》：「青，東方色」；「赤，南方色」；「白，西方色」。在「黑」字下，段玉裁補注「北方色也」。

※8西方庚辛金：同上。

※9北方壬癸水：同上。

九宮八卦陣來自於八卦。圖為河南省周口市八卦亭，相傳是伏羲畫八卦結束結繩記事的地方。拍攝時間1995年。（周沁軍／fotoe提供）

評點

◎8.亦取青龍偃月之意。（芥夾）

副將：左手是摩雲金翅歐鵬，右手是火眼狻猊鄧飛，手持兵器，都騎戰馬，立於陣前。西南方門旗影裏一隊軍馬，紅旗、白甲，前面一把引軍繡旗，上面金銷坤卦，下繡飛熊。那把旗招展動處，捧出一員大將。怎生打扮，但見：

當先湧出英雄將，凜凜威風添氣象。
魚鱗鐵甲緊遮身，鳳翅金盔拴護項。
衝波戰馬似龍形，開山大斧如弓樣。
紅旗白甲火雲飛，正據西南坤位上。

號旗上寫得分明：「驃騎大將急先鋒索超。」左右兩員副將：左手是錦毛虎燕順，右手是鐵笛仙馬麟。三員大將，手掿兵器，都騎戰馬，立於陣前。東北方門旗影裏一隊軍馬，皂旗、青甲，前面一把引軍繡旗，上面金銷艮卦，下繡飛豹。那把旗招展動處，捧出一員大將。怎生結束，但見：

虎坐雕鞍膽氣昂，彎弓插箭鬼神慌。
朱纓銀蓋遮刀面，絨縷金鈴貼馬旁。
盔頂穰花紅錯落，甲穿柳葉翠遮藏。
皂旗青甲煙塵內，東北天山守艮方。

號旗上寫得分明：「驃騎大將九紋龍史進。」左右兩員副將：左手是跳澗虎陳達，右手是白花蛇楊春。三員大將，手掿兵器，都騎戰馬，立於陣前。西北方門旗影裏一隊軍馬，白旗、黑甲，前面一把引軍旗，上面金銷乾卦，下繡飛虎。那把旗招展動處，捧出一員大將。怎生打扮，但見：

雕鞍玉勒馬嘶風，介胄棱層黑霧蒙。
豹尾壺中銀鏃箭，飛魚袋內鐵胎弓。
甲邊翠縷穿雙鳳，刀面金花嵌小龍。
一簇白旗飄黑甲，天門西北是乾宮。

號旗上寫得分明：「驃騎大將青面獸楊志。」左右兩員副將：左手是錦豹子楊林，右手是小霸王周通。三員大將，手掿兵器，都騎戰馬，立於陣前。八方擺佈得鐵桶相似，陣門裏馬軍隨馬隊，步軍隨步隊，各持鋼刀大斧，闊劍長槍，旗旛齊整，隊伍威嚴。◎9去那八陣中央，只見團團一遭，都是杏黃旗，間著六十四面長腳旗，上面金銷六十四卦，亦分四門。南門都是馬軍，正南上黃旗影裏，捧出兩員上將，一般結束。但見：

熟銅鑼間花腔鼓，簇簇攢攢分隊伍。
戧金鎧甲赭黃袍，剪絨戰襖葵花舞。
垓心兩騎馬如龍，陣內一雙人似虎。
周圍繞定杏黃旗，正按中央戊己土。

那兩員首將都騎黃馬，上首是美髯公朱仝，下首是插翅虎雷橫，一遭人馬，盡都是黃旗、黃袍、銅甲、黃馬、黃纓。中央陣四門：東門是金眼彪施恩，西門是白面郎君鄭天

評點

◎9.「旗旛齊整，隊伍威嚴」，八個字可批此一回。（芥眉）

壽，南門是雲裏金剛宋萬，北門是病大蟲薛永。那黃旗中間，立著那面「替天行道」杏黃旗，旗桿上拴著四條絨繩，四個長壯軍士晃定。中間馬上，有那一個守旗的壯士。怎生模樣，但見：

冠簪魚尾圈金線，甲皺龍鱗護錦衣。
凜凜身軀長一丈，中軍守定杏黃旗。

這個守旗的壯士，便是險道神郁保四。那簇黃旗後，便是一叢炮架，立著那個炮手轟天雷凌振，帶著副手二十餘人，圍繞著炮架。架子後一帶，都擺著撓鈎套索，準備捉將的器械。撓鈎手後，又是一遭雜彩旗旛，團團便是七重圍子手，四面立著二十八面繡旗，上面銷金二十八宿星辰，中間立著一面堆絨繡就、真珠圈邊、腳綴金鈴、頂插雉尾、鵝黃帥字旗。◎10那一個守旗的壯士，怎生模樣，但見：

鎧甲斜拴海獸皮，絳羅巾幘插花枝。
沖天殺氣人難犯，守定中軍帥字旗。

這個守旗的壯士，便是沒面目焦挺。去那帥字旗邊，設立兩個護旗的將士，都騎戰馬，

宋江擺九宮八卦陣，迎戰童貫。（朱寶榮繪）

一般結束，手執鋼槍，腰懸利劍，一個是毛頭星孔明，一個是獨火星孔亮。馬前馬後，排著二十四個把狼牙棍的鐵甲軍士。後面兩把領戰繡旗，兩邊排著二十四枝方天畫戟。左手十二枝畫戟叢中，捧著一員驍將。怎生打扮，但見：

> 踞鞍立馬天風裏，鎧甲輝煌光焰起。
> 麒麟束帶稱狼腰，獬豸吞胸當虎體。
> 冠上明珠嵌曉星，鞘中寶劍藏秋水。
> 方天畫戟雪霜寒，風動金錢豹子尾。

繡旗上寫得分明：「小溫侯呂方。」那右手十二枝畫戟叢中，也捧著一員驍將。怎生打扮，但見：

> 三叉寶冠珠燦爛，兩條雉尾錦斕斑。
> 柿紅戰襖遮銀鏡，柳綠征裙壓繡鞍。
> 束帶雙跨魚獺尾，護心甲掛小連環。
> 手持畫桿方天戟，飄動金錢五色旛。

繡旗上寫得分明：「賽仁貴郭盛。」兩員將各持畫戟，立馬兩邊。畫戟中間，一簇鋼叉，兩員步軍驍將，一般結束。但見：

> 虎皮磕腦※10豹皮裩，襯甲衣籠細織金。
> 手內鋼叉光閃閃，腰間利劍冷森森。

註

※10虎皮磕腦：虎皮頭巾。

評點

◎10.好，加贈諡號旗名。（芥眉）

一個是兩頭蛇解珍，一個是雙尾蠍解寶。弟兄兩個，各執著三股蓮花叉，引著一行步戰軍士，守護著中軍。隨後兩匹錦鞍馬上，兩員文士，掌管定賞功罰罪的人。左手那一個，烏紗帽、白羅襴※11，胸藏錦繡，筆走龍蛇，◎11乃是梁山泊掌文案的秀士聖手書生蕭讓。右手那一個，綠紗巾、皀羅衫，氣貫長虹，心如秋水，乃是梁山泊掌吏事的豪傑鐵面孔目裴宣。這兩個馬後，擺著紫衣持節的人，二十四個當路，將二十四把麻扎刀。那刀林中，立著兩個錦衣三串行刑劊子。怎生結束，有西江月為證：

一個皮主腰乾紅簇就，一個羅踢串彩色裝成。一個雙環撲獸創金明，一個頭巾畔花枝掩映。一個白紗衫遮籠錦體，一個皀禿袖半露鴉青。一個將漏塵斬鬼法刀擎，一個把水火棍手中提定。

上手是鐵臂膊蔡福，下手是一枝花蔡慶。弟兄兩個，立於陣前，左右都是擎刀手。背後兩邊擺著二十四枝金槍、銀槍，每邊設立一員大將領隊。左邊十二枝金槍隊裏，馬上一員驍將，手執金槍，側坐戰馬。◎12怎生打扮，但見：

錦鞍駿馬紫絲韁，金翠花枝壓鬢旁。
雀畫弓懸一彎月，龍泉劍掛九秋霜。
繡袍巧製鸚哥綠，戰服輕裁柳葉黃。
頂上纓花紅燦爛，手拈鐵桿縷金槍。

這員驍將，乃是梁山泊金槍手徐寧。右手十二枝銀槍隊裏，馬上一員驍將，手執銀槍，也側坐駿馬。◎13怎生披掛，但見：

蜀錦鞍韉寶鐙光，五明駿馬玉玎璫。
虎筋弦扣雕弓硬，燕尾梢攢箭羽長。
綠錦袍明金孔雀，紅鞓帶※12束紫鴛鴦。
參差半露黃金甲，手執銀絲鐵桿槍。

這員驍將，乃是梁山泊小李廣花榮。兩勢下都是風流威猛二將，◎14金槍手、銀槍手，各帶皂羅巾，鬢邊都插翠葉金花。左手十二個金槍手穿綠，右手十二個銀槍手穿紫。背後又是錦衣對對，花帽雙雙，緋袍簇簇，錦襖攢攢。兩壁廂碧幢翠幕，朱幡皂蓋，黃鉞白旄，青萍紫電※13。◎15兩行二十四把鉞斧，二十四對鞭撾。中間一字兒三把銷金傘蓋，三匹繡鞍駿馬，正中馬前，立著兩個英雄。左手那個壯士，端的是儀容濟楚，世上無雙。有西江月爲證：

頭巾側一根雉尾，束腰下四顆銅鈴。黃羅衫子晃金明，飄帶繡裙相稱。兜小襪
麻鞋嫩白，壓腿絣護膝深青。旗標令字號神行，百里登時取應。

這個便是梁山泊能行快走的頭領神行太保戴宗，手持鵝黃令字繡旗，專管大軍中往來飛報軍情、調兵遣將，一應事務。右手那個對立的壯士，打扮得出衆超群，人中罕有。也

註

※11 襴：音蘭。古代一種上下衣相連的服裝。
※12 鞓帶：鞓，音聽。皮革製成的腰帶。
※13 青萍紫電：古代寶劍名，後來泛指寶劍。

評點

◎11.贊得有色。（芥眉）
◎12.二字便活。（袁夾）
◎13.添「也」字，更活。（袁夾）
◎14.更總得有采色。（芥眉）
◎15.又起得有采色。（芥眉）

有西江月為證：

褐衲襖滿身錦襯，青包巾遍體金銷。鬢邊插朵翠花嬌，鸂鶒玉環光耀。紅串繡裙裹肚，白襠素練圍腰。落生弩子捧頭挑，百萬軍中偏俏。

這個便是梁山泊風流子弟，能幹機密的頭領浪子燕青，背著強弓，插著利箭，手提著齊眉桿棒，專一護持中軍。遠望著中軍，去那右邊銷金青羅傘蓋底下，繡鞍馬上，坐著那個道德高人，有名羽士。怎生打扮，有西江月為證：

如意冠玉簪翠筆，絳綃衣鶴舞金霞。火神珠履映桃花，環珮玎璫斜掛。背上雌雄寶劍，匣中微噴光華。青羅傘蓋擁高牙，紫騮馬雕鞍穩跨。

這個便是梁山泊呼風喚雨、役使鬼神，行法真師入雲龍公孫勝，馬上背著兩口寶劍，手中按定紫絲韁。去那左邊銷金青羅傘蓋底下，錦鞍馬上，坐著那個足智多謀，全勝軍師吳用。怎生打扮，有西江月為證：

白道服皂羅沿襈※14，紫絲絛碧玉鉤環。手中羽扇動天關，頭上綸巾微

宋江九宮八卦陣的主陣，傘蓋底下的是宋江。（選自《水滸傳版刻圖錄》，江蘇廣陵古籍刻印社）

岸。貼裏暗穿銀甲，垓心穩坐雕鞍。一雙銅鏈掛腰間，文武雙全師範。

這個便是梁山泊能通韜略、善用兵機，有道軍師智多星吳學究，馬上手擎羽扇，腰懸兩條銅鏈。去那正中銷金大紅羅傘蓋底下，那照夜玉獅子金鞍馬上，坐著那個有仁有義統軍大元帥。怎生打扮，但見：

鳳翅盔高攢金寶，渾金甲密砌龍鱗。錦征袍花朵簇陽春，錕鋙劍※15腰懸光噴。
繡腿絣絨圈翡翠，玉玲瓏帶束麒麟。眞珠傘蓋展紅雲，第一位天罡臨陣。

這個正是梁山泊主，◎16濟州鄆城縣人氏，山東及時雨呼保義宋公明，全身結束，自仗錕鋙寶劍，坐騎金鞍白馬，立於陣中監戰，掌握中軍。馬後大戟長戈，錦鞍駿馬，整整齊齊，三、五十員牙將，都騎戰馬，手執長槍，全副弓箭。馬後又設二十四枝畫角，全部軍鼓大樂。陣後又設兩隊遊兵，伏於兩側，以爲護持。中軍羽翼，左是沒遮攔穆弘，引兄弟小遮攔穆春，管領馬步軍一千五百人。右是赤髮鬼劉唐，引著九尾龜陶宗旺，管領馬步軍一千五百人，伏在兩脇。後陣又是一隊陰兵，簇擁著馬上三個女頭領。中間是一丈青扈三娘，左邊是母大蟲顧大嫂，右邊是母夜叉孫二娘。押陣後是他三個丈夫。中間矮腳虎王英，左是小尉遲孫新，右是菜園子張青，總管馬步軍兵三千。那座陣勢非同小可，但見：

明分八卦，暗合九宮。佔天地之機關，奪風雲之氣象。前後列龜蛇之狀，左右

註
※14 襈：音賺。衣裳的邊飾。
※15 錕鋙劍：古書上記載的山名，所出鐵可造劍，因此寶劍也稱「錕鋙」。亦作「昆吾」。

評點
◎16.只看他下一個「正」字，多少斟酌分寸。（袁眉）

分龍虎之形。丙丁前進，如萬條烈火燒山；壬癸後隨，似一片烏雲覆地。左勢下盤旋青氣，右手裏貫串白光。金霞遍滿中央，黃道全依戊己。四維有二十八宿之分，周迴有六十四卦之變。盤盤曲曲，亂中隊伍變長蛇；整整齊齊，靜裏威儀如伏虎。馬軍則一衝一突，步卒是或後或前。休誇八陣成功，謾說六韜取勝。孔明施妙計，李靖播神機。

樞密使童貫在陣中將臺上，定睛看了梁山泊兵馬，無移時，擺成這個九宮八卦陣勢，軍馬豪傑，將士英雄，驚得魂飛魄散，心膽俱落，不住聲道：「可知但來此間收捕的官軍，便大敗而回，原來如此利害！」看了半晌，只聽得宋江軍中催戰的鑼鼓不住聲發擂。童貫且下將臺，騎上戰馬，再出前軍來諸將中問道：「那個敢廝殺的出去打話？」先鋒隊裏轉過一員猛將，挺身躍馬而出，就馬上欠身稟童貫道：「小將願往，乞取鈞旨。」看乃是鄭州都監陳翥，◎17白袍、銀甲、青馬、絳纓，使一口大桿刀，現充副先鋒之職。童貫便軍中金鼓旗下發三通擂，將臺上把紅旗招展兵馬，陳翥從門旗下飛馬出陣，兩軍一齊吶喊。陳翥兜住馬，橫著刀，厲聲大叫：「無端草寇，背逆狂徒，天兵到此，尚不投降，直待骨肉為泥，悔之何及！」宋江正南陣中先鋒頭領虎將秦明，飛馬出陣，更不打話，舞起狼牙棍，直取陳翥。兩馬相交，兵器並舉，一個使棍的當頭便打，一個使刀的劈面砍來。二將來來往往，翻翻覆覆，鬥了二十餘合，秦明賣個破綻，放陳翥趕將入來，一刀卻砍個空。秦明趁勢，手起棍落，把陳翥連盔帶頂，正中天靈，陳翥翻身死於馬下。◎18秦明的兩員副將單廷珪、魏定國，飛馬直衝出陣來，先搶了那匹好馬，接應秦明去了。東南方門旗裏虎將雙槍將董平，見秦明得了頭功，在馬上尋思：「大軍已踏動銳氣，不就這裏搶將過去，捉了童貫，更待何時！」大叫一聲，如陣前起個霹靂，兩手持兩條槍，把馬一拍，直撞過陣來。童貫見了，勒回馬望中軍便走。西南方門旗裏驃騎將急先鋒索超也叫道：「不就這裏捉了童貫，更待何時！」手掄大斧，殺過陣來。中央秦明見了兩邊衝殺過去，也招動本隊紅旗軍馬，一齊搶入陣中，來捉童貫。正是：數隻皂鵰追紫燕，一群猛虎啖羊羔。畢竟樞密使童貫性命如何？且聽下回分解。◎19

評點

◎17.一字句法。（芥眉）
◎18.秦明棍打死陳翥。（芥眉）
◎19.如此佈置，豈是小丑規模？童貫當之，正如兔起鶻落，不容措手者也。（袁評）

第七十七回　梁山泊十面埋伏　宋公明兩贏童貫

話說當日宋江陣中前部先鋒，三隊軍馬趕過對陣，大刀闊斧，殺得童貫三軍人馬大敗虧輸，星落雲散，七損八傷，軍士拋金棄鼓，撇戟丟槍，覓子尋爺，呼兄喚弟，折了萬餘人馬，退三十里外扎住。吳用在陣中鳴金收軍，傳令道：「且未可盡情追殺，略報個信與他。」◎1梁山泊人馬都收回山寨，各自獻功請賞。

且說童貫輸了一陣，折了人馬，早扎寨柵安歇下，心中憂悶，會集諸將商議。酆美、畢勝二將道：「樞相休憂，此寇知得官軍

本回中童貫命人亂箭射漁人，圖上者是穿著銅蓑衣的張順。（朱寶榮繪）

到來，預先擺佈下這座陣勢。官軍初到，不知虛實，因此中賊奸計。想此草寇，只是倚山為勢，多設軍馬，虛張聲勢，一時失了地利。我等且再整練馬、步將士，停歇三日，養成銳氣，將息戰馬，三日後將全部軍將分作長蛇之陣，俱是步軍殺將去。此陣如長山之蛇，擊首則尾應，擊尾則首應，擊中則首尾皆應，都要連絡不斷，決此一陣，必見大功。」童貫道：「此計大妙，正合吾意。」即時傳下將令，整肅三軍，訓練已定。第三日，五更造飯，軍將飽食，馬帶皮甲，人披鐵鎧，大刀闊斧，弓弩上弦，正是槍刀流水急，人馬撮風行。大將酆美、畢勝當先引軍，浩浩蕩蕩，殺奔梁山泊來。八路軍馬，分於左右，前面發三百鐵甲哨馬前去探路，回來報與童貫中軍知道，說：「前日戰場上，並不見一個軍馬。」◎2童貫聽了心疑，自來前軍問酆美、畢勝道：「退兵如何？」酆美答道：「休生退心，只顧衝突將去。長蛇陣擺定，怕做甚麼？」官軍迤邐前行，直進到水泊邊，竟不見一個軍馬，但見隔水茫茫蕩蕩，都是蘆葦煙火，遠遠地遙望見水滸寨山頂上

梁山水泊原型地之一白洋澱。圖為白洋澱的蘆葦、湖水、鴨群景色。拍攝時間1989年。（安哥／fotoe提供）

評點

◎1.二句解破。（袁夾）
◎2.前用顯著，後用暗著。（袁眉）

一面杏黃旗在那裏招颭，亦不見些動靜。童貫與酆美、畢勝勒馬在萬軍之前，遙望見對岸水面上蘆林中一隻小船，船上一個人，頭戴青箬笠，身披綠蓑衣，斜倚著船背，岸西獨自釣魚。童貫的步軍隔著岸叫那漁人，問道：「賊在那裏？」那漁人只不應。童貫叫能射箭的放箭。兩騎馬直近岸邊灘頭來，近水兜住馬，扳弓搭箭，望那漁人後心，颼地一箭去。那枝箭正射到箬笠上，噹地一聲響，那箭落下水裏去了。這一個馬軍放一箭，正射到蓑衣上，噹地一聲響，那箭也落下水裏去了。那兩個馬軍是童貫軍中第一慣射弓箭的。兩個吃了一驚，勒回馬，上來欠身稟童貫道：「兩箭皆中，只是射不透，不知他身上穿著甚的？」童貫再撥三百能射硬弓的哨路馬軍，來灘頭擺開，一齊望著那漁人放箭。那亂箭射去，漁人不慌，多有落在水裏的，也有射著船上的。但射著蓑衣箬笠的，都落下水裏去。童貫見射他不死，便差會水的軍漢脫了衣甲，赴水過去，捉那漁人。早有三、五十人赴將開去。那漁人聽得船尾水響，◎3知有人來，不慌不忙，放下魚鈎，取棹竿拿在身邊，近船來的，一棹竿一個，太陽上著的、腦袋上著的、面門上著的，都打下水裏去了。◎4後面見沉了幾個，都赴轉岸上，去尋衣甲。童貫看見大怒，教撥五百軍漢下水去，定要拿這漁人；若有回來的，一刀兩段。五百軍人脫了衣甲，吶聲喊，一齊都跳下水裏，赴將過去。那漁人回轉船頭，指著岸上童貫大罵道：「亂國賊臣，害民的禽獸，來這裏納命，猶自不知死哩！」童貫大怒，喝教馬軍放箭。那漁人呵呵大笑，說道：「兀那裏有軍馬到了。」把手指一指，棄了蓑衣箬笠，翻身攛入水底下去了。那

五百軍正赴到船邊，只聽得在水中亂叫，都沉下去了。那漁人正是浪裏白跳張順，頭上箬笠，上面是箬葉裹著，裏面是銅打成的；蓑衣裏面，一片熟銅打就，披著如龜殼相似，可知道箭矢射不入。張順攢下水底，拔出腰刀，只顧排頭價戮人，都沉下去，血水滾將起來。有乖的赴了開去，逃得性命。童貫在岸上看得呆了，◎5身邊一將指道：「山頂上那面黃旗正在那裏磨動。」童貫定睛看了，不解何意，衆將也沒做道理處。酆美道：「把三百鐵甲哨馬，分作兩隊，教去兩邊山後出哨，看是如何。」卻纔分到山前，只聽得蘆葦中一個轟天雷炮飛起，火煙繚亂，兩邊哨馬齊回來報，有伏兵到了。◎6童貫在馬上那一驚不小，酆美、畢勝兩邊差人，教軍士休要亂動，數十萬軍都掣刀在手。前後飛馬來叫道：「如有先走的便斬！」按住三軍人馬。童貫且與衆將立馬望時，山背後鼓聲震地，喊殺喧天，早飛出一彪軍馬，都打著黃旗，當先有兩員驍將領兵。怎見得那隊軍馬整齊：

黃旗擁出萬山中，爍爍金光射碧空。
馬似怒濤衝石壁，人如烈火撼天風。
鼓聲震動森羅殿，炮力掀翻泰華宮。
劍隊暗藏插翅虎，槍林飛出美髯公。

兩騎黃驃馬上，兩員英雄頭領，上首美髯公朱仝，下首插翅虎雷橫，帶領五千人馬，直殺奔官軍。童貫令大將酆美、畢勝當先迎敵。兩個得令，便驟馬挺槍出陣，大

評點

◎3.是個斜背的。（袁夾）
◎4.姜太公也沒這等手段。（容眉）
◎5.不由不呆。（容夾）
◎6.十伏開破。（芥眉）

罵：「無端草賊，不來投降，更待何時！」雷橫在馬上大笑，喝道：「匹夫死在眼前，尚且不知！怎敢與吾決戰？」畢勝大怒，拍馬挺槍，直取雷橫，雷橫也使槍來迎。兩馬相交，軍器並舉，二將約戰到二十餘合，不分勝敗。酆美見畢勝戰久，不能取勝，拍馬舞刀，逕來助戰。朱仝見了，大喝一聲，飛馬掄刀，來戰酆美。四匹馬兩對兒在陣前廝殺。童貫看了，喝采不迭。鬥到澗深裏，只見朱仝、雷橫賣個破綻，撥回馬頭，望本陣便走。酆美、畢勝兩將不捨，拍馬追將過去。對陣軍發聲喊，望山後便走，童貫叫盡力追趕過山腳去，只聽得山頂上畫角齊鳴，衆將擡頭看時，前後兩個炮直飛起來。童貫知有伏兵，把軍馬約住，叫不要去趕。

只見山頂上閃出那面杏黃旗來，上面繡著「替天行道」四字。童貫踅過山那邊看時，見山頭上一簇雜彩繡旗開處，顯出那個鄆城縣蓋世英雄山東呼保義宋江來。背後便是軍師吳用、公孫勝、花榮、徐寧，金槍手、銀槍手，衆多好漢。童貫見了大怒，便差人馬上山來拿宋江。大軍人馬，分爲兩路，卻待上山，只聽得山頂上鼓樂喧天，衆好漢都笑。童貫越添心上怒，咬碎口中牙，喝道：「這賊怎敢戲吾！我當自擒這廝。」酆美諫道：「樞相，彼必有計，不可親臨險地，且請回軍，來日卻再打聽虛實，方可進兵。」童貫道：「胡說！事已到這裏，豈可退軍！教星夜與賊交鋒。今已見賊，勢不容退。」語猶未絕，只聽得後軍吶喊，探子報道：「正西山後衝出一彪軍來，把後軍殺開做兩處。」童貫大驚，帶了酆美、畢勝，急回來救應後軍時，東邊山後鼓聲響處，又早飛出一隊人馬來。一半是紅旗，一半是青旗，捧著兩員大將，引五千軍馬殺將來。那紅旗軍隨紅旗，青旗軍隨青旗，隊伍端的整齊。但見：

對對紅旗間翠袍，爭飛戰馬轉山腰。
日烘旗幟青龍見，風擺旌旗朱雀搖。
二隊精兵皆勇猛，兩員上將顯英豪。
秦明手舞狼牙棍，關勝斜橫偃月刀。

那紅旗隊裏頭領是霹靂火秦明，青旗隊裏頭領是大刀關勝。二將在馬上殺來，大喝道：「童貫早納下首級！」童貫大怒，便差酆美來戰關勝，畢勝去鬥秦明。童貫見後軍發喊得緊，又教鳴金收軍，且休戀戰，延便※1且退。朱仝、雷橫引黃旗軍又殺將來，兩下裏夾攻，童貫軍兵大亂，酆美、畢勝保護著童貫，逃命而走。正行之間，刺斜裏又飛出一彪軍馬來，接住了廝殺。那隊軍馬，一半是白旗，一半是黑旗，黑白旗中，也捧著兩員虎將，引五千軍馬，攔住去路。這隊軍端的齊整：

炮似轟雷山石裂，綠林深處顯戈矛。

古代戰爭場面時常出現騎兵，圖為元朝蒙古騎兵圖。

註

※1延便：相機行事。

素袍兵出銀河湧，玄甲軍來黑氣浮。
兩股鞭飛風雨響，一條槍到鬼神愁。
左邊大將呼延灼，右手英雄豹子頭。

那黑旗隊裏頭領是雙鞭呼延灼，白旗隊裏頭領是豹子頭林沖。二將在馬上大喝道：「奸臣童貫，待走那裏去？早來受死！」一衝直殺入軍中來。那睢州都監段鵬舉接住呼延灼交戰，洳州都監馬萬里接著林沖廝殺。這馬萬里與林沖鬥不到數合，氣力不加，卻待要走，被林沖大喝一聲，慌了手腳，著了一矛，戳在馬下。◎7段鵬舉看見馬萬里被林沖搠死，無心戀戰，隔過呼延灼雙鞭，霍地撥回馬便走。呼延灼奮勇趕將入來，兩軍混戰，童貫只教奪路且回。只聽得前軍喊聲大舉，山背後飛出一彪步軍，直殺入垓心裏來。當先一僧一行者，領著軍兵，大叫道：「休教走了童貫！」那和尚不修經懺，專好殺人，單號花和尚，雙名魯智深。這行者景陽岡曾打虎，水滸寨最英雄，有名行者武松。這兩個殺入陣來。怎見得？有西江月為證：

魯智深一條禪杖，武行者兩口鋼刀。鋼刀飛出火光飄，禪杖來如鐵炮。禪杖打開腦袋，鋼刀截斷人腰。兩般軍器不相饒，百萬軍中顯耀。◎8

童貫衆軍被魯智深、武松引領步軍一衝，早四分五落。官軍人馬，前無去路，後沒退兵，只得引酆美、畢勝撞透重圍，殺條血路，奔過山背後來。正方喘息，又聽得炮聲大震，戰鼓齊鳴，看兩員猛將當先，一簇步軍攔路。怎見得：

兩頭蛇腥風難近，雙尾蝎毒氣齊噴。鋼叉一對世無倫，較獵場中聲震。左手解珍出眾，右手解寶超群。數千鐵甲虎狼軍，攪碎長蛇大陣。

來的步軍頭領解珍、解寶，各拈五股鋼叉，又引領步軍殺入陣內，童貫人馬遮攔不住，突圍而走，五面馬軍步軍一齊追殺，趕得官軍星落雲散，酆美、畢勝力保童貫而走。見解珍、解寶兄弟兩個，挺起鋼叉，直衝到馬前。童貫急忙拍馬，望刺斜裏便走，背後酆美、畢勝趕來救應。又得唐州都監韓天麟、鄧州都監王義，四個併力，殺出垓心※2。方纔進步，喘息未定，只見前面塵起，叫殺連天，綠叢叢林子裏又早飛出一彪人馬，當先兩員猛將，攔住去路。那兩個是誰，但見：

一個宣花大斧，一個出白銀槍。槍如毒蟒露梢長，斧起處似開山神將。一個風流俊骨，一個猛烈剛腸。董平國士※3更無雙，急先鋒索超誰讓。

這兩員猛將，雙槍將董平、急先鋒索超，兩個更不打話，飛馬直取童貫。王義挺槍去迎，被索超手起斧落，砍於馬下。韓天麟來救，被董平一槍搠死。◎9酆美、畢勝死保護童貫，奔馬逃命。四下裏金鼓亂響，正不知何處軍來。童貫攏馬上坡看時，四面八方四隊馬軍，兩脇兩隊步軍，栲栳圈，簸箕掌，梁山泊軍馬大隊齊殺來，童貫軍馬如風落雲散，東零西亂。正看之間，山坡下一簇人馬出來，◎10認得旗號是陳州都監吳秉彝、許州都監李明。這兩個引著些斷槍折戟，敗殘軍馬，趄轉琳琅山躲避。看見招呼時，正

註

※2垓心：戰場的中心。
※3國士：一國中最勇敢、有力量的人。

評點

◎7.林沖矛戳馬萬里。（芥眉）
◎8.鋪序梁山泊人。（容眉）
◎9.索超斧砍王義，董平槍搠韓天麟。（芥眉）
◎10.先著此一接，更脫化。（袁夾）

欲上坡，急調人馬，又見山側喊聲起來，飛過一彪人馬趕出，兩把認旗招颭，馬上兩員猛將，各執兵器，飛奔官軍。這兩個是誰，有臨江仙詞為證：

盔上長纓飄火焰，紛紛亂撒猩紅，胸中豪氣吐長虹。戰袍裁蜀錦，鎧甲鍍金銅。兩口寶刀如雪練，垓心抖擻威風，左衝右突顯英雄。軍班青面獸，好漢九紋龍。

這兩員猛將，正是楊志、史進，兩騎馬，兩口刀，卻纔截住吳秉彝、李明兩個軍官廝殺。李明挺槍向前，來鬥楊志；吳秉彝使方天戟，來戰史進。兩對兒在山坡下一來一往，盤盤旋旋，各逞平生武藝。童貫在山坡上勒住馬，觀之不定。四個人約鬥到三十餘合，吳秉彝用戟奔史進心坎上戳將來，史進只一閃，那枝戟從肋窩裏放個過，吳秉彝連人和馬搶近前來，被史進手起刀落，只見一條血顙光連肉，頓落金盔在馬邊，吳秉彝死於坡下。◎11李明見先折了一個，卻待也要撥回馬走時，被楊志大喝一聲，驚得魂消魄散，膽顫心寒，手中那條槍，不知顛倒。楊志把那口刀從頂門上劈將下來，李明只一閃，那刀正剁著馬的後胯下，那馬後蹄蹏將下去，把李明閃下馬來，棄了手中槍，卻待奔走，這楊志手快，隨復一刀，砍個正著。◎12可憐李明半世軍官，化作南柯一夢。兩員官將，皆死於坡下。楊志、史進追殺敗軍，正如砍瓜截瓠相似。童貫和酆美、畢勝在山坡上看了，不敢下來，身無所措，三個商量道：「似此如何殺得出去？」酆美道：「樞相且寬心，小將望見正南上尚兀自有大隊官軍扎住在那裏，旗旛不倒，可以解救。」畢都

評點

◎11.史進殺死吳秉彝。（袁眉）
◎12.楊志砍殺李明。（袁眉）
◎13.酆美是個漢子。（容眉）

統保守樞相在山頭，酆美殺開條路，取那枝軍馬來，保護樞相出去。」◎13童貫道：「天色將晚，你可善覷方便，疾去早來。」酆美提著大桿刀，飛馬殺下山來，衝開條路，直到南邊。看那隊軍馬時，卻是嵩州都監周信，把軍兵團團擺定，死命抵住。垓心裏看見那酆美來，便接入陣內，問：「樞相在那裏？」酆美道：「只在前面山坡上，專等你這枝軍馬去救護殺出來。事不宜遲，火速便起。」周信聽說罷，便教傳令，馬、步軍兵，都要相顧，休失隊伍，齊心併力。二員大將當先，衆軍助喊，殺奔山坡邊來。行不到一箭之地，刺斜裏一枝軍到，酆美舞刀，逕出迎敵，認得是睢州都監段鵬舉，三個都相見了，合兵一處，殺到山坡下。畢勝下坡迎接上去，見了童貫，一處商議道：「今晚便殺出去好？卻捱到來朝去好？」酆美道：「我四人死保樞相，只就今晚殺透重圍出去，可脫賊寇。」

童貫大軍損失慘重。
（朱寶榮繪）

看看近夜，只聽得四邊喊聲不絕，金鼓亂鳴。約有二更時候，星月光亮，酆美當先，衆軍官簇擁童貫在中間，一齊併力，殺下山坡來。只聽得四下裏亂叫道：「不要走了童貫！」衆官軍只望正南路衝殺過來。看看混戰到四更左右，殺出垓心，童貫在馬上以手加額，頂禮天地神明道：「慚愧！脫得這場大難！」催趕出界，奔濟州去。卻纔歡喜未盡，只見前面山坡邊一帶，火把不計其數，背後喊聲又起。看見火把光中兩條好漢，拈著兩口朴刀，引出一員騎白馬的英雄大將，在馬上橫著一條點鋼槍。那人是誰？有臨江仙詞爲證：

馬步軍中推第一，天罡數內爲尊，上天降下惡星辰。眼珠如點漆，面部似鑴銀。丈二鋼槍無敵手，身騎快馬騰雲，人才武藝兩超群。梁山盧俊義，河北玉麒麟。

李逵陣斬段鵬舉。（日版畫，出自《新編水滸畫傳》，葛飾戴斗繪）

那馬上的英雄大將，正是玉麒麟盧俊義。馬前這兩個使朴刀的好漢，一個是病關索楊雄，一個是拚命三郎石秀，在火把光中引著三千餘人，抖擻精神，攔住去路。盧俊義在馬上大喝道：「童貫不下馬受縛，更待何時？」◎14童貫聽得，對衆道：「前有伏兵，後有追兵，似此如之奈何？」酆美道：「小將捨條性命，以報樞相。汝等衆官，緊保樞相，奪路望濟州去，我自戰住此賊。」酆美拍馬舞刀，直奔盧俊義。兩馬相交，鬥不到數合，被盧俊義把槍只一逼，逼過大刀，搶入身去，劈腰提住，一腳蹬開戰馬，把酆美活捉去了。◎15楊雄、石秀便來接應，衆軍齊上，橫拖倒拽捉了去。畢勝和周信、段鵬舉捨命保童貫，衝殺攔路軍兵，且戰且走。背後盧俊義趕來，童貫敗軍，忙忙似喪家之狗，急急如漏網之魚。天曉脫得追兵，望濟州來。正走之間，前面山坡背後又衝出一隊步軍來，那軍都是鐵掩心甲，絳紅羅頭巾。當先四員步軍頭領，畢竟是誰：

黑旋風雙持板斧，喪門神單仗龍泉。項充、李袞在旁邊，手舞團牌體健。斬虎須投大穴，誅龍必向深淵。三軍威勢振青天，惡鬼眼前活現。

這李逵掄兩把板斧，鮑旭仗一口寶劍，項充、李袞各舞蠻牌遮護，卻似一團火塊，從地皮上滾將來，殺得官軍四分五落而走。童貫與衆將且戰且走，只逃性命。李逵直砍入馬軍隊裏，把段鵬舉馬腳砍翻，掀將下來，就勢一斧，劈開腦袋，再復一斧，砍斷咽喉，眼見得段鵬舉不活了。◎16且說敗殘官軍將次捱到濟州，真乃是頭盔斜掩耳，護項半兜腮，馬、步三軍沒了氣力，人困馬乏。奔到一條溪邊，軍馬都且去吃水，只聽得對溪一

評點

◎14.幾處叫罵來皆指此名，快甚。（袁眉）
◎15.前回獨空盧俊義，此回放出。（袁夾）
◎16.李逵斧劈段鵬舉。（袁眉）

聲炮響，箭矢如飛蝗一般射將過來。官軍急上溪岸，去樹林邊轉出一彪軍馬來。爲頭馬上三個英雄是誰：

舞動一條玉蟒，撒開萬點飛星。東昌驃騎是張清，沒羽箭誰人敢近！飛槍的槍無虛發，飛叉的叉不容情。兩員虎將勢縱橫，左右馬前幫定。

原來這沒羽箭張清和龔旺、丁得孫◎17，帶領三百餘騎馬軍。那一隊驍騎馬軍，都是銅鈴面具、雉尾、紅纓、輕弓、短箭、繡旗、花槍。三將爲頭直衝將來。嵩州都監周信見張清軍馬少，便來迎敵。畢勝保著童貫而走。周信縱馬挺槍來迎，只見張清左手納住槍，右手似招寶七郎之形，口中喝一聲道：「著！」去周信鼻凹上只一石子打中，翻身落馬。龔旺、丁得孫旁邊飛馬來相助，將那兩條叉戳定咽喉，好似霜摧邊地草，雨打上林※4花，周信死於馬下。◎18童貫只和畢勝逃命，不敢入濟州，◎19引了敗殘軍馬，連夜投東京去了，於路收拾逃難軍馬下寨。原來宋江有仁有德，素懷歸順之心，不肯盡情追殺。惟恐衆將不捨，要追童貫，火急差戴宗傳下將令，布告衆頭領，收拾各路軍馬步卒，都回山寨請功。各處鳴金收軍而回，◎20鞍上將都敲金鐙，步下卒齊唱凱歌，紛紛盡入梁山泊，個個同回宛子城。宋江、吳用、公孫勝先到水滸寨中，忠義堂上坐下，令裴宣驗看各人功賞。盧俊義活捉酆美，解上寨來，跪在堂前。宋江自解其縛，請入堂內上坐，親自捧杯陪話，奉酒壓驚。衆頭領都到堂上，是日殺牛宰馬，重賞三軍，留酆美住了兩日，備辦鞍馬，送下山去。酆美大喜。宋江陪話道：「將軍陣前陣後，冒瀆威嚴，切乞恕罪。宋江等本無異心，只要歸順朝廷，與國家出力，被這不公不法之人逼得如此，望將軍回朝，善言解救。倘得他日重見恩光，生死不忘大德。」酆美拜謝不殺之恩，登程下山。宋江令人直送出界回京，不在話下。宋江回到忠義堂上，再與吳用等眾頭領商量。原來今次用此十面埋伏之計，都是吳用機謀布置，殺得童貫膽寒心碎，夢裏也怕，大軍三停折了二停。吳用道：「童貫回到京師，奏了官家，如何不再起兵來！必得一人直投東京，探聽虛實，回報山寨，預作準備。」宋江道：「軍師此論，正合吾心。你弟兄中，不知那個敢去？」只見坐次之中一個人應道：「兄弟願往。」眾人看了，都道：「須是他去，必幹大事。」不是這個人去，有分教：重施謀略，再敗官軍。且是：衝陣馬亡青嶂下，戲波船陷綠蒲中。畢竟梁山泊是誰人前去打聽？且聽下回分解。◎21

註

※4上林：古宮苑名。秦舊苑，漢初荒廢，至漢武帝時重新擴建。故址在今西安市西及周至、户縣界。

評點

◎17.先一次張清首出引軍，第二次設伏卻令張清在後，此用兵行文之變。（袁眉）
◎18.張清、龔旺、丁得孫殺死周信。（芥眉）
◎19.羞見張叔夜。（袁夾）
◎20.這便是作史要緊關目。（袁眉）
◎21.梁山泊諸頭領以埋伏而獲奇功，直將童貫玩弄於股掌之上，當時宋公明不差戴宗傳令回軍，貫亦難保其首領矣。（袁評）

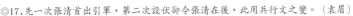

第七十八回

十節度議取梁山泊　宋公明一敗高太尉

再說梁山泊好漢，自從兩贏童貫之後，宋江、吳用商議，必用著一個人，去東京探聽消息虛實，上山回報，預先準備軍馬交鋒。言之未絕，只見神行太保戴宗道：「小弟願往。」宋江道：「探聽軍情，多虧煞兄弟一個，雖然賢弟去得，必須也用一個相幫去最好。」李逵便道：「兄弟幫哥哥去走一遭。」宋江笑道：「你便是那個不惹事的黑旋風！」李逵道：「今番去時，不惹事便了。」宋江喝退，一壁再問：「有那個兄弟敢去走一遭？」赤髮鬼劉唐稟道：「小弟幫戴宗哥哥去如何？」宋江大喜道：「好！」當日兩個收拾了行裝，便下山去。

且不說戴宗、劉唐來東京打聽消息，卻說童貫和畢勝沿路收聚得敗殘軍馬四萬餘人，比到東京，於路教眾多管軍的頭領，各自部領所屬軍馬，回營寨去

高俅請命親自去討伐梁山泊。（日版畫，出自《新編水滸畫傳》，葛飾戴斗繪）

了，只帶御營軍馬入城來。童貫卸了戎裝衣甲，逕投高太尉府中去商議。兩個見了，各敘禮罷，請入後堂深處坐定。童貫把大折兩陣，結果了八路軍官，並許多軍馬，酆美又被活捉去了，似此如之奈何，一一都告訴了。高太尉道：「樞相不要煩惱，這件事只瞞了今上天子便了，◎1誰敢胡奏！我和你去告稟太師，再作個道理。」童貫和高俅上了馬，逕投蔡太師府內來。已有報知童樞密回了，蔡京料道不勝，又聽得和高俅同來，蔡京教喚入書院裏來廝見。童貫拜了太師，淚如雨下。蔡京道：「且休煩惱，我備知你折了軍馬之事。」高俅道：「賊居水泊，非船不能征進，樞密只以馬步軍征剿，因此失利，中賊詭計。」童貫訴說折兵敗陣之事，蔡京道：「你折了許多軍馬，費了許多錢糧，又折了八路軍官，這事怎敢教聖上得知！」◎2童貫再拜道：「望乞太師遮蓋，救命則個！」蔡京道：「明日只奏道天氣暑熱，軍士不伏水土，權且罷戰退兵。◎3倘或震怒說道：『似此心腹大患，不去剿滅，後必爲殃。』如此時，恁衆官卻怎地回答？」高俅道：「非是高俅誇口，若還太師肯保高俅領兵親去那裏征討，一鼓可平。」蔡京道：「若得太尉肯自去，可知是好，明日便當保奏太尉爲帥。」◎4高俅又稟道：「只有一件，須得聖旨任便起軍，並隨造船隻。或是拘刷原用官船民船，或備官價，收買木料，打造戰船。水陸並進，船騎同行，◎5方可指日成功。」蔡京道：「這事容易。」◎6正話間，門吏報道：「酆美回來了。」童貫大喜。太師教喚進來，問其原故。酆美拜罷，敘說宋江但是活捉上山去的，盡數放回，不肯殺害，又與盤纏，令回鄉里，因此小將得見

評點

◎1.只有此一法，從何處來，貽害萬世。（芥眉）
◎2.好貨。（容夾）
◎3.妙計。（容夾）
◎4.看他摹寫小人扶同陰詐欺瞞處，種種刺破。（袁眉）
◎5.後三回俱說船，漸漸開廣，皆應此。（芥夾）
◎6.做朝廷錢糧兵馬，著更有何難？（芥眉）

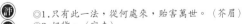

鈞顏。高俅道：「這是賊人詭計，故意慢我國家。◎7今後不點近處軍馬，直去山東、河北揀選得用的人，跟高俅去。」蔡京道：「既然如此計議定了，來日內裏相見，面奏天子。」各自回府去了。

次日五更三點，都在侍班閣子裏相聚。朝鼓響時，各依品從，分列丹墀，拜舞起居已畢，文武分班，列於玉階之下。只見蔡太師出班奏道：「昨遣樞密使童貫統率大軍，進征梁山泊草寇，近因炎熱，軍馬不伏水土。抑且賊居水窪，非船不行，馬步軍兵，急不能進，因此權且罷戰，各回營寨暫歇，別候聖旨。」天子乃云：「似此炎熱，再不復去矣！」◎8蔡京奏道：「童貫可於泰乙宮聽罪，別令一人爲帥，再去征伐，乞請聖旨。」天子曰：「此寇乃是心腹大患，不可不除，誰與寡人分憂？」高俅出班奏曰：「微臣不才，願效犬馬之勞，去征剿此寇，伏取聖旨。」天子云：「既然卿肯與寡人分憂，任卿擇選軍馬。」高俅又奏：「梁山泊方圓八百餘里，非仗舟船，不能前進。臣乞聖旨，於梁山泊近處採伐木植，督工匠造船，或用官錢收買民船，以爲戰伐之用。」天子曰：「委卿執掌，從卿處置，可行即行，慎勿害民。」高俅奏道：「微臣安敢！◎9只容寬限，以圖成功。」天子令取錦袍金甲，賜與高俅，另選吉日出師。

當日百官朝退，童貫、高俅送太師到府，便喚中書省關房掾史，傳奉聖旨，定奪撥軍。高太尉道：「前者有十節度使，多曾與國家建功，或征鬼方※1，或伐西夏，並金、遼等處，武藝精熟，請降鈞帖，差撥爲將。」蔡太師依允，便發十道札付文書，仰各各

評點

◎7.知己。（容夾）
◎8.聖主。（容夾）
◎9.亦知此意，權奸奈何必欲悖之？眞可恨。（袁眉）
◎10.點映得親切有情。（袁眉）

部領所屬精兵一萬，前赴濟州取齊，聽候調用。十個節度使非同小可，每人領軍一萬，克期並進。那十路軍馬：

河南河北節度使　王煥
上黨太原節度使　徐京
京北弘農節度使　王文德
潁州汝南節度使　梅展
中山安平節度使　張開
江夏零陵節度使　楊溫
雲中雁門節度使　韓存保
隴西漢陽節度使　李從吉
琅琊彭城節度使　項元鎮
清河天水節度使　荊忠

原來這十路軍馬都是曾經訓練精兵，更兼這十節度使舊日都是綠林叢中出身，後來受了招安，直做到許大官職，◎10都是精銳勇猛之人，非是一

高太尉調遣水軍統制劉夢龍操練水軍，準備討伐梁山泊。（選自《水滸傳版刻圖錄》，江蘇廣陵古籍刻印社）

註
※1鬼方：上古種族名，爲殷周西北境強敵。亦泛指邊遠之地的少數民族。

時建了些少功名。當日中書省定了程限，發十道公文，要這十路軍馬如期都到濟州，遲慢者定依軍令處置。金陵建康府有一枝水軍，爲頭統制官喚做劉夢龍。那人初生之時，其母夢見一條黑龍飛入腹中，感而遂生。及至長大，善知水性，曾在西川峽江討賊有功，升做軍官都統制，統領一萬五千水軍，棹船五百隻，守住江南。高太尉要取這支水軍並船隻星夜前來聽調，又差一個心腹人，喚做牛邦喜，也做到步軍校尉，教他去沿江上下並一應河道內拘刷船隻，都要來濟州取齊，交割調用。高太尉帳前牙將極多，於內兩個最了得。一個喚做黨世英，一個喚做黨世雄。弟兄二人，現做統制官，各有萬夫不當之勇。高太尉又去御營內選撥精兵一萬五千，通共各處軍馬一十三萬，先於諸路差官供送糧草，沿途交納。高太尉連日整頓衣甲，製造旌旗，未及登程。有詩爲證：

輕事貪功願領兵，兵權到手便留行。
幸因主帥遲遲去，多得三軍數日生。

卻說戴宗、劉唐在東京住了幾日，打探得備細消息，星夜回還山寨，報說此事。宋江聽得高太尉親自領兵，調天下軍馬一十三萬，十節度使統領前來，心中驚恐，便和吳用商議。吳用道：「仁兄勿憂，小生也久聞這十節度的名，多與朝廷建功，只是當初無他的敵手，以此只顯他的豪傑。如今放著這一班好弟兄，如狼似虎的人，那十節度已是過時的人了，兄長何足懼哉！比及他十路軍來，先教他吃我一驚。」◎11宋江道：「軍師如何驚他？」吳用道：「他十路軍馬，都到濟州取齊，我這裏先差兩個快廝殺的，去濟州相近，接著來軍，先殺一陣。這是報信與高俅知道。」宋江道：「叫誰去好？」吳用道：「差沒羽箭張清、雙槍將董平，此二人可去。」宋江差二將各帶一千馬軍，前去巡哨濟州，相迎截殺各路軍馬。又撥水軍頭領，準備泊子裏奪船。山寨中頭領預先調撥已定，且不細說，下來便知。

再說高太尉在京師俄延了二十餘日，天子降敕，催促起軍，高俅先發御營軍馬出城，又選教坊司歌兒舞女三十餘人，隨軍消遣。◎12至日祭旗，辭駕登程，卻好一月光景。時值初秋天氣，大小官員都在長亭餞別。高太尉戎裝披掛，騎一匹金鞍戰馬，前面擺著五匹玉轡雕鞍從馬，左右兩邊，排著黨世英、黨世雄弟兄兩個，背後許多殿帥統制官、統軍提轄、兵馬防禦、團練等官，參隨在後。那隊伍軍馬，十分擺佈得整齊。◎13詩曰：

匿奸罔上非忠藎※2，好戰全違舊典章。
不事懷柔※3服強暴，只驅良善敵刀槍。

那高太尉部領大軍出城，來到長亭前下馬，與眾官作別，飲罷餞行酒，攀鞍上馬，登程望濟州進發。於路上縱容軍士，盡去村中縱橫擄掠，黎民受害，非止一端。◎14

卻說十路軍馬陸續都到濟州，有節度使王文德領著京北等處一路軍馬，星夜奔濟州來，離州尚有四十餘里。當日催動人馬，趕到一個去處，地名鳳尾坡，坡下一座大林。

註

※2忠藎：猶忠誠。
※3懷柔：用政治手段籠絡其他的民族或國家，使歸附自己。

評點

◎11.此等語，眼極明，心極毒。（芥眉）
◎12.可憐十三萬人馬，此時已陷三十餘婦女陣中矣。（芥眉）
◎13.空好看耳。（容眉）
◎14.應「微臣安敢」，形容面欺，亦是通病，已與宋江相反。（袁眉）

前軍卻好抹過林子，只聽得一棒鑼聲響處，林子背後山坡腳邊轉出一彪軍馬來，當先一將攔路。那員將頂盔掛甲，插箭彎弓，去那弓袋箭壺內側插著小小兩面黃旗，旗上各有五個金字，寫道：「英雄雙槍將，風流萬戶侯。」兩手掿兩桿鋼槍。此將乃是梁山泊第一個慣衝頭陣的勇將董平，因此人稱爲董一撞。◎15董平勒定戰馬，截住大路喝道：「來的是那裏兵馬？不早早下馬受縛，更待何時？」這王文德兜住馬，呵呵大笑道：「瓶兒、罐兒也有兩個耳朵，你須曾聞我等十節度使累建大功，名揚天下，大將王文德麼？」董平大笑，喝道：「只你便是殺晚爺※4的大頑※5！」◎16王文德聽了大怒，罵道：「反國草寇，怎敢辱吾！」拍馬挺槍，直取董平。董平也挺雙槍來迎。兩將鬥到三十合，不分勝敗。王文德料道贏不得董平，喝一聲：「少歇再戰！」各歸本陣。王文德分付衆軍，休要戀戰，直衝過去。王文德在前，三軍在後，大發聲喊，殺將過去。董平後面引軍追趕，將過林子，正走之間，前面又衝出一彪軍馬來。爲首一員上將，正是沒羽箭張清，在馬上大喝一聲：「休走！」手中拈定一個石子打將來，望王文德頭上便著。急待躲時，石子打中盔頂，王文德伏鞍而走，跑馬奔逃。兩將趕來，看看趕上，只見側首衝過一隊軍來。王文德看時，卻是一般的節度使楊溫軍馬，齊

本回中雙鞭呼延灼打死了荊忠。圖為呼延灼。（葉雄繪）

來救應。因此，董平、張清不敢來追，自回去了。◎17

兩路軍馬同入濟州歇定，太守張叔夜接待各路軍馬。數日之間，前路報來，高太尉大軍到了，十節度出城迎接，都相見了太尉，一齊護送入城，把州衙權為帥府，安歇下了。高太尉傳下號令，教十路軍馬都向城外屯駐，伺候劉夢龍水軍到來，一同進發。這十路軍馬各自下寨，近山砍伐木植，人家搬擄門窗，搭蓋窩鋪，十分害民。高太尉自在城中帥府內，定奪征進人馬。無銀兩使用者，都充頭哨出陣交鋒。有銀兩者，留在中軍，虛功濫報。似此奸弊，非止一端。◎18高太尉在濟州不過一、二日，劉夢龍戰船到了，參謁帥府。禮畢，高俅隨即便喚十節度使都到廳前，共議良策。王煥等稟覆道：「太尉先教馬、步軍去探路，引賊出戰，然後卻調水路戰船，去劫賊巢，令其兩下不能相顧，可獲群賊矣！」高太尉從其所言。當時分撥王煥、徐京為前部先鋒，王文德、梅展為合後收軍，張開、楊溫為左軍，韓存保、李從吉為右軍，項元鎮、荊忠為前後救應使。黨世雄引領三千精兵，上船協助劉夢龍水軍船隻，就行監戰。諸軍盡皆得令，整束了三日，請高太尉看閱諸路軍馬。高太尉親自出城，一一點看了，便遣大小三軍並水軍一齊進發，逕望梁山泊來。且說董平、張清回寨，說知備細，宋江與衆頭領統率大軍，下山不遠，早見官軍到來。前軍射住陣腳，兩邊拒定人馬，只見先鋒王煥出陣，使一條長槍，在馬上厲聲高叫：「無端草寇，敢死村夫！認得大將王煥麼？」對陣繡旗開處，

註

※4晚爺：繼父。
※5大頑：大笨蛋。頑，愚昧痴妄。

評點

◎15.留宣和原號，此處才出，好。（芥眉）
◎16.大頑二字妙。以事實其人，似非造出，妙。（袁眉）
◎17.此處不就勝他，都有關目。（容眉）
◎18.只此便失敗了。（容眉）

宋江親自出馬，與王煥聲喏道：「王節度，你年紀高大了，不堪與國家出力，當槍對敵，恐有些一差二誤，枉送了你一世清名。你回去罷！另教年紀小的出來戰。」◎19王煥聽得大怒，罵道：「你這廝是個文面俗吏，安敢抗拒天兵！」宋江答道：「王節度，你休逞好手，我這一班兒替天行道的好漢，不到得輸與你！」王煥便挺槍戳將過來。宋江馬後，早有一將，鑾鈴響處，挺槍出陣。宋江看時，卻是豹子頭林沖，來戰王煥。兩馬相交，衆軍助喊，高太尉自臨陣前，勒住馬看。只聽得兩軍吶喊喝采，果是馬軍踏鐙擡身看，步卒掀盔舉眼觀。兩個施逞諸路槍法，但見：

一個屏風槍勢如霹靂，一個水平槍勇若奔雷。一個朝天槍難防難躲，一個鑽風槍怎敵怎遮。這個恨不得槍戳透九霄雲漢，那個恨不得槍刺透九曲黃河。一個槍如蟒離岩洞，一個槍似龍躍波津。一個使槍的雄似虎吞羊，一個使槍的俊如鶻撲兔。

王煥大戰林沖，約有七、八十合，不分勝敗。兩邊各自鳴金，二將分開，各歸本陣。只見節度使荊忠到前軍，馬上欠身，稟覆高太尉道：「小將願與賊人決一陣，乞請鈞旨。」高太尉便教荊忠出馬交戰。宋江馬後鸞鈴響處，呼延灼來迎。荊忠使一口大桿刀，騎一匹瓜黃馬，二將交鋒，約鬥二十合，被呼延灼賣個破綻，隔過大刀，順手提起鋼鞭來，只一下，打個襯手※6，正著荊忠腦袋，打得腦漿迸流，眼珠突出，死於馬下。高俅看見折了一個節度使，火急便差項元鎮，驟馬挺槍，飛出陣前，大喝：「草賊敢戰

吾麼？」宋江馬後，雙槍將董平撞出陣前，來戰項元鎮。兩個鬥不到十合，項元鎮霍地勒回馬，拖了槍便走。董平拍馬去趕，項元鎮不入陣去，繞著陣腳，落荒而走。董平飛馬去追，項元鎮帶住槍，左手拈弓，右手搭箭，拽滿弓，翻身背射一箭。董平聽得弓弦響，擡手去隔，一箭正中右臂，棄了槍，撥回馬便走。◎20項元鎮掛著弓，拈著箭，倒趕將來。呼延灼、林冲見了，兩騎馬各出，救得董平歸陣。高太尉指揮大軍混戰，宋江先教救了董平回山，後面軍馬，遮攔不住，都四散奔走。高太尉直趕到水邊，卻調人去接應水路船隻。

且說劉夢龍和黨世雄布領水軍，乘駕船隻，迤邐前投梁山泊深處來，只見茫茫蕩蕩，盡是蘆葦蒹葭，密密遮定港汊。這裏官船，檣篙不斷，相連十餘里水面。正行之間，只聽得山坡上一聲炮響，四面八方，小船齊出，那官船上軍士，先有五分懼怯，看了這等蘆葦深處，盡皆慌了。怎禁得蘆葦裏面埋伏著小船，齊出衝斷大隊。官船前後不相救應，大半官軍棄船而走。梁山泊好漢，看見官軍陣腳亂了，一齊嗚鼓搖船，直衝上來。劉夢龍和黨世雄急回船時，原來經過的淺港內，都被梁山泊好漢用小船裝載柴草，砍伐山中木植，塡塞斷了，那櫓槳竟搖不動。衆多軍卒，盡棄了船隻下水。劉夢龍脫下戎裝披掛，爬過水岸，揀小路走了。這黨世雄不肯棄船，只顧叫水軍尋港汊深處搖去，不到二里，只見前面三隻小船，船上是阮氏三雄，各人手執蓼葉槍，挨近船邊來，衆多

註
※6襯手：順手，趁手。

評點
◎19.惡甚，妙甚。（容眉）
◎20.偶挫，亦是不順局處。（芥眉）

張橫在水中捉住黨世雄。（朱寶榮繪）

駕船軍士都跳下水裏去了。黨世雄自持鐵搠，立在船頭上與阮小二交鋒。阮小二也跳下水裏去，阮小五、阮小七兩個逼近身來。黨世雄見不是頭，撇了鐵搠，也跳下水裏去了。只見水底下鑽出船火兒張橫來，一手揪住頭髮，一手提定腰胯，滴溜溜丟上蘆葦根頭；先有十數個小嘍囉躲在那裏，鐃鈎套索搭住，活捉上水滸寨來。卻說高太尉見水面上船隻，都紛紛滾滾，亂投山邊去了，船上縛著的，盡是劉夢龍水軍的旗號，情知水路裏又折了一陣。忙傳軍令，且教收兵，回濟州去，別作道理。五軍比及要退，又值天晚，只聽得四下裏火炮不住價響，宋江軍馬，不知幾路殺將來。高太尉只叫得苦了也。正是：陰陵※7失路逢神弩，赤壁鏖兵※8遇怪風。畢竟高太尉怎地脫身？且聽下回分解。◎21

註

※7陰陵：春秋楚邑，爲項羽兵敗後迷失道處。漢時置縣。故城在今安徽定遠西北。

※8鏖兵：鏖，音敖。激烈地戰鬥；苦戰。

評點

◎21.蔡京已喪師失律，高俅起而繼之，宋朝可謂無人，且下水即度亦是有用人才，而統率者非人，僨轅覆轍，甚爲可矜。（袁評）

第七十九回 劉唐放火燒戰船　宋江兩敗高太尉

話說當下高太尉望見水路軍士，情知不濟，正欲回軍，只聽得四邊炮響，急收聚衆將，奪路而走。原來梁山泊只把號炮四下裏施放，卻無伏兵，只嚇得高太尉心驚膽戰，鼠竄狼奔，連夜收軍回濟州。◎1計點步軍，折陷不多，水軍折其大半，戰船沒一隻回來，◎2劉夢龍逃難得回。軍士會水的，逃得性命，不會水的，都渰死在水中。高太尉軍威折挫，銳氣摧殘，且向城中屯駐軍馬，等候牛邦喜拘刷船到，再差人齎公文去催，不論是何船隻，堪中的盡數拘拿，解赴濟州，◎3整頓征進。

卻說水滸寨中，宋江先和董平上山，拔了箭矢，喚神醫安道全用藥調治。安道全使金瘡藥敷住瘡口，在寨中養病。吳用收住衆頭領上山，水軍頭領張橫解黨世雄到忠義堂上請功。宋江教且押去後寨軟監著，將奪到的船隻盡數都收入水寨，分派與各頭領去了。再說高太尉在濟州城中，會集諸將，商議收剿梁山之策，數內上黨節度使徐京稟道：「徐某幼年遊歷江湖，使槍賣藥之時，◎4曾與一人交游。那人深通韜略，善曉兵機，有孫吳之才調，諸葛之智謀，姓聞名煥章，現在東京城外安仁村教學。若得此人來爲參謀，可以敵吳用之詭計。」◎5高太尉聽說，便差首將一員，齎帶緞匹鞍馬，星夜回東京，禮請這教村學秀才聞煥章來，爲軍前參謀，便要早赴濟州，一同參贊軍務。那員首將回京去，不得三、五日，城外報來，宋江軍馬，直到城邊搦戰。高太尉聽了大怒，隨即點就本部軍兵，出城迎敵，就令各寨節度使同出交鋒。

卻說宋江軍馬見高太尉提兵至近，急忙退十五里外平川曠野之地。高太尉引軍趕去，宋江兵馬已向山坡邊擺成陣勢，紅旗隊裏，捧出一員猛將，號旗上寫得分明，乃是雙鞭呼延灼。兜住馬，橫著槍，立在陣前。高太尉看見道：「這廝便是統領連環馬時背反朝廷的。」便差雲中節度使韓存保出馬迎敵。這韓存保善使一枝方天畫戟。兩個在陣前，更不打話，一個使戟去搠，一個用槍來迎。兩個戰到五十餘合，呼延灼賣個破綻，閃出去，拍著馬，望山坡下便走。韓存保緊要幹功，跑著馬趕來。八個馬蹄翻盞撒鈸相似，約趕過五、七里無人之處，看看趕上，呼延灼勒回馬，帶轉槍，舞起雙鞭來迎。兩個又鬥十數合之上，用雙鞭分開畫戟，回馬又走。韓存保尋思：「這廝槍又近不得我，鞭又贏不得我，我不就這裏趕上，活拿這賊，更待何時？」搶將近來，趕轉一個山嘴，有兩條路，竟不知呼延灼何處去了。韓存保勒馬上坡來望時，只見呼延灼繞著一條溪走。存保大叫：「潑賊，你走那裏去！快下馬來受降，饒你命！」呼延灼不走，大罵存保。韓存保卻大寬轉來抄呼延灼後路。兩個卻好在溪邊相迎著。一邊是山，一邊是溪，只中間一條路，兩匹馬盤旋不得。呼延灼道：「你不降我，更待何時！」韓存保道：「你是我手裏敗將，倒要我降你？」呼延灼道：「我漏你到這裏，正要活捉你。你性命只在頃刻！」韓存保道：「我正來活捉你！」兩個舊氣又起。韓存保挺著長戟，望呼延

評點

◎1.即前不窮追童貫意，彼結於卷末，此揭於卷首。（袁眉）
◎2.應於水上船上銷繳。（芥夾）
◎3.已害地方多矣。（芥眉）
◎4.見也是夥中人。（芥夾）
◎5.又尋一個聞煥章，對照吳加亮，亦有意頭。（袁眉）

灼前心兩脇軟肚上，雨點般搠將來。呼延灼用槍左撥右逼，捽風般搠入來。兩個又鬥了三十來合。正鬥到濃深處，韓存保一戟，望呼延灼軟脇搠來，呼延灼一槍，望韓存保前心刺去。兩個各把身軀一閃，兩般軍器都從脇下搠來。呼延灼挾住韓存保戟桿，韓存保扭住呼延灼槍桿。兩個都在馬上，你扯我拽，挾住腰胯，用力相爭。韓存保的馬後蹄先塌下溪裏去了，呼延灼連人和馬也拽下溪裏去了。兩個在水中扭做一塊。那兩匹馬濺起水來，一人一身水。呼延灼棄了手裏的槍，挾住他的戟桿，急去掣鞭時，韓存保也撇了他的槍桿，雙手按住呼延

韓存保和呼延灼一路爭鬥，都跌落在水裏，張清恰好趕到。（朱寶榮繪）

灼兩條臂，你揪我扯，兩個都滾下水去。那兩匹馬迸星也似跑上岸來，望山邊去了。兩個在溪水中都滾沒了軍器，頭上戴的盔沒了，身上衣甲飄零，兩個只把空拳來在水中廝打，一遞一拳，正在水深裏，又拖上淺水裏來。◎6正解拆不開，岸上一彪軍馬趕到，爲頭的是沒羽箭張清。衆人下手，活捉了韓存保。差人急去尋那走了的兩匹戰馬，只見那馬卻聽得馬嘶人喊，也跑回來尋隊，因此收住。◎7又去溪中撈起軍器，還呼延灼，帶濕上馬，卻把韓存保背剪縛在馬上，一齊都奔峪口。

只見前面一彪軍馬，來尋韓存保，兩家卻好當住。爲頭兩員節度使，一個是梅展，一個是張開。因見水淥淥地馬上縛著韓存保，梅展大怒，舞三尖兩刃刀，直取張清。交馬不到三合，張清便走，梅展趕來，張清輕舒猿臂，款扭狼腰，只一石子飛來，正打中梅展額角，鮮血迸流，撇了手中刀，雙手掩面。張清急便回馬，卻被張開搭上箭，拽滿弓，一箭射來。張清把馬頭一提，正射中馬眼，那馬便倒。張清跳在一邊，拈著槍便來步戰。那張清原來只有飛石打將的本事，槍法上卻慢。張開先救了梅展，次後來戰張清。馬上這條槍，神出鬼沒，張清只辦得架隔，遮攔不住，拖了槍，便走入馬軍隊裏躲閃。◎8張開槍馬到處，殺得五、六十馬軍，四分五落，再奪得韓存保。卻待回來，只見喊聲大舉，峪口兩彪軍到，一隊是霹靂火秦明，一隊是大刀關勝，兩個猛將殺來。張開只保得梅展走了，衆軍兩路殺入來，又奪了韓存保。◎9張清搶了一匹馬，呼延灼使盡氣力，只好隨衆廝殺，一齊掩擊到官軍隊前，乘勢衝動，退回濟州。梁山泊軍馬也不追

評點

◎6.好一對敵手。（容眉）
◎7.說馬亦有情，妙。（袁眉）
◎8.一勝一敗，都有伸縮。妙，妙。（容眉）
◎9.一個韓存保奪來奪去，變幻之極。（袁眉）

趕，只將韓存保連夜解上山寨來。宋江等坐在忠義堂上，見縛到韓存保來，喝退軍士，親解其索，請坐廳上，殷勤相待。韓存保感激無地，就請出黨世雄相見，一同管待。宋江道：「二位將軍，切勿相疑，宋江等並無異心，◎10只被濫官污吏，逼得如此。若蒙朝廷赦罪招安，情願與國家出力。」韓存保道：「前者陳太尉賫到招安詔赦來山，如何不乘機會去邪歸正？」宋江答道：「便是朝廷詔書，寫得不明，更兼用村醪倒換御酒，因此弟兄眾人心皆不伏。那兩個張幹辦、李虞候，擅作威福，恥辱眾將。」韓存保道：「只因中間無好人維持，誤了國家大事。」宋江設筵管待已了，次日，具備鞍馬，送出谷口。這兩個在路上說宋江許多好處，回到濟州城外，卻好晚了。次早入城，來見高太尉，說宋江把二將放回之事。高俅大怒道：◎11「這是賊人詭計，慢我軍心！你這二人，有何面目見吾！左右與我推出，斬訖報來！」王煥等眾官都跪下告道：「非干此二人之事，乃是宋江、吳用之計。若斬此二人，反被賊人恥笑。」高太尉被眾人苦告，饒了兩個性命，削去本身職事，發回東京泰乙宮※1聽罪。這兩個解回京師。

原來這韓存保是韓忠彥的侄兒。忠彥乃是國老太師，◎12朝廷官員都有出他門下。有個門館※2教授，姓鄭名居忠，原是韓忠彥擡舉的人，現任御史大夫。韓存保把上件事告訴他。居忠上轎，帶了存保來見尚書余深，同議此事。余深道：「須是稟得太師，方可面奏。」◎13二人來見蔡京說：「宋江本無異心，只望朝廷招安。」蔡京道：「前者毀詔謗上，如此無禮，不可招安，只可剿捕！」二人稟說：「前番招安，惜為去人不布朝廷

德意，用心撫恤；不用嘉言，專說利害，以此不能成事。」蔡京方允。約至次日早朝，道君天子升殿，蔡京奏准再降詔敕，令人招安。天子曰：「現今高太尉使人來請安仁村聞煥章爲參謀，早赴軍前委用，就差此人伴使前去。如肯來降，悉免本罪。如仍不伏，就著高俅定限，日下剿捕盡絕還京。」蔡太師寫成草詔，一面取聞煥章赴省筵宴。原來這聞煥章是有名文士，朝廷大臣多有知識的，俱備酒食迎接。席終各散，一邊收拾起行。有詩爲證：

　　年來教授隱安仁，忽召軍前捧綍綸※3。
　　權貴滿朝多舊識，可無一個薦賢人。

且不說聞煥章同天使出京，卻說高太尉在濟州心中煩惱。門吏報道：「牛邦喜到來。」高太尉便教喚進，拜罷，問道：「船隻如何？」邦喜稟道：「於路拘刷得大小船一千五百餘隻，都到閘下。」太尉大喜，賞了牛邦喜，便傳號令，教把船都放入闊港，每三隻一排釘住，上用板鋪，船尾用鐵環鎖定。盡數發步軍上船，其餘馬軍，近水護送船隻。比及編排得軍士上船，訓練得熟，已得半月之久，梁山泊盡都知了。吳用喚劉唐受計，掌管水路建功。眾多水軍頭領，各各準備小船，船頭上排排釘住鐵葉，船艙裏裝載蘆葦乾柴，柴中灌著硫黃焰硝引火之物，屯住在小港內。卻教炮手淩振，於四望高山

註

※1泰乙宮：天神泰乙的廟。
※2門館：指聘請教書先生教授自己子弟的私塾。
※3綍綸：音伏輪。帝王詔書。

評點

◎10.言之再三，可憐可憐。（袁眉）
◎11.還像個太尉。（容眉）
◎12.方在戰時即在韓存保身上埋招安張本，又的有名人證據，此非他小說所能及。（袁眉）
◎13.好一班有用人。（容眉）

高俅徵集了大量戰船，準備攻打梁山泊。圖為大連東海公園的古戰船縮微模型。拍攝時間2003年10月18日。（章力／fotoe提供）

上放炮為號；又於水邊樹木叢雜之處，都縛旌旗於樹上，每一處設金鼓火炮，虛屯人馬，假設營疊，請公孫勝作法祭風。旱地上分三隊軍馬接應。吳用指畫已了。

卻說高太尉在濟州催起軍馬，水路統軍卻是牛邦喜，又同劉夢龍並黨世英這三個掌管。高太尉披掛了，發三通擂鼓，水港裏船開，旱路上馬發，船行似箭，馬去如飛，殺奔梁山泊來。先說水路裏船隻，連篙不斷，金鼓齊鳴，迤邐殺入梁山泊深處，並不見一隻船。看看漸近金沙灘，只見荷花蕩裏，兩隻打魚船，每隻船上只有兩個人，拍手大笑。頭船上劉夢龍便叫放箭亂射，漁人都跳下水底去了。◎14劉夢龍急催動戰船，漸近金沙灘頭。一帶陰陰的都是細柳，柳樹上拴著兩頭黃牛，綠莎草上睡著三、四個牧童，遠遠地又有一個牧童，倒騎著一頭黃牛，口中嗚嗚咽咽吹著一管笛子來。◎15劉夢龍便教先鋒悍勇的首先登岸。那幾個牧童跳起來，呵呵大笑，盡穿入柳陰

評點

◎14.應敵頗閑暇。（容眉）
◎15.好景。戰場上著此等畫幅，奇絕。（袁眉）

深處去了。前陣五、七百人搶上岸去。那柳陰樹中，一聲炮響，兩邊戰鼓齊鳴，左邊就衝出一隊紅甲軍，爲頭是霹靂火秦明。右邊衝出一隊黑甲軍，爲頭是雙鞭呼延灼。各帶五百軍馬，截出水邊。劉夢龍急招呼軍士下船時，已折了大半軍校。牛邦喜聽得前軍喊起，便教後船且退。只聽得山頂上連珠炮響，蘆葦中颼颼有聲，卻是公孫勝披髮仗劍，踏罡布斗，在山頂上祭風。初時穿林透樹，次後走石飛砂，須臾白浪掀天，頃刻黑雲覆地，紅日無光，狂風大作。劉夢龍急教棹船回時，只見蘆葦叢中，藕花深處，小港狹汊，都棹出小船來，鑽入大船隊裏。鼓聲響處，一齊點著火把，霎時間，大火競起，烈焰飛天，四分五落，都穿在大船內。前後官船，一齊燒著。怎見得火起，但見：

黑煙迷綠水，紅焰起清波。風威捲荷葉滿天飛，火勢燎蘆林連梗斷。神號鬼哭，昏昏日色無光；嶽撼山崩，浩浩波聲若怒。艦航※4盡倒，舵櫓皆休。船尾旌旗不見青紅交雜，樓頭劍戟難排霜雪爭叉※5。僵屍與魚鱉同浮，熱血共波濤並沸。千條火焰連天起，萬道煙霞貼水飛。

當時劉夢龍見滿港火飛，戰船都燒著了，只得棄了頭盔衣甲，跳下水去，又不敢傍岸，揀港深水闊處，赴將開去逃命。蘆林裏面一個人，獨駕著小船，直迎將

火船兒張橫。（葉雄繪）

註

※4航：行船或飛行。

※5爭叉：交叉。

來，劉夢龍便鑽入水底下去了。卻好一個人攔腰抱住，拖上船來。撐船的是出洞蛟童威，攔腰抱的是混江龍李俊。卻說牛邦喜見四下官船隊裏火著，也棄了戎裝披掛，卻待下水，船梢上鑽起一個人來，拿著撓鈎，劈頭搭住，倒拖下水裏去。那人是船火兒張橫。這梁山泊內殺得屍橫水面，血濺波心，焦頭爛額者，不計其數。只有黨世英搖著小船，正走之間，蘆林兩邊弩箭弓矢齊發，射死水中。衆多軍卒，會水的逃得性命回去，不會水的，盡皆淹死。生擒活捉者，都解投大寨。李俊捉得劉夢龍，張橫捉得牛邦喜，欲待解上山寨，惟恐宋江又放了。兩個好漢自商量，把這二人就路邊結果了性命，割下首級，送上山來。◎16再說高太尉引領軍馬在水邊策應，只聽得連珠炮響，鼓聲不絕，料道是水面上廝殺，驟著馬前來，靠山臨水探望。只見紛紛軍士，都從水裏逃命，爬上岸來。高俅認得是自家軍校，問其原故，說被放火燒盡船隻，俱各不知所在。◎17高太尉聽了，心內越慌。但望見喊聲不斷，黑煙滿空，急引軍回舊路時，山前鼓聲響處，衝出一隊馬軍攔路，當先急先鋒索超掄起開山大斧，驟馬搶近前來。高太尉身邊節度使王煥，挺槍便出，與索超交戰。鬥不到五合，索超撥回馬便走。高太尉引軍追趕，轉過山嘴，早不見了索超。正走間，背後豹子頭林沖引軍趕來，又殺一陣。再走不過六、七里，又是青面獸楊志引軍趕來，又殺一陣。又奔不到八、九里，背後美髯公朱仝趕上來，又殺一陣。這是吳用使的追趕之計，不去前面攔截，只在背後趕殺，敗軍無心戀戰，只顧奔走，救護不得後軍。因此高太尉被趕得慌，飛奔濟州，比及入得城時，已自三更。又

評點

◎16.又變，妙。（袁眉）
◎17.從來敗軍如此，可憐可笑。（袁眉）
◎18.只趕潛去，皆映出前情。（袁眉）
◎19.從來奸吏如此。（容眉）

聽得城外寨中火起，喊聲不絕，原來被石秀、楊雄埋伏下五百步軍，放了三、五把火，潛地去了。◎18驚得高太尉魂不附體，連使人探視，回報去了，方纔放心。整點軍馬，折其大半。

高俅正在納悶間，遠探報道：「天使到來。」高俅遂引軍馬，並節度使出城迎接，見了天使，就說降詔招安一事。都與聞煥章參謀使相見了，同進城中帥府商議。高太尉先討抄白※6備照觀看。待不招安來，又連折了兩陣，拘刷得許多船隻，又被盡行燒毀，待要招安來，恰又羞回京師。心下躊躇，數日主張不定。不想濟州有一個老吏，姓王名瑾，那人平生克毒，人盡呼為剜心王，卻是濟州府撥在帥府供給的吏。因見了詔書抄白，更打聽得高太尉心內遲疑不決，遂來帥府，呈獻利便事件，◎19稟說：「貴人不必沉吟，小吏看見詔上已有活路。這個寫草詔的翰林待詔，必與貴人好，先開下一個後門了。」高太尉見說大驚，便問道：「你怎見得先開下後門？」王瑾稟道：

※6抄白：公文的抄本或副本。

❀高俅與王瑾設計改讀詔書。（日版畫，出自《新編水滸畫傳》，葛飾戴斗繪）

「詔書上最要緊是中間一行。道是：『除宋江、盧俊義等大小人衆，所犯過惡，並與赦免。』此一句是囫圇話。如今開讀時，卻分作兩句讀，將『除宋江』另做一句，◎20『盧俊義等大小人衆，所犯過惡，並與赦免』另做一句。賺他漏到城裏，捉下爲頭宋江一個，把來殺了，卻將他手下衆人盡數拆散，分調開去。自古道：『蛇無頭而不行，鳥無翅而不飛。』但沒了宋江，其餘的做得甚用？◎21此論不知恩相貴意若何？」高俅大喜，隨即升王瑾爲帥府長史，便請聞參謀說知此事。聞煥章諫道：「堂堂天使，只可以正理相待，不可行詭詐於人。倘或宋江以下有智謀之人識破，翻變起來，深爲未便。」◎22高太尉道：「非也！自古兵書有云：『兵行詭道。』豈可用得正大？」聞參謀道：「然雖兵行詭道，這一事是天子聖旨，乃以取信天下。自古王言如綸如綍※7，因此號爲玉音，不可移改。今若如此，後有知者，難以此爲准信。」高太尉道：「且顧眼下，卻又理會。」◎23遂不聽聞煥章之言。先遣一人往梁山泊報知，令宋江等全夥，前來濟州城下，聽天子詔敕，赦免罪犯。

　　卻說宋江又贏了高太尉這一陣。燒了的船，令小校搬運做柴，不曾燒的，拘收入水寨。但是活捉的軍

高俅戰敗，朝廷又擬招安。圖為宋代讀聖旨的官員的蠟像。現存山東泰山岱廟。拍攝時間2006年7月19日。（聶鳴／fotoe提供）

將，盡數陸續放回濟州。當日宋江與大小頭領正在忠義堂上商議，小校報道：「濟州府差人上山來報道：『朝廷特遣天使，頒降詔書，赦罪招安，加官賜爵，特來報喜。』」宋江聽罷，喜從天降，笑逐顏開。便叫請那報事人到堂上問時，那人說道：「朝廷降詔，特來招安。高太尉差小人前來，報請大小頭領，都要到濟州城下行禮，開讀詔書。並無異議，勿請疑惑。」宋江叫請軍師商議定了，且取銀兩、緞匹，賞賜來人，先發付回濟州去了。宋江傳下號令，大小頭領，盡教收拾去聽開讀詔書。盧俊義道：「兄長且未可性急，誠恐這是高太尉的見識，兄長不宜便去。」宋江道：「你們若如此疑心時，如何能夠歸正？還是好歹去走一遭。」吳用笑道：「高俅那廝，被我們殺得膽寒心碎，便有十分的計策，也施展不得。放著衆兄弟一班好漢，不要疑心，只顧跟隨宋公明哥哥下山。我這裏先差黑旋風李逵，引著樊瑞、鮑旭、項充、李袞，將帶步軍一千，埋伏在濟州東路；再差一丈青扈三娘，引著顧大嫂、孫二娘、王矮虎、孫新、張青，將帶馬軍一千，埋伏在濟州西路。若聽得連珠炮響，殺奔北門來取齊。」吳用分調已定，衆頭領都下山，只留水軍頭領看守寨柵。只因高太尉要用詐術，誘引這夥英雄下山，不聽聞參謀諫勸，誰想只就濟州城下，翻為九里山前。正是：只因一紙君王詔，惹起全班壯士心。畢竟衆好漢怎地大鬧濟州？且聽下回分解。◎24

註

※7 如綸如綍：《禮記．緇衣》：「王言如絲，其出如綸；王言如綸，其出如綍。」後因以「龍綍」指帝王的詔旨；用如綸如綍，形容說話光明正大、冠冕堂皇。

評點

◎20. 小聰明濟得恁事！可惡可惡。（容夾）
◎21. 放屁放屁。（容眉）
◎22. 如此好參謀，安得不終身爲老學究？（芥眉）
◎23. 世人只爲顧眼下，壞了國家多少！（芥眉）
◎24. 高俅手下，有張開、韓存保二將，亦可致敵；若聞煥章爲參謀，則鄙陋之甚矣。（袁評）

第八十回

張順鑿漏海鰍船※1　宋江三敗高太尉

話說高太尉在濟州城中帥府坐地，喚過王煥等衆節度商議，傳令將各路軍馬，拔寨收入城中。教現在節度使俱各全副披掛，伏於城內。各寨軍士，盡數準備，擺列於城中。城上俱各不竪旌旗，只於北門上立黃旗一面，上書「天詔」二字。高俅與天使衆官，都在城上，只等宋江到來。當日梁山泊中，先差沒羽箭張清，將帶五百哨馬，到濟州城邊周迴轉了一遭，望北去了。須臾，神行太保戴宗步行來探了一遭。人報與高太尉，親自臨月城※2上，女墻邊，左右從者百餘人，大張麾蓋，前設香案。遙望北邊宋江軍馬到來，前面金鼓，五方旌旗，衆頭領簸箕掌，栲栳圈，雁翅一般，擺列將來。當先爲首，宋江、盧俊義、吳用、公孫勝，在馬上欠身，與高太尉聲喏。高太尉見了，使人在城上叫道：「如今朝廷赦你們罪犯，特

⊗ 使者在詔書上作手腳，花榮怒射赦使。（日版畫，出自《新編水滸畫傳》，葛飾戴斗繪）

來招安，如何披甲前來？」宋江使戴宗至城下回覆道：「我等大小人員，未蒙恩澤，不知詔意如何，未敢去其介冑。望太尉周全。可盡喚在城百姓耆老，一同聽詔，那時承恩卸甲。」高太尉出令，教喚在城耆老百姓，盡都上城聽詔。無移時，紛紛滾滾，盡皆到了。宋江等在城下，看見城上百姓老幼擺滿，方纔勒馬向前。鳴鼓一通，衆將下馬。鳴鼓二通，衆將步行到城邊，背後小校，牽著戰馬，離城一箭之地，齊齊地伺候著。◎1鳴鼓三通，衆將在城下拱手，聽城上開讀詔書。那天使讀道：

制曰：人之本心，本無二端；國之恆道，俱是一理。作善則爲良民，造惡則爲逆黨。朕聞梁山泊聚衆已久，不蒙善化，未復良心。今差天使頒降詔書，除宋江——盧俊義等大小人衆所犯過惡，並與赦免。◎2其爲首者，詣京謝恩；協隨助者，各歸鄉閭※3。嗚呼，速霑雨露，以就去邪歸正之心；毋犯雷霆，當效革故鼎新之意。故茲詔示，想宜悉知。

宣和　年　月　日

當時軍師吳用正聽讀到「除宋江」三字，便目視花榮道：「將軍聽得麼？」卻纔讀罷詔書，花榮大叫：「既不赦我哥哥，我等投降則甚？」搭上箭，拽滿弓，望著那個開詔使臣道：「看花榮神箭！」一箭射中面門，衆人急救。城下衆好漢一齊叫聲：

註

※1海鰍船：古代的一種戰船，形狀像鯨魚。

※2月城：在城門外修築的用來掩護城門的半圓形小城，又叫甕城。

※3鄉閭：亦作「鄉閭」。古以二十五家爲閭，一萬二千五百家爲鄉，因以「鄉閭」泛指民衆聚居之處。也指家鄉，故里。

評點

◎1.嵌此數語，有意思。（袁夾）

◎2.「除宋江」這等想頭，從天而墮，把奸吏心肝都寫出。（容眉）

「反！」亂箭望城上射來，高太尉迴避不迭。四門突出軍馬來，宋江軍中，一聲鼓響，一齊上馬便走。城中官軍追趕，約有五、六里回來。只聽得後軍炮響，東有李逵，引步軍殺來。西有扈三娘，引馬軍殺來。兩路軍兵，一齊合到。官軍只怕有埋伏，急退時，宋江全夥卻回身捲殺將來。三面夾攻，城中軍馬大亂，急急奔回，殺死者多。宋江收軍，不教追趕，自回梁山泊去了。

卻說高太尉在濟州寫表，申奏朝廷說：「宋江賊寇，射死天使，不伏招安。」外寫密書，送與蔡太師、◎3童樞密、楊太尉，煩為商議，教太師奏過天子，沿途接應糧草，星夜發兵前來，併力剿捕群賊。卻說蔡太師收得高太尉密書，逕自入朝，奏知天子。天子聞奏，龍顏不悅云：「此寇數辱朝廷，累犯大逆！」隨即降敕，教諸路助軍馬，並聽高太尉調遣。楊太尉已知節次失利，再於御營司選撥二將，就於龍猛、虎翼、捧日、忠義四營內，各選精兵五百，共計二千，跟隨兩個上將，去助高太尉殺賊。這兩員將軍是誰？一個是八十萬禁軍都教頭，官帶左義衛親軍指揮使，護駕將軍丘岳；一

小李廣花榮。（葉雄繪）

評點

◎3.邊臣智用往往如此。（芥眉）
◎4.加料品目，耀燦可觀。（芥眉）

個是八十萬禁軍副教頭，官帶右義衛親軍指揮使，車騎將軍周昂。這兩個將軍累建奇功，名聞海外，深通武藝，威鎮京師，又是高太尉心腹之人。當時楊太尉點定二將，限目下起身，來辭蔡太師。蔡京分付道：「小心在意，早建大功，必當重用！」二將辭謝了，去四營內，一個個選揀身長體健、腰細膀闊，山東、河北，能登山、慣赴水，那一等精銳軍漢，撥與二將。這丘岳、周昂辭了衆省院官，去辭楊太尉稟說：「明日出城。」楊太尉各賜與二將五匹好馬，以爲戰陣之用。二將謝了太尉，各自回營，收拾起身。次日，軍兵拴束了行程，都在御營司前伺候。丘岳、周昂二將分做四隊，龍猛、虎翼二營一千軍，有二千餘騎軍馬，丘岳總領。捧日、忠義二營一千軍，也有二千餘騎軍馬，周昂總領。又有一千步軍，分與二將隨從。丘岳、周昂到辰牌時分，擺列出城。楊太尉親自在城門上看軍。且休說小校威雄，親隨勇猛。去那兩面繡旗下，一叢戰馬之中，簇擁著護駕將軍丘岳。怎生打扮？但見：

戴一頂纓撒火、錦兜鍪、雙鳳翅照天盔。披一副綠絨穿、紅綿套、嵌連環鎖子甲。穿一領◎4翠沿邊、珠絡縫、荔枝紅、圈金繡戲獅袍。繫一條襯金葉、玉玲瓏、雙獺尾、紅鞓釘盤螭帶※4。著一雙簇金線、海驢皮、胡桃紋、抹綠色

宋代三弓床弩。

註

※4盤螭帶：螭，音吃。古代傳說中一種沒有角的龍。古建築或器物、工藝品上，常用它的形狀作裝飾。盤螭帶，繡有盤龍的絲帶。

雲根靴。彎一張紫檀靶、泥金梢、龍角面、虎筋弦寶雕弓。懸一壺紫竹桿、朱紅扣、鳳尾翎、狼牙金點鋼箭。掛一口七星裝、沙魚鞘、賽龍泉、欺巨闕霜鋒劍。橫一把撒朱纓、水磨桿、龍吞頭、偃月樣三停刀。騎一匹快登山、能跳澗、背金鞍、搖玉勒胭脂馬。

那丘岳坐在馬上，昂昂奇偉，領著左隊人馬。東京百姓看了，無不喝采。隨後便是右隊，捧日、忠義兩營軍馬，端的整齊。去那兩面繡旗下，一叢戰馬之中，簇擁著車騎將軍周昂。怎生打扮？但見：

戴一頂吞龍頭、撒青纓、珠閃爍爛銀盔。披一副損槍尖、壞箭頭、襯香綿熟鋼甲。穿一領繡牡丹、飛雙鳳、圈金線絳紅袍。繫一條稱狼腰、宜虎體、嵌七寶麒麟帶。著一雙起三尖、海獸皮、倒雲根虎尾靴。彎一張雀畫面、龍角靶、紫綜繡六鈞弓。攢一壺皂雕翎、鐵木桿、透唐猊鑿子箭。使一柄欺袁達、賽石丙、劈開山金蘸斧。馭一匹負千斤、高八尺、能銜陣火龍駒。懸一條簡銀桿、四方棱、賽金光劈楞簡。

這周昂坐在馬上，停停威猛，領著右隊人馬來到城邊，與丘岳下馬，來拜辭楊太尉，作別衆官，離了東京，取路望濟州進發。

且說高太尉在濟州，和聞參謀商議，比及添撥得軍馬到來，先使人去近處山林，砍伐木植大樹。附近州縣，拘刷造船匠人，就濟州城外，搭起船場，打造戰船。一面出榜，招募敢勇水手軍士。濟州城中客店內，歇著一個客人，姓葉名春，原是泗州人氏，善會造船。因來山東，路經梁山泊過，被他那裏小夥頭目劫了本錢，流落在濟州，不能夠回鄉。聽得高太尉要伐木造船，征進梁山泊，以圖取勝，將紙畫成船樣，來見高太尉。拜罷，稟道：「前者恩相以船征進，爲何不能取勝？蓋因船隻皆是各處拘刷將來的，使風搖櫓，俱不得法。更兼船小底尖，難以用武。葉春今獻一計，若要收伏此寇，必須先造大船數百隻。最大者名爲大海鰍船。兩邊置二十四部水車，船中可容數百人，每車用十二個人踏動，外用竹笆遮護，可避箭矢。船面上豎立弩樓，另造剗車※5擺佈放於上。如要進發，垜樓上一聲梆子響，二十四部水車，一齊用力踏動，其船如飛，他將何等船隻可以攔當！若是遇著亂軍，船面上伏弩齊發，他將何物可以遮護！其第二等船，名爲小海鰍船。兩邊只用十二部水車，船中可容百十人，前面後尾，都釘長釘，兩邊亦立弩樓，仍設遮洋笆片※6。這船卻行梁山泊小港，當住這廝私路伏兵。若依此計，梁山之寇，指日唾手可平。」高太尉聽說，看了圖樣，心中大喜。便叫取酒食衣服，賞了葉春，就著做監造戰船都作頭。連日曉夜催併，砍伐木植，限日定時，要到濟州交納。各路府州縣，均派合用造船物料。如若違限二日，笞四十，每一日加一等。若違限五日外者，定依軍令處斬。各處逼迫守令催督，百姓亡者數多，衆民嗟怨。◎5有詩爲證：

註

※5剗車：剗，音產。裝在船上用來撞擊敵船的一種器械。

※6遮洋笆片：船邊用來遮擋的竹片。

評點

◎5.又先輸了。（容眉）

井蛙小見豈知天，可慨高俅聽譎言※7。
畢竟鰍船難取勝，傷財勞眾枉徒然。

且不說葉春監造海鰍等船，卻說各處添撥水軍人等，陸續都到濟州。高太尉分撥各寨節度使下聽調，不在話下。只見門吏報道：「朝廷差遣丘岳、周昂二將到來。」高太尉令眾節度使出城迎接。二將到帥府，參見了太尉，親賜酒食，撫慰已畢，一面差人賞軍，一面管待二將。二將便請太尉將令，引軍出城搦戰。高太尉道：「二公且消停數日，待海鰍船完備，那時水陸並進，船騎雙行，一鼓可平賊寇。」◎6丘岳、周昂稟道：「某等覷梁山泊草寇如同兒戲！太尉放心，必然奏凱還京。」高俅道：「二將若果應口，吾當奏知天子前，必當重用。」是日宴散，就帥府前上馬，回歸本寨，且把軍馬屯駐聽調。

不說高太尉催促造船征進，卻說宋江與眾頭領自從濟州城下叫反殺人，奔上梁山泊來，卻與吳用

宋時東京，現在開封的清明上河園內的古船。拍攝時間2003年12月21日。（慧眼／fotoe提供）

等商議道：「兩次招安，都傷犯了天使，越增的罪惡重了，朝廷必然又差軍馬來。」便差小嘍囉下山，去探事情如何，火急回報。不數日，只見小嘍囉探知備細，報上山來：「高俅近日招募一水軍，叫葉春爲作頭，打造大小海鰍船數百隻。東京又新遣差兩個御前指揮，俱到來助戰。一個姓丘名岳，一個姓周名昂，二將英勇。各路又添撥到許多人馬，前來助戰。」宋江便與吳用計議道：「似此大船，飛游水面，如何破得？」吳用笑道：「有何懼哉！只消得幾個水軍頭領便了。◎7旱路上交鋒，自有猛將應敵。然雖如此，料這等大船，要造必在數旬間，方得成就。目今尚有四、五十日光景，先教一、兩個弟兄去那造船廠裏，先薅惱他一遭，後卻和他慢慢地放對。」宋江道：「此言最好！可教鼓上蚤時遷、金毛犬段景住，這兩個走一遭。」吳用道：「再叫張青、孫新扮作拽樹民夫，雜在人叢裏，入船廠去。叫顧大嫂、孫二娘扮做送飯婦人，和一般的婦人雜將入去，卻叫時遷、段景住相幫。再用張清引軍接應，方保萬全。」前後喚到堂上，各各聽令已了。眾人歡喜無限，分投下山，自去行事。◎8

　　卻說高太尉曉夜催促，督造船隻，朝暮捉拿民夫供役。那濟州東路上一帶，都是船廠，趲造大海鰍船百隻，何止匠人數千，紛紛攘攘。那等蠻軍※8都拔出刀來，諕嚇民夫，無分星夜，要趲完備。是日，時遷、段景住先到了廠內，兩個商量道：「眼見得孫、張二夫妻，只是去船廠裏放火，我和你也去那裏，不顯我和你高強。我們只伏在這

註

※7譎言：譎詐的話語。
※8蠻軍：蠻族軍隊。

評點

◎6.忒說容易了。（容眉）
◎7.後應此語。（袁夾）
◎8.以行兵爲戲。妙，妙。（容眉）

裏左右，等他船廠火發，我便卻去城門邊伺候，必然有救軍出來，乘勢閃將入去，就城樓上放起火來，你便卻去城西草料場裏，也放起把火來，教他兩下裏救應不迭。這場驚嚇不小。」◎9兩個自暗暗地相約了，身邊都藏了引火的藥頭，各自去尋個安身之處。

卻說張青、孫新兩個來到濟州城下，看見三、五百人，拽木頭入船廠裏去。張、孫二人雜在人叢裏，也去拽木頭，投廠裏去。廠門口約有二百來軍漢，各帶腰刀，手拿棍棒，打著民夫，盡力拖拽入廠裏面交納。團團一遭，都是排柵，前後搭蓋茅草廠屋，有二、三百間。張青、孫新入到裏面看時，匠人數千，解板的在一處，釘船的在一處，黏船的在一處。匠人、民夫，亂滾滾往來，不計其數。這兩個逕投做飯的笆棚下去躲避。孫二娘、顧大嫂兩個穿了些腌腌臢臢衣服，各提著個飯罐，隨著一般送飯的婦人，打哄入去。看看天色漸晚，月色光明，衆匠人大半尚兀自在那裏掙讚※9未辦的工程。當時近有二更時分，孫新、張青在左邊船廠裏放火，孫二娘、顧大嫂在右邊船廠裏放火。兩下火起，草屋焰騰騰地價燒起來。船廠內民夫、工匠一齊發喊，拔翻衆柵，各自逃生。高太尉正睡間，忽聽得人報道：「船場裏火起！」急忙起來，差撥官軍，出城救應。丘岳、周昂二將，各引本部軍兵，出城救火。去不多時，城樓上一把火起。高太尉聽了，親自上馬，引軍上城救火時，又見報道：「西草場內又一把火起！」照耀渾如白日。丘、周二將，引軍去西草場中救護時，只聽得鼓聲振地，喊殺連天。原來沒羽箭張清，引著五百驃騎馬軍，在那裏埋伏。看見丘岳、周昂引軍來救應，張清便直殺將來，正迎著丘岳、周昂軍馬。張清大喝道：「梁山泊好漢全夥在此！」丘岳大怒，拍馬舞刀，直取張清。張清手搭長槍來迎，不過三合，拍馬便走。丘岳要逞功勞，隨後趕來，大喝：「反賊休走！」張清按住長槍，輕輕去錦袋內偷取個石子在手，扭回身軀，看丘岳來得較近，手起喝聲道：「著！」一石子正中丘岳面門，翻身落馬。周昂見了，便和數個牙將，死命來救丘岳。周昂戰住張清，衆將救得丘岳上馬去了。張清與周昂戰不到數合，回馬便走。周昂不趕。張清又回來，卻見王煥、徐京、楊溫、李從吉四路軍到。張清手招引了五百驃騎軍，竟回舊路去了。這裏官軍恐有伏兵，不敢去趕，自收軍兵回來，且只顧救火。三處火滅，天色已曉。高太尉教看丘岳中傷如何。原來那一石子正打著面門唇口裏，打落了四個牙齒，鼻子、嘴唇都打破了。高太尉著令醫人治療，見丘岳重傷，恨梁山泊深入骨髓。一面使人喚葉春，分付教在意造船征進。船廠四圍，都教節度使下了寨柵，早晚提備，不在話下。卻說張青、孫新夫妻四人，俱各歡喜。時遷、段景住兩個，都回舊路。六人已都有部從人馬，迎接回梁山泊去了。都到忠義堂去說放火一事。宋江大喜，設宴特賞六人。自此之後，不時間使人探視。

造船將完，看看冬到。其年天氣甚暖，高太尉心中暗喜，以爲天助。葉春造船，也都完辦，高太尉催趲水軍，都要上船，演習本事。大小海鰍等船，陸續下水。城中帥府招募到四山五嶽水手人等，約有一萬餘人。先教一半去各船上學踏車，著一半學放弩

註

※9掙趲：趕做。

評點

◎9.更出計外。（芥眉）

箭。不過二十餘日，戰船演習已都完足了。葉春請太尉看船，有詩爲證：

自古兵機在速攻，鋒摧師老豈成功。
高俅鹵莽無通變，經歲勞民造戰艟。◎10

是日，高俅引領衆多節度使、軍官頭目都來看船，把海鰍船三百餘隻，分布水面。選十數隻船遍插旌旗，篩鑼擊鼓，梆子響處，兩邊水車一齊踏動，端的是風飛電走。高太尉看了，心中大喜：似此如飛船隻，此寇將何攔截？此戰必勝。隨取金銀緞匹，賞賜葉春。其餘人匠，各給盤纏，疏放歸家。次日，高俅令有司宰烏牛、白馬、豬、羊、果品，擺列金銀錢紙，致祭水神。排列已了，衆將請太尉行香。丘岳瘡口已完，恨入心髓，只要活捉張清報仇。當同周昂與衆節度使，一齊都上馬，跟隨高太尉到船邊下馬，隨侍高俅，致祭水神。焚香贊禮已畢，燒化楮帛，衆將稱賀已了，高俅叫取京師原帶來的歌兒舞女，都令上船作樂侍宴。一面教軍健車船演習，飛走水面，船上笙簫謾品，歌舞悠揚，遊頑終夕不散。當夜就船中宿歇。次日，又設席面飲酌，一連三日筵宴，不肯開船。◎11忽有人報道：「梁山泊賊人寫一首詩，貼在濟州城裏土地廟前，有人揭得在此。」其詩寫道：

幫閑得志一高俅，漫領三軍水上遊。
便有海鰍船萬隻，俱來泊內一齊休。

高太尉看了詩大怒，便要起軍征剿。「若不殺盡賊寇，誓不回軍！」聞參謀諫道：

「太尉暫息雷霆之怒。想此狂寇懼怕，特寫惡言詭嚇，不爲大事。消停數日之間，撥定了水陸軍馬，那時征進未遲。目今深冬，天氣和暖，此天子洪福，元帥虎威也。」高俅聽罷甚喜，遂入城中，商議撥軍遣將。旱路上便調周昂、王煥，同領大軍，隨行策應。卻調項元鎭、張開，總領軍馬一萬，直至梁山泊山前那條大路上守住廝殺。原來梁山泊自古四面八方，茫茫蕩蕩，都是蘆葦煙水。近來只有山前這條大路，卻是宋公明方纔新築的，舊不曾有。高太尉教調馬軍先進，截住這條路口。其餘聞參謀、丘岳、徐京、梅展、王文德、楊溫、李從吉、長史王瑾、造船人葉春、隨行牙將、大小軍校隨從人等，都跟高太尉上船征進。聞參謀諫道：「主帥只可監督馬軍，陸路進發，不可自登水路，親臨險地。」高太尉道：「無傷！前番二次，皆不得其人，以致失陷了人馬，折了許多船隻。今番造得若干好船，我若不親臨監督，如何擒捉此寇？今次正要與賊人決一死戰，汝不必多言！」聞參謀再不敢開口，只得跟隨高太尉上船。高俅撥三十隻大海鰍船，與先鋒丘岳、徐京、梅展管領，撥五十隻小海鰍船開路，令楊溫同長史王瑾、船匠葉春管領。頭船上立兩面大紅繡旗，上書十四個金字道：「攪海翻江衝巨浪，安邦定國滅洪妖。」中軍船上，卻是高太尉、聞參謀，引著歌兒舞女，自守中軍隊伍。向那三、五十隻大海鰍船上，擺開碧油幢、帥字旗、黃鉞白旄、朱旛皂蓋、中軍器械。後面船上，便令王文德、李從吉壓陣。此是十一月中時。馬軍得令先行。水軍先鋒丘岳、徐京、梅展三個，在頭船上，首

評點

◎10.眞正痴絕！（容批）
◎11.似此舉動，如何幹得事！（容眉）

先進發，飛雲捲霧，望梁山泊來。但見海鰍船：

前排箭洞※10，上列弩樓。衝波如蛟蜃之形，走水似鯤鯨之勢。龍鱗密布，左右排二十四部絞車；雁翅齊分，前後列一十八般軍器。青布織成皂蓋，紫竹製作遮洋。往來衝擊似飛梭，展轉交鋒欺快馬。

宋江、吳用已知備細，預先布置已定，單等官軍船隻到來。當下三個先鋒，催動船隻，把小海鰍分在兩邊，當住小港。大海鰍船望中進發。衆軍諸將，正如蟹眼鶴頂，只望前面奔竄，迤邐來到梁山泊深處。只見遠遠地早有一簇船來，每隻船上，只有十四、五人，身上都有衣甲，當中坐著一個頭領。前面三隻船上，插著三把白旗，旗上寫道：「梁山泊阮氏三雄。」中間阮小二，左邊阮小五，右邊阮小七。遠遠地望見明晃晃都是戎裝衣甲，卻原來盡把金銀箔紙糊成的。三個先鋒見了，便叫前船上將火炮、火槍、火箭，一齊打放。那三阮全然不懼，料著船近，槍箭射得著時，發聲喊，齊跳下水裏去了。丘岳等奪得三隻空船，又行不過三里來水面，見三隻快船，搶風搖來。頭隻船上，只見十數個人，都把青黛、黃丹、土朱、泥粉抹在身上，頭上披著髮，口中打著胡哨，飛也似來。兩邊兩隻船上，都只五、七個人，搽紅畫綠不等。◎12中央是玉旛竿孟康，左邊是出洞蛟童威，右邊是翻江蜃童猛。這裏先鋒丘岳，又叫打放火器，只見對面發聲喊，都棄了船，一齊跳下水裏去了。又捉得三隻空船。再行不得三里多路，又見水面上三隻中等船來。每船上四把櫓，八個人搖動，十餘個小嘍囉，打著一面紅旗，簇擁

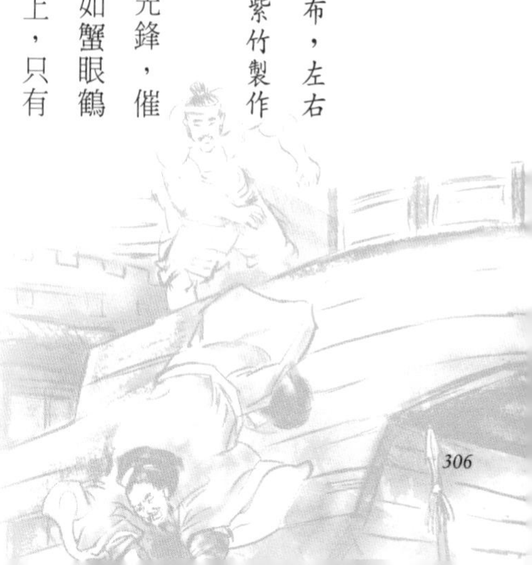

著一個頭領坐在船頭上，旗上寫：「水軍頭領混江龍李俊。」左邊這隻船上，坐著這個頭領，手掿鐵槍，打著一面綠旗，上寫道：「水軍頭領船火兒張橫。」右邊那隻船上，立著那個好漢，上面不穿衣服，下腿赤著雙腳，腰間插著幾個鐵鑿，手中挽個銅錘，打著一面皂旗，銀字上書：「頭領浪裏白跳張順。」乘著船，高聲說道：「承謝送船到泊！」三個先鋒聽了，喝教：「放箭！」弓弩響時，對面三隻船上衆好漢，都翻筋斗跳下水裏去了。此是暮冬天氣，官軍船上招來的水手軍士，那裏敢下水去。

正猶豫間，只聽得梁山泊頂上，號炮連珠價響，只見四分五落，蘆葦叢中，鑽出千百隻小船來，水面如飛蝗一般。每隻船上只三、五個人，船艙中竟不知有何物。大海鰍船要撞時，又撞不得。水車正要踏動時，前面水底下都填塞定了，車輻板竟踏不動。弩樓上放箭時，小船上人，一個個自頂片板遮護。看看逼將攏來，一個個把撓鉤搭住了舵，一個把板刀便砍那踏車的軍士。早有五、六十個爬上先鋒船來。官軍急要退時，後面又塞定了，急切退不得。前船正混戰間，後船又大叫起來。高太尉和聞參謀在中間船上，聽得大亂，急要上岸，只聽得蘆葦中金鼓大振，艙內軍士一齊喊道：「船底漏了！」滾滾走入水來。前船後船，盡皆都漏，看看沉下去。四下小船，如螞蟻相似，望大船邊來。高太尉新船，緣何得漏？卻原來是張順引領一班兒高手水軍，都把錘鑿在船底下鑿透船底，四下裏滾入水來。高太尉爬去舵樓※11上，叫後船救應，只見一個人從水

註

※10 箭洞：爲射箭留出的洞口。

※11 舵樓：船上控制舵位的地方。

評點

◎12.似此等舉動都奇。（容眉）

❂ 張順把高俅從船上扔入水中。
（朱寶榮繪）

底下鑽將起來，便跳上舵樓來，口裏說道：「太尉，我救你性命。」高俅看時，卻不認得。那人近前，便一手揪往高太尉巾幘，一手提住腰間束帶，喝一聲：「下去！」把高太尉撲通地丟下水裏去。◎13堪嗟赫赫中軍將，翻作淹淹水底人！只見旁邊兩隻小船，飛來救應，拖起太尉上船去。那個人便是浪裏白跳張順，水裏拿人，渾如甕中捉鱉，手到拈來。前船丘岳見陣勢大亂，急尋脫身之計，只見旁邊水手叢中，走出一個水軍來。丘岳不曾提防，被他趕上，只一刀，把丘岳砍下船去。那個便是梁山泊錦豹子楊林。徐京、梅展見殺了先鋒丘岳，兩節度奔來殺楊林。水軍叢中，連搶出四個小頭領來，一個是白面郎君鄭天壽，一個是病大蟲薛永，一個是打虎將李忠，一個是操刀鬼曹正，一發從後面殺來。徐京見不是頭，便跳下水去逃命，不想水底下已有人在彼，又吃拿了。薛永將梅展一槍，搠著腿股，跌下艙裏去。原來八個頭領來投充水軍，尚兀自有三個在前船上，一個是青眼虎李雲，一個是金錢豹子湯隆，一個是鬼臉兒杜興。眾節度使便有三頭六臂，到此也施展不得。

梁山泊宋江、盧俊義，已自各分水陸進攻。宋江掌水路，盧俊義掌旱路。休說水路全勝，且說盧俊義引領諸將軍馬，從山前大路殺將出來，正與先鋒周昂、王煥馬頭相迎。周昂見了，當先出馬，高聲大罵：「反賊，認得俺麼？」盧俊義大喝：「無名

「浪裏白跳」張順。（fotoe提供）

評點

◎13.船上豈無一人？但取快人意，不顧事理之有無。（芥眉）

小將，死在目前，尚且不知！」便挺槍躍馬，直奔周昂，周昂也掄動大斧，縱馬來敵。兩將就山前大路上交鋒，鬥不到二十餘合，未見勝敗。只聽得後隊馬軍發起喊來。原來梁山泊大隊軍馬，都埋伏在山前兩下大林叢中，一聲喊起，四面殺將出來。東南關勝、秦明，西北林冲、呼延灼，衆多英雄，四路齊到。項元鎭、張開那裏攔當得住？殺開條路，先逃性命走了。周昂、王煥不敢戀戰，拖了槍斧，奪路而走，逃入濟州城中，扎住軍馬，打聽消息。

再說宋江掌水路，捉了高太尉，急教戴宗傳令，不可殺害軍士。中軍大海鰍船上聞參謀等，並歌兒舞女，一應部從，盡擄過船。鳴金收軍，解投大寨。宋江、吳用、公孫勝等，都在忠義堂上，見張順水淥淥地解到高俅。宋江見了，慌忙下堂扶住，便取過羅緞新鮮衣服，與高太尉從新換了，扶上堂來，請在正面而坐。◎14宋江納頭便拜，口稱：「死罪！」高俅慌忙答禮。宋江叫吳用、公孫勝扶住，拜罷，就請上坐。再叫燕青傳令下去：「如若今後殺人者，定依軍令，處以重刑！」號令下去，不多時，只見紛紛解上人來。童威、童猛解上徐京；李俊、張橫解上王文德；楊雄、石秀解上楊溫；三阮解上李從吉；鄭天壽、薛永、李忠、曹正解上梅展；楊林解獻丘岳首級；李雲、湯隆、杜興解獻葉春、王瑾首級；解珍、解寶擄捉聞參謀，並歌兒舞女，一應部從，解將到來。單單只走了四人：周昂、王煥、項元鎭、張開。宋江都教換了衣服，從新整頓，盡皆請到忠義堂上，列坐相待。但是活捉軍士，盡數放回濟州。另教安排一隻好船，安頓歌兒舞

女，一應部從，令他自行看守。◎15有詩爲證：

奉命高俅欠取裁※12，被人活捉上山來。
不知忠義爲何物，翻宴梁山嘯聚臺。

當時宋江便教殺牛宰馬，大設筵宴，一面分投賞軍，一面大吹大擂，會集大小頭領，都來與高太尉相見。各施禮畢，宋江持盞擎杯，吳用、公孫勝執瓶捧案，盧俊義等侍立相待。宋江開口道：「文面小吏，安敢叛逆聖朝，奈緣積累罪尤，逼得如此。二次雖奉天恩，中間委曲奸弊，難以縷陳。萬望太尉慈憫，救拔深陷之人，得瞻天日，刻骨銘心，誓圖死保。」高俅見了衆多好漢，一個個英雄猛烈，林沖、楊志怒目而視，有欲要發作之色，◎16先有十分懼怯，便道：「宋公明，你等放心！高某回朝，必當重奏，請降寬恩大赦，前來招安，重賞加官，大小義士，盡食天祿，以爲良臣。」宋江聽了大喜，拜謝太尉。當日筵會，甚是整齊，大小頭領，輪番把盞，殷勤相勸。高太尉大醉，酒後不覺放蕩，便道：「我自小學得一身相撲，天下無對。」◎17盧俊義卻也醉了，怪高太尉自誇天下無對，便指著燕青道：◎18「我這個小兄弟也會相撲，三番上岱嶽爭交，天下無對。」◎19高俅便起身來，脫了衣裳，要與燕青廝撲。衆頭領見宋江敬他是個天朝太尉，沒奈何處，只得隨順聽他說。不想要勒※13燕青相撲，正要滅高俅的嘴，都起身來道：「好，好！且看相撲！」衆人都哄下堂去。宋江亦醉，主張不定。◎20兩個脫了衣

註

※12取裁：制裁、懲治。
※13勒：激、慫恿。

評點

◎14.強似殺他多矣。（容眉）
◎15.更可羞可笑。（芥眉）
◎16.映出兩人，妙甚。（袁眉）
◎17.直應轉第一回。（袁夾）
◎18.指著燕青妙，只須奴僕耳。（袁眉）
◎19.答對得妙。（袁夾）
◎20.寫出心事妙甚。說三人醉，都妙。（袁眉）

裳，就廳階上，宋江叫把軟褥鋪下。兩個在剪絨毯上，吐個門戶。高俅搶將入來，燕青手到，把高俅扭捽得定，只一交，攧翻在地褥上，做一塊，半晌挣不起。這一撲，喚做守命撲。宋江、盧俊義慌忙扶起高俅，再穿了衣服，都笑道：「太尉醉了，如何相撲得成功，切乞恕罪！」高俅惶恐無限，卻再入席，飲至夜深，扶入後堂歇了。

次日又排筵會，與高太尉壓驚，高俅遂要辭回，與宋江等作別。宋江道：「某等淹留大貴人在此，並無異心。惹有瞞昧，天地誅戮！」高俅道：「若是義士肯放高某回京，便好全家於天子前保奏義士，定來招安，國家重用。若更翻變，天所不蓋，地所不載，死於槍箭之下！」宋江聽罷，叩首拜謝。高俅又道：「義

高俅和燕青比賽相撲，被燕青摔倒。（朱寶榮繪）

士恐不信高某之言，可留下衆將爲當。」宋江道：「太尉乃大貴人之言，焉肯失信？何必拘留衆將。容日各備鞍馬，俱送回營。」高太尉謝了：「既承如此相款，深感厚意。只此告回。」宋江等衆苦留。當日再排大宴，序舊論新，筵席直至更深方散。第三日，高太尉定要下山，宋江等相留不住，再設筵宴送行，擡出金銀、彩緞之類，約數千金，專送太尉，爲折席之禮。衆節度使以下，另有餽送。高太尉推卻不得，只得都受了。飲酒中間，宋江又提起招安一事。高俅道：「義士可叫一個精細之人，跟隨某去，我直引他面見天子，奏知你梁山泊衷曲之事，隨即好降詔敕。」宋江一心只要招安，便與吳用計議，教聖手書生蕭讓，跟隨太尉前去。吳用便道：「再教鐵叫子樂和作伴，兩個同去。」高太尉道：「既然義士相托，便留聞參謀在此爲信。」宋江大喜。至第四日，宋江與吳用帶二十餘騎，送高太尉並衆節度使下山，過金沙灘二十里外餞別。拜辭了高太尉，自回山寨，專等招安消息。卻說高太尉等一行人馬，望濟州回來，先有人報知，濟州先鋒周昂、王煥、項元鎭、張開、太守張叔夜等出城迎接。高太尉進城，略住了數日，收拾軍馬，教衆節度使各自領兵回程暫歇，聽候調用。高太尉自帶了周昂並大小牙將頭目，領了三軍，同蕭讓、樂和一行部從，離了濟州，迤邐望東京進發。不因高太尉帶領梁山泊兩個人來，有分教：風流出衆，洞房深處遇君王；細作通神，相府園中尋俊傑。畢竟高太尉回京，怎地保奏招安宋江等衆？且聽下回分解。◎21

評點

◎21.李生曰：梁山泊好漢一味以戰爲戲，所以爲妙。又曰：高俅醜態也夠了。（容評）

參考書目

1.《水滸傳》，施耐庵、羅貫中撰，底本：容與堂本，人民文學出版社，一九九七年出版。

2.《水滸全傳》，底本：袁無涯本，嶽麓書社，二〇〇五年出版。

3.《金聖歎批評本水滸傳》，嶽麓書社，二〇〇六年出版。

4.《貫華堂第五才子書水滸傳》，（清）金聖歎評點，魏平、文博校點，黑龍江人民出版社，一九九七年出版。

5.《繡像水滸全傳》，（明）施耐庵著，山東畫報出版社，二〇〇七年出版。

6.《評論出像水滸傳》二十卷／（明）施耐庵撰，清（一六四四—一九一一年）刻本。

7.《明容與堂刻水滸傳》，（明）施耐庵撰，羅貫中纂修影印本，上海人民出版社，一九七五年出版。

8.《水滸志傳評林》，（明）余象斗評，文學古籍刊行社，一九五六年出版。

9.《名家評點四大名著》，江天編校，中國文聯出版公司，一九九八年出版。

10.《水滸全傳》，董淑明校注，繡像本，河南文藝出版社，一九九八年出版。

11.《古本水滸傳》，蔣祖鋼校勘，中央民族大學出版社，一九九六年出版。
12.《水滸傳》會評本，北京大學出版社，中國古典小說戲曲研究資料叢書，一九八七年出版。
13.《美籍華人學者夏志清評中國古典長篇小說》，夏志清評點，海南國際新聞出版中心，一九九六年出版。
14.《水滸傳資料彙編》，朱一玄、劉毓忱整編，南開大學出版社，二〇〇二年出版。
15.《周思源新解〈水滸傳〉》，中華書局，二〇〇七年出版。
16.《正說水滸傳——義與忠的變奏》，團結出版社，二〇〇七年出版。
17.《水滸戲與中國俠義文化》，中國藝術研究院，二〇〇六年出版。
18.《水滸文化解讀》，貴州民族出版社，二〇〇六年出版。
19.《水滸傳與中國社會》，薩孟武著，北京出版社，二〇〇五年出版。
20.《水滸傳》圖文版四大名著，上海辭書出版社，二〇〇一年出版。

▲備註：本書以通行的清代金聖歎評本、袁無涯評本爲底本（後五十回），參酌容與堂評本，凡底本可通之處，一般沿用；明顯錯誤則參照他本訂正，不出校記。

圖片來源

1. 《新編水滸畫傳》，葛飾戴斗（即葛飾北齋）繪，上海書店出版社，二〇〇四年出版。
2. 《水滸傳版刻圖錄》，江蘇廣陵古籍刻印社，一九九九年出版。
3. 《水滸葉子　水滸畫傳》，河南美術出版社，一九九六年出版。

◆特別感謝本書內頁圖片授權人及授權單位◆

4. 《水滸一百零八將》，葉雄繪，季永桂文，百家出版社，二〇〇一年出版。

⊙葉雄，上海崇明人，一九五〇年出生。畢業於上海大學美術學院國畫系，現是中國美術家協會會員、中國美術家協會連環畫藝術委員會委員、上海美術家協會理事……等。他於一九七六年開始從事連環畫、插圖、中國水墨畫創作，其作品在全國藝術大展中連續獲獎。他的水墨畫作品還在日本、韓國、加拿大、臺灣等地參加聯展。上海美術館、上海圖書館及中外收藏家收藏了他的中國水墨畫作品。其藝術成就被收入中國美術家大辭典、中國文藝傳集、當代中國美術家光碟、世界華人文學藝術界名人錄、世界名人錄……等。重要作品包括：

二〇〇三年出版《三國演義人物畫傳》
二〇〇三年出版《西遊記神怪、人物畫傳》
二〇〇四年出版《紅樓夢人物畫傳》。
個人信箱：yexiong96@163.com

5. 朱寶榮授權使用內頁繪圖共一百八十張。

⊙朱寶榮，從小酷愛美術，因家庭情況無緣於高等學府深造，引爲憾事。二〇〇四年與兩位志趣相投的好友組成心境插畫工作室至今，能夠從事自己喜愛的工作，覺得是一件很幸福的事！

6. 廣州集成圖像有限公司「FOTOE」授權使用部分內頁圖片。（fotoe.com）
7. 北方崑曲劇院（北京）授權使用《水滸傳》劇照共一張。
8. 富爾特科技股份有限公司影像提供。
9. 美工圖書社：「中國圖片大系」影像提供。

國家圖書館出版品預行編目資料

水滸傳(四)──煞星縱橫／施耐庵原著；張鵬高編撰.
— 初版. —臺中市 ：好讀，2009.03
冊 ；　公分. —（圖說經典：16）

ISBN 978-986-178-111-2（平裝）

857.46　　　　97022707

好讀出版

圖說經典 16

水滸傳(四)

【煞星縱橫】

原　　著／施耐庵
編　　撰／張鵬高
總 編 輯／鄧茵茵
責任編輯／莊銘桓
執行編輯／林碧瑩、莊銘桓
美術編輯／陳麗蕙
封面設計／山今伴頁工作室
發 行 所／好讀出版有限公司
http://howdo.morningstar.com.tw
台中市407西屯區何厝里19鄰大有街13號
TEL:04-23157795　FAX:04-23144188
（如對本書編輯或內容有意見，請來電或上網告訴我們）
法律顧問／陳思成律師

戶名：知己圖書股份有限公司
劃撥專線：15062393
服務專線：04-23595819轉230
傳眞專線：04-23597123
E-mail：service@morningstar.com.tw
如需詳細出版書目、訂書、歡迎洽詢
晨星網路書店 http://www.morningstar.com.tw

印　　刷／上好印刷股份有限公司 TEL:04-23150280
初　　版／西元2009年3月1日
初版二刷／西元2016年8月20日
定　　價／299元

Published by How Do Publishing Co., Ltd.
2009 Printed in Taiwan
ISBN 978-986-178-111-2

讀者回函

只要寄回本回函，就能不定時收到晨星出版集團最新電子報及相關優惠活動訊息，並有機會參加抽獎，獲得贈書。因此有電子信箱的讀者，千萬別吝於寫上你的信箱地址

書名：水滸傳(四)——煞星縱橫

姓名：________ 性別：□男 □女　生日：____年____月____日

教育程度：________________

職業：□學生 □教師 □一般職員 □企業主管

□家庭主婦 □自由業 □醫護 □軍警 □其他________

電子郵件信箱（e-mail）：________________ 電話：________

聯絡地址：□□□________________

你怎麼發現這本書的？

□書店 □網路書店（哪一個？）________ □朋友推薦 □學校選書

□報章雜誌報導 □其他________

買這本書的原因是：________________

□內容題材深得我心 □價格便宜 □封面與內頁設計很優 □其他________

你對這本書還有其他意見嗎？請通通告訴我們：

____

你買過幾本好讀的書？（不包括現在這一本）

□沒買過 □ 1 ～ 5 本 □ 6 ～ 10 本 □ 11 ～ 20 本 □太多了

你希望能如何得到更多好讀的出版訊息？

□常寄電子報 □網站常常更新 □常在報章雜誌上看到好讀新書消息

□我有更棒的想法________________

最後請推薦五個閱讀同好的姓名與 E-mail，讓他們也能收到好讀的近期書訊：

1. ________________

2. ________________

3. ________________

4. ________________

5. ________________

我們確實接收到你對好讀的心意了，再次感謝你抽空填寫這份回函

請有空時上網或來信與我們交換意見，好讀出版有限公司編輯部同仁感謝你！

好讀的部落格：http://howdo.morningstar.com.tw/

請填妥後對折黏貼，直接投郵即可，無須貼郵票。

廣告回函
臺灣中區郵政管理局
登記證第 3877 號
免貼郵票

好讀出版有限公司　編輯部收

407 台中市西屯區何厝里大有街 13 號

電話：04-23157795-6　傳眞：04-23144188

沿虛線對折